MARIETTE LINDSTEIN

Die Sekte

Dein Erbe ist das Böse

Autorin

Mariette Lindstein war fünfundzwanzig Jahre lang Mitglied bei Scientology. Sie arbeitete unter anderem im Hauptquartier der Kirche in Los Angeles, bis sie die Gemeinschaft 2004 verließ. Heute ist sie mit dem Autor und Künstler Dan Koon verheiratet. Die beiden leben mit ihren drei Hunden in einem Wald außerhalb von Halmstad. Ihr erster Roman »Die Sekte – Es gibt kein Entkommen« wurde in Schweden mit dem Crimetime Specsavers Award für das beste Debüt ausgezeichnet und für den CWA Dagger Award 2019 nominiert. Neben dem Schreiben hält Mariette Vorträge über die Gefahren von Sekten.

Von Mariette Lindstein bereits erschienen:

Die Sekte – Es gibt kein Entkommen
Die Sekte – Deine Angst ist erst der Anfang
Die Sekte – Dein Albtraum nimmt kein Ende
Die Sekte – Deine Welt steht in Flammen
Die Sekte – Dein Feind ist dir ganz nah
Die Sekte – Deine Bestimmung ist der Tod
Der Kult – Sein Griff hält dich gefangen
Der Kult – Sein Wort ist dein Gesetz

Weitere Bände in Vorbereitung

MARIETTE LINDSTEIN

DIE SEKTE

DEIN ERBE IST DAS BÖSE

THRILLER

Aus dem Schwedischen von Kerstin Schöps

blanvalet

Die Originalausgabe erschien 2022 unter dem Titel »Skuggan av Dimön«
bei Harper Collins Nordic, Stockholm

MIX
Papier | Fördert gute Waldnutzung
FSC® C014496

Penguin Random House Verlagsgruppe FSC® N001967

1. Auflage 2024

Redaktion: Joern Rauser
Umschlaggestaltung: www.buerosued.de
Umschlagmotiv: Richard Nixon / Arcangel Images; Will Immink;
www.buerosued.de
JS · Herstellung: DiMo
Satz: KCFG – Medienagentur, Neuss
Druck und Bindung: GGP Media GmbH, Pößneck
Printed in Germany
ISBN 978-3-7341-1316-1

www.blanvalet.de

Prolog

FRANZ

SCHONEN, VOR DREISSIG JAHREN

Für einen Samstag wirkt Lund sehr verschlafen, es riecht nach Regen. Es ist frühmorgens, halb vier, und ich bin gerade in meiner Studentenbude angekommen, als das Telefon klingelt. Nur eine Person ruft um diese Uhrzeit an. Manchmal, um zu plaudern oder um meine schlaftrunkene Stimme zu hören. Aber der Ton dieses Klingelns wirkt viel schärfer als sonst, ich habe ein Gefühl von Gefahr.

Ich gehe ran, sie sagt nichts, aber ich spüre, dass sie es ist. Ich sage ihren Namen. Stille. Während ich darauf warte, dass sie endlich doch etwas sagt, konzentriere ich mich auf das Geräusch meines eigenen Atems. Von dort, wo ich stehe, habe ich einen Blick auf den Platz, auf dem spätnachts Menschen ein und aus gehen. Aber heute Abend ist er leer, die Bäume in den Ecken werfen dunkle Schatten.

»Du musst kommen«, sagt sie schließlich.

Ihre Stimme ist zwar ruhig, klingt aber verzerrt, als würde sie sich beherrschen müssen.

»Jetzt gleich?«

»Ja, sofort. Es ist etwas passiert.«

Ich öffne den Mund und schließe ihn wieder. Mir ist völlig klar, dass es keinen Raum für Diskussion gibt.

»Das ist absolut nichts, was wir am Telefon besprechen können«, stellt sie klar.

Sogar jetzt, in ihrer kaum verhohlenen Verzweiflung, ist sie mir überlegen.

»Spätestens in einer Stunde werde ich dort sein.«

Schon wenige Minuten später sitze ich im Auto. Mir ist nicht nach Musik zumute, ich liefere mich meiner eigenen Stille und der Dunkelheit draußen vollkommen aus. Ab und zu ein beleuchtetes Straßenschild, dann dunkle Felder und kahle Bäume. Alles wiederholt sich. Ich muss diese Strecke schon hundertmal gefahren sein, aber noch nie habe ich mich so gefühlt wie heute. Obwohl ich einen kühlen Kopf zu bewahren versuche, entwickelt sich in meinem Inneren eine heftige Auseinandersetzung. Die eine Stimme behauptet, es sei nur wieder einer ihrer Einfälle. Sie wird mir ins Gesicht lachen: *Hab ich dich erwischt!* Die andere Stimme ist weitaus pessimistischer. *Du wusstest von Anfang an, dass das schlimm werden würde.*

Am Ende der Straße erhebt sich das Herrenhaus. Im Licht der Laternen sieht es selbstgefällig, leer und herzlos aus. Über das Anwesen ziehen tiefe Wolken und verhüllen die Türme. Es mag ein einsamer Ort sein, aber er ist alles andere als verlassen. Heimtückisch und gierig saugt das alte Haus die Menschen ein, verrät ihre Geheimnisse und spuckt sie später verändert wieder aus. Stellt man Fragen zu den Ereignissen, die in dem Haus vor sich gehen, bekommt man keine Antworten, sondern neue Probleme entstehen. Also muss ich an das, was sie mir sagen wird, vernünftig herangehen.

Sie wartet vor dem Eisentor auf mich, das wie alles andere an diesem Ort massiv ist. Ich stähle mich und wiederhole im Kopf meine Erwartung: *Es ist nur wieder einer ihrer*

Einfälle. Je näher ich komme, desto unwahrscheinlicher erscheint mir diese Hypothese jedoch. Ihr ausdrucksstarkes Gesicht – voller intensiver Faszination und Spott – macht einen unfassbar düsteren Eindruck. Sie trägt ein kurzärmeliges Kleid, obwohl es draußen kalt ist. Mir läuft ein Schauer über den Rücken – ist das eine Warnung?

Am Anfang erzählt sie mir bruchstückhaft, was geschehen ist – trockene Flocken, die wie welke Herbstblätter im Wind umherfliegen. Als hätte ich mein Gehör verloren, ich verstehe die Worte nicht, höre nur die Laute, die über ihre Lippen kommen. Ich bitte sie, alles zu wiederholen, und sie tut es, diesmal etwas langsamer. Zuerst kann ich nur auf ihren Mund starren, dann wird mir die Bedeutung klar. Ein Messer durchbohrt mein Herz. Als ich etwas zu sagen versuche, klingt es wie ein Pfeifen aus trockenen Lippen. Ich sehe zum Turm des Herrenhauses hinüber, der sich aus den Wolken in den Himmel streckt, und es fühlt sich an, als zerreiße ein unsichtbarer, gespannter Draht in mir. Dann, als mein Körper auf dem Boden aufschlägt, ist ein lauter Aufprall zu hören.

Kapitel 1

THOR, GEGENWART

Da war es für ihn vorbei. Nie zuvor hatte er etwas so Unüberlegtes getan. Jetzt war er arbeitslos, und das zu einem Zeitpunkt, als seine Karriere gerade Fahrt aufgenommen hatte. Er spürte eine tiefe Erschöpfung, die ihn fast lähmte, sein Körper hatte seine Adrenalintoleranz ausgeschöpft.

Zunächst konnte Thor es gar nicht glauben: Eine Stelle auf Probezeit wurde ihm angeboten, bei einem der beliebtesten schwedischen Videoblogs. Im Rahmen seines Journalistikstudiums hatte er dort im Frühjahr ein Praktikum absolviert. Der Vlog hieß *Lügenfabrik* und wurde von zwei Männern namens Vincent und Adam betrieben. Sie beschäftigten sich eher auf humorvolle Art mit gesellschaftlichen Themen und machten sich über Politiker und Prominente lustig. Witze und Sticheleien gehörten zu ihrem Jargon. Die Männer vermittelten ungezwungene Spontaneität und waren ziemlich schlagfertig.

Thors Aufgabe bestand darin, mit einer Kamera durch die Stadt zu laufen und den einfachen Leuten Fragen zu stellen. Manchmal wurde er auch losgeschickt, um einen Prominenten zu interviewen, immer mit vorgegebenen und eher zynischen Fragen. Glücklicherweise war er in der Lage, zu improvisieren. Ausgewählte Filmausschnitte wurden dann veröffentlicht und von Vincent und Adam kommentiert. Mit seinen Interviews hatte Thor es geschafft, die Sendung an die Spitze der Charts zu bringen.

Auch wenn der Job nicht mehr als ein Sprungbrett zu etwas Größerem sein konnte, so war er doch ein Arbeitsplatz mit Zukunftsperspektiven. Das Massensterben von Tages- und Wochenzeitungen galt als eine unbestreitbare Tatsache, auf der anderen Seite verzeichneten aber Blogs eine wachsende Anzahl von Followern.

Während seines Praktikums hatten ihn die Kollegen scherzhaft den Praktikanten genannt, sogar live im Fernsehen. *Der Praktikant* war *in der Stadt unterwegs* oder *Jetzt hat der Praktikant ein Interview mit …*

Es hatte ihn eigentlich nicht gestört, schließlich war er ja tatsächlich ein Praktikant. Aber als man ihm einen Job anbot, konnte man ihn nicht mehr so nennen, und da Vincent und Adam seinen Hintergrund kannten, begannen sie, ihn immer öfter den Sekten-Typen zu nennen.

Es schien Thors Schicksal zu sein, ständig daran erinnert zu werden, dass er der Sohn des inzwischen geradezu mythischen Sektenführers Franz Oswald war, obwohl die Sekte schon vor Jahren aufgelöst worden war und Thor das alles längst hinter sich gelassen hatte.

»Du bist nicht deine Eltern. Du bist nicht für ihre Handlungen verantwortlich. Du kannst auch nicht für ihre Verbrechen zur Rechenschaft gezogen werden.« Ja, theoretisch mochte das so sein. In der Praxis war es aber etwas anderes. Franz' Schatten schwebte ständig über ihm, ganz egal, was er tat.

Als er Vincent und Adam sanft darauf hinwies, dass er diesen Spitznamen nicht mochte, brachen die beiden in Gelächter aus. *Dann arbeitest du aber am falschen Ort, mein Lieber. Hier muss man ertragen, wenn einem auf die Füße getreten wird*. Paradoxerweise machten sie allerdings nie Witze über sich selbst, dachte Thor.

An dem besagten Morgen, auf dem Weg zur Arbeit, nagte das Geschehene auch wieder an ihm. Er stieg aus der Straßenbahn und wurde von einem strahlend blauen Sommerhimmel geblendet. Das graue Wetter von gestern hatte sich in Sonnenschein verwandelt. Es war Anfang Juli, und Göteborg zeigte sich von seiner schönsten Seite, mit vielen Menschen auf den Straßen und überfüllten Straßencafés. Trotzdem bekam Thor die Füße kaum hoch, er wollte einfach nicht zur Arbeit gehen.

Vincent und Adam dagegen waren in Topform und gerade so weit, die Sendung aufzunehmen, als er im Studio ankam. Hier schien alles modern, stilvoll und unaufdringlich zu sein. Thor sah immer bei der Aufnahme zu, normalerweise aber auf Abstand. Ihm gefiel es, seine Filmausschnitte in Echtzeit zu sehen, außerdem wollte er unbedingt engagiert wirken. Manchmal wurden auch Gäste ins Studio eingeladen, aber nicht an diesem Tag. Adam drehte sich um und schenkte Thor ein vieldeutiges Lächeln. Vincent begann die Sendung mit ein paar Witzen, dann schwenkte er die Kamera so, dass Thor im Hintergrund zu sehen war, und sagte:

»Der Sekten-Typ sieht heute aus wie etwas, das die Katze angeschleppt hat. Wahrscheinlich ist Papa Psychopath wieder auf ihn losgegangen.« Er drehte die Kamera erneut um, und die Männer lachten schallend über den Witz.

Thor senkte den Blick, damit sie nicht sehen konnten, wie sehr ihn das verletzt hatte. Während er auf den Boden starrte, setzte sich etwas in ihm in Gang, wie eine leichte Brise. Die plappernden Stimmen der Männer traten in den

Hintergrund. Er konnte ihrem Gespräch schon nicht mehr folgen, das mittlerweile auch zu einem männlichen Politiker abgedriftet war, den Adam einen *verweichlichten Vollpfosten* nannte.

Warum verhielten sich die beiden überhaupt so widerlich? Hatten sie denn überhaupt jemals etwas Gutes getan? Wie viele Menschen hatten sie mit ihrer Art schon verletzt und gedemütigt? Plötzlich sah er alles mit großer Klarheit. Als lichte sich ein Nebel. Thor wusste, dass die *Lügenfabrik* von mehreren wohlhabenden Sponsoren unterstützt wurde, über die Adam und Vincent in ihrem Programm niemals ein schlechtes Wort verloren. *Sie glauben allen Ernstes, sie wären über jede Korruption erhaben; dabei waren sie in Wirklichkeit doch nicht mehr als ein peinlicher Bluff.* Die Überzeugung, an die er sich monatelang geklammert hatte – dass sein Job von Bedeutung war und große, gesellschaftliche Themen aufgriff –, löste sich in Rauch auf. Den Glauben an etwas zu verlieren, für das man sich so engagiert, kann äußerst schwerfallen. Aber in Thors Fall dauerte es nicht einmal eine Minute. Plötzlich klangen Vincent und Adam wie Hyänen. Sie strahlten etwas Kaltes aus. Das unangenehme Gefühl im Nacken, das er sich wahrscheinlich nur einbildete, stellte sich zeitgleich mit der Erkenntnis ein, dass er von diesen beiden Männern einfach abhängig war.

Nach der Sendung sprang er auf.

»Ich kündige«, sagte er. »Ich habe keine Lust mehr auf diesen Scheiß.«

Mit offenen Mündern starrten ihn Vincent und Adam an.

»Dieser Job ist nichts für mich, aber trotzdem – vielen Dank für die Zeit bei euch.«

Damit verließ er den Raum, bevor es zu einer Diskussion kommen konnte. Er hörte sie noch rufen: *Wir machen doch nur Spaß*. Aber er drehte sich nicht mehr um.

Als er seine Wohnung betrat, überkam ihn eine überwältigende Leere. Er sah in den Ganzkörperspiegel im Flur, seine Augen glänzten fiebrig. In diesem Augenblick hätte er Julia an seiner Seite gebraucht. Wenn sie verreist war, vermisste er sie so sehr, dass es fast wehtat. Wenn sie dagegen zusammen waren, fügte sich alles. Die Welt bekam schärfere Konturen. Sie waren seit über drei Jahren ein Paar, aber er hatte sich schon viel früher in sie verliebt. Liebe auf den ersten Blick sozusagen. Als wäre er von einem Virus befallen worden, so hatte sich das angefühlt. Ihre Gefühle für ihn hatten sich hingegen erst nach Jahren der Freundschaft entwickelt. Sie führten eine glückliche Beziehung. Die Leidenschaft war nicht verglommen, und die meiste Zeit über waren sie sogar unzertrennlich, wenn sie nicht gerade für einen Redaktionsjob unterwegs war, was in letzter Zeit immer häufiger vorkam. Zurzeit befand sie sich für eine Reportage in Spanien. Die Zeitschrift, für die Julia arbeitete, *Aktuellt Land*, hatte eine neue Abteilung eingerichtet, *Aktuellt Land Ausland*, und so wurde Julia von Zeit zu Zeit in verschiedene Länder geschickt. Die Aufträge verschlangen sie förmlich. Wenn sie einmal angebissen hatte, schottete sie sich praktisch von der Außenwelt ab. Seit sie als Journalistin arbeitete, ging es mit ihrer Karriere steil bergauf, obwohl sie keine journalistische Ausbildung hatte. Julia war einfach ein Naturtalent. Manchmal war es anstrengend, einen solchen Menschen zu lieben und mit ihr zusammenzuleben, weil man gleichzeitig auch ein bisschen neidisch war und dachte: Und was ist mit mir? Ich habe doch alles richtig gemacht.

Er setzte sich auf das Bett im Schlafzimmer und sah in den blauen Himmel vor dem Fenster. Die Wohnung, die er mit Julia teilte, befand sich in einem Gebäude aus der Jahrhundertwende und gehörte Thors Großmutter. Hohe Decken und viel Licht, aber leider waren sie gezwungen, von allen Zimmern aus auf Häuserfassaden zu starren. Nur im Schlafzimmer zeigte ein Fenster auf einen Park. Das Bett knarrte traurig unter seinem Gewicht, als er auf dem Rücken lag. An der Decke drehte sich eine verirrte Fliege im Kreis, als hätte sie den Gleichgewichtssinn verloren, und schien genauso verwirrt, wie Thor sich fühlte. Dieses beunruhigende Gefühl kannte er gut. Es trat immer dann auf, wenn er etwas Untypisches machte. Das war die Art und Weise, wie ihn sein Unterbewusstsein strafte. Aber auf dem Bett zu liegen und an die Decke zu starren, würde ihm jetzt auch nicht helfen.

Er setzte sich auf und rief Julia an. Sie ging sofort ans Telefon. In einem langen Satz ohne Atempause erzählte er ihr alles, was passiert war. Julia reagierte ganz anders, als er erwartet hatte.

»Ich habe dich von Anfang an vor diesen Schweinen gewarnt. Gut, dass du gekündigt hast.«

»Aber, Julia! Ich bin jetzt arbeitslos.«

Sie schien den Ernst der Lage nicht zu begreifen.

»Ja, aber keine Panik. Das wird sich alles regeln.«

»Was ist, wenn ich kein gutes Zeugnis von ihnen bekomme, außerdem verdiene ich im nächsten Monat kein Geld und …«

»Ich glaube, ich habe verstanden, was du sagen willst«, unterbrach sie ihn. »Aber davon geht die Welt nicht unter.«

»Das war mein erster richtiger Job.«

Sie schwieg eine Weile.

»Trotzdem – das, was sie über dich gesagt haben, war nicht in Ordnung.«

»Ja, das war eine Schweinerei.« Er spürte, wie er sich erneut hineinsteigerte. »Ich bin so wütend …«

»Hallo?«, unterbrach sie ihn. »Du hast doch nichts falsch gemacht. Du kannst dich damit an die Gewerkschaft wenden und ihnen drohen, wenn sie dir kein gutes Zeugnis ausstellen. Vergiss nicht, wie viele Leute gehört haben, wie sie dich in der Live-Sendung beleidigt haben.«

Langsam beruhigte er sich wieder, spürte, wie er ein wenig von seiner Ruhe und Zuversicht zurückgewann.

»Du wirst einen neuen Job finden«, sagte sie. »Soll ich in meiner Redaktion mal fragen?«

»Nein! Auf keinen Fall.«

Er war zu stolz, von ihren Verbindungen zu profitieren. Zu stolz, um Geld von seinem Vater anzunehmen. Zu stolz, um überhaupt um Hilfe zu bitten. Er wollte auf eigenen Beinen stehen.

Julia schwieg wieder.

»Vielleicht solltest du einfach für ein paar Tage wegfahren. Etwas Abstand gewinnen. Fahr doch nach Süden. Mal sehen, wo du landest.«

Er schluckte. Julia nahm die Sache viel zu leicht. Andererseits sah sie in jedem Hindernis eine Chance.

Er versprach, darüber nachzudenken und sich später bei ihr zu melden. Sie tauschten noch ein paar Liebesbekundungen aus, dann beendeten sie das Telefonat. Thor sah, dass Vincent inzwischen versucht hatte, ihn zu erreichen, aber er hatte nicht vor, zurückzurufen und um Verzeihung zu bitten. Nie wieder würde er einen Fuß an diesen verfluchten Ort setzen.

Er schloss die Augen und ließ seine Gedanken schweifen. Sie landeten in seiner Kindheit – als er als Kind in einer Sekte gewesen war. Diese Zeit fühlte sich sehr weit entfernt und gleichzeitig unglaublich nah an. Er hatte so viele Erinnerungen. Thor hatte seine Lebensgeschichte immer in zwei Teile geteilt: das Leben in der Sekte und das danach. Trotzdem fühlte sich kein Teil wie sein eigener an. Er empfand nur eine große Leere, war nirgendwo zugehörig.

Die Schüler der Sekte – *Kinder der Erde* – sollten vor allem brav sein und die geistigen Schriften von Franz Oswald auswendig lernen. Sie sollten körperliche Arbeit mit äußerster Sorgfalt verrichten und sich von Drogen, Sex und anderen »unmoralischen« Aktivitäten fernhalten. Er wusste, dass eine solche Art der Erziehung dazu führen kann, dass man sich entwurzelt und ausgestoßen fühlt. Glücklicherweise kann sie einen aber auch dazu ermutigen, sich anzupassen und sich anzustrengen. Letzteres hatte er getan und sein neues Leben in Freiheit mit großer Entschlossenheit in Angriff genommen. Aber jetzt beschlich ihn der diffuse und verwirrende Gedanke, dass er einfach immer nur brav gewesen war. Klassenbester im Gymnasium. Ein Musterstudent im Journalismus-Studium. Er rauchte nicht und trank selten. Vor Julia hatte er nur eine Freundin gehabt. Plötzlich erschien ihm seine Tugendhaftigkeit unfassbar langweilig. Und Julia war das genaue Gegenteil, sie versuchte erst gar nicht, brav zu sein, und hatte viel Spaß. Sie strotzte nur so vor Leben. Und sie zeigte eine Wildheit, die immer neue Abenteuer anlockte.

Leg eine Pause ein, hatte sie gesagt. Geh auf Reisen. Konnte er das tatsächlich tun, ohne von einem schlechten Gewissen geplagt zu werden, weil er nichts Sinnvolles machte? Was würde passieren, wenn er alles, was er für wichtig hielt, hinter sich ließe? Er stellte sich vor, wie er mit dem Wagen und einem kleinen Rucksack als Gepäck in den Süden fuhr, in Hotels wohnte, abends essen ging und danach in einen Club. Und wenn er all das tun würde, was ihm die Sekte verwehrt hatte. Er würde Spaß haben, so wie jeder andere Zwanzigjährige auch. Der Gedanke erzeugte eine angenehme Erregung. Irgendwo hatte er gelesen, dass Kinder von psychopathischen Eltern übermäßig pflichtbewusst und zu vorsichtig und zaghaft werden können. Ein weiterer Grund, seine Grenzen einmal auszutesten.

Er hatte nicht viel Geld gespart, aber es gab ein Bankkonto, auf das Franz eine große Summe eingezahlt hatte – Geld, das Thor bisher nicht anrühren wollte. Jede Schülerin und jeder Schüler von *Kinder der Erde* hatte ein solches Konto eingerichtet bekommen. Franz hatte das als *ein Wundpflaster* bezeichnet, was Thor sofort als Erpressung entlarvt hatte. Denn Franz wollte natürlich verhindern, dass die Schüler und Schülerinnen Details über die autoritären Erziehungsmethoden der Schule verrieten. Und da sich sein Leben gerade wie eine offene Wunde anfühlte, erschien es richtig, das Pflaster zu benutzen. Er würde die Summe zurückzahlen, sobald er einen neuen Job hatte.

Er öffnete die Augen und starrte ausdruckslos ins Leere. Da war er wieder: der Drang, etwas Unüberlegtes, Kopfloses zu tun.

Kapitel 2

Seit einem halben Jahr ging Thor einmal im Monat zur Therapie. Julia hatte ihm das vorgeschlagen, weil sie der Ansicht war, dass er davon profitieren würde, wenn er seine Zeit in der Sekte mit professioneller Hilfe verarbeiten würde. Seine Psychologin war schon etwas älter, hieß Clara Linder und erinnerte ihn auf eine gute Art an seine Großmutter. Groß und kräftig, dunkles Haar, dunkle Augen, dunkle Stimme, und dabei hatte sie die Gelassenheit von jemandem, der schon so viel Wahnsinn erlebt hat, dass ihn nichts mehr überraschen kann. Das war es, was ihm am besten an ihr gefiel. Sie hörte ihm zu, hörte sich die verrücktesten Geschichten aus der Zeit bei der Sekte an, ohne eine einzige Miene zu verziehen.

Anfangs hatte Clara versucht, ein alles auslösendes Trauma bei ihm ausfindig zu machen, wie man es bei jemandem mit einer posttraumatischen Belastungsstörung tut. Und natürlich fand sie auch ein Trauma, aber das war nichts, was so nachhaltig gewirkt hatte, dass es sein Verhalten erklären konnte. Nach einigen Sitzungen kam die Erkenntnis – wie ein Blitz über dem Heidemoor –, dass sein Trauma der damalige Alltag gewesen sein musste. Dinge, die sich so tief eingegraben hatten, dass sie zur Routine geworden waren. Ständiger Schlafentzug zum Beispiel. Willkür und Strafe, wenn Franz schlechte Laune hatte – und seine Laune konnte sich in Sekundenschnelle ändern. Die militärische Disziplin, Unordnung als einen schweren Verstoß gegen die Vorschriften zu verstehen. Der Zwang, über die Ungerechtigkeiten zu schweigen. Die erzwungene sexuelle Enthaltsamkeit. Das alles war Teil seines Alltags gewesen – hatte über die Zeit hinweg langsam seinen Willen gebrochen und war schließlich zu seinem Trauma geworden. Als er Clara das erste Mal davon erzählte, brach ein Damm, die Worte sprudelten nur so aus ihm heraus. Die Nichteinhaltung von Regeln löste nach wie vor das größte Unbehagen bei ihm aus. Er fühlte sich gezwungen, bestehende Regeln oder neue Regeln zu befolgen. Und zwar bis aufs Komma genau. Er erzählte von seinem Ordnungsfimmel und seinem ungewöhnlich hohen Kontrollbedürfnis, wenn es um alltägliche Aufgaben ging. Und dass die Aussicht, weniger als acht Stunden Schlaf zu bekommen, Panik in ihm auslöste. Und dann war da noch die Sache mit der Pünktlichkeit. Er verspürte den irrationalen Zwang, wesentlich früher zu einem Termin aufbrechen zu müssen, als es notwendig war. Einmal hatte er verschlafen und kam mit hängender Zunge gerade noch rechtzeitig zur Arbeit. Trotzdem blieb dieses Gefühl von Unbehagen den ganzen Tag über präsent.

Als er fertig war, lächelte Clara ihn an.

»Was passierte denn, wenn man die Regeln der Sekte brach?«, fragte sie.

»Die Bestrafung war vollkommen willkürlich. Es konnte alles sein – die ganze Nacht aufbleiben und die Toiletten mit einer Zahnbürste schrubben bis zum Ausschluss aus der Gruppe. Aber die Umstände haben sich ja geändert, und warum verhalte ich mich trotzdem so?«

Claras Antwort hallte lange in ihm nach.

»Sie haben sich diese Verhaltensweisen als Vermeidungsstrategien angewöhnt, damit das Trauma aus der Sektenzeit nicht greifen kann. Es gibt keinen Grund, diese Verhaltensweisen zu ändern, wenn sie Ihnen guttun und Sicherheit bieten. Versuchen Sie daran zu denken, dass die Angst, die Sie ab und zu empfinden, nur eine Reaktion Ihres Körpers ist. Ihr Nervensystem erinnert sich an Vergangenes. Aber darauf müssen Sie nicht immer Rücksicht nehmen.«

»Was kann ich tun?«, fragte Thor.

»Fordern Sie sich ab und zu heraus. Kommen Sie ein paar Minuten zu spät zur Arbeit. Schlafen Sie eine Nacht etwas weniger als sonst. Und stellen Sie sich darauf ein – Sie *werden* Angst haben, aber vielleicht ist es nicht so schlimm, wie Sie denken.«

Er hatte es versucht, und es war nicht einfach gewesen. Zwei Schritte vor und einen Schritt zurück.

Es war die Erinnerung an Claras weise Worte, die ihm jetzt bei der Entscheidung halfen. Er würde tatsächlich aufbrechen und auf Reisen gehen, obwohl sein Körper schrie, er solle sich sofort einen neuen Job suchen. Aber dieses Mal würde er nicht darauf hören.

Am nächsten Tag stieg er in sein Auto und fuhr in Richtung Süden. Er war schon ein paar Stunden unterwegs und fühlte sich erstaunlich gut. Es war noch früh am Vormittag, der Verkehr floss reibungslos. Die Sonne stand höher am Himmel und blendete ihn nicht mehr. Er hatte einen Halt an einer Tankstelle gemacht, getankt und gefrühstückt, und war wieder aufgebrochen. Vor ihm fuhr ein Lastwagen, hinter ihm ein Wohnwagen, aber er hatte gar nicht das Bedürfnis zu überholen. Er hörte Musik und trommelte im Takt mit den Fingern auf dem Lenkrad.

Es war eine Wohltat, die Großstadt hinter sich zu lassen. Zu beiden Seiten der Autobahn E6 breitete sich ein Flickenteppich von Feldern aus. Weidenröschen und Rote Fingerhüte standen am Straßenrand und wiegten sich im Wind, der Himmel war strahlend blau und wolkenlos. Thor war von der flachen, weiten Landschaft von Schonen begeistert, die sich so sehr von der roh wirkenden Bohusküste unterschied. Das schöne Wetter würde anhalten, hieß es. Der Winter war bitterkalt gewesen, der Frühling nass, aber der Sommer hatte bisher alle mit Wärme und einer Rekordzahl von Sonnenstunden überrascht.

Für seine Reise hatte er sich einen vorläufigen Plan gemacht. Die erste Nacht würde er an der Küste in Båstad verbringen. Morgen würde er weiter in die Studentenstadt Lund fahren, wo es im Sommer zwar eher trostlos und menschenleer war, aber er wollte die alte, historische Universität besichtigen. Dort würde er dann entscheiden, wohin er als Nächstes fuhr. Vielleicht über die Brücke nach Kopenhagen.

Die Kündigung nagte noch in ihm, eine Unzufriedenheit machte ihm zu schaffen. Er konnte das Gefühl nicht abschütteln, allgemein … inkompetent zu sein. *Papa hat mir dieses Gefühl immer vermittelt.* Dieser Gedanke tauchte wie aus dem Nichts auf und brachte ihn ins Grübeln, ob er seinem Vater unterbewusst das Gegenteil beweisen wollte.

Wie seltsam, dass er in letzter Zeit so viel an seinen Vater denken musste. Eigentlich hatten sie doch ein ganz gutes Verhältnis. Vor drei Jahren etwa, als sich die Skandale um Franz gehäuft hatten, waren sie in ihre größte Krise geraten. Thor hatte gedroht, den Kontakt abzubrechen, und tatsächlich hatte sich sein Vater seither große Mühe gegeben. Franz führte mittlerweile ein relativ ruhiges Leben auf Dimö und betrieb eine Art Retreat, das sich auf

Wanderungen durch die Natur, gesunde Ernährung, Eisbaden, Vogelkunde und Sternbeobachtung im Heidemoor konzentriert hatte. Abends unterhielt Franz seine Gäste mit Vorträgen, die angeblich äußerst beliebt waren. Doch manchmal fragte sich Thor, ob das nur die Ruhe vor dem Sturm war. Ob sein Vater nicht in Wirklichkeit eine tickende Bombe war, die jederzeit explodieren konnte. Es wäre nicht das erste Mal, dass sich Franz zurückzog, um dann etwas vollkommen Unfassbares zu tun.

Thor hatte noch nie jemanden so sehr gehasst wie seinen Vater, trotzdem liebte er ihn über alles. Als Kind hatte er Franz verehrt, aber je mehr die Grausamkeiten im Sektenalltag zugenommen hatten, desto stärker verblasste die Liebe und verwandelte sich in Bitterkeit. Er erinnerte sich genau an den Moment, als er wieder Liebe empfand. Vor vielen Jahren war Franz nach einem Schlaganfall völlig gelähmt gewesen. Thor besuchte ihn regelmäßig, pflichtbewusst, vor allem, weil Franz sonst niemanden hatte. Er kam sich dumm und unbeholfen vor, als er die schlaffe Hand seines Vaters hielt. Um das peinliche Schweigen zu brechen, erzählte er ihm, wie ungerecht er sich als Kind behandelt gefühlt hatte. Nach einer Weile gingen ihm die schlechten Erinnerungen aus, und er begann stattdessen von den guten zu erzählen. Als Thor von einer besonders schönen Erinnerung sprach, stiegen Franz die Tränen in die Augen, die er selbst nicht wegwischen konnte. Diese offensichtliche Schwäche eines Mannes, der in Thors Welt früher einmal der Stärkste von allen gewesen war, löste etwas in ihm aus. Das Bild brannte sich auf seine Netzhaut. Die hilflosen Tränen eines gelähmten Mannes. Seitdem führte er den unermüdlichen Kampf, um Franz dazu zu bringen, sich wie ein normaler Mensch zu verhalten.

Und ganz plötzlich hatte er Schwierigkeiten, sich aufs Fahren zu konzentrieren. Die Vergangenheit meldete sich zu Wort. Er versuchte, seine Gedanken davon abzuhalten, in diese Richtung zu wandern. Mit Logik an die Sache heranzugehen. In letzter Zeit war doch nichts Schlimmes passiert. Vielleicht sollte er nicht immer so hart mit Franz ins Gericht gehen. Und wahrscheinlich verstärkte der Stress durch die Kündigung alles nur noch.

Das Auto vor ihm wurde langsamer, die Abfahrt Richtung Båstad kam als Nächstes. Seine Beklemmung schlug in Fröhlichkeit um. *Ich bin losgefahren. Ich habe es tatsächlich getan!* Er verlangsamte das Tempo, hatte eine Hand locker auf dem Lenkrad und sah aus dem Fenster. Hellgrüne Felder unter einem strahlend blauen Himmel. Dieser Anblick genügte, um seine innere Ruhe wiederherzustellen.

Er checkte in einem Vier-Sterne-Hotel ein, fest entschlossen, sich was Gutes zu tun. Am Nachmittag schlenderte er ziellos durch die Straßen und zum Strand hinunter. Zu Mittag aß er in einem Gartenlokal und kam mit einer Gruppe von Leuten in seinem Alter ins Gespräch. Sie waren aus Stockholm, braun gebrannt, leicht bekleidet und lebenslustig. Vor allem fiel ihm ein Mädchen namens Hanna auf. Sie war blond, blauäugig, schlank, mit hohen Wangenknochen. Zerbrechlich. Ganz anders als Julia, die kurvig, dunkel und kraftvoll war. Ihre Blicke trafen sich, und von einer Sekunde zur anderen veränderte sich ihr Ausdruck. Nur für einen Augenblick zwar, aber er hatte es ganz deutlich gesehen. Verlangen. War es so einfach? Gleich im erstbesten Biergarten begegnete er seinem Abenteuer? Hanna lächelte ihn einladend an. Abgesehen von einem Anflug von Gewissensbissen Julia gegenüber bereitete ihm der Gedanke, mit einer Fremden zu flirten, noch keine Schwierigkeiten.

Hanna schlug vor, sich später am Abend in der Bar von Pepes Bodega zu treffen, und Thor versprach zu kommen. Eine Wespe landete auf seinem Teller und krabbelte über die Essensreste. Er versuchte sie wegzuscheuchen, aber sie kam immer wieder. Das hartnäckige, aggressive Verhalten des Insekts gruselte ihn. Ein Detail, dem er aber erst etwas später Beachtung schenken würde.

Es war ein großartiger Abend, zumindest zu Anfang. Er ließ sich vom Strom der Sommergäste durch die Stadt tragen und inhalierte die vielen Gerüche von gegrilltem Fleisch und frischer Seeluft. Er lauschte dem Gemurmel der Stimmen, dem Echo des anhaltenden Lachens und der Musik, die aus den Bars und Booten im Hafen drang. Er lächelte Menschen an, die er nicht kannte und nie kennenlernen würde. Zum ersten Mal seit langer Zeit fühlte er sich unbeschwert.

Vor Pepes Bodega hatte sich eine Menschenmenge gebildet und hörte dem Live-Auftritt einer Countryband zu. Thor ging hinein, und Hanna kam sofort auf ihn zu. Sie zog ihn mit sich an die Bar, wo sie mit ihren Freunden stand, und sie nahmen ein paar Drinks. Dabei standen sie dicht nebeneinander, ihre nackten Arme berührten sich. Julias Gesicht tauchte für eine Sekunde vor seinem inneren Auge auf, aber das Verlangen, alle Hemmungen fallen zu lassen, war stärker. Nach einem weiteren Drink schlug Thor vor, nach draußen zu gehen, um frische Luft zu schnappen. Sie liefen Richtung Strand. Hanna redete unaufhörlich über Dinge, die ihn eigentlich nicht interessierten, aber er genoss den Klang ihrer weichen Stimme und ihre Gesellschaft. Sie setzten sich in die Dünen, mit Blick aufs Meer. Eine laue Sommernacht, in der die Lichter der Stadt und der fast volle Mond Helligkeit spendeten. Seine Gedanken wanderten nach Dimö, er musste an die undurchdringliche Dunkelheit auf den Klippen denken und an das Meer, das fast immer in Bewegung war. Das Wasser in dieser Bucht schien ihm fast unnatürlich ruhig, wie in einem Ententeich. Der Strand hier war von Hunderttausenden von Touristen plattgetrampelt worden. Er musste an die mächtigen Klippen von Dimö denken, die wie Wächter der Heide in den Himmel ragten. Im Vergleich dazu wirkten die Dünen hier eher armselig. Båstad war bewohnt und wies keine weiteren Besonderheiten auf, Dimö hingegen schien ihm so unergründlich wie das Wetter auf der Insel. Er riss sich aus seinen Gedanken und sah Hanna an. Schließlich war er nicht wegen der schönen Natur zum Strand gegangen. Hanna gestand nach einem kurzen Zögern, dass sie wusste, wer Thor war.

»Dein Vater und du, ihr seht euch ziemlich ähnlich, abgesehen von deinen roten Haaren«, sagte sie. »Ich habe dich sofort erkannt.«

»Sonst sind wir uns aber überhaupt nicht ähnlich«, antwortete er abwehrend.

»Aber du bist genauso heiß wie er«, sagte sie und errötete leicht.

»Ich habe eine Freundin«, platzte es aus ihm heraus.

»Ich weiß«, sagte sie. »Diese Journalistin, die richtig gute Artikel schreibt.«

Die Vorstellung, dass Hanna im Laufe des Nachmittags wahrscheinlich alles gelesen hatte, was sie im Internet über ihn finden konnte, irritierte ihn. Er war es leid, immer und ausschließlich mit seinem Vater in Verbindung gebracht zu werden. Das war abtörnend, und einen kurzen Augenblick lang überlegte er, ins Hotel zurückzugehen und sich ins Bett zu legen. Sie schwiegen. Dabei gelang es ihm, seinen Fluchtimpuls zu unterdrücken.

»Und ich habe auch einen Freund«, sagte sie. »Er sitzt mit den anderen in der Bar. Aber in den Ferien haben wir uns auf eine offene Beziehung geeinigt. Wie sieht das bei dir aus?«

»Eigentlich nicht«, gab er zu.

»Dann lass uns einfach hinterher so tun, als wäre es nie passiert«, schlug sie vor.

Das würde niemals funktionieren, das war ihm sofort klar. Er mochte imstande sein zu lügen, dass sich die Balken bogen, aber Julia konnte er nicht anlügen. Mit einem vielsagenden Blick sagte er: »Das kriegen wir schon hin.« Es klang nach einer Überzeugung, die er gar nicht empfand.

Sie strahlte übers ganze Gesicht, und jetzt hatte er Lust, sie zu küssen. Sie war hübsch, ihr langes Haar bewegte sich sanft im Wind. Aber irgendetwas hielt ihn ab, und er drehte den Kopf zur Seite. Als er sein Gesicht wieder Hanna zuwandte, hielt sie ihm etwas hin. In ihrer Handfläche lagen zwei kleine Pillen. Sie steckte eine in den Mund und schluckte sie schnell herunter.

»Damit wir in Stimmung kommen«, sagte sie und lächelte verschmitzt.

Die zweite Pille lag unberührt in ihrer Handfläche.

Thor kämpfte einen stummen Kampf mit der Stimme seines Gewissens, die ihn schon sein ganzes Leben lang begleitete. Sie warnte ihn, dass es jetzt gefährlich, dumm und zerstörerisch wurde. Aber heute Abend wollte er nicht auf sie hören. Schnell nahm er die Pille, bevor er seine Meinung ändern konnte, und steckte sie sich in den Mund.

Schluckte. Er fragte nicht einmal, was es war. Es schien ihm besser, das nicht zu wissen. Er wollte sich überraschen lassen.

Lange saßen sie schweigend nebeneinander, lauschten dem sanften Wind im Schilf und auf das Plätschern der Wellen. Die Spannung zwischen ihnen war spürbar, aber nicht unangenehm. Er sprach über albernes Zeug, über das Wetter, bis er sich endlich ein Herz fasste und sie küsste. Aber der Kuss war nicht so angenehm, wie er erwartet hatte. Zu kalt, zu feucht, eine unerwartete Enttäuschung. Auf einmal hatte er den unwiderstehlichen Drang, sich zu bewegen … und stand auf. Da wurde ihm schlagartig übel und er taumelte. Hanna sprang auf, packte ihn am Arm und sah ihn besorgt an.

»Oh Gott, deine Pupillen sind ja riesig. Das ist doch nicht dein erstes Mal, oder?«

Er nickte schüchtern. Die Übelkeit nahm zu und breitete sich in seinem Körper aus.

Ihm ging es wirklich nicht gut.

»Scheiße, das wusste ich nicht«, sagte sie. »Sorry, ich hätte dich fragen müssen. Das ist ziemlich starkes Zeug.«

»Ich glaube, ich muss mich nur ausruhen«, sagte er. »Ich gehe ins Hotel zurück.«

»Willst du wirklich allein sein?«, fragte sie. »Wenn es dir so schlecht geht, ist das keine gute Idee.«

»Ist schon gut«, sagte er. »Ich komme später wieder und hol dich ab.«

Sie verabschiedeten sich. Auf dem Weg zum Hotel begann sein Puls plötzlich zu rasen und alles um ihn herum war anders als vorher, dramatisch anders. Die Musik aus den Clubs dröhnte in seinen Ohren. Die Farben waren grell, stachen in den Augen. Als er im Hotelzimmer ankam, wo er sofort das Fenster aufriss, weil er das Gefühl hatte, sonst zu ersticken, war er erleichtert. Er legte sich auf das Bett und schloss die Augen. Seine Nerven waren zum Zerreißen gespannt. Er hatte Schüttelfrost und einen bitteren Geschmack im Mund, fühlte sich wie vergiftet. Ungeduldig schüttelte er den Kopf und versuchte, das Gefühl loszuwerden. Als das nicht funktionierte, öffnete er die Augen.

An der Decke saß eine Wespe.

Er fand es seltsam, dass es in einem Vier-Sterne-Hotel Wespen gab.

Auf einmal fühlte es sich an, als hätte er Sandpapier im Hals, etwas steckte in seiner Kehle fest. Er räusperte sich, die Kehle vibrierte, und beim Ausatmen schwirrte eine Wespe aus seinem Mund. Verblüfft sah er zu, wie sie an die Decke flog und sich dort niederließ. Sein ganzer Körper begann zu jucken, innen und außen. Als er seine Arme ansah, waren sie mit Wespen übersät. Krabbelnde, schwirrende Wespen. Hungrig und wütend.

Fuck, fuck, fuck! Das ist ein Horrortrip. Du halluzinierst. Beruhige dich. Atme!

Aber es half nichts. Er schrie und fuchtelte mit den Armen, um die Wespen loszuwerden, sprang aus dem Bett und rannte wie ein Verrückter durchs Zimmer. Immer im Kreis. Der Wespenschwarm war mittlerweile so groß, dass er den ganzen Boden bedeckte. Die Wespenkörper wurden unter seinen Fußsohlen zerdrückt. Er wollte Hilfe holen, aber der Nachttisch, auf dem das Handy lag, war nicht mehr da – und das Bett auch nicht. Die Wespen krabbelten ihm an den Beinen hoch. Er stolperte ins Badezimmer, sank auf den Boden und öffnete den Klodeckel. Sogar die Toilettenschüssel war voller Wespen. Sie verschwanden auch nicht, nachdem er sich mehrmals heftig übergeben hatte. Die einzigen wespenfreien Stellen waren die gekachelten Wände. Er redete mit ihnen, lange und wirre Sätze. Es klang wie eine fremde Sprache. Er sprach tatsächlich mit den Wänden!

Nach einer gefühlten Ewigkeit gelang es ihm aufzustehen. Er betrachtete sein Spiegelbild. Sein ganzes Gesicht, mit Ausnahme von Mund und Augen, war mit Wespen übersät. Es fühlte sich so unerträglich an, dass die Angst in Verzweiflung umschlug. Er taumelte aus der Toilette, sackte auf den Boden und stieß eine Mischung aus Schluchzen und verzweifelten Schreien aus. Dann kniff er die Augen zu, wollte so die Halluzination verjagen. Es wurde schwarz vor seinen Augen. Das hysterische Summen der Wespen verstummte. Der Juckreiz an seinem Körper ließ nach. Als er die Augen wieder öffnete, waren die Wespen verschwunden, als wären sie nie da gewesen. Eine kühle Brise wehte durch das offene Fenster herein. Er zitterte am ganzen Körper, dabei aber fühlte er eine unsagbare Erleichterung.

Kapitel 3

Aus Angst, es könnte alles wieder von vorne losgehen, wagte er nicht, sich zu bewegen. Also blieb er da einfach liegen, mit geschlossenen Augen – und genoss die Dunkelheit. Schließlich schlief er auf dem Boden ein und wachte erst wieder auf, als das Zimmer in Sonnenlicht und er in Schweiß gebadet war. Es dauerte einen Augenblick, bis er sich an alles erinnerte, was in der Nacht geschehen war. Er suchte das Zimmer nach Wespen ab, erkannte aber schnell, wie unsinnig das war. Alles schien so still und ruhig, als ob der Horrortrip nicht mehr als ein seltsamer Traum gewesen war.

In Gedanken ging er alles durch, was seit seinem Einchecken im Hotel passiert war. Die richtige Chronologie. Er hatte Hanna im Biergarten kennengelernt, dann die Pille am Strand genommen und war schließlich von dem Wespenschwarm im Hotelzimmer angefallen worden. Da fiel das fehlende Puzzlestück an seinen Platz. Das sehr klare Bild von der Wespe, die über seinen Teller gekrabbelt war. Sein Ekel vor dem Insekt musste in seinem Unterbewusstsein hängen geblieben und durch die Droge noch verstärkt worden sein. Seltsam. Er sah sich in dem Zimmer um. Obwohl er in seiner Erinnerung wie ein Verrückter herumgerannt war, war nichts umgestoßen worden. Hatte sich das alles nur in seinem Kopf abgespielt, während er die ganze Zeit wie gelähmt auf dem Bett gelegen hatte? Allerdings lag er jetzt tatsächlich auf dem Boden, während ein Windhauch die dünnen Vorhänge bewegte. Als er nach Hause gekommen war, hatte er das Fenster geöffnet, daran konnte er sich erinnern.

Er stand mit wackligen Beinen auf und ließ sich in einen Sessel sinken. Auf dem Nachttisch lag sein Handy. Er wollte etwas über Horrortrips und ihre Auswirkungen erfahren und fand eine Menge an Informationen. Wahnvorstellungen, Übelkeit, Depressionen, Ängste, Paranoia und Panik waren die häufigsten Symptome. Außerdem kam es manchmal auch zu Flashbacks. Er hatte das dringende Bedürfnis, mit Julia darüber zu sprechen, aber zuerst wollte er duschen. Er schleppte sich ins Badezimmer zurück und stand lange unter dem heißen Wasser. Mit einem Handtuch um die Hüften gewickelt, setzte er sich aufs Bett und rief Julia an, die sich sofort meldete. Er ließ sich Zeit und erzählte ihr, was passiert war, ohne irgendwelche peinlichen Details auszulassen. Nachdem er fertig war, herrschte am anderen Ende der Leitung langes Schweigen.

»Warum sagst du nichts?«, fragte er.

»Du hast mich betrogen«, sagte sie leise.

»Es war nur ein Kuss, bitte glaub mir.«

»Du wolltest mich aber betrügen.«

Er fand ihre Reaktion unsensibel. Der nichtssagende Kuss war so unfassbar trivial im Vergleich zu dem Horrorszenario, das darauf gefolgt war.

»Ich weiß nicht, was ich mir dabei gedacht habe, Julia, und es ist ja auch nichts passiert. Kannst du nicht etwas Mitgefühl zeigen? Ich hätte sterben können.«

»Das ist höchst unwahrscheinlich. Doch nicht von einer einzigen Pille. Ich bin froh, dass es dir wieder besser geht. Möchtest du denn mit anderen Frauen schlafen?«

»Nein, wirklich nicht«, seufzte er. »Ich wollte was ausprobieren. Du weißt schon, *Grenzen testen*, wie mein Psychologe das nennt. Vermutlich dachte ich, das würde mich weniger langweilig machen.«

»Du bist nie langweilig. Hast du die Pille einfach so geschluckt?«

»Wie soll man es sonst machen?«

»Zum Beispiel fragen, was es ist.«

»Vielen Dank, jetzt fühle ich mich viel besser. Es ist schön, eine so verständnisvolle Freundin zu haben.«

Sie schwieg einen Augenblick lang. Als sie wieder sprach, klang ihre Stimme wie immer, ohne den Hauch von Sarkasmus.

»Ich war nur ein bisschen schockiert, weißt du?«, sagte sie dann, und in ihrer Stimme klang nicht einmal der Hauch von Sarkasmus mit. »Ich fand es ja gut, dass du verreist und so, aber das hatte ich nicht erwartet …«

»Tut mir leid.«

»Das musst du nicht sagen.«

Er konnte Verkehrslärm und Stimmen im Hintergrund hören.

»Bist du unterwegs?«

»Nein, ich stehe auf dem Balkon meines Hotelzimmers.« Plötzlich musste sie lachen. »Jetzt mal ehrlich, was für ein Trip. Das hat doch das Potenzial für einen Horrorfilm. Und das Ende ist ein ganzes Meer aus Wespen, und mittendrin ein Mund, der nach Luft schnappt, und auf der Zunge sitzt eine Wespe. Der letzte Überlebende, nachdem die Killerwespen den Rest der Menschheit ausgelöscht haben. Wie in *Die Vögel*, aber mit Insekten.«

»Hör auf. Das war wirklich nicht witzig. Ist dir klar, was für ein Glück ich hatte? Das hätte auch anders ausgehen können. So ein Trip kann einen das ganze Leben verfolgen.«

»Aber ich glaube nicht, dass dir das passiert. Du klingst wieder ganz normal.«

»Und was soll ich jetzt tun, Julia? Das war mir echt zu viel.«

»Fahr nach Lund. Sieh dir die Universität an. Das hattest du doch sowieso vor, oder?«

»Das ist doch alles Quatsch, diese Reise ist zum Scheitern verurteilt.«

»Gar nicht. Du hast gelernt, dass Drogen scheiße sind.« Sie senkte ihre Stimme, damit sie leiser klang. »Geht es dir denn immer noch schlecht?«

»Nein, jetzt nicht mehr, aber was ist, wenn ich einen Flashback bekomme?«

»Sehr unwahrscheinlich. Trink viel Wasser. Ich wäre gern bei dir, um mich um dich zu kümmern. Ich würde dir einen Tee machen und zu dir ins Bett kriechen. Versprich mir, dass du zum Arzt gehst, wenn es dir schlecht geht.«

»Schon gut. Jetzt übertreib es nicht.« Er war so glücklich, mit Julia zusammen zu sein. »Alles klar, dann fahre ich nach Lund.«

Später sah er, dass Hanna ihm mehrere SMS geschickt und gefragt hatte, ob es ihm gut ging. Er versicherte ihr, dass alles in Ordnung war. Er wäre sofort eingeschlafen und jetzt schon auf der Weiterreise.

Die Sonne brannte vom Himmel über Lund, im Schatten waren es gefühlte dreißig Grad. Aber auf dem Universitätscampus, umgeben von sommerlichem Grün, fühlte es sich unter den riesigen Bäumen angenehm kühl an. Er konnte sich an den alten Gebäuden, die eine ganz besondere

Ausstrahlung hatten, gar nicht sattsehen. Die Fassaden sprachen eine eigene Sprache, strahlten etwas Altes, Wehmütiges und Geheimnisvolles aus. Wenn die Wände doch nur die Geschichten erzählen könnten, die sich hier abgespielt hatten! Während er über den Campus schlenderte, las er auf seinem Handy, was das Internet über die Universität zu sagen hatte. Sie war die größte Universität im Norden Europas und 1666 gegründet worden. Diese Jahreszahl war eine besondere. Er hatte etwas über die 666 gelesen – in der Bibel. *Die Zahl des Tieres, nicht des Teufels, sondern der Macht, die ihm auf Erden dient.* Das war aufregend. Franz hatte hier studiert. Warum hatte er ihm nie von seiner Zeit an der Universität erzählt?

Er öffnete eine Karte von Lund und stellte fest, dass fast alle Sehenswürdigkeiten zu Fuß zu erreichen waren. Also beschloss er, sich einige davon anzusehen. Zuerst die Domkirche, vor allem die Krypta aus dem 12. Jahrhundert – angeblich war dies der älteste sakrale Raum Schwedens – beeindruckte ihn besonders. Das Licht, das auf die Säulen fiel, erzeugte einen Eindruck, als würde die Decke schweben. Danach ging er ins Museum der Skizzen, wo er sich lange aufhielt und sich die vielen Entwürfe öffentlicher Kunstwerke ansah.

Als ihm schwindlig wurde und seine Beine vom vielen Laufen zittrig waren, stellte er fest, wie durstig er war. Er leerte die Flasche Wasser, die er in einem Kiosk gekauft hatte, setzte sich dann aber ins Restaurant des Museums und bestellte sich eine Spinatquiche und zwei Flaschen Apfelsaft. Es waren kaum Gäste da, außer ihm selbst, einem älteren Mann und einer Familie mit Kindern. Er setzte sich an einen Fenstertisch, streckte seine Beine aus und lehnte sich mit einem genüsslichen Seufzer zurück.

Wie gut, dass er doch noch nach Lund gefahren war. Diese Stadt gefiel ihm nämlich gut. Auch die Kündigung war inzwischen in den Hintergrund gerutscht. Obwohl Vincent angerufen und eine Nachricht hinterlassen hatte, in der er ihm versicherte, dass er *absolut nicht die Absicht gehabt hatte, ihn zu verletzen*. Klar.

Das Einzige, was die Harmonie jetzt störte, war das Fiasko gestern. Warum hatte er nur diese Pille genommen? Er hatte zwar etwas getrunken, aber er war doch nicht so betrunken gewesen, dass es als *Ausrede* herhalten konnte.

Das Schlimmste war nun aber überstanden. Ein totales Abschleppdesaster und ein grausamer Horrortrip. Schlimmer konnte es nicht werden.

Aber es wurde noch schlimmer.

Kapitel 4

Von all den schrecklichen Erinnerungen, die Thor an die Zeit in der Sekte hatte, war die Frau, die jetzt an seinen Tisch kam, mit einer der schlimmsten verbunden. Obwohl es acht Jahre her war, dass sie sich das letzte Mal gesehen hatten, erkannte er sie sofort. Elisabeth, oder Elisa, wie sie damals hieß, war zu der Zeit in der Schule auf ViaTerra wie eine Bombe eingeschlagen. Ihre Eltern hatten sie dorthin geschickt, weil sie widerspenstig gewesen war, eine jugendliche Rebellin. Sie war außergewöhnlich schön, eine überwältigende Schönheit, die Thor zwar etwas erschreckend gefunden hatte, aber das hatte ihn keineswegs davon abgehalten, wie alle anderen Jungen in der Schule von ihr zu träumen.

Elisabeth strahlte allerdings noch mehr als nur Schönheit aus. Sie war von einer Kühnheit, einer fast elektrisierenden Energie. Und im Vergleich zu ihm, der zu diesem Zeitpunkt noch keine richtige Persönlichkeit entwickelt hatte, hatte sie so besonders echt gewirkt.

Es dauerte nicht lange, bis auch Franz Elisabeth bemerkte. Thor wusste nicht, was dann zwischen ihr und seinem Vater vorgefallen war, aber es musste etwas Schreckliches gewesen sein. Sie war ein paar Tage krankgeschrieben, und als sie schließlich zurückkam, sah sie aus, als wäre sie in ein Erdbeben geraten. Kurz darauf verließ sie ViaTerra und kam nie wieder zurück. Einige Zeit später veröffentlichte sie einen Blogbeitrag, in dem sie erzählte, dass sie mit Franz Sex gehabt hatte. Sie benutzte das Wort Vergewaltigung zwar nicht, aber zwischen den Zeilen war es deutlich zu lesen.

Franz' Reaktion darauf war ein Video, an dem Thor nur widerwillig teilgenommen hatte. Aber eine Weigerung kam damals nicht infrage. Und genau dieses Video trieb ihm, als Elisabeth jetzt vor ihm stand, die Schamesröte ins Gesicht. Alle Schüler und Schülerinnen von *Kinder der Erde* wurden vor laufender Kamera interviewt und aufgefordert, von Gelegenheiten zu erzählen, bei denen Elisabeth sie angelogen hatte. Aber Elisabeth hatte Thor niemals angelogen. Im Gegenteil, er fand sie aufrichtig und ehrlich. Nachdem der Druck auf ihn erheblich erhöht worden war, erinnerte sich Thor doch noch an etwas, bei dem Elisabeth *vermutlich* gelogen hatte. Und diese Aussage wurde gefilmt. Kurze Zeit später entfernte Elisabeth ihren Blog-Eintrag. Das hatte Thor noch lange beschäftigt. Bei den *Kindern der Erde* gab es die ungeschriebene Regel, dass man sich für Franz als Leiter einsetzte, und zwar koste es, was es wolle. Aber in Wahrheit hatte Elisabeth Thor nie etwas getan.

»Ich glaube es nicht, Thor! Du bist das doch, oder?«, rief sie, obwohl sie ihn schon längst erkannt hatte. In ihren Händen hielt sie ein Tablett mit einem Salat und einem Glas Wasser.

Er sprang auf und stieß dabei sein Glas um. Der Apfelsaft ergoss sich über den Tisch. Elisabeth stellte das Tablett auf dem Nebentisch ab, schnappte sich ein paar Servietten und wischte den Saft auf, was Thor noch mehr in Verlegenheit brachte. Gemeinsam beseitigten sie das Malheur.

»Darf ich mich zu dir setzen?«, fragte sie höflich.

»Natürlich«, antwortete er und machte eine einladende Geste.

»Du erkennst mich auch wieder, oder?«, fragte sie.

»Ja, natürlich. Elisa Bonelli, richtig?«

»Stimmt, allerdings ist Bonelli der Mädchenname meiner Mutter, und ich benutze jetzt Troelius, den grandiosen Familiennamen meines Vaters. Und von dem alten Spitznamen habe ich mich auch verabschiedet; ich nenne mich jetzt einfach Elisabeth. Ich glaube, man könnte das einen Neuanfang nennen nach meiner Teenagerzeit.«

Sie stellte ihr Tablett auf seinen Tisch und setzte sich ihm gegenüber. Sie war noch genauso schön, wie er sie in Erinnerung hatte. Honigblondes Haar, das ihr in einer weichen Welle über die Schultern fiel. Große Augen mit langen Wimpern. Alles an ihr wirkte sinnlich – ihre Bewegungen, ihr Lächeln und ihre Stimme. Für seinen Geschmack war sie etwas zu raffiniert, nicht wie Julia, die sich sofort natürlich und spontan gab. Er wollte sie eigentlich nicht mit anderen Frauen vergleichen, aber jetzt tat er es trotzdem.

Und beschloss, den Stier bei den Hörnern zu packen.

»Ich möchte mich ehrlich für das entschuldigen, was damals passiert ist, nachdem du von der Schule gegangen bist. Für den Film, meine ich.«

Elisabeth winkte mit der Hand.

»Mach dir keinen Kopf. Das war ja nicht deine Schuld. Und übrigens haben Franz und ich uns ausgesprochen und wieder versöhnt.«

Zuerst dachte Thor, er hätte sich verhört.

»Du hast dich mit meinem Vater ausgesprochen und versöhnt?«

Sein verständnisloser Blick brachte sie zum Lachen.

»Ja, mit *deinem* Vater. Er hat sich mit mir in Verbindung gesetzt. Dein Vater wollte die Dinge wieder in Ordnung bringen.«

Sofort schrillten alle Alarmglocken in ihm. Nach Franz' Schlaganfall hatte es beinahe drakonischer Maßnahmen bedurft, um ihn dazu zu bringen, Verantwortung für seine Vergangenheit zu übernehmen. Was hatte das jetzt zu bedeuten?

»Darf ich fragen, was zwischen dir und meinem Vater passiert ist, bevor du von der Schule genommen wurdest?«

Elisabeth lächelte zaghaft.

»Es war tatsächlich so, wie ich in meinem Blog geschrieben habe. Wir hatten Sex. Am Anfang war es gut, dann wurde er aber grob und hat mir Angst gemacht. Da ich nicht protestiert habe, traute ich mich zunächst nicht, es jemandem zu erzählen. Erst später wurde mir klar, dass er mich ausgenutzt hatte. Ich war ja noch minderjährig und Schülerin an seiner Schule. Und er war der Leiter. Deshalb hatte ich den Blogeintrag geschrieben.«

»Du hättest ihn anzeigen sollen.«

Traurig schüttelte sie den Kopf. »Meine Eltern hätten das nie erlaubt. Sie waren, wie alle anderen auch, überzeugt davon, dass ich gelogen habe. Als Franz den Schlaganfall hatte, fand ich auch, das sei Strafe genug. Und jetzt ist er doch ein ganz anderer Mensch geworden, oder?«

»Kann sein«, sagte Thor zögernd. »Wann habt ihr euch das letzte Mal getroffen?«

Sie spießte ein Salatblatt mit ihrer Gabel auf und dachte ernsthaft nach.

»Kurz nachdem er sich von seinem Schlaganfall erholt hatte. Da war er noch in der Reha. Wir haben zuerst miteinander telefoniert. Ich war natürlich misstrauisch, aber dann habe ich sofort gemerkt, dass er sich verändert hat. Das hat dich doch bestimmt auch erleichtert?«

Thor wusste nicht, was er dazu sagen sollte. Es kam zu einer langen Pause. Hier stimmt definitiv etwas nicht. Denn auch noch lange nach seinem Schlaganfall war Franz uneinsichtig und so blind wie ein Maulwurf, was seine Unzulänglichkeiten und Verfehlungen betraf.

»Du hast gesagt, er wollte die Dinge in Ordnung bringen«, erwiderte er. »Wie hat er das gemacht?«

»Kennst du meine Eltern? Carl-Fredrik und Justine Troelius. Sie leben auf einem Gutshof hier in Schonen, sind adelig und steinreich. Es gab Phasen, in denen sind wir nicht gut miteinander zurechtgekommen. Seit ich von zu Hause weggezogen bin, habe ich mich geweigert, Geld von ihnen anzunehmen ... also Almosen.«

Sie hustete und nahm einen Schluck Wasser.

»Verstehe, das kenne ich selbst ganz gut«, sagte Thor.

»Als Franz mich kontaktierte, ging es mir finanziell gerade nicht so gut«, fuhr sie fort. »Ich hatte Schulden, habe Überstunden gemacht, bin aber trotzdem nicht über die Runden gekommen. Das Leben in Lund ist teuer.«

»Hat er dir Geld gegeben?«, fragte Thor entsetzt.

»Nein, nicht direkt. Er hat hier im Stadtzentrum eine Wohnung gekauft, die er mir zu einer absurd niedrigen Miete überlassen hat. Das hat mir dann geholfen, aus dieser Krise herauszukommen. Und es schadet auch nicht, dass die Wohnung wirklich schön ist.«

Thors Entsetzen wurde immer größer. Um den Schock zu verbergen, sah er aus dem Fenster. Die gleißende Sonne stand plötzlich im krassen Gegensatz zu seiner Stimmung. Als er Elisabeth wieder ansah, war ihr Blick auf ihn gerichtet, ohne zu blinzeln.

»Tut mir leid, aber…«, er sah gequält aus, »… das klingt irgendwie verdächtig.«

Sie zuckte mit den Schultern. »Soweit ich weiß, war es eine reine Investition. Er investiert doch hier und da in Immobilien.«

»Ist das alles?«

»Ja, wir haben uns auch noch ausführlich unterhalten. Offenbar hat er sich in einer Therapie mit seinen Aggressionsproblemen auseinandergesetzt. Ich habe aber auch viel über mich gesprochen. Dein Vater ist seit seiner … Veränderung ein richtig guter Zuhörer.«

Thor musste sich auf die Zunge beißen, um es nicht laut auszusprechen: *Und dann hat er mit dir geschlafen*. Denn das würde zu seinem Vater passen. Elisabeths verträumter Blick, wenn sie über Franz sprach, ließ Thor innerlich erschaudern. Er kannte diesen Blick. Wenn Menschen so aussahen, war es unmöglich, ihnen das auszureden. Sie kannten seine dunklen Seiten und waren trotzdem davon überzeugt, dass er zu ihnen anders sein würde – und nur *sie* das Biest zähmen könnten. Erst kam Wärme, dann eine eisige Kälte, gefolgt von noch größerer Hitze. Es war eine altbewährte Technik, die Franz schon in der Vergangenheit bis zur Perfektion beherrscht hatte. Am Anfang gab er sich unwiderstehlich. Am Ende grausam und brutal. Aber dieses dubiose Geschäft mit Elisabeth war nach Franz' sogenannter *Wandlung* zustande gekommen.

»Ehrlich gesagt klingt es so, als hätte mein Vater panische Angst gehabt, dass du ihn doch noch anzeigst«, sagte er.

Elisabeths Augen verengten sich.

»Das glaube ich nicht. Es ging eher um meine Eltern. Mit denen wollte er es sich wahrscheinlich nicht verderben.

Sie hatten früher offenbar viel miteinander zu tun. Du weißt schon, als er hier an der Uni war.«

»Mir gegenüber hat er sie nie erwähnt«, sagte Thor.

»Das war wohl auch vor langer Zeit, bevor wir geboren wurden«, erklärte sie.

Thor wollte wenigstens versuchen, Elisabeth zu warnen. »Meinem Vater kann man nach wie vor nicht trauen.«

Elisabeth beugte sich zu ihm und strich mit einem Finger leicht über seine Wange. »Wie süß du bist. Aber ich kann schon auf mich selbst aufpassen.« Thor wollte sie unterbrechen, aber sie war schneller. »Franz und ich haben uns jetzt schon lange nicht mehr gesehen, nur damit du es weißt. Aber ab und zu schickt er mir eine SMS.«

Thor rutschte auf seinem Stuhl hin und her.

»Bitte sag ihm nicht, dass ich dir das erzählt habe, okay?«, flehte sie. »Es ist zwar kein Geheimnis, aber ich hatte den Eindruck, dass er nicht so gern wollte, dass es jemand erfährt.«

Während sie aßen, unterhielten sie sich ungezwungen. Elisabeth erzählte von ihrem Job als Verkäuferin in einem Modegeschäft. Thor war für diesen Moment der Normalität dankbar und erzählte ein wenig von sich und seiner Leidenschaft für den Journalismus. Dann musste Elisabeth aufbrechen, ihre Pause war vorbei.

Thor blieb sitzen und versuchte, seine Gefühle unter Kontrolle zu bringen. Elisabeths Enthüllung hatte ihn wütend gemacht. Franz hatte sich also eine Wohnung gekauft, in der die junge Frau wohnte, an der er sich damals vergriffen hatte, und dafür bezahlte sie eine *absurd niedrige Miete* – und er schickte ihr *SMS*. In den letzten Jahren hatte sich Thor hinreißen lassen, vorsichtig hoffnungsvoll zu sein. Aber die angespannte Vater-Sohn-Beziehung konnte keine weiteren Geheimnisse mehr vertragen. Könnte es sein, dass Franz seine psychopathischen Neigungen hinter Thors Rücken heimlich weiter auslebte?

Das war so typisch. Der zweite Tag seines sogenannten Urlaubs war noch nicht vorbei, und schon verspürte er den starken Drang, seinen Vater zur Rede zu stellen.

Kapitel 5

FRANZ

Den Sommer auf ViaTerra zu verbringen, ist wie eine Reise in eine andere Zeit zu unternehmen. Die alten Bäume, die üppigen Blumenbeete, die Umrisse des alten Herrenhauses vor einem gleichmäßig blauen Himmel. Aus den Sträuchern steigt der verführerische Duft von reifem und sonnengewärmtem Geißblatt auf. Man hört die Wellen, die geduldig und gleichmäßig gegen die Felsen schlagen. Manchmal fühlt es sich so an, als könnte der Rest der Welt verschwinden, ohne dass wir es hier auf der Insel bemerken.

Gerade habe ich das gemeinsame Mittagessen mit meinen Gästen beendet und bin auf dem Weg in mein Büro. Ich fühle mich ruhig und gelassen. Und das ist keine Ruhe vor dem Sturm, sondern eher die Ruhe vor einer Welle des Erfolgs. Seit ich ViaTerra wieder für Gäste geöffnet habe, läuft mein Geschäft gut. Die Gewinnspanne ist zwar immer noch minimal, aber der Zauber dieses Ortes spricht sich herum … wie ein Lauffeuer. Es ist ein Zufluchtsort, der seine magische Ausstrahlung aus der rauen, brutalen Schönheit der Natur und meinen inspirierenden Vorträgen bezieht.

Als ich über den Hof laufe, schrecke ich einen Schwarm Krähen auf, die in der alten Esche sitzen. Sie heben ab und steigen wie Rußflocken in den Himmel. Die Krähen bewohnen den alten Baum schon, solange ich mich erinnern kann. Ich wette, sie waren sogar bereits da, bevor es Menschen auf der Insel gab. Manchmal, bei Nebel, kauern sie dicht aneinander und sitzen regungslos, wie gefrorene Blätter. Nebel und Dunst ziehen hier schnell auf. Im Herbst kann die ganze Insel tagelang in eisgrauen Dunst gehüllt sein. Aber in diesem Augenblick ist das unendlich weit entfernt. Der Sommer war bisher ungewöhnlich schön.

Auf dem Weg begegne ich einer Frau, die zu meinen Gästen gehört. Von dem kleinen Hügel, auf dem wir stehen, sieht man das Meer, eine schimmernde Hommage an die Farbe Azurblau. Der Leuchtturm hebt sich wie eine silberne Linie vor dem Horizont ab, so gerade wie ein Bleistift. Wir unterhalten uns über das schöne Wetter, die Wassertemperatur, den fangfrischen Fisch, den es zum Mittagessen gab. Sie dankt mir für den gestrigen Vortrag, den sie *ergreifend* nennt. Ich mache ihr ein Kompliment und sage, dass ihr die frische Seeluft sehr gut steht. Mir gefällt es, ein wenig leichtfüßige Wärme zu verbreiten. Meine Gäste sollen mich als Freund und … Ihresgleichen in Erinnerung behalten.

In dem Moment, in dem ich mein Büro betrete, ruft Thor an.

»Hallo, Papa, ich bin in Lund«, sagt er.

Das ist nicht wirklich eine Überraschung. Mir war klar, dass er verreisen würde. Er hatte mich angerufen, nachdem er gekündigt hatte. Kein Tag zu früh. Seine Integrität und seine Fähigkeit, sich gegen Unterdrückung zu wehren, machen mich stolz.

»Wie geht es dir, wie findest du es dort?«, frage ich.

»Ich habe mir alles angesehen und lustigerweise eine

alte Schulfreundin getroffen. Elisabeth Troelius. Kommt dir der Name bekannt vor?«

Ich höre meinen zischenden Atem. Aber schnell sammle ich mich wieder und wähle einen eher lässigen Tonfall.

»Ja, natürlich. Ich weiß, wer das ist.«

»Dann kannst du mir vielleicht auch erklären, warum du dich sofort mit ihr in Verbindung gesetzt hast, nachdem du dich von deinem Schlaganfall erholen musstest?«

Ich lache verwirrt. Offenbar hatte sich Elisabeth nicht an unsere Diskretionsvereinbarung gehalten. Ich entscheide mich für eine glaubwürdige Halbwahrheit.

»Ich hatte mich noch um ein paar unerledigte Privatangelegenheiten gekümmert, bevor ich mich nach Dimö zurückgezogen habe. Was damals passiert ist, hat mich ziemlich belastet. Ich wollte die Verantwortung dafür übernehmen und sicherstellen, dass es Elisabeth gut geht.«

»Und zwar so gut, dass du die Wohnung gekauft hast, in der sie jetzt lebt?«

Wieder ein angestrengtes Lachen. Dieses dumme Mädchen. Wir hatten doch eine Abmachung. Und ausgerechnet Thor, der so vertrauenswürdig ist, dass die Leute ihm immer alles erzählen, plaudert sie alles aus.

»Es ist nicht so, wie du denkst«, sage ich. »Da ist nichts zwischen uns.«

»Ich bin mir nicht so sicher. Aber ich glaube, es geht vielleicht eher darum, sie zum Schweigen zu bringen.«

»Thor, was willst du damit sagen?«

»Ich will sagen, dass du ihr was Schlimmes angetan hast.«

Ich seufze demonstrativ.

»Deshalb wollte ich es ja auch wiedergutmachen.«

»Sie war meine Klassenkameradin. Sie ist fast dreißig

Jahre jünger als du. Das ist doch krank. Wie oft habt ihr euch seit deinem Schlaganfall getroffen?«

Er redet schnell, kalte Stimme, wie immer, wenn er von mir enttäuscht ist. Ich ärgere mich, dass ich mich von ihm herumschubsen lasse. Ich hasse es, dass er diese Macht über mich hat, aber ich weiß auch, dass ich zusammenbrechen würde, wenn er sich von mir abwendet. Das ist zwar absolut unlogisch, aber die Beziehungen zu den eigenen Kindern sind selten logisch. Thor ist meine Achillesferse. Wenn ich mit ihm zusammen bin, werde ich zu einem anderen. Da darf ich endlich ich sein.

»Wir haben uns zweimal gesehen«, antworte ich wahrheitsgemäß. »Einmal waren wir zum Mittagessen verabredet, das zweite Mal haben wir die Wohnung besichtigt.«

»Und dann hast du mit ihr geschlafen?«

»Nein, Thor, das habe ich nicht«, sage ich mit theatralischer Ruhe.

»Was ist stattdessen passiert?«

»Nur ein Kuss. Ist das so seltsam? Ich war zu diesem Zeitpunkt seit fast zwei Jahren nicht mehr mit einer Frau zusammen gewesen.« Sein Schweigen zeigt unmissverständlich, was er denkt. »Du *glaubst* mir nicht?«, sage ich. »Du denkst, ich schlafe nach wie vor mit jeder Frau, die mir in die Finger kommt?«

»Natürlich glaube ich das«, sagt er mit zusammengepressten Lippen. »Was erwartest du denn?«

»Dann schlage ich vor, du fragst Elisabeth einfach selbst. Es war nur ein einziger Kuss – und meine Art, zu zeigen, dass ich mich geändert habe, dass ich empathisch sein kann.«

»Oder mit anderen Worten, deine Art, sie zu manipulieren.«

Obwohl das gefährlich nahe an der Wahrheit ist, finde ich es unfair von ihm. Warum soll ich mir Mühe geben, wenn er sowieso hinter jeder meiner Bemühungen eine versteckte Agenda vermutet?

»Das war gemein«, zische ich.

Er schweigt.

»Die Sache ist die, Papa«, sagt er, und jetzt bebt seine Stimme, die er zu unterdrücken versucht, vor Wut, »du bist noch genauso berechnend wie früher. Wenn man Leute mit Geld besticht, geben sie es einfach aus, aber solange Elisabeth in deiner Wohnung lebt, steht sie in deiner Schuld und ist dir zu Dank verpflichtet.«

Ich resigniere.

»Es war eine Investition und eine gute Tat, sonst nichts.«

Das muss aufhören. Ich beschließe, die Taktik zu ändern und ihn anzugreifen.

»Du kannst nicht einfach in meinem Privatleben herumschnüffeln und hinter meinem Rücken mit Leuten sprechen, Thor. Nur um etwas zu finden, was du mir dann vorwirfst.«

»Das tue ich überhaupt nicht. Ich wollte Urlaub machen, stattdessen bin ich direkt in deine schmutzigen Geschäfte hineingeraten. Ich musste weder schnüffeln noch sonst was.«

»Können wir die Vergangenheit nicht hinter uns lassen? Elisabeth ist doch gar nicht wichtig.«

Ich nehme einen Schluck Wasser. Mein Mund ist plötzlich so trocken.

»Wenn sie angeblich so unwichtig ist, warum interessiert dich dann so, was ihre Eltern denken? Warum hast du mir gegenüber nie über die beiden oder deine Zeit an der Universität gesprochen?«

Ich verschlucke mich fast an dem Wasser. Der Boden unter meinen Füßen schwankt. Es wird beängstigend still im Raum. Das Gespräch ist mir aus den Händen geglitten. Ich muss mir Zeit verschaffen, um eine glaubwürdige Geschichte zu erfinden.

»Thor, warum kommst du nicht für ein paar Tage nach Dimö, und ich verspreche, dir mehr über diese Zeit zu erzählen. Aber ich warne dich, du wirst ganz bestimmt enttäuscht sein, denn es ist gar nichts Weltbewegendes passiert.«

Die Untertreibung des Jahrhunderts, um es gelinde auszudrücken.

»Ja, ich komme bestimmt mal«, sagt Thor. »Darauf kannst du dich verlassen. Und ich werde die Wahrheit herausfinden.«

Ich versuche ihn abzulenken, indem ich ihn frage, was er in seinem Urlaub bisher erlebt hat, aber Thor antwortet nur kurz angebunden.

Nach dem Telefonat sitze ich stumpf da und starre ins Leere. Ich schnappe mir einen Stift und trommele damit immer fester auf den Schreibtisch. Mit der anderen Hand schlage ich das Mobiltelefon auf die Tischplatte. Das Display zersplittert, aber das ist im Augenblick meine geringste Sorge. Das ist das Letzte, woran ich erinnert werden, woran ich denken und worüber ich sprechen möchte, vor allem mit Thor. In den Jahren nach meinem Schlaganfall habe ich versucht, mich mit meiner Vergangenheit auseinanderzusetzen, und es ist mir ganz gut gelungen. Einige Dinge sind ans Licht gekommen. Ich habe Verantwortung für meine Taten übernommen. Andere, weitaus komplziertere Dinge sind längst begraben und müssen es auch bleiben. Was mit dem Ehepaar Troelius geschah, ist so tief vergraben wie der Marianengraben, 11 034 Meter unter dem Meeresspiegel. Bisher ist mir die Selbsttäuschung gelungen, dass nichts davon jemals passiert ist, aber allmählich tauchen die Erinnerungen wieder auf. Ich spüre etwas Dunkles, Verdorbenes und Unheilvolles.

Es ist eine lange, verworrene Geschichte, bei der ich es vorziehe, von mir selbst in der dritten Person zu sprechen:

Ein junger Mann kommt an eine der ältesten und angesehensten Universitäten Schwedens. Er ist stinkreich, was gleichermaßen Fliegen und Raubtiere anlockt. Noch besser aber ist, es geht um altes, geerbtes Geld. Außerdem ist er – ohne Übertreibung – auffallend attraktiv und verfügt über einen außergewöhnlichen Intellekt. Die Jahre an den besten Privatschulen Frankreichs haben ihm seine soziale Kompetenz verliehen, doch es fehlt ihm noch die Finesse, die Erfahrung, um sich im Haifischbecken der einflussreichen Elite zurechtzufinden. Seit langer Zeit spürt er schon diese Sehnsucht, wie ein Loch in seiner Seele, das nur durch außergewöhnlichen Erfolg gefüllt werden kann. Er erhält eine Einladung zu einer exklusiven Veranstaltung im Anwesen einer noblen, wohlhabenden Familie – und nimmt sie an. Das ist der Anfang von allem. Aber noch lange nicht das Ende.

Eine Stimme in meinem Kopf knurrt mich an: *Hast du nicht schon genug Unglück angezogen, Franz?* Ich bringe die Stimme zum Schweigen und konzentriere mich auf die Gegenwart, auf meine Möglichkeiten. Allmählich kehrt auch meine Entschlusskraft zurück. Thor mag so klug sein wie ich, aber ich bin wesentlich gerissener. Und ich werde alles in meiner Macht Stehende tun, um zu verhindern, dass er etwas über meine Zeit auf Glimmingeholm herausfindet.

Kapitel 6

THOR

Er wusste, dass seine Reise hier schon wieder zu Ende war. Seine Lust, neue Grenzen auszuloten, war erloschen. Das Telefonat mit Franz hatte den letzten Funken erstickt. Dieser Spielverderber.

Er hatte einige der Fragen ehrlich beantwortet, das hatte Thor an seiner Stimme hören können. Er glaubte ihm sogar, dass er mit Elisabeth keinen Sex gehabt hatte. Auf diesem Gebiet war Franz sehr viel ruhiger geworden, seit er Maria Brehmer kennengelernt hatte. Da sie so alt war wie Franz und dessen Vorliebe für junge Mädchen berüchtigt war, war Thor von dieser Beziehung anfangs verwirrt gewesen. Aber die beiden waren inzwischen seit mehr als zwei Jahren zusammen, und sie tat ihm gut – sie war witzig, schlagfertig und gegen seine Macken und Stimmungsschwankungen praktisch immun. Nein, bei dieser Sache mit Elisabeth ging es sicher nicht um Sex. Dahinter verbarg sich etwas anderes, das wahrscheinlich mit ihren Eltern zu tun hatte.

Er schlenderte durch die Straßen von Lund, aß in einem Restaurant im Stadtzentrum was Kleines zu Abend und checkte in einem Hotel in der Nähe des Bahnhofs ein. Die Dämmerung war angebrochen, und warme Streiflichter legten sich auf die Stadt. Die Hitze des Tages war einer sanften Sommerbrise und einer angenehmen Kühle gewichen. Er setzte sich auf eine Bank im Bahnhof, um für eine Weile in der Nähe anderer Menschen zu sein. Lange saß er dort und beobachtete die ein- und ausfahrenden Züge und die Reisenden, die sich auf den Bahnsteigen drängten. Seine Unzufriedenheit nahm zu, als er sie unbekümmert ihre großen Koffer hinter sich herziehen und in Richtung Norden oder Süden aufbrechen sah. Er gehörte nicht zu den Reisenden, er musste eine Entscheidung treffen. Entweder ließ er alles los, was mit Franz zu tun hatte, oder er ging seinem Verdacht nach, dass da irgendetwas nicht stimmte.

Er hatte wahnsinnig hart dafür gekämpft, dass sich sein Vater einigermaßen normal verhielt. Die Beziehung zu ihm bedeutete Thor sehr viel. Und obwohl Franz kein gewöhnlicher Vater war, war er doch klug, aufregend und lustig. In den letzten Jahren hatten sie Dinge zusammen unternommen, von denen er als Kind nicht einmal zu träumen gewagt hatte. Sie hatten Urlaub im Ausland verbracht. Waren eine Woche in den Bergen wandern gewesen. Auf diesen Reisen hatte sich Franz immer großzügig und unterhaltsam gegeben und hatte diesen Charme versprüht, der alle Türen öffnen konnte. Und es hatte schon etwas, sich in seinem Glanz zu sonnen. Aber viel mehr noch schätzte Thor die Zeit, die sie allein auf Dimö verbrachten. Sie gingen angeln, segeln, wandern und sahen von den Grotten aus der Sonne zu, wie sie im Meer versank. Auf Dimö lebte auch Thors andere Familie – seine Mutter Elvira, ihr Mann Simon und seine zweijährige Halbschwester Lovisa, die er fast schon abgöttisch liebte. Simon und Elvira leiteten eine Pension auf Dimö und freuten sich immer, wenn er zu Besuch kam. Doch es gab niemanden, zu dem er eine so tiefe, echte Verbindung empfand wie zu seinem Vater.

Thor ging in sein Hotelzimmer zurück, setzte sich an seinen Schreibtisch und klappte den Laptop auf. Er wollte alles über Carl-Fredrik Troelius und Justine Troelius herausfinden – und bekam mehrere Hunderttausend Treffer. Beide waren neunundfünfzig Jahre alt, also acht Jahre älter als Franz. Sie lebten auf Glimmingeholm, einem Gutshof im Nordosten von Schonen. Das Anwesen war ein Zusammenschluss von zwei Gutshöfen aus den Fünfzigerjahren des 17. Jahrhunderts. Bei einer detaillierteren Suche stieß er dann auf Aufnahmen des Anwesens. Das Herrenhaus war aus grauem Stein gebaut, dreistöckig und verfügte über zwei Flügel. Das Hauptgebäude sah wie ein Schloss mit Zinnen und Türmen aus. Auf einer Luftaufnahme sah man einen See auf der Vorderseite und einen Wald auf der Rückseite der Anlage.

Carl-Fredrik Troelius war ein Einzelkind gewesen, das seine Eltern mit zwanzig Jahren bei einem Flugzeugabsturz verloren hatte. Er hatte an der Universität Lund studiert. Ungefähr zeitgleich lernte er Justine kennen. Sie heirateten nach Abschluss des Studiums, zogen in das Herrenhaus und leben seitdem dort.

Während Carl-Fredriks Eltern ein ruhiges Leben geführt hatten, hatten Justine und er die Villa in eine Hochburg der jungen High Society verwandelt. Die Klatschpresse berichtete fleißig über ihre exklusiven, extravaganten Partys. In den vergangenen zehn Jahren hatte die Berichterstattung über das Paar jedoch abgenommen. Mittlerweile wurden irgendwelche Galas oder Wohltätigkeitsveranstaltungen nur noch sporadisch erwähnt. Elisabeth sah ihrer Mutter verblüffend ähnlich. Die gleiche Gesichtsform und das honiggelbe Haar. Dasselbe schöne Lächeln. Carl-Fredrik hatte dunkles Haar, sah ein wenig streng aus und war inzwischen korpulenter geworden.

Nun war es dunkel in dem Hotelzimmer, Thors Augen waren von dem hellen Licht des Computerbildschirms trocken und müde geworden. Er stand auf, schaltete eine Lampe an und lief ein paar Runden durch den Raum. Vom vielen Sitzen waren seine Beine steif. Um den Durst zu stillen, der ihn schon den ganzen Tag plagte, nahm er sich ein Bier aus der Minibar. Nach dem gestrigen Fiasko wagte er es nicht, etwas Stärkeres zu trinken.

Dann setzte er sich wieder an den Computer. Dieses Mal wollte er etwas über Franz herausbekommen. Aus der Zeit, als er in Lund studiert hatte. Aber er fand nur den Eintrag seines Namens auf einer Teilnehmerliste für den Studiengang Medizin. Franz hatte nicht mehr als ein Jahr lang studiert. Dann hatte er abgebrochen. Seltsam. Ihm hatte Franz immer erzählt, dass er das Medizinstudium abgebrochen hatte, weil die Wissenschaft seiner Ansicht nach für die geistige Dimension des Menschen blind war. Also war ihm diese Einsicht offenbar sehr schnell gekommen. Thor gab *Franz Oswald* und *Frankreich* in die Suchmaske ein, in der Hoffnung, Details über seine Zeit dort zu erfahren. Darüber fand er einiges. Zum Beispiel waren Fotos von Franz und seiner Familie väterlicherseits in ihrer großzügigen Villa in Antibes zu sehen. Er hatte zwei Privatschulen besucht und an der letzten seinen Abschluss gemacht. In einem alten Artikel eines französischen Boulevardmagazins war ein Foto von Franz abgebildet, wie er als Achtzehnjähriger an einem gesellschaftlichen Arrangement teilnahm. Er trug einen Anzug und hatte zwei junge Frauen in Cocktailkleidern im Arm. Das passte zu ihm.

Aber dort endete die Spur auch. Nach dem Umzug nach Schweden gab es nichts mehr über ihn. Erst mit fünfundzwanzig tauchte sein Name wieder im Internet auf. Und das war der Zeitpunkt, als er auf Dimö die Sekte gründete.

Warum gab es nichts über die Jahre dazwischen? Aber vielleicht war das auch gar nicht verwunderlich. Franz hatte zu diesem Zeitpunkt noch nichts Besonderes erreicht. Andererseits war er bestimmt auch damals schon eine Rampensau gewesen, die sich gern in den Vordergrund spielte. Aber irgendwas stimmte da nicht. Es war kein Kinderspiel, eine Sekte ins Leben zu rufen, die so berühmt wurde wie ViaTerra. Wie hatte er es geschafft, dass er von Anfang an Prominente, Politiker und Leute aus der High Society zu seinen Mitgliedern und Befürwortern zählen konnte?

Thor klappte den Laptop wieder zu und schloss die Augen, um seine Gedanken zu sortieren. Er spürte es in den Knochen, dass er da einer großen Sache auf der Spur war. Diese vollkommene Abwesenheit von Informationen wirkte geradezu unheimlich. Warum hatte sein sonst so angeberischer Vater eigentlich nie von seiner Studentenzeit erzählt? Warum hatte er sein Studium abgebrochen? Und was hatte er in den Jahren danach getan? In Thor wuchs die Überzeugung: Es gab eine markante Lücke in Franz' Lebenslauf. Ein Vakuum von mehreren Jahren, die vollkommen verschwunden zu sein schienen.

Kapitel 7

Trotz dieser neuen Entdeckung hatte Thor aber dennoch das Gefühl, dass Franz für seine Vergangenheit Verantwortung übernahm. Seine Persönlichkeitsstörungen ließen sich, wenigstens zum Teil, damit erklären, dass er als Kind von seinem Vater misshandelt worden war. Das war ein klassisches Verhaltensmuster. Despotische Eltern als Verursacher und Auslöser antisozialer Tendenzen. Franz' Hass auf seinen Vater wirkte wie eine wütende Feuersbrunst, die sich nicht löschen ließ. Glücklicherweise hatte der Schlaganfall zu gehirnorganischen Veränderungen geführt, die es ihm ermöglichten, ein gewisses Maß an Empathie zu empfinden und sich auf eine Therapie einzulassen. Soweit Thor wusste, verarbeitete er seine Kindheit nach wie vor mit seiner Psychologin. Kein Mensch ist nur gut oder nur böse. Nach Thors Einschätzung war Franz aus der Dunkelheit getreten und befand sich irgendwo in der Grauzone. Er verdrehte auch jetzt noch die Wahrheit, um sich persönlich zu bereichern, oder nutzte sein Charisma, um Menschen zu beeinflussen, aber im Vergleich zu seinem hochmanipulativen Verhalten von früher war das überhaupt nichts. Doch in regelmäßigen Abständen kam es vor, dass Thor etwas sah, das ihn beunruhigte. Wie der Schatten von etwas Schrecklichem, das vor langer Zeit geschehen sein mochte, aber nicht vergessen werden konnte. Oder wie Ruinen, die niemals abgerissen werden.

Draußen wurde es langsam dunkel, der Himmel färbte sich samtig blau. Durch das Klingeln seines Handys wurde er aus seinen Gedanken gerissen. Es war Julia, die am nächsten Tag zurückfliegen würde und sich mit ihm verabreden wollte. Er erzählte ihr, was er alles herausgefunden hatte.

»Das klingt ein wenig besessen«, sagte sie amüsiert.

»Ach Quatsch, aber ich möchte wissen, was in den Jahren passiert ist, in denen mein Vater vom Radar verschwunden ist. Wie konnte aus dem gescheiterten Medizinstudenten ein weltberühmter Sektenführer werden?«

»Das solltest du ihn selbst fragen.«

»Als ich das erwähnt habe, hat er mir das Versprechen gegeben, mir bei meinem nächsten Besuch auf Dimö mehr darüber zu erzählen. Was bedeutet, dass er Zeit schinden will, um sich eine Geschichte auszudenken.«

»Warum ist das so wichtig für dich?«

Auf diese Frage hatte er gewartet.

»Ich weiß nicht … oder doch, ich habe das Gefühl, mir fehlt ein Puzzlestück. Da stimmt etwas nicht. Und wenn ich herausfinden kann, was das ist …«

»… findest du endlich deinen Frieden«, ergänzte sie seinen Satz.

»Ganz genau.«

»Hm …«, sagte sie nachdenklich. »Eine Sache ist tatsächlich merkwürdig. Franz ist im Laufe der Jahre von Dutzenden von Journalisten unter die Lupe genommen worden. Einer von ihnen muss doch herausbekommen haben, was in diesen Jahren – in dieser Lücke – passiert ist.«

»Aber was ist, wenn es gar nichts zu finden gibt?«, fragte Thor. »Damals ist das Internet noch ziemlich neu gewesen, und trotzdem findet man nichts über ihn.«

»Es gibt jede Menge Artikel im Internet, die erst lange nach ihrer Entstehung veröffentlicht wurden. Irgendjemand wird ihn bestimmt gefragt haben. Franz hat wahrscheinlich eine fertige Antwort für die Medien einstudiert.«

Thor liebte Julias Journalistenkopf, der immer einen Schritt schneller war als seiner.

»Das wäre bestimmt unerträglich, alte Interviews mit ihm zu sehen.« Thor seufzte dramatisch.

Julia lachte.

»Wahrscheinlich schon. Aber es könnte auch ganz lustig sein. Die Reporter werden ihn wahrscheinlich provozieren wollen und ihn zum Beispiel fragen, ob er vielleicht zu doof war, Medizin zu studieren, und stattdessen eine Sekte gegründet hat.«

Es tat gut, darüber zu lachen. Julia wusste, wie schwer das für ihn war, und versuchte die Stimmung aufzulockern.

»Ich sehe mir noch ein paar Videos an und melde mich dann wieder«, versprach er.

»Ich würde dir gern helfen, aber ich bin zum Abendessen verabredet.«

»So spät noch?«

»In Spanien wird bis tief in die Nacht gegessen. Ruf mich später an.«

Mit neuer Entschlossenheit öffnete Thor wieder den Laptop. Online gab es eine ganze Reihe von Interviews mit Franz. Thor wollte sie in chronologischer Reihenfolge sehen. Es war das erste Mal, dass er sie sich überhaupt zu Gemüte führte. Bisher hatte es ihm immer gereicht, als Kind und Jugendlicher die Vorträge seines Vaters hören zu müssen. Franz hatte die Jugendlichen in ViaTerra zu einer Art Elitegruppe ernannt, die Franz als Vorhut zur Verbreitung seiner Botschaft einsetzen wollte. Er hatte sie die

Zukunftshoffnung unserer Erde getauft und viele lange Nächte damit verbracht, ihnen seine spirituellen Thesen vorzutragen.

Es war seltsam, seinen Vater als jungen Mann zu sehen, aber Thor konnte nicht leugnen, dass er schon damals ziemlich überzeugend wirkte. Seine Bewegungen waren so geschmeidig wie die einer Katze. Die Art, wie er sich mit seinen breiten Schultern vorbeugte, hatte etwas Beruhigendes. Und zu keinem Zeitpunkt verlor er den Augenkontakt.

Das erste Video enthielt nichts Aufschlussreiches. Auf die Frage des Moderators, warum er sich entschlossen habe, ViaTerra zu gründen, antwortete Franz, dass er als junger Mann ein Erweckungserlebnis gehabt habe. Das nächste Interview war eine Talkshow, in der die Moderatorin offenbar gründlicher recherchiert hatte. Sie fragte ihn mit sarkastischem Unterton, ob ihm das Medizinstudium zu anstrengend gewesen sei, woraufhin er nachsichtig lächelte und antwortete: »Überhaupt nicht. Ich habe aufgehört, als ich merkte, dass die Wissenschaft blind für die geistige Dimension des Menschen ist.«

Die Moderatorin fragte, was er nach Abbruch des Studiums gemacht habe. Franz lehnte sich zurück, bekam einen rätselhaften, verträumten Blick.

»Dann folgte eine eher nachdenkliche, meditative Zeit in meinem Leben. Eine Zeit, in der ich mich auf die Suche nach meiner Berufung gemacht habe.«

»Jahrelang?«

Franz sah gekränkt aus.

»Diese fürchterliche Eile, die unsere moderne Gesellschaft antreibt. Dabei spielt die Zeit bei der Suche nach den Antworten auf die großen Fragen des Lebens keine Rolle.«

Die Moderatorin lächelte spöttisch.

»Darf ich fragen, was Sie tatsächlich gemacht haben?«

»Ich habe ein Jahr lang an der Universität von Lund studiert und bin dann nach Dimö zurückgekehrt. Dort habe ich in vollkommener Abgeschiedenheit in der Natur gelebt, was mich davon überzeugt hat, dass die Insel mein Zuhause ist. Ergo habe ich das Herrenhaus gekauft, mein Elternhaus. Den Rest kennen Sie ja.«

Die Moderatorin versuchte ihn mit Gerüchten über ViaTerra aus der Reserve zu locken, aber Franz wies sie alle entschieden zurück. Als Nächstes sah Thor ein Video an, in dem der Reporter die identische Frage stellte. Was er in diesen Jahren dazwischen gemacht habe? Und auch er erhielt die vorgefertigte, einstudierte Antwort: *Eine eher nachdenkliche, meditative Zeit in meinem Leben.*

Thor fand diese Beschreibung viel zu vage. Was hatte Franz denn tatsächlich in all den Jahren getan? Hatte er sich wirklich zurückgezogen und als Einsiedler auf Dimö gelebt? Warum hatte er Thor nie etwas davon erzählt? Diese These wurde noch durch die Tatsache bestärkt, dass sich Franz erstaunlich gut in der Natur auskannte. Er wusste alles über die Tier- und Pflanzenwelt auf der Insel, konnte Fischen und Jagen und kannte die besten Plätze für Beeren und Pilze. Aber hatte er sich nicht, wie jeder anständige Narzisst, damit gebrüstet, jahrelang abgeschnitten von der Außenwelt überlebt zu haben? Außerdem war da noch das Jahr in Lund. Es war schon sehr verdächtig, dass er den Abbruch seines Medizinstudiums zugab, vom Geschwafel über die geistige Dimension des Menschen mal abgesehen. Eine Niederlage einzugestehen, gehörte nämlich nicht zu Franz' Stärken.

Thor wandte sich dann auch noch dem Ehepaar Troelius

zu. Franz hatte immer stark auf den Namen reagiert. Um herauszufinden, ob er auf einer ihrer Veranstaltungen fotografiert worden war, machte sich Thor auf die Suche nach Zeitungsartikeln, in denen Fotos der Veranstaltungen abgedruckt worden waren. Gerade hatte er beschlossen, die Suche aufzugeben, als er über eine Schlagzeile stolperte: *»Graf und Gräfin Troelius geben exklusiven Empfang für Studienanfänger.«* Und auf einem der Fotos, die in einem Ballsaal aufgenommen worden waren, erkannte er das unverwechselbare Profil seines Vaters, der sich mit jemandem unterhielt. Er war zwar nur auf einem einzigen Foto zu sehen, aber dies genügte, dass sich ihm die Nackenhaare aufstellten. Er begriff den Zusammenhang noch nicht, aber er wusste, dass es von Bedeutung war. Von großer Bedeutung.

Er konnte kaum erwarten, mit Julia darüber zu sprechen. Als er anrief, war sie zwar gerade mit dem Taxi auf dem Weg zu ihrer Verabredung, nahm sich aber wie immer Zeit für ihn.

»Was denkst du?«, fragte er.

»Ehrlich gesagt? Mehr als verdächtig. Und er hat nie mit dir über seine Einsiedlerjahre auf Dimö gesprochen?«

»Seine Vergangenheit war selten Thema.«

»Wir sind doch beide schon oft mit ihm auf der Insel unterwegs gewesen. Und kein einziges Mal hat er diese *Einsiedlersache* erwähnt.«

»Was sollte ich deiner Meinung nach jetzt tun?«

»Du musst dich entscheiden. Entweder lässt du es los, weil es schon so lange her ist, oder du gräbst weiter.«

»Was würdest du tun?«

»Das weißt du doch genau. Ein ungelöstes Geheimnis lässt mich nie los.«

Thor hatte eine Idee.

»Wann kommst du wieder nach Hause?«

»Das Flugzeug landet um Viertel nach eins in Kastrup.«

»Dann hol ich dich vom Flughafen ab.«

»Okay.«

»Ich hätte da eine Idee …?« Doch er verstummte, weil er nicht zu eifrig klingen wollte. »Wir könnten doch auf dem Nachhauseweg einen kleinen Abstecher machen und uns dieses Anwesen ansehen, Glimmingeholm. Nur mal kurz gucken? Ich habe das Gefühl, das ist wichtig, sonst drehe ich noch durch.«

Wenn Julia der Ansicht war, dass er schon längst durchgedreht war, so hatte sie wenigstens den Anstand, es nicht anzusprechen.

Kapitel 8

Über eine halbe Stunde hatte er schon am Flughafen gewartet, weil er zu früh losgefahren war, um auf dem Weg dorthin auf keinen Fall wegen eines Staus ihre Landung zu verpassen. Auch wenn sein Leben zurzeit ein einziges Chaos war, hatte er das große Bedürfnis, pünktlich zu sein. Er sah Julia schon von Weitem, sie stach aus der Menge hervor. Ihre Blicke trafen sich, und er spürte, wie die Spannung von ihm abfiel. Mit ihrem kleinen Rollkoffer bahnte sie sich einen Weg durch die Menge. Sie hatte ihr langes, dunkles Haar zu einem lockeren Dutt hochgebunden und trug nur ein Tanktop, einen kurzen Jeansrock und Sandalen. Sie war ungeschminkt und schöner als je zuvor. In dem grellen Licht der Ankunftshalle hatten ihre Augen die Farbe von Smaragden. Sie umarmten sich lang.

Auf der Fahrt über die Öresundbrücke zurück nach Schweden erzählte sie ihm alles von ihrer Reise nach Spanien. Er kurbelte das Autofenster herunter, atmete den salzigen Geruch von Meeresluft ein und genoss es, ihrer Stimme zu lauschen und den Worten, die ihr sanft über die Lippen kamen. Von Zeit zu Zeit ließ er das Lenkrad mit einer Hand los und streichelte sie im Nacken. Er ließ sie erzählen und erzählen, bis sie sich plötzlich abrupt zu ihm drehte und sagte: »Willst du dir immer noch das Anwesen ansehen?«

So war Julia. Sie konnte stundenlange Monologe halten,

aber sie vergaß nie, was für ihn wichtig war. Er nickte. Sie könnten die E 22 von Malmö in Richtung Nordosten nehmen, in weniger als einer Stunde in Glimmingeholm sein und von dort dann weiter nach Göteborg fahren.

»Aber wir gehen nicht rein, oder?«, fragte Julia. »Ich meine nur, weil du in letzter Zeit ein bisschen impulsiv geworden bist.«

»Natürlich nicht, wir sehen uns das bloß von außen an. Ich weiß, es klingt verrückt, aber ich habe das Gefühl, dass ich es tun muss.«

»Und warum ist dir das so wichtig?«

»Ich möchte ein Gefühl für den Ort bekommen, bevor ich mit meinem Vater spreche. Es stimmt, dass wir schon viel zu viele Konflikte hatten, aber mein Gefühl sagt mir, dass er mir etwas verheimlicht. Er war richtig nervös, als ich das Ehepaar Troelius erwähnt habe.«

»Aber was erwartest du da zu sehen?«

»Ich möchte mich nur umsehen und die Atmosphäre spüren.«

Julia nickte. »Verstehe! Also vielleicht.«

Das Bedürfnis, von ihr verstanden zu werden, nahm zu.

»Wenn du mit Franz aufgewachsen wärst, würdest du mich verstehen. Du musst schließlich nicht mit der Gewissheit leben, die Gene eines Psychopathen in dir zu tragen.«

»Aber ich verstehe dich auch so, Thor«, sagte sie mit Nachdruck. »Das tu ich wirklich.«

Er hätte ihr sagen können, wie groß seine Angst manchmal war, so zu werden wie Franz. Eines Morgens als ein anderer aufzuwachen, innerlich kalt und leer. Aber sie wandte ihr Gesicht ab und sah auf die sonnenüberfluteten Felder, und die Gelegenheit war verstrichen.

Etwa eine halbe Stunde später hielten sie an einem Rastplatz, aßen etwas und tankten. Auf dem nächsten Streckenabschnitt wich die flache Landschaft einer eher hügeligeren, wo sich Wälder und Wiesen abwechselten. Es war heiß, das Thermometer zeigte 29 Grad, aber graue Zirruswolken im Westen kündigten unbeständigeres Wetter an. Kurz darauf fuhren sie ab. Glimmingeholm hatte ein eigenes Ortsschild, und sie bogen auf eine selten befahrene Schotterstraße ab, die sich über einen Hügel schlängelte. Der Wald wurde dichter, und der Weg so schmal, dass die Brombeersträucher gegen den Autolack kratzten. Plötzlich und unerwartet tauchte das Anwesen vor ihnen auf. Gerade hatten sie sich noch durch die reine Wildnis gekämpft, und jetzt waren sie schon von weiten Feldern und Wiesen umgeben, in deren Mitte das Herrenhaus lag. Thor hielt den Wagen an. Der Anblick des massiven Gebäudes mit seinen teilweise mit Efeu bewachsenen Steinmauern löste eine ängstliche Faszination in ihm aus. Mit seinen Zinnen und Türmen sah es wie eine alte Burg aus. Der blaue Himmel spiegelte sich in den schimmernden Fenstern aus dem 17. Jahrhundert. Davor hochgewachsene Kletterrosen. An der Vorderseite befand sich ein Eisenzaun mit einem Tor, der Rest des Anwesens war von einer hohen Steinmauer umgeben. Dieser Ort strahlte vor allem eines aus: Reichtum und Macht. In Gedanken verglich Thor das Herrenhaus mit dem auf Dimö. ViaTerra war Anfang des 20. Jahrhunderts gebaut worden, nüchtern und elegant, fast melancholisch. Glimmingeholm dagegen war mächtig, robust und herausfordernd. Als riefe das Gebäude dem Besucher entgegen: *Hier bin ich. Und ich werde immer hier sein. Ich bin mächtig, vollkommen unauslöschlich.*

Julia zog scharf die Luft ein.

»Wow, was für ein Ort!«

»Hier würde sich mein Vater wohlfühlen«, sagte Thor nachdenklich. »Sehr machohaft.«

Julia seufzte leise. Er kannte diesen Seufzer. Sie war nervös, versuchte aber, es sich nicht anmerken zu lassen. Etwas Unheilverkündendes lag in der Luft und drückte auf ihre Stimmung. Sie sah ihn durchdringend an.

»Wo sind die vielen Leute und die Autos? Das ist doch gruselig hier!«

Er fühlte sich ein wenig schuldig, weil er sie dorthin gelockt hatte.

»Wenn wir durch den Wald gehen … um die Mauern herum, können wir vielleicht sehen, wie es von hinten aussieht«, schlug er vor.

»Der Wald gehört doch bestimmt zum Anwesen dazu«, sagte Julia.

»In unserem Land herrscht das Jedermannsrecht, also dürfen wir dort spazieren gehen, und wenn jemand kommt, stellen wir uns einfach dumm und sagen, wir hätten uns verlaufen.«

Sie nickte, wirkte aber nicht ganz überzeugt.

Er parkte auf einer Grasfläche am Waldrand, die man von dem Haus aus nicht sehen konnte. Julia streichelte ihm über die Wange und küsste sein stoppeliges Kinn.

»Es ist ein bisschen aufregend. Komm.«

Bis auf das dumpfe Geräusch der Autobahn in der Ferne, das wie der Atem eines schlafenden Menschen klang, war es draußen still. Auf dem Weg durch den Wald hielt er Julias Hand fest umklammert, spürte ihre von der Klimaanlage noch kalten Finger. Sie stießen auf einen kleinen, ausgetretenen Pfad, der in die richtige Richtung zu führen schien. Er ging vor, ließ ihre Hand aber nicht los. In den Bäumen zwitscherten Vögel. Der Mischwald war dicht, offenbar war er schon lange nicht mehr gelichtet worden. Es roch gut, nach Nadelbäumen in der Sonne. Der Weg endete an einem schmalen Strandstück, vor ihnen lag ein See. Und ein Steg ragte durch das Schilf in das dunkelblaue Wasser hinein. Mit der Hand schirmte er seine Augen gegen die Sonne ab und sah auf den See hinaus. Weit draußen schwamm ein Schwanenpaar.

»Wie schön«, sagte Julia. »Wollen wir schwimmen gehen?«

»Vielleicht ein bisschen riskant …?«

»War auch nur ein Scherz.«

Er sah sich um. Hinter ihnen schmiegte sich eine Kapelle an einen Hang. Das Gebäude wirkte ramponiert, es war an den Wänden und auf dem Dach dicht mit Moos bewachsen. Die Feuchtigkeit, Kälte und die Stürme der vergangenen Winter hatten hier bestimmt ihren Tribut gefordert.

»Wollen wir sie uns ansehen?«, schlug Julia vor.

»Ich dachte, du hast Angst?«

»Ach was, hier ist ja niemand.«

Aus der Nähe sah die Kapelle noch verfallener aus. Das Unkraut war so hochgewachsen, dass sie darübersteigen mussten. Der Ast eines großen Kastanienbaums schrammte im Wind gegen die Mauer. Tiefer im Wald befand sich ein weiteres Gebäude, ebenfalls aus Stein und mit einem Dach aus Holz.

»Warum haben sie ihre eigene Kirche?«, fragte Julia.

»Die ist ja schon jahrhundertealt, und damals war es sicher nicht unüblich, dass adlige Familien eine eigene Kapelle hatten, manchmal auch eine eigene Grabstätte.«

»Du bist ja ein wandelndes Lexikon«, sagte sie und stupste ihn neckisch in die Seite.

Sie ging vor und öffnete die Tür, die so traurig knarrte, wie das Gebäude aussah. Innen war es aber erstaunlich schön. Die Kapelle hatte einen fast quadratischen Grundriss, und durch die großen, bunten Glasfenster, deren Schatten ein Gittermuster auf den Boden warfen, drang viel Sonnenlicht ins Innere. Es gab keine Bänke, das Dach wurde von steinernen Säulen getragen. Milliarden von Staubkörnern schwebten durch die Luft. Thor ließ seinen Blick über die Wände bis hoch zur Decke gleiten. Über ihnen befand sich eine Kuppel, durch die das Licht auf einen massiven, flachen Stein fiel, der auf dem Boden lag. Der Altar. Thor kniete sich hin und strich mit den Fingern über die samtige Oberfläche, spürte, wie die Sonnenstrahlen seine Hand wärmten. Der Stein hatte vier schmale Säulen, an jeder Ecke eine.

Julia kniete sich neben ihn.

»Wie seltsam«, sagte er und senkte die Stimme zu einem ehrfürchtigen Flüstern. »Ich habe noch nie eine Kirche gesehen, die so aussieht wie diese.«

»Der Stein wurde extra angefertigt«, erklärte Julia.

»Aber zu welchem Zweck?«

»Vielleicht für Menschenopfer?«, schlug sie vor und lachte nervös.

»Ihh, wie furchtbar.«

»Ja, aber du musst schon zugeben, es sieht aus wie ein Ort, an dem man sich einer höheren Macht hingibt.«

»Das stimmt. Also, wenn man an solche Dinge glaubt.«

Er hob den Kopf, sah zur Kuppel hoch.

»Ich wette, man kann hier nachts den Mond sehen«, sagte er. »Mondlicht auf dem Altar, das sieht bestimmt toll aus.«

Der Staub und die Spinnweben in den Fenstern zeigten

deutlich, dass die Kapelle nicht mehr genutzt wurde. Er fragte sich, wie ein so schöner Ort in Vergessenheit geraten konnte. Das hier war … reine Poesie. Dort unter der Kuppel hatte er das Gefühl, gleichzeitig von einer überwältigenden Schönheit nach oben und von einer unbeschreiblichen Last nach unten gezogen zu werden. Ob sein Vater diese Kapelle kannte und besucht hatte? Sie hätte ihn bestimmt genauso begeistert wie Thor. Reduziert und nüchtern. Alles an diesem Ort rief Spiritualität.

»Wollen wir uns noch die Hütte dahinter ansehen, bevor wir gehen?«, schlug Julia vor.

Er erinnerte sich daran, warum er unbedingt hatte kommen wollen. Einen kurzen Blick wagen, um ein Gefühl für den Ort zu bekommen.

»Langsam fühle ich mich wirklich wie ein Eindringling.«

»Nur ganz kurz«, bettelte sie.

Die Hütte war von Nadelbäumen und Buchen umgeben. Die Tür stellte sich als nicht verschlossen heraus. Im Flur stand eine Glasvitrine, in der Gewehre hingen. Es dauerte ein paar Sekunden, bis sich ihre Augen an die Dunkelheit gewöhnt hatten. Die Hütte, mit Holzvertäfelungen versehen, Gemälden mit altmodischen Motiven hingen an den Wänden, sah etwas mitgenommen aus. Kaum Licht drang durch die schweren, dunklen Vorhänge. Sie kamen in ein Wohnzimmer mit einer Küchenzeile und einer Bar. An der Rückseite befand sich ein Kamin aus hellgrauem Granit. Es roch nach Leder und Reinigungsmittel.

»Wozu braucht man wohl so einen Ort?«, fragte Julia. »Warum benutzen sie dafür nicht eines der einundfünfzig Zimmer im Herrenhaus?«

»Ich vermute, sie haben sich hier nach der Jagd ein Gläschen gegönnt«, sagte er. »Direkt am See und so.«

Plötzlich überfielen Thor Gewissensbisse. Was machte er da überhaupt? Mit welchem Ziel? Auf einmal konnte er die Hütte gar nicht schnell genug verlassen.

»Es ist ein komisches Gefühl, hier unerlaubt herumzulaufen«, sagte er. »Komm, lass uns lieber gehen.«

Julia protestierte nicht. Sie empfand Erleichterung, an die frische Luft zu kommen. Zwar wehte eine leichte Brise, aber die war so heiß wie ein Wüstenwind, und Thors T-Shirt klebte an seiner Haut. Auf dem Weg zurück durch den Wald hörten sie ein Motorgeräusch, das dann wieder erstarb. Danach knallte eine Autotür zu.

»Scheiße, da kommt jemand«, sagte er. »Wir verstecken uns hier, bis wir sicher sind, dass sie reingegangen sind.«

Bevor Julia antworten konnte, wurde die Stille durch das Bellen eines Hundes unterbrochen. Thor sah die Angst in Julias Gesicht, als der Hund, ein Riesenvieh, durch die Büsche flog und vor ihnen stehen blieb. Wie versteinert standen sie da, als der Hund sie bedrohlich anknurrte. Im Unterholz knackte es, dann stand eine Frau vor ihnen. Sie zischte den Hund an, der sich sofort zurückzog.

Thor erkannte Justine Troelius von den Fotos, sie war auch jetzt noch eine sehr schöne Frau und sah Elisabeth frappierend ähnlich. Trotz der Hitze trug sie einen langärmeligen Pullover, enge Jeans und hohe Stiefel. Mit hochgezogenen Augenbrauen sah sie Thor an. Sie verhielt sich, als existiere Julia gar nicht, sie hatte nur Augen für ihn.

»Das hier ist Privatgelände«, begann sie mit tiefer, heiserer Stimme.

»Entschuldigung«, sagte er. »Wir haben uns verlaufen und fanden es so schön hier.«

Diese Ausrede klang dermaßen dämlich, dass er rot wurde.

Justine schenkte ihm ein skeptisches Lächeln, das aber nicht bis zu ihren Augen reichte.

»Na dann«, sagte sie bedächtig. »Ihr findet den Weg zurück zu eurem Auto ohne Hilfe, oder?«

Sie hatte kein einziges Mal geblinzelt.

»Ja, natürlich. Entschuldigen Sie bitte die Störung«, sagte er.

Sie schenkte ihm ein weiteres, sehr zurückhaltendes Lächeln und trat zur Seite, um sie vorbeizulassen. Die Lefzen des Hundes zitterten, als er seine Zähne fletschte. Thor spürte den Blick von Justine Troelius in seinem Rücken.

Kurz darauf saßen sie im Auto und starrten sich an.

»Ihr gehört das Anwesen, stimmt's?«, sagte Julia schließlich.

»Ja, das war Justine Troelius, eine alte Freundin meines Vaters.«

»Was war das eben? Die ist ja total durchgedreht, als sie dich gesehen hat.«

»Im ersten Moment dachte sie wahrscheinlich, dass mein Vater vor ihr steht.«

»Und?«

»Und das war offensichtlich keine gute Erinnerung, sondern eher ein Geist aus der Vergangenheit.«

Kapitel 9

FRANZ

Ich ziehe mich auf den Felsen hoch, bleibe einen Augenblick stehen und lasse das Wasser von meinem Körper perlen und kleine Pfützen bilden. Es ist früh am Morgen, meine bevorzugte Tageszeit, um im Meer zu schwimmen. Die meisten schlafen jetzt noch, aber Dimö ist schon lange wach. Das matte Tageslicht liegt über der Meerenge, der blasse Mond steht noch am Himmel. Hinter den dunklen Felsen liegt das Heidemoor, das schon die ersten Spuren von Violett aufweist. Dahinter erheben sich flache, kahle Hügel, die der Wind abgetragen hat, vereinzelt mit tiefgekrümmten Bäumen bestückt, und dahinter kommt kilometerweit nur Wald. Es sieht aus, als stünden die dunklen Kiefern in Reih und Glied und hielten Wache. Aber am mächtigsten und imposantesten sind die Felsen, der massive Granit der Bohusküste, der seit Jahrtausenden vom Wind zermahlen wird. Ich muss an die vielen Menschen denken, die hier vor langer Zeit gelebt haben und sich auch nicht von Armut, Stürmen und eisiger Nässe haben vertreiben lassen. Ich muss auch an meine Mutter denken, die eine von ihnen ist. Dann denke ich an Thor, der diese Sturheit ebenfalls im Blut hat.

Vor ein paar Tagen hatte ich mich noch so gut gefühlt wie schon lange nicht mehr. Ich beschäftige mich nicht mehr so oft mit meinem Vater. Lange war der Hass auf ihn mein Antrieb gewesen. Heute ist er ein Schatten, vage, flüchtig und harmlos – die Therapie hat ihn verjagt. Nach quälenden Stunden mit meiner Psychologin ist etwas in mir gerissen, wie eine Angelschnur, begleitet von einem Gefühl großer Erleichterung. Fast ein Glücksgefühl. Seitdem hat sich eine innere Ruhe eingestellt. Aber es gibt Tage, an denen ich mich wahnsinnig langweile und eine tiefe Verachtung für mein nun bescheideneres Ich empfinde. Das kommt in Wellen. Manchmal lässt mich das so unruhig werden, dass ich mich geradezu nach einer Katastrophe sehne. Es gibt Zeiten, in denen ich mir vorstelle, etwas Unbeherrschtes zu tun, damit sich alle Blicke auf mich konzentrieren. Aber im Großen und Ganzen bin ich mit meinem jetzigen, ruhigeren Leben einigermaßen zufrieden.

Thors Anruf aber trübt den schönen Morgen. Mir fällt es immer schwerer, mich von meiner Vergangenheit zu distanzieren. Es ist unerträglich, mit der Ungewissheit zu leben, sie in den Alltag einzulassen, damit sie sich dort festsetzen kann. Darum ist es auch besser, sie zu verdrängen. Nie wieder dorthin zurückkehren. Es war eine andere Welt, eine, zu der ich nicht mehr gehöre. Meine Psychologin hat mir einmal gesagt, dass die Auflösung einer traumatischen Erinnerung einer anderen den Weg an die Oberfläche ebnet. Das wäre schrecklich. Wenn ich das zuließe, müsste ich mich selbst verfluchen. Trotzdem kann ich nicht anders, als in die Erinnerungen an Glimmingeholm einzutauchen.

Ich erinnere mich an meinen ersten Besuch in dem ehrwürdigen Anwesen. Es war eine kühle Herbstnacht. Ich erinnere mich an alles ganz genau, an die Gerüche, an die Bilder und sogar an die Geräusche. Das mächtige Gebäude ist von Scheinwerfern beleuchtet, die in den Büschen versteckt sind. Das Knirschen meiner Schritte auf dem Kies der Zufahrt. Das berauschende Gefühl von Macht, das jeder Einrichtungsgegenstand ausstrahlt. Riesige Glastüren in raffinierten Farben. Überdimensionale Kamine. Weinrote Samtsofas auf Perserteppichen. Der Geruch von Zigarren, Sandelholz und Politur. Und vor allem – das Gefühl, auserwählt zu sein.

Ich wische mir den Körper mit dem Handtuch ab, das ich auf dem Felsen liegen gelassen habe, und ziehe mich an, um nach Hause zu gehen. Die Wellen, die gegen die Felsen plätschern, klingen immer noch freundlich, aber für heute ist ein Wetterumschwung vorhergesagt. Man spürt schon jetzt die feuchte, kühlere Luft. Um mich von meinen düsteren Gedanken abzulenken, konzentriere ich mich, während ich zurückgehe, auf die sommerlichen Düfte – taufeuchtes Gras, Geißblatt und wilde Rosen.

Ich dusche, ziehe mich um und gehe ins Büro hoch, wo Elyssa schon mit meinem Morgenkaffee wartet. Sie hat die metaphysische Fähigkeit, meine Bedürfnisse zu spüren, zu wissen, wann ich wach bin, wann ich schlafe, wann ich sie brauche und wann ich wieder in Ruhe gelassen werden möchte. Elyssa ist sehr niedlich, aber auf eine gewöhnliche Art. Sie hat ein herzförmiges Gesicht, blaue Augen, eine kleine Nase und eine nur schwach ausgeprägte Kieferpartie. Doch hinter der Fassade verbirgt sich eine beeindruckende Willensstärke. Heute ist ihr Haar ein bisschen unordentlich, das gefällt mir besser. Das ist ein gutes Gegengewicht zu ihren symmetrischen, lieblichen Gesichtszügen.

»Gibt es Neuigkeiten?«, frage ich.

»Dein Handy hat geklingelt.«

Ich lasse es nachts im Büro liegen. Eine goldene Regel für guten Schlaf.

»Bist du rangegangen?«, frage ich.

»Ja, da war eine Dame, die ihren Namen aber nicht nennen wollte. Sie sagte, sie sei eine alte Freundin von dir.«

Das bezweifle ich stark. Meine private Nummer haben nur ganz wenige Leute, und keiner von denen gehört zu meinen *alten Freunden*.

»Hast du ihre Nummer notiert?«

»Sie wollte sie mir nicht geben, und auf dem Display war sie unterdrückt.«

Das ist bestimmt besser so. Wahrscheinlich war es ein Fan, der sich die Mühe gemacht hat, meine Kontaktdaten herauszufinden.

»Dann wird es nicht wichtig gewesen sein«, sage ich mit Nachdruck.

Elyssa scheint nicht ganz überzeugt.

»Das hörte sich aber schon wichtig an.«

»Alle Dummköpfe klingen so, Elyssa. Wahrscheinlich soll ich ihre verstorbene Großmutter wieder auferstehen lassen. Lass es gut sein.«

Elyssas angespannte Miene weicht einem Lächeln. Wir gehen den Zeitplan für den Tag durch. Mittagessen mit den neuen Gästen. Danach eine Höllentrainingseinheit mit meinem Personal Trainer. Nachmittags ein Termin mit einem Landbesitzer auf der Insel. Ich biete bei fast allen Grundstücksauktionen mit, weil es mein großes Ziel ist, eines Tages ganz Dimö zu besitzen. Abends dann ein Vortrag über meine Gedanken zum Tod. Aufregend. Als Letztes genehmige ich den Speiseplan der Küche für die kommende Woche.

»Du hast auch Simons Menü für Mittwoch als Mail geschickt bekommen«, sagt Elyssa.

Jeden Mittwoch wandere ich mit meinen Gästen zum

Dorf und zeige ihnen auf dem Weg die schönsten Orte auf der Insel. Der Spaziergang endet regelmäßig mit einem Drei-Gänge-Menü in der Pension von Elvira, Thors Mutter, und ihrem Mann Simon. Gut für ihr Geschäft. Gut für die Nachbarschaft. Aber nicht gut genug, damit Elvira mir jemals verzeihen kann, dass ich sie geschwängert habe, als sie noch minderjährig war. Aber wenigstens reden wir jetzt wieder miteinander. Mein neues Business hat uns näher zusammengebracht.

»Beantworte du die Mail und lobe ihn in meinem Namen für das Menü«, sage ich, und Elyssa rollt amüsiert mit den Augen.

Mein Handy klingelt. Unbekannte Nummer. Ich starre auf das Display, habe plötzlich ein ungutes Gefühl, aber verdränge es als unlogisch. Elyssa sieht mich an, ohne eine Miene zu verziehen, aber ihr Blick fordert mich auf, den Anruf anzunehmen. Ich wage es, in erster Linie, um das Klingeln zu beenden. Zuerst ist nur ein leises Rauschen im Hintergrund zu hören. Dann.

»Hallo, Franz. Lang ist es her.«

Aber die Zeit, die vergangen ist, spielt keine Rolle. Diese Stimme – tief, heiser, bedächtig – kann ich niemals vergessen. Ich bekomme ein flaues Gefühl im Magen. Unterbewusst habe ich schon lange darauf gewartet. Ein Zeichen von der anderen Seite.

»Du weißt, wer ich bin, oder?«, sagt sie.

»Natürlich. Das verächtliche Schweigen hat dich verraten.«

Elyssa wirft mir einen verwirrten Blick zu. Mit einer Handbewegung fordere ich sie auf, das Büro zu verlassen.

»Es gibt ein kleines Problem«, sagt die Stimme am Telefon.

»Mir wäre es lieber, du würdest mich nicht anrufen.«

Sie reagiert mit einem kurzen Lachen. »Was für ein erstaunlicher Mangel an guten Manieren.«

»Das kann sein, aber so ist es besser, das weißt du genau.«

»Ja, natürlich weiß ich das. Wenn dein Sohn hier heute nicht plötzlich aufgetaucht wäre.«

»Was?«

Ich stütze mich mit einer Hand auf dem Schreibtisch ab. In der Tat hat Thor leider die schlechte Angewohnheit, in meinem Privatleben herumzuschnüffeln. Aber dorthin zu fahren? Nach Glimmingeholm!

»Ihr seid euch so ähnlich«, sagt sie. »Breitschultrig, männlich, sexy, klingt nach Klischee. Du weißt, was du zu tun hast. Kümmere dich darum.«

Als ich den Mund öffne, um ihr zu antworten, hat sie bereits aufgelegt.

Kapitel 10

THOR

Er lehnte sich gegen die Reling der Fähre. Das graue Meer wurde vom Wind aufgepeitscht, die Luft war schwül und feucht. Am Horizont zogen violette, schwere Wolken über Dimö auf. Ein Blitz zerriss den Himmel. Dann noch einer. Ein Gewitter lag über der Insel.

Die abergläubischen Inselbewohner machten für solche Unwetter den Geist der alten Gräfin verantwortlich. Nach Ansicht der Inselbewohner bedeutete ein schweres Gewitter, dass jemand sie verärgert hatte. Wenn man nicht aufpasste, konnte man ihren Zorn in Form eines umgestürzten Baumes oder eines Feuers zu spüren bekommen. Thor lächelte. Er kannte die makabren Legenden und Sagen von Dimö, erinnerte sich Wort für Wort an sie. Seine Großmutter hatte sie ihm erzählt, und es war eine seiner schönsten Kindheitserinnerungen – sich mit seinem Zwillingsbruder Vic in der gemütlichen Hütte seiner Großmutter vor dem Kamin Gruselgeschichten anzuhören. Die Erinnerungen an die Abende vor dem Kamin hatten etwas Bittersüßes, das jetzt aber schon lange der Vergangenheit angehörte. Die Liebe seiner Großmutter war in den schwierigen Jahren als Kind der Sekte sein Rettungsanker gewesen. Alle Kinder hatten diese strenge und rigorose Erziehung ertragen müssen, jede und jeder auf seine Art.

Zwei Dinge hatten Thor damals Trost gespendet: seine herausragenden schulischen Leistungen und die Zeit, die er mit seiner Großmutter verbracht hatte.

Unweigerlich musste er an Vic denken. Was immer seltener geschah. Und wenn er es tat, dann jedes Mal mit einem Anflug von Scham, weil er ihn nicht mehr so sehr vermisste. Sie waren so verschieden gewesen, wie Zwillinge nur sein können. Vic – äußerlich ein Abbild von Franz, charismatisch, kontaktfreudig. Thor – damals dünn, rothaarig und introvertiert. Die Brüder hatten sich nie wirklich nahegestanden. Stattdessen hatte sich Vic an den älteren Jungs orientiert, die Thor schikanierten. Als sein Bruder bei einem schrecklichen Unfall am Teufelsfelsen ums Leben gekommen war, hatte Thor nicht das empfunden, was man Zwillingen nachsagt, wenn ihnen die andere Hälfte genommen wird: Das Gefühl, man verliere eine Hälfte von sich selbst. Er schämte sich dafür, erkannte aber, dass man Gefühle, die man nicht hat, nicht erzwingen kann.

Die ersten Regentropfen trafen ihn, und er stieg ins Auto. Franz wusste nicht, dass er kommen würde. Die Reise war eine spontane Entscheidung gewesen, zu der ihn Julia ermutigt hatte. Im Augenblick hatte er keinen Job, keine Verpflichtungen, es schien ein guter Zeitpunkt zu sein, seinen Vater besser kennenzulernen. Aber die erste Nacht würde er bei seiner Großmutter verbringen. Er hatte das Bedürfnis, mit ihr zu sprechen, sie besaß eine Feinfühligkeit, die ihm vielleicht dabei helfen konnte, wieder klarer zu denken.

Ein Ruck verriet, dass die Fähre im Hafen angelegt hatte. Der Wind zerrte an den Bäumen, nasse Blätter und Seetang flogen durch die Luft. Die Tür eines Bootshauses knallte, ein Fischernetz flatterte auf dem Boden. Donnergrollen und Blitze folgten aufeinander, der Regen peitschte gegen die Windschutzscheibe. Es war ein typisches Sommergewitter, hochexplosiv, aber schnell wieder vorbei.

Da er mit dem Auto nicht bis zum Haus seiner Großmutter fahren konnte, parkte er am Straßenrand vor Via-Terra. Die Bäume boten Schutz vor dem Regen, aber die Windböen ließen die Kronen bedrohlich knarren und sich biegen. Er rutschte aus, sein rechter Fuß landete im Matsch, der linke in einer Pfütze. Er fing zu kichern an. Das kalte Wetter war ein typischer Kontrast zu den kochend heißen Tagen, die den Sommer bisher ausgemacht hatten. Für ihn war es Magie, wenn das Wetter von einem Augenblick zum anderen umschlug. Allein im Sturm, mitten im Wald, fühlte er sich seltsam frei.

Zwischen den Bäumen sah er ein blasses Zittern, das sich in einen dunkelgelben Fleck verwandelte. In Karins Hütte brannte Licht. Das letzte Stück rannte er. Wie von Geisterhand öffnete sich die Tür, und da stand Karin vor ihm. Sie hatte etwas Majestätisches, Unerbittliches – und sah aus wie eine Frau, die viel im Freien arbeitet. Aber die Falten standen ihr gut, der Lauf der Zeit hatte ihr Gesicht noch schöner werden lassen.

»Thor, wie herrlich!«, begrüßte sie ihn. »Auch wenn du wie eine ertrunkene Ratte aussiehst. Komm rein, um Himmels willen.«

Karin sah ihn mit mütterlicher Liebe an, und er spürte, wie sehr er sie vermisst hatte. Er zog die dreckigen Schuhe aus und wartete auf der Fußmatte im Flur, während sie ihm ein Paar trockene Socken und ein Handtuch holte, damit er sich abtrocknen konnte. Der süßsäuerliche Geruch von Rhabarber, der auf dem Herd köchelte, erfüllte das kleine Haus.

»Für den Bruchteil einer Sekunde dachte ich schon, dass Franz vor der Tür steht«, sagte Karin. »Es ist erstaunlich, wie ähnlich ihr euch geworden seid.«

»Das hat nicht nur Vorteile. Morgen gehe ich zu meinem Vater nach ViaTerra, aber kann ich heute Nacht bei dir schlafen? Ich möchte ein bisschen reden.«

»Ja, natürlich. Ich fülle schnell noch die Rhabarbermarmelade in die Gläser, dann koche ich uns was.«

Er folgte ihr in die Küche. Der Boden knarrte unter seinen Füßen, als wolle er sanft auf sein Alter hinweisen. Thor mochte das Haus, von hier stammten seine besten Kindheitserinnerungen. Unzählige Stunden hatte er damit verbracht, auf dem Boden im Wohnzimmer zu spielen oder auf dem abgewetzten Sofa zu sitzen und Geschichten zu hören. Zu seiner Erleichterung stellte er fest, dass Karin allein zu Hause war. Seit ein paar Jahren war sie nämlich mit einem pensionierten Fischer befreundet. Zwar mochte Thor Kurt Burman, aber heute Abend wollte er seine Großmutter ganz für sich allein haben.

»Ich mache uns einen Fischauflauf, hast du Lust?«, fragte sie.

»Ja, wunderbar. Darf ich dir was erzählen, während du kochst?«

»Natürlich. Setz dich doch an den Küchentisch, dann können wir uns dabei unterhalten.«

Sie schenkte Wein ein, damit ihnen warm wurde und sich der Körper entspannen konnte. Während Karin den Auflauf zubereitete und den Tisch für zwei Personen deckte, erzählte ihr Thor, was er in den letzten Tagen erlebt hatte. Das Einzige, was er dabei ausließ, war sein Höllentrip. Er wollte sowieso nie wieder Drogen nehmen – und er wollte Karin auch nicht beunruhigen. Von Zeit zu Zeit nickte oder murmelte sie zustimmend, während sie das Gemüse schnippelte. Nachdem sie den Auflauf in den Ofen geschoben und die Tür zugeknallt hatte, setzte sie sich zu ihm.

»Thor … warum ist Franz' Vergangenheit überhaupt so wichtig für dich?«

»Eigentlich mache ich mir hauptsächlich Sorgen um ihn, aber manchmal frage ich mich auch, ob sein Verhalten erblich bedingt ist. Immerhin war mein Großvater ein sadistischer Psychopath.«

Er sah ihre Lachgrübchen, als er aufblickte.

»Du hast keinen einzigen Tropfen deines Großvaters in dir. Deinen Intellekt hast du von Franz geerbt, und es ist nicht zu leugnen, dass ihr euch ähnlich seht, ansonsten aber bist du ganz Elvira. Deine Persönlichkeit hast du von ihr.«

»Persönlichkeitsstörungen können auch später im Leben durchdringen.«

Langsam schüttelte Karin den Kopf.

»Meiner Ansicht nach sind Vererbung und Umwelt wie schwache Ströme, die durch unseren Körper fließen, während unsere Willenskraft wie eine Flutwelle sein kann. Was ich damit sagen will: Du hast schon längst bewiesen, dass du niemals so werden wirst. Du bist nämlich ein guter Mensch, dem alles gelingt, was er sich vornimmt.«

Seine Augen brannten.

»Na ja, ich bin gerade arbeitslos geworden«, sagte er, starrte auf die Tischoberfläche und kämpfte mit den Tränen.

»Was soll's«, sagte sie und zuckte mit den Schultern. »Wahrscheinlich ist es gut für dich, mal eine Auszeit zu nehmen. Du wirst schon einen neuen Job finden.«

Sie sagte es mit einer solchen Überzeugung, dass er ihr fast glaubte.

»Weißt du, was bei Franz in den Jahren los gewesen ist, als er sozusagen von der Oberfläche verschwunden war?«, fragte Thor.

»Ich habe keine Ahnung, was er in Lund gemacht hat, außer zu studieren, aber bevor er die Sekte gründete, hat er fast ein Jahr lang hier auf Dimö gelebt.«

»Das hast du mir nie erzählt.«

»Du hast ja auch nie danach gefragt.«

Karin erklärte, dass sie sogar jahrelang davon überzeugt gewesen war, er sei im Meer ertrunken. Er hatte seinen Tod inszeniert, die Polizei nahm an, dass seine Leiche von der Strömung aufs offene Meer getragen wurde. Stattdessen war er aber nach Frankreich gereist, hatte dort bei seinem Vater gelebt und seinen Namen von Fredrik Johansson in Franz Oswald Bärensten geändert. Später ließ er dann den Nachnamen seines Vaters, Bärensten, wieder fallen. Aber das wusste Thor bereits alles. Karin hatte erst erfahren, dass Franz noch lebte, als seine Familie in Frankreich bei einem Brand ums Leben gekommen war. Über den Unfall war auch in Schweden geschrieben worden, und auf einem Foto hatte sie Franz wiedererkannt. Er war der Einzige gewesen, der die Katastrophe überlebt hatte.

»Wie du dir vorstellen kannst, ist das ein riesengroßer Schock gewesen.«

»Warst du nicht auch froh?«

»Doch, aber es hat mich auch ganz schön erschüttert. Er hatte seinen Tod vorgetäuscht. Das ist das Schlimmste, was ein Kind seinen Eltern antun kann. Noch schlimmer war es, als er nach dem einen Jahr in Lund hier plötzlich aufgetaucht ist. Auf Dimö kann man sich nicht aus dem Weg gehen. Ich sah ihn vor dem Gemischtwarenladen, und mir blieb fast das Herz stehen. Er hatte sich einen Bart wachsen lassen, sah verwahrlost und hoffnungslos aus. Es war offensichtlich, dass es ihm nicht gut ging. Sollte ein Sohn nicht zu seiner Mutter gehen, wenn er Hilfe braucht? Seine Ablehnung hat mich noch tiefer getroffen, als wenn er mir Vorwürfe gemacht hätte.«

»Und was hast du getan?«

»Ich habe mich hinter einem Bootsschuppen versteckt, bis er außer Sichtweite war.«

»Du hast …!«

Sie warf ihm einen trotzigen Blick zu.

»Du hattest mich gefragt.«

»Entschuldigung. Erzähl weiter.«

Sie fuhr sich mit der Hand über das Gesicht und sah plötzlich müde aus.

»Zwischen Franz und mir war so viel Unausgesprochenes. Es war wie eine Mauer, die ich nicht überwinden konnte. Also traf ich eine Entscheidung. Er sollte zu mir kommen und erklären, warum er das getan hatte. Es hat Jahre gedauert, bis ich bereit war, überhaupt Kontakt mit ihm aufzunehmen.«

»Und warum hast du deine Meinung geändert?«

»Euretwegen. Wegen dir und deinem Zwillingsbruder. Euretwegen bin ich zum Herrenhaus gerannt und habe verlangt, euch kennenzulernen. Kannst du dich daran erinnern?«

Niemals würde Thor das vergessen. Karin war seine Rettungsboje. Warm, sicher und außerdem roch sie nach frisch gepflückten Äpfeln. Sie brachte ihm das Lesen und Schreiben bei – und dann auch noch, wie man sich in der Natur zurechtfindet. Wenn er nachts in den dunklen Schlafsälen von ViaTerra lag und sich ängstlich und allein fühlte, hatte er immer an sie gedacht. Die Erinnerung an den Geruch ihres weichen, langen Haares und ihren warmen Körper hatte ihn beruhigt und in den Schlaf gewogen.

»Erzähl mir mehr darüber, wie es war, als Franz auf die Insel zurückgekehrt ist«, bat er.

»Er hat sich eine baufällige Hütte mitten im Wald gekauft und sich ein ganzes Jahr dorthin zurückgezogen. Dann hat er sich mit Gejagtem und Gefischtem verpflegt, denn man hat ihn nur selten im Dorf gesehen. Die Einheimischen erkannten ihn nicht und nannten ihn nur den *Einsiedler*. Er war als Dreizehnjähriger verschwunden und als Mann zurückgekehrt. Aber mich konnte er trotzdem nicht täuschen. Eine Mutter erkennt ihr Kind immer wieder. Doch ich bin ihm aus dem Weg gegangen, ich wollte noch warten. Ich bin gut im Warten, musst du wissen.«

Thor versuchte, sich seinen Vater vorzustellen, struppig, mit einem langen Bart und einem Gewehr, wie ein Biberjäger. Das fiel ihm zwar schwer, aber unmöglich war es nicht. Fast unmöglich war es hingegen sich vorzustellen, dass Mutter und Sohn jahrelang auf der relativ kleinen Insel gelebt haben sollten, ohne sich zu begegnen.

»Ihr habt euch nie zufällig getroffen? Nicht ein einziges Mal?«

Karin senkte den Blick, sah auf ihre Hände, bevor sie antwortete.

»Eigentlich nicht. Du findest es bestimmt seltsam. Manchmal bin ich zu ihm in den Wald gegangen. Aber dann stand ich nur vor der Hütte, konnte mich nicht dazu durchringen anzuklopfen. Bevor er verschwand, hatte er sich immer über unser Leben beschwert. Es war nicht gut genug für ihn. Ich war nicht gut genug für ihn. Das tat weh. Meine Familie ist sehr stolz, es liegt uns im Blut, dickköpfige Fischer zu sein.«

»Wusstest du, was er in der Hütte gemacht hat?«

»Er schien sehr unglücklich zu sein. Saß am Fenster und starrte ins Leere. Am liebsten hätte ich ihn getröstet. Manchmal sah ich ihn auf dem Grundstück arbeiten. Ein Teil von mir war auch stolz. Ich hatte ihm das alles beigebracht, und es war offensichtlich, dass er die Hütte instand hielt und im Garten Lebensmittel anbaute. Und dann dachte ich mir, dass ich ihm eben alles beigebracht hatte, was ich konnte, und dass er mich darum jetzt nicht mehr brauchte.«

Sie war rot geworden.

»Er wusste, wo er mich finden konnte«, fügte sie mit einem traurigen Lächeln hinzu.

»Du hast deinen Freunden nicht gesagt, dass er zurückgekommen ist?«

»Kein Sterbenswörtchen. Es hat aber auch niemand nach ihm gefragt. Die Leute hier sind ziemlich sensibel. Man spricht nicht über verstorbene Kinder. Als er später dann diese widerliche Sekte gegründet hat, haben mich schon einige gefragt. *Der da im Herrenhaus, das ist doch dein Sohn, oder nicht?* Ich habe immer geantwortet, dass er es einmal gewesen war. Das genügte. Das hat sie schnell zum Schweigen gebracht.«

Thor zuckte zusammen. Karins Geständnis hing wie eine Wolke in der Luft.

»Das ist unglaublich«, sagte er.

»Ich weiß, aber das liegt jetzt hinter uns. Franz und ich haben wieder miteinander zu tun. Er hat sich seit seinem Schlaganfall deutlich verändert. Wir können die verlorenen Jahre zwar nicht zurückholen, aber er hat mir dich geschenkt – und das bedeutet mir alles.«

Thor war so sehr in Karins Geschichte vertieft gewesen,

dass er gar nicht bemerkt hatte, dass das Prasseln des Regens draußen verstummt war. Ein kleiner Strahl der tief stehenden Abendsonne strich über die Oberfläche des Tisches und verschwand wieder.

»Das erklärt eine Menge«, sagte er. »Was ich aber nicht verstehe, ist, wie er von Anfang an so viel Macht bekommen konnte. Warum sind ihm dermaßen viele Leute gefolgt, als er die Sekte gegründet hat? Wie konnte er so manipulativ und berechnend werden? War er schon mit dreizehn so, bevor er seinen Tod inszeniert hatte?«

Karin dachte nach.

»Nein, das war er nicht. Er war von seinem sadistischen Vater besessen. Und die Tatsache, dass er dann mehrere Jahre mit ihm zusammengelebt hat, hat sicherlich auch dazu beigetragen. Die versnobten Privatschulen in Frankreich und der Umgang mit den überheblichen Angebern haben wohl auch ihre Spuren hinterlassen.«

»Kann sein …«, sagte Thor zögernd. »Das größte Rätsel ist aber, was davor passiert ist, bevor er nach Dimö zurückkam. Warum er so zusammengebrochen ist. Man kann über ihn sagen, was man will, aber er ist kein Weichei. Ihm muss etwas Schreckliches passiert sein.«

Nachdenklich runzelte Karin die Stirn.

»Das kannst du ihn ja morgen fragen.«

Das hatte Thor auch vor.

»Wenn du Glück hast, hat die Schlange gerade einen ihrer weniger verlogenen Tage«, sagte Karin und lächelte schelmisch. Aber Thor hörte auch die Zärtlichkeit in ihrer Stimme.

Kapitel 11

FRANZ

Vom Panoramafenster in meinem Büro aus habe ich den besten Blick, um das Gewitter zu beobachten. Der Wind peitscht dunkle, wütende Wolken über das Grundstück. Die zartesten Blätter werden von den Bäumen gerissen und wirbeln auf ihrem Weg hinunter zum Meer, das sich mit schäumender Gischt von riesigen Wellen stürzt, durch die Luft. Blitze zerteilen den Himmel nur Sekunden vor dem Donnern. Der Regen trommelt so stark auf den Boden, dass sich kleine Pfützen aus Schlamm auf dem Grundstück bilden.

Aber jetzt stehe ich am Fenster, das zur Vorderseite des Hauses zeigt, und sehe die Scheinwerfer eines Autos auf der Straße. Der Fahrer parkt am Straßenrand. Zuerst vermute ich einen neu eingetroffenen Gast, bis ich sehe, wie Thor aus dem Wagen steigt. Er rennt gebückt, um dem Regen zu entkommen, und verschwindet im Wald. Ohne jeden Zweifel ist er auf dem Weg zu seiner Großmutter. Also ist es nur eine Frage der Zeit, bis er hier eintrifft. Höchste Zeit, mir einen Plan für das Gespräch mit ihm zu machen.

Ich muss an Justine denken. Es war seltsam, mit ihr zu telefonieren. Sie war derart nah, das fühlte sich viel zu wirklich an. In diesem Augenblick wird mir bewusst, dass unser Vergehen noch lange nicht überstanden ist. In den Untiefen meines Gedächtnisses habe ich Bewegung gespürt. Mein Kopf funktioniert wie ein Karteikasten, mein Gedächtnis arbeitet fehlerlos, aber selektiv. Ich gebe nach, lasse zu, dass es mich für eine Weile nach Glimmingeholm zurückversetzt. Es ist nicht verkehrt, die innere Wachsamkeit abzulegen, und so das Geschehene vielleicht etwas verständlicher zu machen. Wenn ich alles noch einmal vor dem inneren Auge erlebe, finde ich möglicherweise ein Detail, das ich übersehen habe. Meine erste Begegnung mit Justine Troelius fand auf einer Veranstaltung im Herrenhaus statt, die für eine Handvoll auserlesene Studienanfänger ausgerichtet wurde. Es war keine wirkliche Überraschung, dass ich zu ihnen gehörte: von adliger Geburt, mit altem Geld, talentiert genug, um mich für das Medizinstudium zu qualifizieren. Ich hatte den Plan, die Party als Einstieg zu nutzen. Ich wollte einflussreiche Leute treffen und Teil von etwas Wichtigem werden. Außerdem war ich auf das Ehepaar Troelius neugierig geworden. Sie waren noch keine dreißig und hatten Glimmingeholm schon zu einer Art Zufluchtsort für die oberste Schicht der schonischen Elite gemacht.

Alle Herrenhäuser sind beeindruckend, aber Glimmingeholm war noch mal etwas Besonderes. Die Party fand in dem prächtigen Ballsaal statt, wo uns eine Jazzband unterhielt und Fingerfood und eine Auswahl an teuren Weinen angeboten wurden. Ich unterhielt mich mit den anderen Gästen, stellte mich vor und prägte mir einige interessante Namen ein. Ich hatte auch ein kurzes Gespräch mit Carl-Fredrik Troelius, der zwar höflich, aber zurückhaltend war.

Zu fortgeschrittener Stunde nahm mich Justine zur Seite, legte mir die Hand auf den Arm und schlug vor, an die frische Luft zu gehen. Das war zwar eine Plattitüde, aber von ihr ausgesprochen klang es eher wie ein Befehl als nach einem Flirt. Die Nacht war klar und frisch, wie üblich im Oktober. Kühl genug, dass unser Atem Wolken bildete, warm genug, dass man nicht fror. Wir liefen zum Strand hinunter und setzten uns auf eine Bank. Vor uns glänzte der See im Mondlicht wie flüssiges Silber.

Ich redete unaufhörlich. Das war nicht weiter verwunderlich, denn noch nie in meinem Leben hatte mir jemand so aufmerksam zugehört. Ich gestand auch, dass ich seit meiner Kindheit eine Berufung spüre, andere Menschen zu führen. Ich erinnere mich noch wie heute an ihre Antwort.

»Als Arzt rettet man vielleicht ab und zu ein Leben, aber ist das wirklich aufregend? Als spiritueller Anführer aber würdest du – ich darf doch du sagen? – viel mehr Menschen beeinflussen können, als es beispielsweise ein Politiker kann.«

Ich versuchte, nicht zu viel in diese Worte hineinzuinterpretieren, aber ich spürte ein Kribbeln, als erwachte etwas in mir zum Leben.

»Stell dir vor, du bist ein ganz durchschnittliches Mitglied unserer heutigen, verwirrenden Gesellschaft«, fuhr sie fort. »Stell dir vor, du bist jung, idealistisch und möchtest etwas Gutes tun. An wen wendest du dich? Vertraust du unserem Rechtssystem? Vertraust du unserem politischen System? Du wünschst dir die Zusage und Versicherung, dass es Lösungen für die Probleme gibt, die sich in deiner Zukunft abzeichnen. Alles, was du dann hören willst, ist eine beruhigende Stimme. Und du, Franz, mit deinem Intellekt und deiner Ausstrahlung, könntest genau diese Stimme sein.«

Plötzlich raste mein Herz. Ehrlich gesagt hatte ich mich immer gefragt, ob mir eine außerirdische Macht meine

Vorzüge und Fähigkeiten geschenkt hatte. Ich hatte das unbezwingbare Gefühl, auserwählt zu sein, für einen höheren Zweck bestimmt.

»Ist das Ihr Ernst?«, fragte ich.

»Sag bitte Justine, Franz. Du selbst musst daran glauben. Du musst dich fragen, wie du dich selbst definieren möchtest.«

Ich konnte sehen, wie sie in der Dunkelheit mit den Wimpern klimperte.

»Du weißt doch auch, dass Ärzte vorzeitig altern, oder? Das liegt daran, dass sie immer von Elend und Tod umgeben sind. Am Ende klammern sie sich an die Menschen, die einmal lebendig waren, und verkümmern – einsam und verzweifelt.«

Ich musste lachen.

»Du bist ja eine waschechte Zynikerin.«

»Oder ich habe einfach Angst vor Ärzten«, sagte sie und strich mit der Hand über ihren Rock. »Meine Mutter war Psychiaterin. Für sie bin ich ein Forschungsprojekt gewesen, sie analysierte und sezierte alle meine Entscheidungen, bis ich von dem Gedanken besessen war, sie umzubringen. Leider hat der Krebs das übernommen, bevor ich es tun konnte.«

Letzteres hörte sich allerdings nicht nach einem Scherz an.

»Du hast deine Familie bei einem Brand verloren. Und … trauerst du noch um sie?« Dabei sah sie mich fragend an.

Eine tiefe Stille senkte sich über uns. Der Mond stand hoch am Himmel. Es war so still, dass ich die Bank knarren hören konnte, als ich mich zu ihr umdrehte. Ich beschloss, ihr die Wahrheit zu sagen.

»Mit meiner Stiefmutter und meiner Halbschwester bin ich gut zurechtgekommen, aber ich bin froh, dass mein Vater tot ist. Unsere Beziehung war … kompliziert.«

»Kompliziert? So wie in Kindesmissbrauch?«

»So was in der Art«, gab ich zu.

»Deine Launen und Stimmungsschwankungen könnten deine größte Stärke sein. Wut ist eine mächtige Waffe.«

Mein Herz machte einen Satz.

»Woher weißt du von meinen Stimmungsschwankungen?«

»Gute Menschenkenntnis, dank meiner Psycho-Mutter.«

Die ganze Zeit über waren wir allein am See, obwohl die Party in vollem Gange war. Kein knutschendes Pärchen suchte sich ein stilles Plätzchen, niemand kam betrunken an uns vorbeigetorkelt. Es war vorherbestimmt, dass wir dort ganz ungestört zusammensaßen.

Zwischen Justine und mir stimmte die Chemie, das hatte ich noch nie bei einer Frau erlebt. Es knisterte. Sie war kultiviert, schön, obwohl sie nicht mein Typ war. Acht Jahre älter als ich und viel zu autoritär. Meine Vorliebe für Dominanz und meine Abneigung gegen Zärtlichkeiten bestimmten normalerweise die Wahl meiner Sexualpartner. Ich hatte meine Techniken verfeinert, sie zu einer Kunstform gemacht. Berühren, ohne berührt zu werden. Dominieren, ohne dominiert zu werden. Es war zwar offensichtlich, dass Justine kein unterwürfiges Wesen war, doch zwischen uns herrschte eine außergewöhnliche Spannung und Anziehung. Ich wollte mehr davon.

Sie sah auf ihre Armbanduhr, dann hoch zum Mond und stand auf.

»Komm, ich zeige dir etwas.«

Bis zu diesem Zeitpunkt liefen die Erinnerungen wie ein Film ab, klar und deutlich, mit perfekt aufeinander abgestimmten Farben, Gerüchen und Geräuschen. Jetzt pausiert die Wiedergabe in meiner Erinnerung, und ein Schauer läuft mir über den Rücken. Daran möchte ich nicht erinnert werden. Das ist reine Quälerei. Aber ich kann es nicht aufhalten. Ich kann zwar versuchen, das Drehbuch dieser Geschichte umzuschreiben, zu verzerren, Details auszulassen, aber ich weiß genau, was passiert ist. Meine Erinnerung setzt in dem Augenblick ein, als ich die Kapelle betrat. Auf den ersten Blick war sie klein und unscheinbar. Bei näherer Betrachtung aber war sie wunderschön. Puritanisch, streng und nüchtern. Ich folgte Justines Blick und hielt den Atem an. Wir standen unter einer großen Kuppel, deren Ausmaße den Raum beherrschten. Das Herzstück der Kapelle war ein großer Stein, der unter der Kuppel lag. Seine glatte Oberfläche schimmerte im Mondlicht.

»Licht«, sagte Justine. »Das Streben des Menschen hat vor allem mit der Sehnsucht nach Licht zu tun. Es ist ein unbewusstes, oft schmerzhaftes Verlangen, das die Menschheit seit vielen Tausenden von Jahren antreibt.«

»Die Kapelle ist unglaublich schön«, sagte ich. »Warum wurde sie errichtet?«

Meine Stimme klang befremdlich und tief in dem leeren Raum.

»Als Symbol der Spiritualität. Die wenigsten Menschen sind in der Lage, die Schönheit dieses Ortes zu sehen und zu schätzen. Du aber hast das Spirituelle quasi im Blut.«

»Bin ich nur hier, weil du meine Reaktion testen wolltest?«, fragte ich.

»Ich wollte deinen Gesichtsausdruck beim ersten Anblick sehen, ja«, gab sie zu.

»Wer hat die Kapelle denn bauen lassen und weshalb?«

»Der Ururgroßvater meines Mannes hat sie für seine Mätressen errichtet.« Sie trat an den Stein auf dem Boden und zeigte auf vier schmale Säulen, eine in jeder Ecke.

»Hier gefesselt zu sein, dem Licht vollkommen ausgeliefert, das ist die ultimative Unterwerfung. Zu diesem Zweck wird der Altar schon seit Hunderten von Jahren benutzt.«

Plötzlich stand sie direkt vor mir, ganz nah. Meine Augenlider flackerten, keiner von uns sagte ein Wort. Im fahlen Licht des Mondes zeichnete sie mit dem Finger die Konturen meines Gesichts nach und ließ ihn dann über meine Brust gleiten. Zitternd holte ich Luft; ein Muskel an meiner Schläfe zuckte, dahinter pochte es. Langsam glitt ihre Hand in meinen Schritt hinunter. Meine Reaktion war instinktiv, wie ein Reflex auf meine Unlust, berührt zu werden. Ich zuckte zusammen und wich zurück, als hätte ich mich verbrannt. Auch Justine trat einen Schritt zurück, musterte mich und brach dann in Gelächter aus. Das war kränkend, ich fand es alles andere als lustig.

»Ich verstehe«, sagte sie sanft und freundlich.

»Was verstehst du?«

»Deine Reaktion. Mir geht es genauso. Ich drücke meine Sexualität durch mein künstlerisches Schaffen aus. Ich erkläre es dir bei Gelegenheit. Mach dir keine Sorgen. Du wirst auf andere Weise erstaunlich nützlich sein können.«

An dieser Stelle breche ich den Erinnerungsfilm ab.

Im Nachhinein kann ich erkennen, dass Justine mit mir gespielt hat, um etwas in mir zu wecken. Leider bin ich damals so leichtgläubig gewesen, wie ein Einundzwanzigjähriger eben ist. An diesem Abend verließ ich Glimmingeholm und trug in mir das Gefühl von Selbstwert. In den Augen von Justine war ich einzigartig, herausragend. Die Art, wie sie mit mir gesprochen hatte, als hätte das Leben vor unserer gemeinsamen Zeit nur aus dem Warten auf diesen einen Moment bestanden – das war keine Liebe, es war ein Gefühl von Gleichklang und Übereinstimmung. Wie seltsam, dass es kein Zurück mehr gibt, wenn man einmal eine Tür geöffnet hat.

Ein Donnerschlag erschüttert Dimö, ich zucke zusammen. Meine Augenlider sind von der Erinnerung an diese Ereignisse schwer. Ich reibe mir über die Stoppeln, weil ich vergessen habe, mich zu rasieren. Normalerweise bin ich immer glattrasiert, wie es sich gehört. Aber im Moment ist bei mir nichts wie sonst üblich.

Was soll ich Thor sagen? Was in Glimmingeholm passiert ist, ist abscheulich, einfach erschütternd. Ein Vater ist nicht verpflichtet, seinem Sohn furchtbare Erinnerungen zu erzählen. Es ist eine Frage der Ehre und der Würde. Zu viel Intimität finden Kinder abstoßend.

Plötzlich wird mir klar, dass es eine einfache Lösung für dieses Dilemma gibt. Ich werde fast alles erzählen, aber so, wie es ein verantwortungsbewusster Vater tun sollte. Indem ich das Unangenehme herausfiltere. Diese Geschichte besteht aus zwei sehr unterschiedlichen Abschnitten. Der erste handelt von dem Jahr, als ich Student an der Universität Lund war. Der zweite handelt von meiner Rückkehr nach Dimö. Das ist an sich schon demütigend genug, und wenn ich ihm nur von dem zweiten Abschnitt erzähle, brauche ich auf den ersten gar nicht einzugehen.

Kapitel 12

THOR

Er stellte das Auto im Hof ab und sah sich um. Von dem gestrigen Sturm war nichts mehr zu sehen, nur ein paar Äste, die abgerissen worden waren und verstreut im Hof lagen. Die Sonne brannte auf die Rasenfläche und verdampfte die letzten Regentropfen. Nicht umsonst wurde das Wetter auf Dimö oft als bipolar bezeichnet. Heute sah ViaTerra wie eine Idylle aus einem Märchenbuch aus. In strahlendem Weiß vor dem blauen Himmel wirkte das Herrenhaus sanft und einladend. Überall blühte es, die alten Bäume verschwanden fast unter dem vielen Grün.

Obwohl seine Kindheit auf der Insel nicht leicht gewesen war, vermisste er die Sommer in der Sekte heute noch. Die Kinder hatten zwar harte, körperliche Arbeit auf den Feldern leisten müssen, aber sie hatten auch Spaß dabei gehabt. Sie waren draußen in der Sonne gewesen, konnten bei der Arbeit mit ihren Freunden plaudern und mal einen Schluck aus deren Wasserflasche trinken, wenn man seine eigene vergessen hatte. Im Hintergrund hörte man die Wellen, die ruhig und rhythmisch gegen die Felsen schlugen. Und die Luft, die von den Wiesen aufstieg, war frisch und kühl, wenn die Sonne am Horizont versank. Ganz anders allerdings verhielt es sich in den Wintermonaten, wenn die Finger steif und kraftlos waren und die

Hände so kalt wurden, dass es sogar brannte. Bei der Erinnerung an die harte Feldarbeit in der Kälte stieg Bitterkeit in ihm hoch. Er umklammerte das Lenkrad fester und verdrängte die Gedanken daran.

Wie sollte er sich seinem Vater gegenüber verhalten? Franz wusste, dass er herumgeschnüffelt hatte, und er würde versuchen, es herunterzuspielen. Er war unfassbar geschickt darin, die Tatsachen so lange zu verdrehen, bis einem schwindlig wurde und die ersten Zweifel kamen. Eine Erkenntnis dämmerte Thor. Die besten Gespräche hatten sie geführt, wenn sie draußen in der Natur gewesen waren. Das schien Franz aufgeschlossener und offenherziger zu machen. Deshalb würde Thor heute einen gemeinsamen Spaziergang vorschlagen.

Als er ausstieg, kam Elyssa auf ihn zugerannt.

»Dein Vater wartet schon im Salon auf dich. Die Küche bereitet dir was zum Mittagessen vor.«

»Woher wusste er, dass ich komme?«, fragte Thor erstaunt.

»Keine Ahnung. Er hat Karin angerufen und gefragt, wann er mit dir rechnen kann.«

Die Tatsache, dass ihm sein Vater immer einen Schritt voraus war, hatte Thor früher wahnsinnig gemacht, jetzt amüsierte es ihn nur noch. Franz lag offensichtlich viel daran, ihm eine Erklärung zu geben.

Im Speisesaal schlugen ihm fröhliche Stimmen entgegen. Alle Tische waren mit Retreat-Gästen voll besetzt, die gerade beim Mittagessen saßen. Thor freute sich, dass sich die Leute so wohlfühlten. Wenigstens das hatte Franz richtig gemacht und ViaTerra in etwas Positives verwandelt. Er ging weiter in den Salon, der eigentlich für kleinere, private Feiern gedacht war. Heute saß Franz allein am Esstisch.

Als Thor den Raum betrat, sprang er auf. Sie umarmten sich, und Franz hielt ihn etwas länger als notwendig fest, als wolle er sich vergewissern, dass er wirklich da war. Als Thor ein Kind war, waren diese Umarmungen selten und darum sehr kostbar gewesen. Auch heute noch lösten sie in ihm ein warmes Gefühl aus. Er schob Franz sanft von sich und sah ihm in die Augen. Aber sein Vater wich aus, Thor deutete seine steife Körperhaltung und den gesenkten Blick als Scham. Vielleicht war er auch schon im Verteidigungsmodus.

»Mein Lieber, ich werde dir alle deine Fragen beantworten. Aber wollen wir nicht vorher noch etwas essen?«

»Doch, gerne.«

Thor war schon wieder hungrig, obwohl er erst vor ein paar Stunden in Karins Haus üppig gefrühstückt hatte. Seit er arbeitslos war, hatte sein Appetit zugenommen. Kein Leistungsdruck mehr und kein Stress.

Ein Kellner brachte ihnen Krabbensalat mit Vollkornbaguette und Mineralwasser. Thor fühlte sich immer unwohl, wenn er bedient wurde, aber wenigstens behandelte Franz das Personal in ViaTerra mittlerweile gut und bezahlte sie angemessen. Trotzdem konnte er sich eine spitze Bemerkung nicht verkneifen.

»Was würde eigentlich passieren, wenn du kein Küchenpersonal hättest, Papa? Kannst du dir überhaupt ein Spiegelei machen?«

Franz hob die Augenbrauen.

»Ich kann ausgezeichnet kochen. Erstaunlich, wie wenig du mich kennst!«

»Ja, aber zum Glück haben wir jetzt ein paar Tage Zeit, um das zu ändern«, entgegnete Thor schnell.

Franz ignorierte die Anspielung.

»Heute Abend koche ich uns was, dann wirst du sehen.«

»Wie bitte? Du kochst?«, rief Thor skeptisch.

»Allerdings. Wollen wir zum Hafen und uns ansehen, was es gibt? Du möchtest doch spazieren gehen, nehme ich an?«

Sie unterhielten sich ungezwungen beim Essen. Zuerst über Julia, für deren Aktivitäten sich Franz immer interessierte. Thor erkundigte sich nach seiner Beziehung zu Maria Brehmer, und Franz erwiderte zögernd, sie würden sich regelmäßig sehen und es liefe ganz gut. Leider aber hätte sie vor, ein Haus auf Dimö zu kaufen, und davon war er nicht so begeistert. Sie rücke ihm »auf die Pelle«. Als Thor wissen wollte, warum das ein Problem sei, antwortete Franz: »Na ja, du willst dich doch nicht völlig festlegen, oder?« Thor wusste nicht, wie er darauf reagieren sollte. Aus Unsicherheit wechselte er zu dem unvermeidlichen Gesprächsthema, obwohl er damit eigentlich noch hatte warten wollen.

»Es gibt eine Lücke von mehreren Jahren in deinem Lebenslauf, über die du nie gesprochen hast. Und ich möchte wissen, warum.«

Franz schob den Teller weg und lehnte sich zurück. Seine Mundwinkel umspielten ein Lächeln.

»Diese Lücke, wie du sie nennst, war die sündigste Phase meiner Jugend. Bislang habe ich aus Taktgefühl darüber geschwiegen. Außerdem wäre es alles andere als förderlich für meinen Ruf als spiritueller Führer – und vor allem ist es nichts, was ich mit meinem Sohn besprechen möchte.«

»Ich kann das alles aushalten. Was hast du in Glimmingeholm gemacht?«

»Gefeiert. Alkohol und sexuelle Ausschweifungen. Es

war wild, aber nach einem Jahr hatte ich genug davon. Die meisten Menschen haben in ihrer Jugend solche hemmungslosen Phasen durchlebt.«

»War es so schlimm?«

Franz starrte ihn mit ausdrucksloser Miene an.

»Nicht schlimm, nur geschmacklos.«

»Hast du Drogen genommen?«, fragte Thor.

»Die anderen haben das getan, ich aber nicht. Ich habe mal was getrunken, aber nie so viel, dass mein Urteilsvermögen beeinträchtigt war.«

Thor wusste nicht, ob es ein gutes oder ein schlechtes Zeichen war, dass sich sein Vater diesen sexuellen … Exzessen nüchtern hingegeben hatte.

»Habt ihr da Orgien gefeiert, oder was?«, fragte Thor, halb im Scherz.

»So etwas Ähnliches«, erwiderte Franz und verzog das Gesicht. Wenigstens machte ihn das verlegen.

Thor erschauderte. Eigentlich hatte er vorgehabt, mehr über die Kapelle in Glimmingeholm zu erfahren. Aber er entschloss sich, nicht gleich nachzuhaken. Franz würde nur wütend werden und verstummen, wenn er herausfände, dass Thor dort gewesen war.

»Satanische, okkulte Riten?«, fragte er stattdessen.

Franz verzog das Gesicht, als wäre diese Frage vollkommen unangemessen.

»Thor. Was denkst du von mir?«

Er hatte keine andere Wahl, er musste seinen Vater mit dem schwersten und schwerwiegendsten Verdacht konfrontieren.

»Hast du damals eine Frau vergewaltigt, Papa?«

Franz seufzte übertrieben laut.

»Dass du überhaupt fragst.«

»Was soll ich denn glauben, nach allem, was du getan hast?«

Es folgte eine lange, angestrengte Pause.

»Alles wiederholt sich. Und alles hat ein Ende«, sagte Franz schließlich.

»Was soll das heißen?«

»So steht es in der Bibel. In meinem Fall bezieht sich das auf die Wiederholung eines unmoralischen Verhaltens, das ich aber abgelegt habe.«

»Das hört sich wie auf einer Beerdigung an.«

»Ganz genau. Der alte Franz ist schon längst begraben.«

Thor starrte ihn an.

»Ich bin so sehr an deinen Wahnsinn gewöhnt, dass ich kaum noch darauf reagiere.«

Es klopfte an der Tür, der Kellner brachte Kaffee und Gebäck. Franz bemerkte ihn nicht, sondern war in seinen Gedanken versunken.

»Bitte, antworte mir«, flehte Thor ihn an, nachdem der Kellner den Raum wieder verlassen hatte. »Hast du etwas getan, wofür du heute noch bestraft werden kannst?«

Ein Schatten strich über sein Gesicht, war aber gleich wieder verschwunden.

»Nein, natürlich nicht. Das ist alles dreißig Jahre her.«

Es klang so endgültig, dass Thor keine Kraft hatte weiterzubohren.

»Du musst schon respektieren, dass ich keine Details über mein Sexualleben preisgeben möchte«, sagte Franz mit Nachdruck, um dem Ganzen ein Ende zu setzen.

»Das ist merkwürdig, weil du doch sonst immer sehr offenherzig damit warst und es jedem erzählt hast, vor allem den Medien.«

»Die Tatsache, dass die Medien die Grenze zwischen

dem öffentlichen und dem privaten Raum überschritten haben, bedeutet nicht, dass es mir gefallen hat.«

»Du wirkst bei den Interviews immer ausgesprochen unbeschwert und zufrieden«, sagte Thor.

»Das liegt an meinem Pokerface. Aber was auf Glimmingeholm passiert ist, soll auf keinen Fall an die Öffentlichkeit gelangen.«

»In den Zeitungen wurde viel über die Partys geschrieben und spekuliert.«

»Die wussten nicht einmal die Hälfte«, sagte Franz trocken.

»Und die Eltern von Elisabeth?«

Franz zuckte mit den Schultern.

»Das Ehepaar Troelius sind Adlige, die dekadente Partys für Gleichgesinnte veranstaltet haben. Nachdem Elisabeth auf die Welt kam, wurden sie allerdings ruhiger. Wollen wir jetzt spazieren gehen?«

»Was ist damals passiert? Warum tust du so geheimnisvoll?«, beharrte Thor.

Franz sah auf seinen Teller, der so sauber war, als wäre er abgespült worden. Nicht ein einziger Krümel durfte verschwendet werden. In Thors Augen war das eine Zwangsstörung. Franz achtete sehr darauf, was er zu sich nahm, und wenn er es tat, dann mit einer fast pragmatischen Präzision.

»Ich habe einen Vorschlag«, sagte er.

Thor wartete ungeduldig.

»Lass uns eine Abmachung vereinbaren. Du hörst auf, mich über das geschmacklose Jahr in Schonen auszuquetschen, denn damals ist wirklich nichts passiert, das von Bedeutung gewesen wäre. Im Gegenzug erzähle ich dir, was ich danach auf Dimö getan habe, was nämlich weitaus interessanter ist. Aber das muss unter uns bleiben, weil es sehr persönlich ist.«

Thor musterte seinen Vater. Entspannte Gesichtszüge, keine Schatten, er wirkte ruhig und aufrichtig. Ihm gefiel dieses Angebot. Thor hatte die Berichterstattung über das Sexleben seines Vaters immer angewidert. Allein der Gedanke daran, mehr Details von den dekadenten Partys zu erfahren, brachte den Krabbensalat in seinem Magen schon in Bewegung.

»Okay, so machen wir das«, stimmte er zu. »Zumindest für den Anfang.«

In dem Salon war es heiß. Thor verspürte das dringende Bedürfnis, an die frische Luft zu gehen, um klar denken zu können. Er wollte fokussiert bleiben.

»Wie war es, als du nach Dimö zurückgekommen bist, und was ist dann passiert?«, fragte er. »Warum zeigst du mir nicht als Erstes die Hütte, in der du damals gelebt hast?«

Als Franz das Wort *Hütte* hörte, zuckte er so heftig zusammen, als hätte ihn jemand unsanft geweckt.

Kapitel 13

Franz sprang auf.

»Dann mal los.«

Der scharfe Tonfall löste in Thor sofort ein altbekanntes Gefühl aus. Es erinnerte ihn an die unzähligen Male, in denen er über Eisschollen hatte laufen müssen, wenn sein Vater kurz vor einem Wutausbruch gewesen war. Sie kündigten sich in der Regel durch diesen kühlen, distanzierten Tonfall an. Reflexartig folgte Thor seinem Vater durch die Hintertür. Franz schlug die Tür hinter ihnen zu, blieb dann noch eine Weile reglos stehen. Thor griff nach seinem Arm.

»Papa, was ist los?«

»Ich möchte mir nur die Beine vertreten.«

»Warum hast du so komisch auf meinen Wunsch reagiert, zur Hütte zu gehen?«

Für den Bruchteil einer Sekunde bekam Franz' Blick etwas Feindseliges.

»Warum müssen wir uns darüber eigentlich unterhalten, wenn du sowieso die ganze Zeit in meiner Vergangenheit herumschnüffelst? Hat dir Karin schon wieder einen Floh ins Ohr gesetzt?«

Thor schluckte. Die Wutausbrüche seines Vaters machten ihn auch heute noch nervös und verunsicherten ihn.

»Willst du damit sagen, dass sie lügt?«, fragte er. »Gibt es die Hütte gar nicht?«

»Doch, die gibt es. Aber deine Großmutter weiß *nichts* über meine damaligen Beweggründe, in der Hütte zu leben. Sie ist eine Tratschtante, so wie alle Inselbewohner.«

Thor konnte es nicht ertragen, wenn Franz über Karin herzog.

»Das ist sie nicht. Ich hatte sie gefragt. Warum macht dich das so wütend?«

»Mir geht dieses Geschwätz auf die Nerven. Wie hältst du das alles überhaupt aus?«

Thor legte eine Hand auf den Arm seines Vaters. In diesem Zustand war es unmöglich, vernünftig mit ihm zu sprechen. Er wartete, bis sich Franz wieder beruhigt hatte.

»Karin konnte mir nichts verraten, weil sie nichts weiß«, sagte er.

Franz rieb sich das Kinn.

»Okay. Ich zeige dir die Hütte. Sie gehört mir, ich vermiete sie manchmal. Sie befindet sich mitten im Wald, es wird also ein langer Spaziergang. Ich erzähle dir mehr, wenn wir da sind.«

»Aber nur, wenn du nicht wieder so wütend wirst.«

»Ich werde nicht gern an diese Zeit in meinem Leben erinnert. Die ist wahnsinnig deprimierend gewesen. Du wirst mich kaum wiedererkennen, das wirst du sehen. Aber lass uns erst einmal losgehen.«

»War es so schlimm?«

Franz senkte den Blick, schabte mit der Schuhsohle über den Boden.

»In meiner Welt schon. Vor allem, wenn man ein Vorbild sein möchte«, murmelte er.

Sie verließen das Anwesen durch das Tor auf der Rückseite des Herrenhauses und liefen über das Heidemoor in den Wald. Es war ein schöner, ruhiger Julitag. Nach dem

Sommerregen war die Luft klar, vereinzelte kleine Wolken spiegelten sich in den Buchten, eine leichte Brise wehte vom Sund über die Insel. Die Sommergäste saßen auf den Felsen, Segelboote glitten übers Meer. Thor wurde von einer unbändigen Freude gepackt, wieder auf Dimö zu sein. Er liebte die warmen Sonnenstrahlen im Gesicht, die salzige Luft und das Geschrei der Möwen. Die Notwendigkeit, den Geheimnissen seines Vaters hinterherzujagen, verpuffte nach und nach. Aus Faszination war Besessenheit geworden, und das fühlte sich nicht richtig an. Stattdessen sollte er Julia davon überzeugen, ein paar Wochen frei zu nehmen, um sie mit ihm auf Dimö zu verbringen. Segeln zu gehen und die Sonne zu genießen. Er hatte am Morgen sein Spiegelbild in Karins Badezimmer angestarrt und festgestellt, wie blass er war, mit dunklen Schatten unter den Augen. Einige Wochen am Meer würden ihm bestimmt guttun. Aber dann sah er seinen Vater an, und auch dieses Vorhaben verpuffte. Denn er wusste, tief im Innern, dass er die Wahrheit um jeden Preis herausfinden musste. Denn so schrecklich sie unter Umständen sein mochte, mit den Bildern, die er sich in seiner lebhaften Fantasie machte, konnte sie es bestimmt nicht aufnehmen.

»Wie geht es dir, Papa?«

Die Frage klang geradezu absurd. Noch vor ein paar Tagen hatte Franz am Telefon vor Freude gesprudelt. Bevor Thor angefangen hatte, *darin* herumzuwühlen.

Sie blieben gleichzeitig stehen, der Weg war eher schmal, sie standen dicht beieinander.

»Es geht so«, sagte Franz mit belegter Stimme. »Ich habe noch nie mit jemandem über das Jahr vor der Gründung von ViaTerra gesprochen.«

»Du hast auch nie über deine Vergangenheit gesprochen, als ich klein war. Nach deinem Schlaganfall wusste ich nicht, ob du jemals wieder sprechen kannst. Ich hatte so viele Fragen, auf die ich vielleicht niemals eine Antwort bekommen würde. Das war schrecklich. Aber das ist jetzt alles lange her, trotzdem gibt es nach wie vor Lücken in deinem Lebenslauf, die ich nicht füllen kann.«

Den Blick, den Franz ihm zuwarf, konnte er nicht deuten.

»Vor meinem Schlaganfall bin ich ein anderer Mensch gewesen. Es gibt keine Als-Papa-jung-und-lustig-war-Geschichten mit mir. Wenn dir das so wichtig ist, kann ich versuchen, diese Lücken so gut es geht zu füllen. Aber vergiss nicht, manchmal gibt es einfach keine einfachen Antworten.«

»Ich verstehe«, sagte Thor. »Vielleicht ist es noch nicht zu spät, die Dinge wieder in Ordnung zu bringen.«

Ein kaum sichtbares Kopfschütteln.

»Mein Junge. Die Verantwortung für meine Vergehen in der Vergangenheit zu übernehmen, das ist und bleibt ein unrealistischer, romantischer Traum. Ich habe damals Entscheidungen getroffen und muss heute damit leben.«

Er rieb sich über die Augen. »Ich werde dir mehr davon erzählen, wenn wir in der Hütte sind.«

Der Weg war so schmal geworden, dass sie hintereinanderlaufen mussten. Franz ging vor. Zunächst konnte man noch im Hintergrund das Meer flüstern hören, dann wurde es ganz still … bis auf das Vogelgezwitscher. Der schmale Pfad wurde noch schmaler, an einigen Stellen war er überwuchert und schlängelte sich zwischen den Bäumen, Brombeersträuchern und Farnen hindurch. Es war ein Pfad, der sich nicht mehr seinen Weg durch die Natur schnitt, sondern längst Teil von ihr geworden war. Franz lief zügig, keine Spur eines Zögerns war ihm anzumerken. Kam er doch häufiger hier vorbei? Nicht zwangsläufig, Franz wusste alles über die Flora und Fauna von Dimö. Er kannte alle Wahrzeichen, wusste wohin die Bäche flossen, welche Vogelarten im Frühling auf der Insel nisteten und welche es im Herbst in den Süden zog. Anhand des Moosbewuchses und der Flechten an einem Baumstumpf konnte er ablesen, wann ein Baum umgestürzt oder gebrochen war. Mithilfe der Schatten und des Lichtspiels auf dem Boden war er in der Lage, fast auf die Minute genau die Uhrzeit zu bestimmen. Er wusste einfach alles. Und erst dieses Wissen machte ihn zum eigentlichen Besitzer von Dimö. Je tiefer sie in den Wald kamen, desto feuchter und kühler wurde es, weil die Bäume die Sonne abschirmten. Thor machte das nervös. Er musste an Franz' Worte denken: *In meiner Welt schon. Vor allem, wenn man ein Vorbild sein möchte.* Sie bekamen eine zusätzliche, unheimliche Bedeutung, weil sie andeuteten, er könnte etwas so Schreckliches getan haben, dass es seinem ohnehin schon beschädigten Ruf möglicherweise noch stärker schadete.

Als er dachte, dass der Pfad unmöglich noch schmaler werden konnte, wurde er genau das. Aber unmittelbar dahinter traten sie dann aus dem Wald auf eine Lichtung, und vor ihnen stand die Hütte. Das Sonnenlicht fiel zwischen den Baumstämmen hindurch und legte einen sanften Schimmer über den zugewucherten Garten. Buchen mit riesigen Kronen bewachten die Hütte und verbanden sich über deren Dach zu einem dichten, lebendigen Gebilde. Sie war aus dunklem Holz gebaut und sah eher wie eine Berghütte aus. In den Beeten davor standen hohe Salbei- und Lavendelbüsche, in denen Hummeln und Bienen wie in einem geheimen Tanz von Blüte zu Blüte flogen. Es schien, als betrete man einen magischen Ort, ein geheimes Versteck.

»Das ist wunderschön hier«, sagte Thor überwältigt.

»Ich habe Leute, die sich darum kümmern und das alles in Schuss halten«, sagte Franz. »Allerdings müsste der Rasen mal wieder gemäht werden.«

»Die Hütte liegt wirklich mitten im Wald. Das ist unglaublich.«

Franz lächelte warm, fast verlegen.

»Es war ein Wink des Schicksals, dass ich hier gelandet bin. Ich bin damals wie ein Geist über die Insel geschlichen, und plötzlich tauchte diese Hütte vor mir auf. Der Ort und die Lage haben mich zum Kauf bewogen«, sagte er.

»Um was zu tun?«

»Um zur Ruhe zu finden.«

»War die Hütte damals auch schon so gut erhalten?«

Franz lachte auf.

»Das war eine Bruchbude, am Rande des Verfalls. Ich habe sie erst auf Vordermann gebracht.«

»Können wir reingehen?«

»Natürlich. Aber am besten ich erzähle dir vorher, was ich hier gemacht habe.«

»Wenn du unbedingt möchtest«, sagte Thor abwartend und vorsichtig.

»Es ist an der Zeit. Wollen wir uns ein bisschen ausruhen?«

Auf dem Grundstück stand eine kleine Laube mit einer Bank. Dort setzten sie sich. In der darauffolgenden Stille hörte Thor, wie sich die Atemzüge seines Vaters veränderten. Erst stockten sie, dann wurden sie tiefer und schwerer. Als tobe ein Sturm in ihm. Er richtete sich auf und stützte sich mit den Händen auf den Knien ab. Lange starrte er vor sich hin. Dann begann er zu sprechen, langsam und gleichförmig. Nach einer Weile wechselten sie den Ort und gingen in die Hütte und danach wieder zurück nach draußen. Allmählich bekam Franz' Geschichte eine Kontur. Was er aber erzählte, entsprach in keiner Weise dem, was sich Thor in seiner wildesten Fantasie ausgemalt hatte. Er hatte sich vorgestellt, dass Franz junge Frauen in die Hütte gelockt hatte, um sie dort zu verführen oder dass er den Raum darin als Schaltzentrale für illegalen Waffenhandel benutzt hatte. Auf jeden Fall für etwas Illegales und Gefährliches. Was ihm Franz stattdessen erzählte, ließ Thor die Nackenhaare zu Berge stehen.

Kapitel 14

FRANZ

Ich versetzte mich zurück zu dem Tag meiner Ankunft auf Dimö. In jenem Herbst herrschten extreme Witterungsverhältnisse, dichter Nebel – sogar für Dimö-Verhältnisse. Eine eiskalte, feuchte Nebelwand hatte die Insel in einen grauen Dunst gehüllt.

Als ich mit meiner Geschichte beginne, klingt meine Stimme fremd. Und das ist seltsam, denn schließlich ist alles, was ich sage, wahr. Aber ein Teil meiner Erinnerungen und meines Bewusstseins muss in den Ereignissen auf Glimmingeholm hängen geblieben sein. In der Zeit, bevor ich nach Dimö zurückgekehrt bin. Das ist jetzt dreißig Jahre her. Aber die Tragödie, die sich damals ereignet hat, ist so eng mit der Zeit danach verbunden, dass ich sie kaum voneinander trennen kann. Ich muss mich zurückhalten, damit ich Thor nicht die ganze Geschichte erzähle, die er niemals erfahren darf. Und es war eine schreckliche Tragödie. Normalerweise erhole ich mich schnell von Katastrophen. Das war aber nicht dieses Mal so. Sie hat mich zu Fall gebracht. Unaufhörlich plapperte eine innere Stimme, wie ich es hätte verhindern, was ich hätte anders machen können. *Hätte ich nur, hätte ich nur, hätte ich nur.* Unzählige Möglichkeiten.

Ich fühlte mich wie ein wildes Tier, das von seiner Herde getrennt worden war, dazu verdammt, mir meine Wunden zu lecken und in Einsamkeit zu verenden. Die ersten Tage waren ein einziges Auf und Ab zwischen blinder Wut und totaler Gleichgültigkeit. Ich habe viel geschlafen, daran kann ich mich gut erinnern, denn tagsüber wurde ich von meinem Körper durch Flashbacks mit Adrenalin vergiftet, was mich grenzenlos erschöpfte. Aber davon wird Thor niemals erfahren. Deshalb beginnt meine Geschichte mit dem Tag, als ich mit der Fähre auf Dimö ankam und in der größten Krise meines Lebens steckte. Natürlich möchte Thor wissen, was vorgefallen ist. Ich gebe ihm die Wahrheit, allerdings mit Abwandlungen. Bis dahin hatte ich ein dekadentes, ausschweifendes Leben geführt, das mir plötzlich erschreckend sinnlos vorkam und mich anwiderte. Ich war am Ende. Außerdem hatte ich mein Studium abgebrochen und sah keine Zukunft vor mir. Kurz gesagt, ich hatte meinen inneren Kompass verloren. Zwar hatte ich unfassbar viel geerbt, aber keine Ahnung, keine Vision, was ich damit anfangen sollte.

Thor ist misstrauisch. Er kann sich seinen Vater nicht als einen gebrochenen Mann vorstellen. Das passt nicht zu dem Selbstbild, das ich ihm eingetrichtert habe. Mir geht es ganz genauso. Ich hatte mich immer auf mein Selbstbewusstsein verlassen können, als Kind, als Jugendlicher und vor allem später als spiritueller Führer. Aber an dem Tag, als ich auf Dimö an Land ging, war ich von Selbsthass und Zweifel durchdrungen.

»Dafür gibt es keine einfache Erklärung«, sage ich. »Mich holte einfach alles ein, was ich getan hatte. Alles Sinnlose, Zerstörerische. Es war, als würde ich in ein tiefes, dunkles Loch stürzen. Heute würde ich sagen, das war ein Nervenzusammenbruch. Ich hoffe, du weißt, dass du mit niemandem darüber sprechen darfst?«

Vielsagend hob Thor die Augenbrauen.

»Weil?«

»Meine gesamte Karriere als spiritueller Führer baut auf mentale Stärke und Männlichkeit auf. Das ist mein Markenzeichen. Ich bin der Mann, der auch in einem Orkan aufrecht stehen kann. Ich bin der Mann, der sich auf wundersame Weise von einer Ganzkörperlähmung erholt hat. Meine Anhänger fühlen sich von solchen Persönlichkeiten angezogen. Es kann Katastrophen und Skandale in meiner Vergangenheit geben, aber unter keinen Umständen dürfen Zeichen von Schwäche dazugehören. Franz Oswald ist kein Feigling.«

Thor sieht mich mitfühlend an. Wie ist es möglich, dass ich ein Wesen gezeugt habe, das so voller Empathie ist?

»Das verstehe ich zum Teil«, sagt er. »Aber ich möchte mehr erfahren. Alles, und zwar von Anfang an.«

»Dann lass uns hier übernachten«, schlage ich vor. »Ich hatte vorgehabt, Ende der Woche ein bisschen Zeit hier zu verbringen, deshalb gibt es ausreichend Lebensmittel. Manchmal lasse ich mir frische Sachen bringen. Der Koch organisiert das, wenn ich ihn darum bitte. Und es gibt einen See in der Nähe, wir können uns das Abendessen angeln.«

Thor kann sich ein Lächeln nicht verkneifen.

»Du hast also wirklich vor zu kochen? Das kann ich mir wirklich nicht entgehen lassen.«

Ich rufe Elyssa an und bitte sie, meinen Abendvortrag abzusagen, weil ich Zeit mit meinem Sohn verbringen möchte. Ich verspreche, dass ich den Vortrag stattdessen am Sonntag halten werde, obwohl das mein Ruhetag ist.

»Neue Gäste sind aber eingetroffen«, sagt sie. »Heißt du sie morgen willkommen?«

»Selbstverständlich.«

»Und morgen reisen zwei ab, wirst du sie auch noch verabschieden?«

»Auch das schaffe ich.«

»Darf ich fragen, wo ihr seid?«

»In der Hütte.«

»In *der* Hütte? Geht es dir gut? Eigentlich bist du doch nur dort, wenn du schlechte Laune hast.«

Es ist unheimlich, wie gut mich Elyssa mittlerweile kennt und was sie alles über mich weiß. Andererseits bezahle ich sie auch sehr gut dafür, meine Geheimnisse zu verwalten.

»Mir geht es hervorragend, und jetzt habe ich keine Lust mehr auf deine Fragen. Ich möchte Thor die Hütte zeigen.«

»Bis morgen«, erwidert sie trocken.

Die Hütte ist knapp dreißig Quadratmeter groß. Alles besteht aus Holz, die Wände, die Decke, der Boden. Es gibt ein kleines Wohnzimmer mit einem Kachelofen. Und eine modern ausgestattete Küche, die ich sehr viel später erst habe einbauen lassen. Als ich damals in der Hütte lebte, gab es weder Strom noch fließend Wasser, nur einen Holzofen und ein Plumpsklo. Die beiden Schlafzimmer sind so klein, dass lediglich ein Bett darin Platz hat. An diesem Ort ist nichts beeindruckend, bis auf den Geräteschuppen, den ich Thor als Nächstes zeige. Er befindet sich hinter der Hütte und ist noch genauso gut in Schuss wie am Anfang. Die Vorbesitzer müssen Handwerker gewesen sein. Darin gibt es alle Werkzeuge, die man sich vorstellen kann, sogar eine Angelrute. Und auch ein paar Waffen, die schon oft zum Einsatz gekommen sind. Die Hütte wurde mir in dem Zustand verkauft, in dem sie damals war. Und wahrscheinlich hat der Geräteschuppen den Ausschlag gegeben, sie zu kaufen. Dort würde ich mich mit körperlicher Arbeit von meinen inneren Dämonen ablenken können. Vielleicht war dieser kleine Geräteschuppen am Ende sogar meine Rettung.

An dem Tag, als ich die Hütte entdeckt hatte, war ich zuvor stundenlang durch den Nebel geirrt und hatte im Wald geschlafen. Mein einziges Gepäck war ein kleiner Rucksack mit den notwendigsten Vorräten gewesen. Die Nacht verbrachte ich auf einer mottenzerfressenen Matratze in einem knarrenden Bett, während die Mäuse über die Fußleisten huschten. Als der Morgen anbrach, hatte ich mich entschieden, wanderte ins Dorf und suchte die Erben auf. Sie konnten ihr Glück kaum fassen, als ich ihnen ein fast ungehörig hohes Angebot machte. Ich hatte nur eine einzige Bedingung: Sie durften unter keinen Umständen verraten, wer der Käufer ist. Außerdem bestand ich darauf, dass alle Gegenstände aus dem Geräteschuppen im Kaufpreis enthalten waren.

Zu dieser Zeit hatte ich keinen Kontakt zur Außenwelt, abgesehen von gelegentlichen Einkäufen in dem Dorfladen. Ich fand ein paar Handbücher für Tischler im Geräteschuppen, die ich sofort verschlang. Mit der Zeit wurde ich beim Holzhacken immer geschickter. Ich zeige Thor die Reparaturen, die ich eigenhändig durchgeführt und die Möbel, die ich angefertigt habe.

Eines Tages, es war gegen Ende Herbst, stand plötzlich ein Hund vor der Hütte und winselte. Wahrscheinlich hatten ihn verantwortungslose Sommergäste ausgesetzt. Es war ein Pointer, der zwar ziemlich mitgenommen aussah, aber innerhalb von wenigen Tagen das Rattenproblem löste und deshalb bleiben durfte. Das Tier war unterernährt, aber ansonsten ein hervorragender Begleiter und Jagdhund. Der Hund besaß noch eine weitere, besondere Eigenschaft, denn er blieb immer in der Nähe, ohne jemals aufdringlich zu sein. Er war ein lebhafter Farbtupfer in meinem sonst so eintönigen, düsteren Alltag. Er ließ sich problemlos erziehen, also gingen wir gemeinsam auf die Jagd nach Fasanen und Schneehühnern. Wir teilten uns das schmale Bett und wärmten uns gegenseitig in dem bitterkalten Winter. Aber als der Frühling kam, rannte er weg und kam nie wieder. Ich habe mir dann keinen Hund mehr zugelegt. Bestimmte Haustiere kann man einfach nicht ersetzen.

Thor hörte mir aufmerksam zu, unterbrach mich nicht, stellte keine unnötigen Fragen. Von der sonst oft angespannten Stimmung zwischen uns ist jetzt nichts zu spüren. Gegen Abend gehen wir an den See und setzen uns auf die flachen Felsen, um zu angeln. Um diese Tageszeit beißen sie am besten an. Das Wasser ist spiegelblank und voller blühender Seerosen. Die Luft vibriert vom Surren der Mücken, aber aus einem unerfindlichen Grund sind sie nicht so blutrünstig wie sonst. Libellen landen lautlos neben uns. Ich habe die Angel aus dem Schuppen mitgenommen. Thor ist skeptisch, aber ich hatte bisher immer Glück beim Angeln, und tatsächlich habe ich wenige Stunden später eine mittelgroße Forelle am Haken. In der Zwischenzeit erzähle ich Thor von den Monaten in der Hütte, in denen ich mich fast ausschließlich von dem ernährte, was mir die Natur zu bieten hatte. Ich erzähle ihm von dem erbarmungslosen Winter, der mich fast das Leben gekostet hätte. Etwas unbeholfener erwähne ich die Depression, die damals meine ständige Begleiterin war. Ich war von meinen Gefühlen überwältigt. In dem einen Augenblick hämmerte mein Herz laut und schnell, im nächsten hörte es auf zu schlagen. Am Ende spürte ich nichts mehr. Ich stürzte in ein tiefes Loch und in unendliche Dunkelheit, wo nur noch Gleichgültigkeit übrig blieb. Als hätte ich mein Leben lang die Welt durch eine trügerische Linse betrachtet, die jetzt zerstört war.

Ich beschreibe auch die Tage, an denen ich das Bett nicht verlassen konnte, nur reglos dalag und mich fragte, wie lange es dauern mag, bis man verhungert. Ich erzähle auch, wie ich aus solchen Phasen wieder aufwachte, weil ich mit den Nägeln am Bettgestell kratzte, mit jagendem Puls und flachem Atem. Es folgten autoaggressive Gedanken, meinen Kopf gegen einen Felsen zu schlagen, ich verletzte mich auch absichtlich mit dem Jagdmesser. Aber die Schnitte waren nie tief genug gegangen. Ich starrte auf die Wunden und war von der Vorstellung fasziniert, dass mein Blut aus mir herausströmte. Aber so weit ließ ich es nie kommen. Und erbärmlicherweise sind nicht einmal Narben zurückgeblieben. Die Absicht mag da gewesen sein, war aber nicht groß genug. Vielleicht hatte es auch mit dem Hund zu tun. Mit der Frage, wer sich sonst um ihn kümmern würde?

Für den, der ich geworden war, empfand ich nur Ekel und Abscheu. Manchmal sah ich morgens mein verschwommenes, bärtiges Spiegelbild im Fenster. Trotzdem klammerte ich mich daran fest, weil ich wusste, dass mit seinem Ende auch mein eigenes besiegelt wäre. Ich habe den Weg aus dieser Hölle nur durch harte, disziplinierte Arbeit gefunden. Tagsüber ging ich jagen und angeln, habe Beeren und Pilze gepflückt und bin im See geschwommen. Abends renovierte ich die Hütte. An einem besonders schönen Frühlingstag, die ersten Blätter wuchsen schon an den Bäumen, hatte ich eine Erkenntnis, eine Erleuchtung, die mein ganzes Leben verändern sollte.

»Aber darüber später«, sage ich. »Denn nun gehen wir erst mal zurück und werden aus der Forelle ein Festmahl zubereiten.«

Thor sieht mich verwundert an.

»Wie kannst du jetzt an Essen denken? Das ist doch alles unendlich traurig, Papa. Warum hast du mir nie davon erzählt?«

»Warum? Damit du mich verurteilen kannst?«

»Wieso? Du bist auch nur ein Mensch. Das macht dich doch bloß menschlicher.«

»Das hast du schön gesagt. Außerdem gehört das alles der Vergangenheit an, und schließlich müssen wir ja auch was essen.«

Thor steht unentschlossen auf. Meine Geschichte hat ihn traurig gemacht. Er ist ein wirklich herzensguter Mensch. Mein Sohn. Hoffentlich wird ihn sein rechtschaffenes Verantwortungsgefühl nicht eines Tages in Gefahr bringen. Als Journalist. Am liebsten würde ich ihn davor warnen, aber jetzt ist nicht der richtige Zeitpunkt dafür. Meine Enthüllungen haben ihn zu sehr erschüttert.

In der Speisekammer gibt es Kartoffeln, Karotten, Rote Bete, Gurken und Zitronen. Aus dem Garten hole ich einen Bund Dill. Ich schiebe den Fisch in den Ofen und brate das Gemüse auf dem Herd, während mich Thor fasziniert beobachtet.

»Warum haben wir das noch nie gemacht, Papa? Warum hast du mich nie mit hierhergenommen?«

»Ich besitze jede Menge Immobilien, das weißt du doch. Es hat sich halt nie ergeben.«

»Ist das wirklich wahr? Aber *ein Ort wie dieser*?«

»Wahrscheinlich wollte ich ihn für mich allein haben. In der Hauptsaison wird die Hütte vermietet. Aber ab und zu, in ganz seltenen Fällen, bin ich hier, um zur Ruhe zu kommen.«

Und trotzdem stelle ich mir die Dinge vor, die wir gemeinsam hätten erleben können. Die meisten Väter hätten ihre Söhne mitgenommen, um in dieser Oase Zeit mit ihnen zu verbringen. Aber ich bin nun mal nicht so.

Kapitel 15

Der Abend verläuft ohne die üblichen Reibereien zwischen uns. Ein Lächeln huscht über sein Gesicht, nachdem er die erste Gabel probiert hat.

»Du bist ein hervorragender Koch!«

»Als Kind habe ich deiner Großmutter beim Kochen zugesehen und habe so die Grundregeln gelernt. Und in den Monaten hier in der Hütte hatte ich sowieso keine Wahl.«

Er stellt mir keine weiteren Fragen, aus Rücksicht, vermute ich. Das Erzählen hat viel Kraft gekostet, mein Körper fühlt sich schwer und kraftlos an. Ich verliere den Faden, aber das macht nichts. Wir plaudern entspannt über dies und das, bis der Himmel perlgrau wird und wir anfangen, mitten im Satz zu gähnen.

Kaum haben wir uns hingelegt, erreicht mich eine SMS von Justine. *Hast du das Problem beseitigt?* Ich antworte ihr: *Ja. Und melde dich nie wieder bei mir.* Ich seufze schwer und kann nicht einschlafen. Mich halten nicht meine Enthüllungen Thor gegenüber wach, sondern die Erinnerungen an die Zeit davor, die am liebsten im Nebel des Vergessens verschwinden sollten. Wie naiv von mir. Ich vergesse nichts. Ich höre die Bäume draußen knarren, sehe ihre Schatten, die über die Wände huschen. Mein Körper zittert in dem traurigen Versuch, die Erinnerungen so zu bezwingen. Es ist besser, sie zuzulassen, als später Albträume zu bekommen. Wenn ich mir alles noch einmal ansehe, bekomme ich vielleicht mildernde Umstände.

Alles fing in der Tat mit den Partys an. Mit exklusiven Partys. Aufwendigen. Das Ehepaar Troelius bewegte sich in zwei sehr unterschiedlichen Kreisen. Der eine bestand aus den Freunden ihrer verstorbenen Eltern. Einige waren von adliger Herkunft, einige nur wohlhabend und einflussreich. Diese Veranstaltungen zeichneten sich dadurch aus, dass man das Besteck »zwanzig vor fünf« platzierte, wenn man eine Pause machte und »zwanzig nach vier«, wenn man fertig war mit dem Essen. Am liebsten in Begleitung eines altmodischen Streichquartetts.

Die Gäste des zweiten Kreises – das waren gut situierte junge Leute, die Influencer der damaligen Zeit, sowie Reiche. Eine Elite, intellektuelle und ökonomische Hoffnungsträger, die Justine handverlesen hatte. Diese Mischung wurde mit ein paar attraktiven, talentierten Studentinnen und Studenten garniert. Die Bar war immer geöffnet und es war kein Geheimnis, dass ziemlich viel gevögelt wurde. Immerhin standen uns fünfunddreißig Zimmer zur Verfügung. Ich habe nicht gelogen, als ich Thor erzählte, dass Orgien stattfanden. Aber ich war nie daran beteiligt. Ich bin meinen sexuellen Vorlieben immer treu geblieben. Justine und Carl-Fredrik hielten sich meistens am Rand des Geschehens auf und amüsierten sich. Aber wenn es zu weit ging, beendete Justine den Abend und schickte alle nach Hause.

Ich wurde zu den Abenden beider Kreise eingeladen. Warum das so war, habe ich erst sehr viel später verstanden.

Die Chemie zwischen Justine und mir war und blieb eine besondere. Ich ahnte, dass sie etwas mit mir vorhatte, fragte aber nicht nach, wollte es nicht übertreiben.

Wenn ich Justine mit einem chemischen Element vergleichen müsste, wäre sie Quecksilber. Sie hatte die Fähigkeit, über alles hinwegzugleiten. Aufzutauchen, wenn man es am wenigsten erwartete. Lautlos zu verschwinden und sich mit einem einzigen Blick, einer winzigen Bewegung einer schwierigen Situation zu entziehen.

Allein durch ihre Tonlage konnte sie einem suggerieren, dass man fantastisch war – oder das Letzte. Es kam vor, dass sie von einer traurigen Geschichte mit überzeugender Echtheit zu Tränen gerührt wurde, aber in Krisensituationen strahlte sie eine unerschütterliche Gelassenheit aus. Ihre Laune konnte schlagartig von absoluter Gleichgültigkeit zu tiefer Leidenschaft umschlagen. Ihre Monologe waren zum Teil herzzerreißend und freimütig, aber schon im nächsten Augenblick wirkte sie kalt und herzlos. Alle waren von ihr fasziniert: die adligen Damen und Herren, die Angestellten, die jungen Leute – einfach alle. Das Gerücht, dass sie großen Einfluss hatte, war schon zu einem Mythos geworden. Sie schien unzähmbar und unberechenbar zu sein. Diese Ungewissheit, die Justine umgab, war erregend. In einem Moment war sie ganz präsent im Hier und Jetzt, und im nächsten wirkte sie äußerst abwesend, als hätte sie sich in eine dunkle Ecke ihres Geistes zurückgezogen. An einen besonders dunklen Ort. Sie strahlte, und doch habe ich noch nie jemanden gekannt, der eine solche Dunkelheit in sich trägt. Wenn sie sich erst in deinem Leben eingenistet hatte, blieb sie für immer dort, in deinen Gedanken, in deinem Alltag, wie ein Flüstern im Wind. So dauerte es Jahre, bis ich aufhörte, immerzu an sie zu denken, obwohl ich sie zu dem Zeitpunkt bereits gehasst habe wie die Pest.

Niemand begriff, was Justine an Carl-Fredrik eigentlich

anziehend fand. Außer seinem Reichtum. Er war dunkelhaarig, blass und trug einen gepflegten Schnurrbart. Sein Gesicht wirkte sonderbar steif, nur seine Augen waren klar und lebhaft. Er sprach unerträglich langsam und hatte einen kühlen Unterton in seiner tiefen Stimme. Die beiden tauschten niemals Zärtlichkeiten aus. Aber ab und zu bemerkte ich etwas anderes. Ein verstohlenes Lächeln. Einen bedeutungsvollen Blickwechsel. Gegenseitiges Verständnis. Ich hatte das Gefühl, dass er eine bedeutsame Rolle in ihrem Leben spielte, über das Finanzielle hinaus. Aber ich konnte nicht herausfinden, um was es sich handelte.

Die Veranstaltungen für die Älteren hatten den Effekt einer Schlaftablette, aber ich bemühte mich, benahm mich ordentlich und unterhielt mich ungezwungen. Während ich einen gelegentlichen Gähner unterdrücken musste, war ich mir über meine Wirkung sehr im Klaren. In dieser Zeit verfeinerte ich meine sozialen Kompetenzen. Ich lernte, den langweiligen Ausführungen meiner Mitmenschen zuzuhören, ohne ihnen das Gefühl zu geben, dass es mich überhaupt nicht interessierte. Ich lernte, in das alberne Gelächter der anderen miteinzustimmen, ohne dass es aufgesetzt klang. Wenn Justine mich Leuten vorstellte, war mein Vater nach ihren Worten ein alter Freund von Carl-Fredriks Eltern, was natürlich eine Lüge war. Sie liebte es, die Geschichte von der Feuersbrunst zu erzählen, die meine Familie dahingerafft hatte. Im Laufe eines solchen Abends konnte es vorkommen, dass ich ihren wertenden Blick auf mir spürte. Ihr unverhohlenes Interesse an mir verlieh mir das Gefühl, einem magischen Zirkel beigetreten zu sein.

Eines Abends, ich gehörte schon seit einigen Monaten zu ihrem erlauchten Kreis und zählte mich zu ihren Freunden, nahm sie mich mit an den Strand hinunter. Während sich der von Steinmauern umgebene Garten von Glimmingeholm durch auffallend gepflegte Rasenflächen und Blumenbeete auszeichnete, herrschte dahinter Wildnis. Das gefiel Justine. Der Frühling war sehr kühl, auf der kleinen Bank hatte sich eine Schicht Frost gebildet, deshalb blieben wir stehen. Weihnachten war groß gefeiert worden, mit einem prächtigen protzigen Essen, aber in den Monaten danach hatte Justine ihre gesellschaftlichen Aktivitäten eingeschränkt. Nun jedoch standen die Frühlingsfeste wieder vor der Tür. Auf dem See spiegelten sich die Lichter des Anwesens. Es war still. Nur im Hintergrund hörte man das schwache Rauschen eines Wagens auf der Autobahn. Darauf folgte erneut Stille. Eine Stille, die dröhnte. Ich fragte mich, was sie von mir wollte. Justine verzog den Mund, als hätte sie meine Gedanken gelesen.

»Du fragst dich bestimmt, was ich von dir möchte«, sagte sie. Ihr Atem bildete kleine Wolken. Ihr Gesicht hatte dieselbe Farbe wie der Mond.

Mein Mund wurde trocken, meine Finger eiskalt.

»Hmm …«

Sie ergriff meine Hand, und ich zog sie nicht zurück. Ich hatte mich an die Berührungen ihrer schmalen, kühlen Hände gewöhnt.

»Ich habe vor, dich mit den wichtigsten Leuten bekannt zu machen, dich in den inneren Kreis zu holen.«

Ich nicke.

»Aber wir müssen an deinem Image, an deinem Auftreten noch arbeiten«, sagte sie.

Ich spürte, wie die Kränkung mein Gesicht verzerrte, und bemühte mich, möglichst ungerührt zu wirken.

»Habe ich mich nicht ordentlich benommen? Habe ich was falsch gemacht?«

Sie rollte mit den Augen.

»Natürlich hast du das nicht, das weißt du doch genau.«

Aber das beruhigte mich nicht. Ich wollte, dass sie mich für fehlerfrei und perfekt hielt.

»Du brauchst nur hier und da ein bisschen Feinschliff«, sagte sie. »Deine Handbewegung zum Beispiel. Die Art, wie du einen Raum betrittst. Oder wie du sprichst. Dir fehlt das Urbane.«

Ich war beleidigt.

»Na und?«

»Das Ländliche ist nicht besonders kleidsam für einen so attraktiven Mann, wie du einer bist. Das können wir aber wegschleifen.«

»Aha«, sagte ich und schnitt eine Grimasse. »Und was gewinnst du durch meinen *Feinschliff*?«

Sie sah mich nachdenklich an, bevor sie mir antwortete.

»Ich habe die vergangenen zehn Jahre damit verbracht, die Hochmütigen zu studieren, die zu unseren Festen gekommen sind. Inzwischen kenne ich ihre Welt in- und auswendig. Wenn ich ehrlich bin, verachte ich sie zutiefst. Aber sie sind auch *Sinnbilder* für etwas anderes. Sie sind eine gute Investition. Eine nützliche Verbindung. Ein schneller Endorphin-Kick. Eine leichte Beute. Das ist alles nur ein Spiel, Franz.«

Sie lächelte mich an. Es war, als würde sie mir direkt in die Seele blicken und meine Sehnsüchte sehen, als würde sie das Dunkle in mir erkennen. Wir glichen uns sehr, waren uns unserer Überlegenheit deutlich bewusst und dennoch ruhelos. Wir wussten, dass wir das Leben nur in vollen Zügen leben können, wenn wir unsere innere Granate zünden. Gleichzeitig haben wir dafür gesorgt, nicht zu explodieren, weil wir auf den richtigen Moment warteten.

Mich hat schon immer fasziniert, dass lediglich ein Bruchteil der Menschheit mit einer fast übernatürlichen, unwiderstehlichen Anziehungskraft geboren wird. Gewissermaßen mit einem menschlichen Pheromon. Und ich war stolz, einer von ihnen zu sein.

Justine klimperte mit den Wimpern. Es war unmöglich, ihre Gedanken hinter den gesenkten Augenlidern zu lesen.

»Ich brauche mehr Stimulation, verstehst du? Und da kommst du ins Spiel. Komm, lass uns zur Jagdhütte gehen. Ich möchte dir was zeigen.«

Was sie mir dann zeigte, verdeutlichte mir, dass der Mensch auf unterschiedlichste Weise Entsetzen empfinden kann. Zuerst ist da der Schock. Dann eine heftige Erregung. Und schließlich das pure Entsetzen.

Kapitel 16

THOR

Anfangs hatte er Probleme mit dem Einschlafen. In seinem Kopf setzte er das Puzzle aus den neuen Erkenntnissen zusammen, um Klarheit über seinen Vater zu bekommen. Sein umfangreiches Wissen über die Natur von Dimö zum Beispiel hatte er teilweise durch schmerzliche Erfahrungen gesammelt. Auch die Pedanterie bei den Lebensmitteln, die er zu sich nahm, war nicht nur auf seinen Snobismus zurückzuführen, sondern hatte bis zu einem gewissen Grad auch mit seinem Überlebenswillen zu tun. Thor hatte sich immer gefragt, warum sich Franz keinen Hund zugelegt hatte. Es wäre doch das Naheliegendste gewesen, schließlich liebte er seine Spaziergänge über die Insel. Er hatte immer angenommen, dass es an dem fehlenden Empathievermögen seines Vaters lag, sich um ein Haustier zu kümmern. Aber jetzt begriff er, dass der Verlust seines treuen Begleiters der Grund dafür war. Vor allem wurde ihm bewusst, dass sein Vater eine verletzliche Seite gehabt hatte, lang vor seinem Schlaganfall. Erstaunlicherweise war diese Erkenntnis schmerzhaft. Denn vor allem seine Stärke war die Eigenschaft, die Thor als Kind mit seinem fast zwei Meter großen Vater verbunden hatte.

Er fiel in einen tiefen, traumlosen Schlaf, bis Franz angezogen in sein Zimmer kam.

»Können wir zu Hause frühstücken?«, fragte er. »Ich habe heute noch einiges zu erledigen.«

Thor sah ihn mit verschlafenem Blick an. Wenn Franz diesen Aktionismus an den Tag legte, war Gegenwehr sinnlos.

»Klar. Ich dusche schnell und zieh mich dann an.«

Es war ein schon warmer, sonniger Tag. Er hatte sich noch nicht an das intensive Licht im Juli gewöhnt, aber an einem solchen Morgen tat die wärmende Sonne gut. Als sie aufbrachen, sah er ein letztes Mal über die Schulter und beschloss, Julia bei der ersten Gelegenheit die Hütte zu zeigen.

Kaum hatten sie den Wald betreten, verschwand die angenehme Wärme auf der Haut. Der schmale Pfad schlängelte sich auf fast unnatürliche Weise durch das Unterholz, hielt den üppigen Wald aber auf Abstand. Überall lagen Steine im Moos. In der Morgendämmerung sah die Natur fremd aus. Tautropfen hatten sich aufs Heidekraut gelegt. Die sanften Sonnenstrahlen tanzten in den Baumkronen. Hier hatten die Inselbewohner seit Jahrhunderten vor den unbarmherzigen Winden und Stürmen an der Küste Schutz gesucht.

»Du hast gestern erzählt, dass du in dieser Zeit eine wichtige Erkenntnis hattest, die dein Leben verändert hat«, sagte Thor. »Was ist das gewesen?«

Franz verlangsamte seinen Schritt und zeigte auf einen großen Felsen.

»Komm, setzen wir uns dort hin, und ich erzähle es dir. Aber wenn wir in ViaTerra sind, möchte ich nicht mehr darüber sprechen. Ich habe Gäste, um die ich mich kümmern muss, und heute Abend halte ich einen Vortrag.«

Der Stein war flach, glatt und trocken.

Franz atmete tief ein, ein Schatten zog über sein Gesicht, eine sanfte Brise strich ihnen über die Wangen.

»Etwas scheinbar Unbedeutendes hat damals mein Fundament erschüttert«, sagte er. »Wenn man in der wilden Natur ums Überleben kämpfen muss und dabei seinen Körper an seine Grenzen bringt, wird der Kopf umso klarer. Das ist eine Art animalischer Überlebensinstinkt, der einen aufmerksamer werden lässt. Man sieht die Details dann deutlicher.«

Thor forderte ihn auf fortzufahren.

»Auf einem meiner Streifzüge habe ich eine Eule gesehen, die ihren Nachwuchs vor einer Schlange beschützte. Ich konnte von einer Anhöhe aus das Nest erkennen. Das Weibchen war erbarmungslos und verjagte die Schlange aus dem Nest, während die Zweige und Federn durch die Luft flogen.«

Thor war sich unsicher, ob Franz mit dieser Geschichte nur seine Reaktion testen wollte und gleich scherzhaft sagen würde: *Da wusste ich, woher der Wind weht.*

»Kaum war der Kampf überstanden, war die Eule die Ruhe selbst«, fuhr Franz fort. »Und ich habe mich gefragt: Bin ich selbst die Eule? Oder bin ich die Schlange?«

Thor musste schmunzeln.

»Da hast du also entschieden, eine Eule zu werden?«, sagte er. »Aufregend.«

»Das ist eine *Analogie*, Thor. Das hat etwas in mir ausgelöst. Die Eule ist strebsam und ruhig, kann aber erbarmungslos werden, wenn sie ihr Revier verteidigen muss.«

»War *das* deine Erkenntnis, von der du gesprochen hast?«

»Nein, natürlich nicht«, sagte Franz. »Aber das Verhalten der Eule hat mir klargemacht, dass auch ich zwei vollkommen verschiedene Persönlichkeiten in mir habe, die ich nicht kontrollieren kann. Der eine Teil von mir wollte seit Kindesbeinen an Gutes tun. Ein anderer Teil ist allein von dem Hass auf meinen Vater angetrieben worden. Als ich von dem Streifzug zurück in die Hütte kam und mein Spiegelbild sah, konnte ich in meinen Augen beides sehen, den Hass und das Wohlwollen. Und da wusste ich, dass der emotionale Franz verschwinden musste. Sonst würde ich nie etwas Sinnvolles zustande bringen.«

»Du hast also einfach einen Teil von dir ausgelöscht?«, fragte Thor mit einem sarkastischen Unterton.

»Nein, zunächst habe ich eine Geschichte aufgenommen, aus der ein Mythos geworden ist. Es war der Entwurf eines Romans.«

Thor wusste sofort, worauf Franz sich bezog. Er hatte diesen Entwurf gelesen, weil er den Medien zugespielt worden war. Die hatten eifrig darüber diskutiert, ob die Geschichte der tatsächlichen Wahrheit entsprach oder nur das Ergebnis einer veränderten Wahrheit war. Der Roman handelte von dem Geständnis eines psychopathischen Teenagers, der alles vernichtete, was sich ihm auf seinem Weg zum Erfolg in den Weg stellte. In dieser Version hatte Franz das Feuer in dem Haus in Frankreich gelegt, in dem seine Familie ums Leben kam. Später behauptete er, dass die Geschichte zum größten Teil ein Produkt seiner Fantasie gewesen sei.

»Dieser Entwurf war fruchtbar«, sagte Thor.

»Das mag sein, aber es war nicht meine Schuld, dass die Medien sie in die Finger bekamen. Diesen ausgesprochen persönlichen Text hatte ich geschrieben, um meine Gefühle, meine … innere Verfassung zu verarbeiten.«

»Und wie ist es dazu gekommen?«

»Ich habe mir ein Diktiergerät im Dorfladen bestellt und meine Geschichte aufgenommen. Der Hund lag zu meinen Füßen am Küchentisch, und ich habe mich dem Hass auf meinen Vater ergeben. Danach ging es mir besser. Viel besser.«

»Wie geht das?«

»Ich habe den Teil von mir sprechen lassen, der am stärksten sichtbar war. In jeder Beziehung war mein Antrieb der Hass auf ihn. Ich beschloss, mir alles zu nehmen, was ihm gehört hatte, und noch viel mehr Einfluss zu bekommen, als er je gehabt hatte. Aber ich wollte gleichzeitig auch etwas Gutes tun.«

Thor schluckte.

»Dann hast du also beschlossen, ein …«

Doch er wusste nicht, wie er sich ausdrücken sollte.

»… ein Psychopath zu werden?«, beendete Franz den Satz. »Sprich es ruhig aus, ich nehme es dir nicht übel. Das ist sowieso nur ein Begriff, den die Seelenklempner erfunden haben, weil sie keine Ahnung von solchen Menschen haben, die sowohl tatkräftig als auch rücksichtslos sind.«

Franz bemühte sich, gute Miene zum bösen Spiel zu machen, aber sein Blick war so hart und verschlossen, dass Thor wegsehen musste. Er bekam ein mulmiges Gefühl im Bauch. Gleichzeitig faszinierte es ihn unendlich, so nah an Franz' Wahnsinn zu sein.

»Aber, Papa … warum konntest du denn nicht einfach nur du selbst sein?«

Franz lachte abfällig.

»Es war unmöglich, meine beiden Persönlichkeiten miteinander zu vereinen. Sie waren einfach zu stark, viel zu verschieden. Wer möchte schon sein ganzes Leben in einem schizophrenen Zustand verbringen? Meine einzige Möglichkeit war, gar nichts mehr zu fühlen. Komplett abzuschalten. Was eigentlich nicht mein Stil ist.«

In Thors Ohren klang das wie eine schlechte Version von Dr. Jekyll und Mr. Hyde. Das hatte ihn also in den Wahnsinn getrieben. Thor spürte einen ziehenden Schmerz in seiner Brust.

»Ich beschloss, meine Träume ohne jeden Skrupel zu verwirklichen«, sagte Franz. »Ich wollte eine neue spirituelle Bewegung gründen. Ich wollte den Menschen dabei helfen, ein gesünderes Leben zu führen und sich von nichts und niemandem aufhalten zu lassen. Und ich habe mir das Versprechen gegeben, mir niemals einen Wunsch zu verweigern. Anführer zu sein, bringt Privilegien mit sich.«

Thor bekam eine Gänsehaut.

»Und danach hast du gleich die Hütte verlassen?«

»Nein, das war Monate später. Ich bin beim Herrenhaus über die Mauer geklettert und habe mich an meinen Lieblingsplatz gesetzt, wo ich schon als Kind viel Zeit verbracht hatte. Dort erkannte ich, dass ich damals einen Teil von mir zurückgelassen hatte, als ich Dimö verließ.«

»Und dieser Teil hasste deinen Vater?«, fragte Thor wie außer Atem. Die Geschichte hatte ihn in ihren Bann gezogen. Er hatte die Fähigkeit verloren, rational zu bleiben.

Franz hob den Kopf, ein Sonnenstrahl hatte seinen Weg zwischen den Blättern hindurch gefunden.

»Ja. So in etwa.«

»Und was ist dann passiert?«

»Ein paar Wochen später habe ich das Anwesen gekauft. Dann ging alles wie im Handumdrehen. Und dabei hatte ich damals noch gar nicht begriffen, wie leicht sich Menschen manipulieren ließen und wie geschickt ich darin war, und das sogar, ohne mich anstrengen zu müssen.«

Thor bemühte sich zu lächeln. Es sollte wohl ein Scherz sein, aber ihm gefiel der Tonfall überhaupt nicht, weil er Erinnerungen an einen ganz anderen Franz weckte.

»Aber was für ein Mensch bist du dann heute, Papa?«

»Das weißt du doch. Seit meinem Schlaganfall Jahre später ist nichts mehr wie früher. Ich hatte diese schrecklich peinlichen Weinkrämpfe und Gefühlsausbrüche. So war es mir noch nicht einmal gegangen, als ich allein in der Hütte gelebt hatte. Es ist eine Sache, einsam zu sein und unter einer Depression zu leiden. Aber vor anderen die Kontrolle zu verlieren, das ist äußerst demütigend.«

»*Willst* du denn wieder so kalt und berechnend sein wie davor?«, fragte Thor.

Franz schüttelte den Kopf.

»Nein, eigentlich nicht. In meiner Hochphase, als ich am erfolgreichsten und am gewissenlosesten war, hatte ich oft das Gefühl gehabt, dass mir etwas Wichtiges fehlte. Außerdem sind wir uns inzwischen nähergekommen, und auch mit meiner Mutter verstehe ich mich heute besser. Darauf möchte ich auf keinen Fall verzichten. Irgendetwas dazwischen wäre mir ganz lieb«, sagte er achselzuckend.

Thor musterte seinen Vater. Er sah müde aus.

»Es ist furchtbar traurig«, sagte Thor dann. »Du hattest so viele psychische Probleme, und hast sie immer hinter einer Maske versteckt. Du hättest doch Hilfe bekommen können.«

»Das kann sein«, murmelte Franz. »Aber dann wäre ich nicht so weltberühmt geworden.«

Thor wusste nicht, was er darauf antworten sollte. Das Gespräch schwankte hin und her, wie eine Wetterfahne im Sturm. Gut oder böse? Was wollte Franz eigentlich?

Franz ließ die Mundwinkel nach unten sinken und

blähte die Nasenflügel auf. Dann gab er einen Laut von sich, der eine Mischung aus Schluchzen und Lachen war. Seine Augen waren so tiefschwarz, dass man sich darin hätte spiegeln können.

»Das ist das letzte Mal, dass wir darüber sprechen. Ich möchte, dass du das respektierst«, sagte er.

»Warum macht dich das so wütend?«, fragte Thor vorsichtig.

»Weil jetzt endlich mal Schluss damit sein muss. Verstanden? Dieses Gequatsche über meine Vergangenheit hat nun ein Ende. Ich bin, wer ich bin, und ab jetzt wird nur noch nach vorne geschaut.«

Thor hatte so lange davon geträumt, seinen Vater dabei zu erleben, wie er sich öffnet. Und doch war er seltsamerweise enttäuscht davon. Das Ganze hatte etwas Tragisches, das ließ sich nicht wegdiskutieren.

Franz konnte Thors Gedanken lesen.

»Du hattest etwas anderes erwartet, nicht wahr? Es tut mir leid, dass ich eine solche Enttäuschung bin.«

»Das bist du überhaupt nicht. Als ich klein war und du mich wie Luft behandelt hast, da warst du eine große Enttäuschung. Das hier aber ist …«, er suchte nach den richtigen Worten, »… wenigstens ehrlich.«

Ihre Blicke trafen sich. Es war ein Moment voller Liebe. Schnell wandte er den Blick wieder ab.

»Ich wünsche dir, dass du dich mit deiner Vergangenheit versöhnst und weitergehen kannst«, sagte Thor. Aber war das wirklich so einfach?

Kapitel 17

Thor ist im Gästehaus auf ViaTerra groß geworden, mit seiner Mutter und seinem Zwillingsbruder Vic. Nachdem er sich aber von der Sekte losgesagt hatte, wollte er nie wieder dorthin zurückkehren. Er vermied den Ort konsequent. Aber Julia liebte das kleine Häuschen auf dem Anwesen und hatte ihn schließlich mit ihrer Begeisterung angesteckt. Mittlerweile war es fast zu ihrem zweiten Wohnsitz geworden.

Reglos blieb er im Eingang stehen, um den Geruch identifizieren zu können. Es roch nach Holz mit einem Hauch von Kernseife und nach frisch gewaschener Bettwäsche. So hatte es immer gerochen … als säße der Geruch in den Wänden.

Auch die Inneneinrichtung hatte sich seit seiner Kindheit praktisch nicht geändert. Dieselben hellen Möbel und Wände, die winzige Küche, sogar dieselbe Badewanne, in der er mit seinem Zwillingsbruder Vic gesessen hatte. Oft hatte er sich gefragt, ob sein Vater aus Sentimentalität nichts verändert hatte, obwohl er ansonsten doch alles renovieren und modernisieren ließ. Plötzlich tauchte eine Erinnerung aus den Untiefen seines Gedächtnisses auf. Eines Abends, es war schon spät geworden, war sein Vater am Häuschen vorbeigekommen und hatte ihn für einen Spaziergang abgeholt. Nur ihn, nicht Vic, der schon schlief. Franz hatte eine Taschenlampe dabei, um den schmalen

Weg zu beleuchten. Das war gruselig und spannend zugleich. Als sie am Wasser standen, gab ihm Franz die Taschenlampe und bat ihn, den Lichtstrahl auf das Meer zu richten. Es sollte einen Streifen auf der Wasseroberfläche bilden. Dann erklärte er ihm, dass man Licht viele Kilometer weit sehen kann, vielleicht würde einem Schiff auf offener See sein Lichtstrahl in diesem Augenblick auffallen. Für Thor war das fast unvorstellbar. Auf dem Nachhauseweg nahm Franz seine Hand. Obwohl das Schwarz der Nacht sie umgab, fühlte er sich warm und sicher. Die Erinnerung machte Thor stutzig. Vielleicht hatte sein Vater schon immer auch eine gefühlvolle, empfindsame Seite gehabt? Nahezu alle Erinnerungen an väterliche Zärtlichkeiten oder Berührungen in der Kindheit waren verschwommen, unzugänglich und nur selten sichtbar. Sie flogen wie ein Flimmer im Augenwinkel vorbei, wie kleine Blitze. Aber nach diesem gemeinsamen Tag stürzten sie über ihn herein, alle auf einmal. Eine warme Hand auf der Schulter, ein Streicheln über den Kopf, ein liebevoller Blick.

Er richtete sich im Gästehaus ein, packte seinen Rucksack aus und stellte alles mit seiner gewohnten Gewissenhaftigkeit an seinen Platz. Er wischte den Staub vom Couchtisch und sortierte die Bücher im Regal. Er konnte sich erst entspannen, als alles seine Ordnung hatte. Dann öffnete er die Balkontür einen Spalt und ließ die kühle Meeresluft ins Wohnzimmer dringen. Das Rauschen der Wellen, das Schreien der Möwen, der Wind in den Baumkronen – das war *Zuhause* für ihn. Dimö musste man erleben, um die Insel zu verstehen. Sie zeichnete sich durch ihre karge Schönheit aus. Je nachdem wie sich die Lichtverhältnisse änderten, veränderte sich auch die Landschaft. Alles, was gerade noch verfallen aussah, glänzte in der

Abenddämmerung wie Gold oder in der Morgendämmerung wie Silber. Er spürte, dass nur eine Hälfte von ihm präsent war – *zu Hause* war. Die andere Hälfte war wieder mit den Enthüllungen seines Vaters beschäftigt. Er hatte eine gute und eine böse Seite. Aber hatten das nicht alle Menschen? Welche Voraussetzungen mussten bestehen, damit sie sich gegenseitig in den Wahnsinn treiben konnten?

Er beschloss, Julia anzurufen. Sie ging sofort ans Telefon.

»Wie herrlich. Ich wollte dich gerade anrufen.«

Sie war bester Laune.

»Was ist passiert?«, fragte er.

»Ich habe einen Job für dich.«

Ehe er protestieren konnte, erzählte sie, dass bei einem Imprint von *Aktuellt Land* eine Stelle frei geworden sei. Eine Elternzeitvertretung für einen der Redakteure. Und wenn es gut lief, würden sie eventuell sogar verlängern.

»Und diese Stelle ist einfach so aus dem Nichts *aufgetaucht*?«, fragte Thor skeptisch.

Unter anderen Umständen hätte ihn die Arbeitslosigkeit nervös gemacht, aber in den letzten Tagen hatte ihn das kaum mehr beschäftigt, weil er die vielen Enthüllungen seines Vater verarbeiten musste. Ihm schwirrten tausend ungeordnete Gedanken durch den Kopf.

»Wenn du es unbedingt wissen musst, ich habe mit Patrik Helsing gesprochen«, sagte Julia. »Er fand es unmöglich, wie sie dich in der *Lügenfabrik* behandelt haben. Außerdem hat er sich deine Interviews angesehen und findet, dass du ein großes Potenzial hast. Dann hat er ein paar Fäden gezogen. Na und?«

Patrik Helsing war ein großer Name in der Medienwelt,

ein Mogul, der seit der ersten Stunde fest an Julia geglaubt und ihr bei ihrer Karriere geholfen hatte.

»Das ist nicht dein Ernst, Julia. Du weißt genau, dass ich mir meine Jobs aus eigener Kraft beschaffen will.«

»Warum kannst du nicht mal ein bisschen Hilfe annehmen?«

»Ich finde es nicht gut, dass du dich damit an Patrik wendest«, sagte er und hasste sich für seinen weinerlichen Tonfall.

»Es gibt keinen Grund, eifersüchtig zu sein.«

Er atmete so scharf ein, dass er ein pfeifendes Geräusch machte.

»Das bin ich auch überhaupt nicht.«

»Natürlich bist du das.«

»Nein, bin ich nicht.« Er seufzte.

»Okay«, sagte sie mit sanfter Stimme. »Du bist nicht eifersüchtig, weil du auch keinen Grund dafür hast.«

Julia und Patrik telefonierten mindestens einmal in der Woche. Für Thors Geschmack standen die beiden sich ohnehin viel zu nah. Vor allem, weil Patrik fünfzig war und Julia sich früher zu älteren Männern hingezogen gefühlt hatte. Aber sie konnte ja nichts dafür, in wen sie vor ihm verliebt gewesen war. Für Thor dagegen hatte es niemanden vor Julia gegeben. Er hatte sich sofort in sie verliebt. Da war sie erst dreizehn Jahre alt gewesen und hatte wie ein Fohlen ausgesehen, das viel zu schnell gewachsen war. Mit langen Beinen, riesigen Augen und dichtem, dunklem Haar. Aber dann hatte er noch fünf Jahre geduldig gewartet, bis der richtige Augenblick gekommen war. War es so unverständlich, dass er manchmal eifersüchtig war?

»Das ist doch eine tolle Chance für dich«, sagte Julia. »Ich habe ihnen deinen Lebenslauf geschickt, und sie wollen dich zu einem Vorstellungsgespräch einladen, aber erst im August. Die befristete Stelle soll ab Mitte September besetzt werden.«

Thor spürte ein Kribbeln im Bauch. Die Zeitung war für ihre sozialen und politischen Artikel und Reportagen bekannt, das waren seine absoluten Lieblingsthemen. Und das Timing war perfekt. Er brauchte nämlich dringend eine Pause, ein bisschen Urlaub.

»Das ist ein ziemlich großer Laden«, sagte er. »Meinst du, ich schaffe das da?«

»Natürlich, du wirst das super machen. Aber das weißt du auch selbst.«

Das tat er. Er hatte es nur auch von ihr hören wollen.

»Du machst das«, sagte Julia mit Nachdruck – und er reagierte physisch darauf.

Er hatte gar nicht vor, sich dagegen zu stellen. Wenn Julia sich für etwas entschieden hatte, strahlte sie eine Autorität aus, die ihn erregte. Ein Lächeln umspielte seine Mundwinkel, aber er unterdrückte es, bis er erkannte, wie unsinnig das war. Sie konnte ihn nicht sehen.

»Einverstanden. Ich verspreche, dass ich zu diesem Vorstellungsgespräch gehe, wenn du für ein paar Wochen nach Dimö kommst.«

Julia schwieg.

»Ich wollte erst im Herbst Urlaub nehmen.«

»Dann musst du das eben ändern.«

»Das ist jetzt viel zu spät, das ist nicht so einfach …«

»Versuch es trotzdem.«

»Mal sehen … ich vermisse Dimö schon etwas. Was machst du denn da?«

Thor zögerte, aber nur kurz, dann erzählte er ihr von seinem Gespräch mit Franz. Er war hin- und hergerissen.

Einerseits wollte er das Vertrauen seines Vaters nicht missbrauchen, andererseits brauchte er dringend jemanden, um über Franz' Enthüllungen zu sprechen. Und niemand außer Julia kannte seinen Vater so gut wie er. Vermutlich kannte sie ihn sogar noch besser.

Nachdem er alles erzählt hatte, hörte er sie leise atmen. Er sah sie vor sich, wie sie im Schlafzimmer auf dem Bett saß und aus dem Fenster auf den kleinen Park hinter dem Haus sah. Ihre schönen Augen blickten in die Ferne, die Lippen waren leicht geöffnet. Er würde sie jetzt gerne küssen und konnte es nicht fassen, dass er noch vor ein paar Tagen eine andere Frau hatte küssen wollen. Es fühlte sich merkwürdig falsch an, von Julia getrennt zu sein, wenn ihre Leben nur parallel zueinander verliefen.

»Ich fasse mal zusammen«, sagte sie, und ihre Stimme klang sehr streng und energisch. »Franz war als Kind ein kleiner Tyrann, aber noch nicht ganz so schlimm wie später. Als Teenager war er von der Idee besessen, sich an seinem Vater zu rächen, täuschte dafür seinen Tod vor und nahm eine andere Identität an. Was wirklich in Frankreich passiert ist, wissen wir nicht genau, außer dass die Gruselgeschichte, die er aufgenommen hat, vollkommen übertrieben ist.«

Thor murmelte seine Zustimmung.

»Dann kommt er nach Schweden zurück«, fuhr sie mit ruhigerer Stimme fort, »schreibt sich in Lund an der Uni ein und verbringt viel Zeit in diesem Horrorschloss. Wie heißt es noch?«

»Glimmingeholm.«

»Genau. Und ein Jahr später hat er einen Nervenzusammenbruch.«

»Richtig.«

»Dann verbringt er ein Jahr in der Wildnis auf Dimö und beschließt, ein durch und durch böser Mensch zu werden.« Sie machte eine dramatische Kunstpause. »Einfach so?«

»Julia, du musst das ernst nehmen.«

»Das tue ich.«

»Ja, aber so einfach war es eben nicht. Das war eine Art Persönlichkeitsspaltung und er hat sich eben für die weniger sympathische, nicht gerade liebenswürdige Seite von sich entschieden. Zumindest hat er das so beschrieben.«

»Hmm …«, erwiderte sie. »Das ist wirklich faszinierend.«

Julia hatte sich schon immer sehr für Franz' Psyche interessiert, er hatte sich ihr auch häufig anvertraut und ihr besonders persönliche Dinge erzählt. Einen unangenehmen Beigeschmack bekam das alles dadurch, dass dieser enge Kontakt entstand, als sie sechzehn war. Aber Thor konnte verstehen, warum sich sein Vater gern mit Julia unterhielt. Sie war eine hervorragende Zuhörerin, interessierte sich für Menschen im Allgemeinen, war empathisch und neugierig. Das waren genau die Eigenschaften, die eine genauso hervorragende Journalistin aus ihr machten. Andere interessierten sie immer mehr als sie selbst. Das fasste Julias Wesen ganz gut zusammen.

»Und was hältst du davon?«, fragte Thor.

»Ich frage mich, wie es zu diesem Zusammenbruch kam. Was ist passiert?«

»Das frage ich mich auch schon die ganze Zeit. Die meisten Menschen erleiden nach einem Trauma einen psychischen Zusammenbruch, oder?«

»Sag das nicht. Die Geschichte ist voll von berühmten Persönlichkeiten, die scheinbar ohne Grund zusammenbrechen. Es sei denn, ihr dekadentes Leben langweilt sie zu Tode.«

Das war typisch für sie, ihre eigenen Argumente auszuhebeln und alles neu zu hinterfragen. Das konnte anstrengend sein, war aber auch herausfordernd und anregend.

»Er war todernst, als wir darüber sprachen, Julia. Ich habe ihn noch nie so erlebt, außer damals, als er uns von seiner Kindheit und der Folter im Keller erzählt hat.«

Da war er vor ihnen zusammengebrochen. Dieses Mal hatte er dagegen vollkommen anders gewirkt. Gesammelter, aber auch tiefer berührt, bitterer.

»Beschreib mal.«

»Er war voller Selbsthass«, sagte Thor.

»Wirkte das künstlich? Aufgesetzt?«

Thor sah seinen Vater neben sich auf dem Felsen sitzen. Die Schultern herabgesunken. Dunkle Schatten im Blick. Das Gefühl, das ihn packte, war so überzeugend und schmerzhaft, dass er schauderte.

»Nein, das war aufrichtig und jetzt habe ich Gewissensbisse, ob ich ihn noch weiter unter Druck setzen darf.«

»Wovor hast du denn Angst? Was könnte überhaupt passieren?«

Die Frage führte Thor deutlich vor Augen, wie sehr ihn die Geschichte mitgenommen hatte.

Nervenzusammenbruch. Hatte er es wirklich so genannt? Natürlich gab es die Alternative, dem Willen seines Vaters nachzukommen und nie wieder ein Wort darüber zu verlieren. *Ich bewahre dein Geheimnis, und wir tun so, als wäre es nie passiert.* Aber das konnte er nicht.

Julia wartete auf eine Antwort.

»Es geht nicht nur darum, was mit *ihm* passieren könnte. Mir geht es selbst nicht so gut damit. Und wenn ich noch mehr erfahre, habe ich Angst vor dem, was das in mir auslöst. Ich brauche Zeit, um alles zu verdauen.«

»Dann solltest du ihn jetzt lieber in Ruhe lassen«, sagte sie. »Du hast etwas in ihm aufgewühlt. Nun musst du seinem Gewissen die ganze Arbeit überlassen. Wenn du den Druck auf ihn erhöhst, wird er die Schlangengrube eher verschließen und ganz verstummen.«

»Deine Intuition ist wirklich unglaublich, weißt du das eigentlich?«, fragte er.

»Ich kann auch auf Erfahrungen mit ihm zurückgreifen. Du solltest Zeit mit ihm verbringen. Segeln, angeln gehen. Dort hinlaufen, wo er am liebsten ist, zu den Höhlen unten am Meer zum Beispiel. Hör ihm zu und nimm an seinen abendlichen Vorträgen teil. Und achte auf jedes noch so kleinste alarmierende Anzeichen. Wenn da mehr in ihm arbeitet und brodelt, wird sich das zu erkennen geben.«

»Das glaube ich auch. Hältst du mich für verrückt, weil ich mir über all das Gedanken mache?«

»Überhaupt nicht. Du willst ihn doch verstehen.«

Genau so war es. Die Klarheit, mit der sie das ausdrückte, löste schlagartig eine tiefe Ruhe in ihm aus.

»Und morgen frage ich meine Chefin, ob ich Urlaub nehmen kann, okay?«, sagte sie. »Das könnte ein aufregender Sommer werden.«

Kapitel 18

FRANZ

Der Abend ist noch frisch, mit zartem Dunst und Salzgeruch in der Luft. Ich bin auf dem Weg zum Haupthaus, um meinen Vortrag zu halten und die neu eingetroffenen Gäste zu begrüßen. Meine Stimmung ist umgeschlagen – jetzt bekomme ich Angst. Justine hat nicht auf meine SMS geantwortet. Nicht, dass eine Antwort nötig gewesen wäre, aber ihr Schweigen beunruhigt mich. Ein Blick auf meine Armbanduhr zeigt mir, dass mein Vortrag in zehn Minuten beginnt. Das heißt, ich habe noch ein bisschen Zeit, um mich zu sammeln. Ich setze mich in die Laube und strecke die Beine aus. Der Duft von Lavendel umgibt mich. Hoch über mir drehen die Falken immer engere Kreise. Als wäre ich ihre Beute.

Ich beschließe, mich meinen Erinnerungen an Glimmingeholm hinzugeben. Deshalb kehre ich zu jenem Abend am See zurück, als ich mit Justine in der Kapelle und dann in der Jagdhütte war. Ich sehe jedes Detail vor mir, ich kann mich so genau an die Einzelheiten erinnern, dass ich vor Unbehagen erschaudere.

Ich war nicht zum ersten Mal in der Jagdhütte gewesen, denn ich hatte mit Justine und Carl-Fredrik vorher schon vor dem Kamin gesessen. Damals hatte ich die Gewehre in den Waffenschränken bewundert. Diesmal betrat Justine vor mir die Hütte und führte mich zu einer Tür an der Rückseite des Gebäudes. Bis dahin hatte ich nicht bemerkt, dass es dahinter noch einen weiteren Raum gab.

»Nachdem du das hinter der Tür gesehen hast, wird nichts mehr so sein wie vorher. Kannst du dich darauf einlassen?«, fragte sie.

Ihre Stimme war dunkel geworden, was mich seltsamerweise erregte.

»Bestimmt …«, sagte ich etwas zögernd.

Sie öffnete die Tür und ließ mich zuerst eintreten.

Eine schwüle, feuchte Hitze schlug uns entgegen. Justine schaltete die Deckenbeleuchtung ein, Leuchtstoffröhren, die ein grünliches, mattes Licht verbreiteten. Vor mir standen drei Behälter, die ich zunächst für sehr große Aquarien hielt. Aber erst als sich meine Augen an die schwache Beleuchtung gewöhnt hatten, sah ich alles. An der Rückseite des Raumes standen drei große Terrarien aufgereiht. Ich ließ meinen Blick durch den Raum schweifen. Ein Waschbecken, ein großer Schrank, mehrere Regale. Aus einem Käfig in einer Ecke drang ein scharfer, unangenehmer Geruch. Ratten? Bis auf das leise Brummen eines Motors und ein Rascheln war es aber still.

Justine schob mich vor eines der Terrarien. Darin lag zusammengerollt eine gestreifte, dicke Schlange, die schläfrig wirkte.

»Das ist eine Tigerotter aus Australien«, sagte sie. »Sie ist aber nicht nachtaktiv, und man müsste ausgesprochen aggressiv werden, damit sie zubeißt. Aber wenn sie es tut, ist ihr Biss tödlich. Nervengift.«

Dann führte sie mich zum nächsten Terrarium. Das Halbdunkel zog mich magisch an. Der exotische Geruch.

Das Gefühl von Lebensgefahr. Diese Schlange war hellgrün und hatte sich um einen Ast gewunden. Sie starrte uns mit weißen, kalten Augen an und war von einer giftigen, feindseligen Aura umgeben. Ihre spitze Zunge sah wie ein Pfeil aus, und sie züngelte in die Luft.

»Sie ist nur hungrig«, sagte Justine. »Das ist eine grüne Mamba, die ich aus Simbabwe importiert habe. Eine eher freundliche Schlange, nicht so aggressiv und giftig wie ihre Verwandte, die Schwarze Mamba, aber ihr Biss ist dennoch sehr giftig. Sie hat einen starken Fortpflanzungstrieb. Die Männchen kämpfen zum Teil stundenlang um ein Weibchen.«

»Ist es nicht illegal, solche Schlangen als Haustiere zu halten?«, fragte ich.

»Das meinst du jetzt nicht ernst, oder?«, entgegnete sie mit mörderischer Verachtung. Das dritte Terrarium war nur schwach beleuchtet, und es dauerte eine Weile, bis ich die Schlange darin erkennen konnte. Stahlgrau war sie, mit weißen Streifen.

»Diese Schönheit ist ein Krait aus Indien«, sagte Justine. »Meine Favoritin. Tagsüber ist sie ziemlich träge, nachts aber aktiv. In freier Wildbahn verhalten sich einige von ihnen wie Kannibalen. Sie fressen nicht nur andere Schlangen, sondern manchmal auch ihre eigenen Nachkommen. Der Biss ist nicht größer als ein Mückenstich und kaum zu erkennen, aber ohne Gegengift ist man innerhalb von sechs Stunden tot.«

Mir schnürte es plötzlich die Kehle zu, als ich mir vorstellte, wie ich nach einem Biss dieser Schlange langsam vergiftet werden würde, wie sich mein Körper vor Schmerz verkrampfte, während mich das Leben verließ.

Justine schien meine Gedanken zu lesen.

»Die verschiedenen Stadien des Sterbens nach dem Biss einer extrem giftigen Schlange sind besonders interessant. Willst du es wissen?«

Ich nickte. Sie sprach schnell und fast außer Atem, als sie mir beschrieb, was dann passiert. Fast so, als hätte sie diesen kleinen Vortrag bis zur Perfektion geübt.

»Zuerst verspürt das Opfer ein Kribbeln in den Gliedmaßen, die Augenlider werden schwer, es kommt zu einem Tunnelblick und verminderter Muskelkontrolle. Das Gift breitet sich dann im Gewebe aus, beeinträchtigt die Gerinnungsfähigkeit des Blutes, verursacht spontane Blutungen in den Augen und Schleimhäuten und führt schließlich zum Tod durch Atem- und Herzstillstand.«

Sie sah mir in die Augen, gespannt auf meine Reaktion. Ich zwang mich, sie möglichst teilnahmslos anzustarren.

»Sogar bei Betroffenen, die behandelt werden, kann der Biss zu Hautverfärbungen und Gewebenekrosen führen und in extremen Fällen die Amputation von Fingern oder Zehen erforderlich machen. Auch schwere Herzrhythmusstörungen sind nicht ungewöhnlich.«

In dem Raum war es warm, aber das war nicht der einzige Grund für die Hitze. Denn auch zwischen uns war etwas entstanden.

»Das klingt schrecklich. Was hast du mit den Schlangen vor?«, fragte ich.

»Sie sind mein Hobby«, antwortete sie kurz angebunden. »Carl-Fredriks Eltern hatten Pferde, aber wir sind beide keine Pferdeliebhaber. Schlangen passen da eher zu uns.«

Ihre Augen glänzten fiebrig. So sah Justine aus, wenn sie sich leidenschaftlich für etwas engagierte.

»Ich verstehe trotzdem nicht ganz, was du mit ihnen vorhast«, sagte ich.

Dabei spürte ich schon längst die Gewissheit, dass es um etwas Größeres ging.

»Das liegt daran, dass du mein Atelier noch nicht gesehen hast«, sagte sie. »Es befindet sich auf dem Dachboden des Haupthauses. Wollen wir es uns ansehen?«

Ich reiße mich aus meinen Gedanken. In mir hat eine Erkenntnis Form angenommen. Was danach geschah, war nicht meine Schuld. Justine war die Drahtzieherin in einem komplizierten und komplexen Machtspiel. Seitdem lasse ich niemanden an mich heran, keine Menschenseele, nie wieder soll jemand diesen Einfluss auf mich nehmen können. Ich lande etwas unsanft in der Realität, meine Gäste warten im Speisesaal auf mich und den Vortrag. Alle sitzen schon auf ihren Plätzen, als ich eintrete. Ich bin noch so unkonzentriert, dass ich mir auf dem Weg durch die Stuhlreihen das Schienbein anstoße. Es tut zwar höllisch weh, aber ich schaffe es, mich zusammenzureißen und auf die Bühne zu gehen.

»So, meinen tollpatschigen Auftritt habe ich überlebt, jetzt kann ich endlich mit dem Vortrag beginnen«, sage ich und grinse verschmitzt ins Publikum, was in der Regel sehr gut ankommt.

Wenn ich einen Vortrag halte, schaue ich zu Anfang immer in die letzte Reihe. Das ist meine Art, sämtliche Teilnehmenden wahrzunehmen und mit meiner Aufmerksamkeit alle zu umarmen. Nach ein paar einleitenden Sätzen – normalerweise etwas großspurig und getragen – mache ich eine Kunstpause. Ich liebe diesen Moment. Darauf folgt eine fast dröhnende Stille. Die Reaktion des Publikums ist immer die gleiche. Aufmerksame Blicke. Verhaltenes Lächeln hier und da. Dann wende ich meinen Blick den Zuschauern in der ersten Reihe zu und sehe sie einen nach dem anderen an. Das erzeugt einen intimen Moment, weil es ihnen den Eindruck vermittelt, dass ich nur sie anspreche. Das löst ein Gefühl der Zusammengehörigkeit aus, wie es nur zwischen zwei Individuen existieren kann. Danach breitet sich eine eigentümliche Wärme aus, die wie eine sanfte Welle über das Publikum geht. Das ist meine Technik, die bisher noch nie versagt hat – die magische Fähigkeit eines Vortragenden, seine Zuhörer in einem Netz zu fangen. Auch heute lasse ich meinen Blick auf den Teilnehmenden in der letzten Reihe ruhen. Ich entdecke ein paar bekannte Gesichter und erwidere ein zaghaftes Lächeln. Dann folgen meine Eröffnungssätze.

»Die Natur ist ein brutales, rücksichtsloses Wunder. Die Natur nimmt keine Rücksicht auf menschliches Leid.«

In meinem heutigen Vortrag wird es um den Menschen gehen, die in Symbiose mit der Natur leben. Mich haben die Stunden mit Thor dazu inspiriert, die Bilder und Gefühle, die noch in mir nachklingen. Ich bin wieder ganz in meinem Element, spüre eine tiefe Wärme. Beklemmung und Angst sind verflogen. Bis ich meinen Blick auf die Zuhörer in der ersten Reihe richte. Zuerst sehe ich Thor. Eine angenehme Überraschung. Dann aber spüre ich einen Blick auf mir. Ganz außen in der ersten Reihe sitzt ein Mann und starrt mich an. Ein Geist aus der Vergangenheit. Oder eher ein Besucher aus der Hölle? Der Rest des Publikums verschwimmt vor meinen Augen, und für einen Moment verliere ich die Fassung. Mein Blick fährt nervös über die Wände des Raumes, um ihn nicht ansehen zu müssen. Ich spanne jeden Muskel meines Körpers an, bin steif wie ein Brett, mobilisiere meine letzte Kraft und spreche weiter. Aber mein Geist will fliehen, aus dem Fenster, an die frische Luft. Der Wunsch, dass er einfach verschwunden ist, wenn ich nach dem Vortrag wieder hinschaue, hält mich als Einziges hoch. Der große Wunsch, seine Erscheinung möge nur eine optische Illusion sein.

Kapitel 19

Mir gelingt es jedoch, den Vortrag zu halten und dabei ruhig und konzentriert zu bleiben. Immer darauf bedacht, nicht in Richtung des unerwünschten Gastes zu sehen. Während ich mich am Ende verlegen vor dem applaudierenden Publikum verbeuge, fällt mein Blick auf Thor, der mich amüsiert anlächelt.

Meine Zuhörer stehen danach noch in kleinen Gruppen zusammen und unterhalten sich. Ich begrüße ein älteres Ehepaar, das gestern angereist ist, sehe mich aber nervös um. *Ihn* kann ich nirgendwo entdecken. Aber ich bin mir sicher, dass er ganz vorn gesessen hat. Bei der ersten Gelegenheit winke ich Elyssa zu mir.

»Der Gast, der dort außen saß, warum ist er hier?«, frage ich.

Elyssa sieht mich fragend an.

»Meinst du Valle?«

»Der Mann heißt Valdemar Sporre, und du weißt genau, dass ich das letzte Wort bei der Wahl unserer Gäste habe.«

»Du warst aber nicht *da*, Franz. Er rief gestern an und wollte am selben Tag noch einchecken. Da warst du gerade mit Thor zur Hütte aufgebrochen. Er hat das Formular ausgefüllt, das wir ins Netz gestellt haben.«

»Haben die Wachen ihn durchgecheckt?«

»Ja, und sie haben nichts Verdächtiges gefunden.«

Das war für sich schon eine Überraschung, denn Valdemar ist ein verlogener Typ, der nichts als dunkle Geschäfte macht. Wer wüsste das besser als ich?

»Ich gehe ins Büro«, sage ich. »Schick ihn in zehn Minuten zu mir hoch. Ich möchte mit ihm sprechen.«

»Mach ich. Aber … was ist los, Franz? Du wirkst irgendwie angespannt?«

»Mach einfach, worum ich dich bitte«, sage ich.

Die Abenddämmerung hat sich über ViaTerra gesenkt. Die Luft riecht süß und frisch, so wie es nur an einem Sommerabend duften kann. Normalerweise würde ich mich dieser Wahrnehmung hingeben und sie einfach genießen, aber jetzt empfinde ich sie fast erdrückend. Es riecht wie das Echo einer kühlen Sommernacht auf Glimmingeholm.

Auf dem Weg ins Büro kribbelt es mich am ganzen Körper, ich spüre einen unangenehmen Druck auf der Brust. Ich fühle mich wie benebelt, als hätte mich eine Welle umgerissen und das tosende Meer mich verschlungen. Die letzten Treppenstufen sind die schwersten, der Boden wankt unter meinen Füßen. Ich erinnere mich an meine Stärke, klammere mich daran fest. Valdemar ist in mein Revier eingedrungen. Wenn jemand ViaTerra bedroht, verwandele ich mich in ein wildes Tier.

Im Büro stelle ich mich sofort ans Fenster, lausche der Stille. Nach und nach höre ich die Geräusche des Meeres, das sanfte, rhythmische Rauschen, das mir immer hilft, zu meiner inneren Ruhe zu finden. Nur heute nicht. Valdemar Sporre ist auf meinem Anwesen. Mich dürfte eigentlich nicht überraschen, dass Justine ihn geschickt hat. Sie ist schon immer ein Kontrollfreak gewesen, krankhaft misstrauisch. Aber ich weiß, wozu Valdemar fähig ist, und das ist alles andere als beruhigend.

Ich hatte ihn zwar auf den Partys auf Glimmingeholm gesehen, aber Justine hat uns erst an jenem bedeutsamen Abend vorgestellt, an dem ich die Schlangen sehen und ihr Atelier zum ersten Mal betreten durfte. Um dorthin zu gelangen, musste man auf der Rückseite des Hauses eine schmale, knarrende Holztreppe hochsteigen, nach oben auf den Dachboden. Es roch nach abgestandener Luft und Schimmel, und mir wurde schlagartig übel.

»Wollen wir das nicht lieber auf morgen verschieben?«, schlug ich vor.

»Es dauert nur ein paar Minuten«, sagte Justine.

Minuten. Weniger als ein Atemzug in der Ewigkeit, aber ausreichend, um das Leben eines Menschen für immer zu verändern.

Ihr Atelier nahm die Hälfte des Dachbodens ein. Es war überraschend leer. An einer Wand hing eine gerahmte Fotografie, etwa zwei mal zwei Meter groß. Die übrigen Wände waren kahl. Ich kann mich an jedes Detail der Fotografie genauestens erinnern. Ein junger, nackter Mann ist darauf zu sehen, seine Haut ist so wachsbleich, dass sie zu leuchten scheint. Er liegt ausgestreckt auf dem Altar in der kleinen Kapelle. Sein Körper wird vom Mondlicht beschienen. Den Mund hat er leicht geöffnet, die Wimpern werfen graue Schatten auf seine Wangen. Sein Gesicht sieht wie eine Kohlezeichnung aus. Auf seinem Körper liegen drei Schlangen. Der Krait hat sich um den Hals des Mannes gewunden, sein Kopf ist neben seinem Mund platziert. Der Todeskuss. Die Tigerotter liegt wie ein Gürtel ausgestreckt auf seiner Brust. Die grüne Mamba hat sich um seinen Penis geschmiegt. Sie schlafen. Alle schlafen. Die Szene hat etwas unglaublich Friedliches, das Ganze ist beängstigend schön.

Ich stand wie angewurzelt da, konnte meinen Blick nicht von der Fotografie abwenden. Justine legte ihre Hand auf meinen Nacken und schob mich näher heran. Ich spürte, wie sich auf meinem gesamten Körper eine Gänsehaut ausbreitete.

»Das ist Erik Oxenstierna, er ist der Sohn eines aufgeblasenen Adligen und Geschäftsmannes aus Skanör. Seine Eltern sind selbstverständlich Gäste bei unseren Veranstaltungen. Und nein, er hat nicht freiwillig posiert.«

»Aber warum …? Wie …?«

Mir wollten nicht die richtigen Worte einfallen.

»Er hatte ziemlich viel getrunken und wurde mit ein bisschen Hilfe von mir in einen sehr tiefen Schlaf versetzt. Wusstest du, dass man Schlangen mit Halothan betäuben kann? Obwohl es auch sehr gut mit Schlaftabletten geht, die ich vorher in Wasser auflöse.«

Meine Reaktion war spontan, nicht rational. Die Schönheit des Fotos hatte mich betäubt und verdrängte den Gedanken, dass nicht rechtens war, was sie getan hatte.

»Das Foto ist … spektakulär«, murmelte ich.

»Das ist auch meine Absicht. Wir Menschen sind seit Jahrmillionen darauf programmiert, Abweichungen zu entdecken. Dinge, die aus dem Gewöhnlichen herausstechen. Deshalb erregt dich dieser Anblick. Und es ist wirklich was Besonderes, stimmt's?«

Ich konnte ihr nicht widersprechen. Die Mischung aus Realismus und Träumerei war beeindruckend.

»Aber was ist das genau?«

»Wird das nicht deutlich?«, fragte sie entrüstet. »Das ist meine Kunst.«

Da war es wieder. Das Kribbeln im Nacken. Ich wollte sie bitten, es mir genauer zu erklären, als ich einen schwachen Windzug hinter mir spürte. Ich drehte mich um, da stand Valdemar Sporre.

Es klopft. Elyssa führt Valdemar in mein Büro. Und wieder steht er vor mir, dreißig Jahre später. Bei unserer letzten Begegnung hatten wir beide die schwindelerregende Höhe der geheimen Hierarchie auf Glimmingeholm erklommen. Aber diese eine Nacht damals veränderte alles, für immer. Seine bloße Anwesenheit führt jetzt dazu, dass der Raum dunkel und voller Schatten wird. Valdemar lächelt nicht, ich ebenso wenig. Wir starren uns nur wortlos an. Mich überrascht, dass er überhaupt gekommen ist. Ich hatte die leise Hoffnung, dass er in die Sommernacht verschwinden würde, für immer. Elyssa fragt, ob sie bleiben soll und ob wir Kaffee oder Tee trinken möchten. Ich lehne beides dankend ab, und nun zieht sie sich diskret zurück.

Ich setze mich und bin für meine hohe Rückenlehne dankbar, denn innerlich zittere ich unkontrolliert. Valdemar bleibt vor meinem Schreibtisch stehen. Mit Genugtuung stellte ich fest, dass der Zahn der Zeit auch an ihm nicht spurlos vorbeigegangen ist. Der muskulöse Körperbau, der sein Markenzeichen gewesen ist, hat seine Spannung verloren. Zwar hat er noch keine Rettungsringe, aber immerhin erste Andeutungen davon und auch die Ansätze eines Doppelkinns. Seine Bewegungen waren früher so geschmeidig wie die eines Panthers, jetzt erinnert er eher an einen Bären. Ansonsten aber hat er sich nicht besonders verändert. Er trägt sein dickes braunes Haar nach wie vor nach hinten gegelt. Auch die tiefe Furche zwischen den Augenbrauen ist noch ebenso tief wie damals. Und ihn umgibt eine Aura des Bösen. Es hat eine Zeit in meinem Leben gegeben, da konnte ich mich voll und ganz auf ihn verlassen. Zuerst war da Vertrauen, dann folgte der Verrat. Eines bedingte das andere. Am Ende begriff ich, dass ich mich auf keinen Fall auf ihn verlassen darf. Heute empfinde ich nichts als Verachtung für den Menschen, zu dem er geworden ist. Seit dreißig Jahren ist er Justines Sklave. Wie kann man das überstehen? Innerlich muss er doch vollkommen verrottet sein.

»Ich finde es etwas frech, hier ohne eine ausdrückliche Einladung aufzutauchen«, sage ich und rolle meinen Stift gedankenverloren zwischen den Fingern. Ich hoffe, dass ich dadurch den Eindruck von Langeweile vermittele, während ich innerlich förmlich vor Anspannung zerreiße.

»Justine ist der Ansicht, dass ich mich mal entspannen soll«, sagt Valdemar. »Seit du abgehauen bist, hat es ja nur mich gegeben.«

»In dreißig Jahren könnte man sich doch einen neuen Sklaven anschaffen.«

»Richtig. Aber einige sind nun einmal unersetzlich.«

Auf den zweiten Blick fallen mir seine Unsicherheiten auf. Jemand mit guter Menschenkenntnis registriert die Gemütszustände seines Gegenübers. Und der Mann vor mir wirkt jetzt unsicher. Die Anspannung meiner Muskeln lässt nach.

»Warum bist du hier?«

Er sieht mich durchdringend an, als müsste ich sein Anliegen bereits kennen.

»Ich möchte mich nur vergewissern, dass zwischen dir und Justine alles wieder in Ordnung ist. Du warst das letzte Mal so kurz angebunden. Das finde ich in Anbetracht der Tatsache, dass sie dir das hier alles ermöglicht hat, etwas unangemessen«, sagt er und fährt mit der Hand durch die Luft.

Mit einem kurzen Nicken fordere ich ihn auf, auf dem

Stuhl vor meinem Schreibtisch Platz zu nehmen. Mit einem leisen Grunzen setzt er sich, auf seinen Lippen liegt ein ironisches Lächeln.

»Keine Sorge«, sagt er. »Wie du sicherlich schon weißt, bleibe ich nur ein paar Tage. Eigentlich schade. Denn hier ist es schön.«

Meine Kopfhaut prickelt, ein eindeutiges Zeichen dafür, dass meine Wut zum Leben erweckt wurde. Gott sei Dank.

»Kannst du zum Punkt kommen?«, sage ich.

»Justine möchte wissen, warum dein Sohn auf Glimmingeholm aufgetaucht ist? Sie will wissen, ob du etwas mit seiner plötzlichen Neugier zu tun hast?«

»So ist es doch gar nicht gewesen. Er hat in Lund Elisabeth kennengelernt.«

Die Falten auf seiner Stirn glätten sich wieder.

»Und wann war das?«

»In der letzten Woche. Sie wohnt in einer Wohnung, die mir gehört. Deshalb haben wir ab und zu Kontakt«, sage ich leise, meine Stimme klingt heiser.

»Das wissen wir doch schon alles. Justine weiß über jede Einzelheit aus Elisabeths Leben Bescheid. Die entscheidende Frage ist jedoch, was du Thor gesagt hast.«

»Überhaupt nichts. Außerdem hat er das Interesse schon längst wieder verloren. Deswegen ist es ja auch so unvorsichtig von dir, hier einfach aufzutauchen.«

Er lehnt sich vor. Senkt seine Stimme.

»Ich bin nur der Überbringer einer Botschaft. Justine lässt dich schön grüßen. Wenn irgendetwas von dem, was vor dreißig Jahren geschehen ist, an die Öffentlichkeit gelangt, ist dein Sohn als Nächster an der Reihe.«

Die bloße Erwähnung von Thor ist wie ein Stich ins Herz. Aber äußerlich lasse ich mir nichts anmerken.

»War das alles?«

»Nein, eine Sache noch. Sie hofft sehr, dass dir dein Ruhm und Erfolg nicht zu Kopf gestiegen sind und du dich daran erinnerst, wie tief du in dieser Angelegenheit mit drinsteckst.«

Mich trifft die Erkenntnis mit voller Wucht. Natürlich ist Justine misstrauisch, aber die Warnung am Telefon hätte genügen müssen. Valdemar mag zwar erfahren sein, und er kann auch sicher wichtige Entscheidungen eigenständig treffen, aber er scheint ihr nach wie vor so untergeordnet zu sein, dass er sich mitten in der Nacht losschicken lässt. Dass Justine ihren Aufräumer so schnell gesandt hat, riecht nach Verzweiflung, und ich befürchte, dafür kenne ich den Grund. Sie muss beschlossen haben, ihre morbiden Pläne endlich in die Tat umzusetzen. Wenn das passiert, wird mein Schweigen entscheidend sein.

»Dann hat sie also wirklich vor, es nach so vielen Jahren zu machen?«, sage ich.

»Justines Pläne gehen dich einen Dreck an«, erwidert er kurz angebunden, was meine Neugier nur noch verstärkt.

»Du meinst doch nicht etwa, dass sie wieder mit ihrer *Kunst* angefangen hat?«

Sein Schweigen spricht Bände. Er packt meinen Schreibtisch mit beiden Händen, beugt sich vor, als würde er mich gleich anbrüllen wollen, lässt sich dann aber wieder zurück auf den Stuhl fallen und lächelt angestrengt.

»Ich würde wahnsinnig gerne noch über die alten Zeiten plaudern, aber jetzt gibt es Drinks im Speisesaal, und da mag ich mich nicht zweimal bitten lassen. Das hier ist schließlich mein erster Urlaub seit Jahren.«

Der Tonfall ist so typisch für ihn. Die Mischung aus jovialem Jargon mit einer vor Sarkasmus triefenden Stimme.

Wir starren uns an. Keiner sagt ein Wort. Wahrscheinlich erwartet er, dass ich ihm das Versprechen meiner Schweigsamkeit gebe, dass ich ihn anflehe, vor ihm auf den Knien krieche. Aber nein, ich lasse mich von niemandem bedrohen. Ich senke meine Stimme und gebe mein Bestes, möglichst bedrohlich zu klingen.

»Hör mir gut zu, Valdemar. Richte Justine aus, dass sie offensichtlich vergessen hat, wer ich heute bin, wozu ich fähig wäre, und wie weit ich gehen würde, sollte ich mich bedroht fühlen. Vor allem du solltest das wissen, oder lässt dein Gedächtnis langsam nach? Du scheinst auch mit dem Training aufgehört zu haben. Zu viele … was schluckst du noch mal? Stimmt ja, Diazepam. Genieß deinen Urlaub. Du siehst aus, als hättest du ihn dringend nötig.«

Ich erwarte viel mehr Widerstand, Wut, Aufbegehren, aber er lächelt nur spöttisch.

»Du redest so viel Blödsinn, Franz. Das hast du schon immer getan.«

Das Gleichgewicht der Kräfte hat sich verschoben. Valdemar steht auf. Ich habe mich gerade wieder gesammelt, tief durchgeatmet, da öffnet sich die Tür. Thor kommt herein. Und ich frage mich, wie ich mich aus dieser Sache wieder herauswinden kann.

Kapitel 20

THOR

Das helle Licht des Monitors blendete ihn. Er war müde und hätte eigentlich ins Bett gehen müssen. Aber etwas hielt ihn wach, weil es ihn beschäftigte. Da waren Sachen passiert, die eine Kettenreaktion ausgelöst hatten. Wie wenn Dominosteine umfallen.

Er hatte seinem Vater für den schönen Vortrag danken und Gute Nacht sagen wollen. Der Vortrag war tatsächlich interessanter gewesen als erwartet. Offensichtlich hatte sich Franz von ihrem Ausflug inspirieren lassen und seinen Zuhörern unter anderem erzählt, wie man eine Nacht in freier Natur bei Minusgraden überlebt, warum die Fische manchmal anbeißen und manchmal nicht. Das Publikum war begeistert gewesen und hatte aufmerksam zugehört. Das hatte Thor stolz gemacht, dagegen konnte er sich nicht wehren.

Aber als er Franz' Büro betrat, versank er förmlich in einem schwarzen Sumpf. Die Spannung in dem Raum war so groß und übermächtig, dass er kaum Luft bekam.

»Das ist Valdemar, ein neuer Gast, er ist gestern angekommen«, stellte ihn Franz vor und zeigte auf den Berg von Mann. »Er möchte gerade gehen.«

Valdemar schüttelte Thor die Hand. Ein fester Händedruck.

»Du bist wirklich das Spiegelbild deines Vaters.«

Er drückte Thors Hand ein bisschen zu lange, musterte ihn eindringlich. Dann verließ er das Büro und nahm den verbliebenen Sauerstoff mit. Thor wurde schwindelig. Er fragte seinen Vater, wer das war, bekam aber nur eine kühle Antwort, die gezwungen gleichgültig klang. *Ein Gast. Niemand Besonderes. Er bleibt nur ein paar Tage.* Thor bohrte weiter, bis Franz schließlich die Fassung verlor: »Wenn du nicht aufhörst, mich über meine Gäste auszufragen und alles, was ich tue, infrage zu stellen, weiß ich wirklich nicht, ob das hier eine gute Idee ist.« Ihm gelang das Kunststück, gleichzeitig lieblich und bedrohlich zu klingen. Thor beschloss, diese Einladung zu einem Kampf nicht anzunehmen, sagte schnell Gute Nacht und verließ das Büro wieder.

Auf dem Weg zurück zum Gästehaus aber nahm sein Gefühl – die Aversion gegen diesen neuen Gast – Gestalt an. Etwas stimmte hier nicht. Er hatte sich von diesem Valdemar bedroht gefühlt.

Zufällig stieß er auf Elyssa, die gerade auf dem Weg zum Haupthaus war.

»Wie geht es dir, Thor?«, fragte sie fröhlich und aufgeräumt.

Sie wechselten ein paar Worte, dann fragte Thor sie nach dem neuen Gast.

»Ah, der …« Ihre Stimme wurde leiser. »Das ist Valdemar Sporre. Ich gebe zu, dass er ein bisschen sonderbar ist. Er hat eine bedrohliche Ausstrahlung. Aber ich weiß nichts über ihn.«

Er hatte nicht vor, diesem Mann hinterher zu schnüffeln. Zumindest redete Thor sich das ein, als er seinen Laptop aufklappte. Denn er hatte eine Vereinbarung mit Franz getroffen. Aber für eine Situation wie diese gab es kein Regelwerk. Er musste etwas über diesen Valdemar herausfinden, irgendetwas. Denn intuitiv, aber bisher unbegründet, spürte er, dass dieser Mann seinem Vater eher feindlich gesonnen war. Und da stand es, schwarz auf weiß. *Valdemar Sporre. Wohnhaft auf Glimmingeholm.* Für einen kurzen Augenblick überlegte er, die Recherche zu beenden und in sein warmes Bett zu kriechen. Unmöglich. Aber auch eine erweiterte Recherche ergab nichts Neues. Er tauchte nirgendwo auf, auch nicht in den sozialen Medien. Als hätte er keinerlei Austausch oder sozialen Kontakte. Das war ungewöhnlich. Dieser Mann strahlte Autorität aus, trug moderne Kleidung und eine exklusive Armbanduhr, außerdem umgab ihn der diskrete Duft eines teuren Aftershaves. Eines war ganz sicher, dass es kein Zufall sein konnte, dass er auf Glimmingeholm wohnte. Natürlich hätte Thor etwas über ihn gefunden, das Internet war erbarmungslos, man musste nur wissen, wonach man suchte. Aber Thor fehlte die nötige Energie, er war so müde, dass er beschloss, eine Nacht darüber zu schlafen.

Er schaltete die Nachttischlampe ein, zog sich langsam aus und legte seine Kleidung ordentlich gefaltet auf einen Stuhl. Dann strich er das Bettlaken glatt, öffnete das Fenster einen Spalt und ließ die milde Luft ins Zimmer strömen. Als er unter die Bettdecke kroch, waren seine Augen schwer. Schlaf war genau das, was er jetzt brauchte.

Deshalb telefonierte er auch erst am nächsten Morgen mit Julia. Sie hatte eine Kollegin gefunden, die sie vertreten konnte, sodass sie in der Lage war, zwei Wochen Urlaub zu nehmen. Thors Herz machte einen Freudensprung. Dann erzählte er ihr von Valdemar Sporre. Julia schnalzte anerkennend mit der Zunge.

»Wie aufregend. Das lässt dich jetzt nicht los, was?«

»Was soll ich machen?«

»Und wie hat Franz darauf reagiert, als du ihn nach Valdemar Sporre gefragt hast?«

»Er hat es abgetan. Ich glaube, er hat was zu verbergen. Ich bin sicher!«

»Es kann doch nicht schaden, noch ein bisschen über diesen Valdemar in Erfahrung zu bringen?«

»Aber wie? Im Netz habe ich nichts über ihn gefunden.«

»Dann musst du jemanden um Hilfe bitten, der sich damit auskennt.«

»Stimmt, am besten Hampus, das ist doch Franz' IT-Mann. Der ist genial, aber den kann ich doch nicht fragen?«

Es wurde still in der Leitung, Thor befürchtete, dass die Verbindung abgebrochen war, was auf Dimö keine Seltenheit war.

»Bist du noch dran?«

»Ja, entschuldige. Mir ist da jemand eingefallen. Sie heißt Cornelia und wohnt in Göteborg. Erinnerst du dich an sie? Sie sitzt im Rollstuhl und hat mir vor ein paar Jahren wahnsinnig geholfen.«

Natürlich erinnerte sich Thor an Cornelia. Eine professionelle Hackerin. Zusammen mit Hampus hatten sie die entscheidenden Informationen herausbekommen, als Julia einer gestörten, freikirchlichen Sekte auf der Spur gewesen war und mehrere Artikel über sie geschrieben hatte.

»Ja, meinetwegen …« Das machte ihn nervös.

»Deine Entscheidung!«

»Eine Hackerin darauf anzusetzen, könnte vielleicht ein bisschen übertrieben sein, oder?«, fragte er, denn er wollte Julia nicht mit in die Sache hineinziehen.

»Wenn Franz sich weigert, Informationen preiszugeben,

dann schadet es doch nicht, diskret ein paar Erkundigungen einzuholen. Davon muss er ja nichts erfahren.«

Julia hatte Witterung aufgenommen, sie schnurrte wie eine Katze. Er keuchte, und es klang fast wie ein Seufzen. Er konnte das Gefühl nicht beschreiben, ihm wurde schwindelig, weil sich alles ewig zu wiederholen schien. Als würde man gezwungen werden, mit einer Magenverstimmung Achterbahn zu fahren. Er fühlte sich ohnmächtig. Deshalb rutschte ihm auch der Satz heraus, den er schon hundertfach gesagt hatte, um die Beziehung zu seinem Vater zu beschreiben: »Das macht mich wahnsinnig, Julia.«

Mit der wärmsten und sanftesten Stimme beruhigte sie ihn. Alles würde gut werden. Sie hätte noch ein, zwei Dinge zu erledigen und würde morgen früh mit der ersten Fähre nach Dimö kommen. Dann würden sie zwei ganze Wochen miteinander verbringen. Segeln, wandern und schwimmen gehen und sich von der hervorragenden Küche auf ViaTerra verwöhnen lassen. Und sicher würde es nicht schaden, wenn Cornelia parallel dazu diesen Valdemar Sporre unter die Lupe nähme. In erster Linie, um sicherzustellen, dass er weder kriminell noch gefährlich ist. Dann müsste sich Thor nicht mit Franz herumschlagen und könnte seinen Urlaub einfach genießen. Sie sagte das mit einer solchen Klarheit und Ruhe, dass auch er entspannte. Alle Sorgen traten in den Hintergrund.

Kapitel 21

Die Gebäude, in denen Thor zur Schule gegangen war, standen noch. Als vor Jahren die Missbräuche aufgedeckt wurden, hatte die Schulbehörde die Schule geschlossen. Und seit er ViaTerra verlassen hatte, hatte Thor kategorisch vermieden, sie zu betreten. Auf keinen Fall wollte er mit den alten Erinnerungen konfrontiert werden. Aber an diesem Tag zog es ihn doch dorthin. Der Wind hatte zugenommen. Dunkelgraue Wolken zogen über den Himmel, immer wieder rissen sie auf, und die Sonne blitzte hervor. Die Schule bestand aus zwei Gebäuden. In dem einen befanden sich die Schlafsäle, in denen die Schüler und Schülerinnen in Stockbetten untergebracht waren. Den Kindern sollte militärische Disziplin beigebracht werden. In dem anderen Gebäude befand sich das Klassenzimmer. Am Anfang gingen nur eine Handvoll Schüler und Schülerinnen in die Schule, aber die Anzahl wuchs mit jedem Jahr.

Thor öffnete die Eingangstür und betrat nervös den Ort der Erinnerungen. Die Eingangshalle war länglich geschnitten, eher wie ein Flur, und an den Wänden waren Haken angebracht, an denen die Jacken aufgehängt werden sollten. Das Gebäude schien in tadellosem Zustand und sauber zu sein, obwohl es schon lange nicht mehr in Benutzung war. Warum sorgte sein Vater überhaupt dafür, dass alles intakt und funktionstüchtig blieb? Wohl kaum aus sentimentalen Gründen. Beiläufig hatte er mal erwähnt, dass er an einen Umbau dachte und daraus eventuell weitere Unterkünfte entstehen würden. Denn sein Retreat hatte großen Zulauf. Der Gedanke ließ Thor erschaudern.

Von der Eingangshalle gingen drei Türen ab. Die zu seiner Linken führte in das Klassenzimmer, hinter den beiden zu seiner Rechten verbarg sich eine kleine Bibliothek und ein weiteres Klassenzimmer, das eine Zeit lang als Gymnastiksaal benutzt wurde. Er öffnete die Tür zu dem Raum, in dem er damals unterrichtet wurde. Sie quietschte. Der Raum war leer, und die Wände sahen kahl aus, was ihn größer wirken ließ. Der Blick aus den großen Fenstern war das Einzige, was aus seiner Schulzeit noch geblieben war. Davor standen die vom Wind gekrümmten Kiefern und erinnerten ihn daran, wie oft er die Bäume angestarrt und sich an einen Ort weit weg von Dimö gewünscht hatte.

In Gedanken reiste er an den Anfang. Er war immer der Kleinste und Dünnste in der Klasse gewesen und hatte einen widerspenstigen roten Haarschopf gehabt, der die Mobber auf den Plan rief. Alles sah er ganz deutlich vor sich. Seine Hände – voller Sommersprossen – auf der Schulbank, das Whiteboard an der Wand, darauf die krakelige Handschrift des Lehrers. Jetzt hing nichts mehr an der Wand, nur die Schrauben für die Aufhängung waren noch zu sehen. Er hatte immer in der letzten Reihe gesessen. Seine Taktik war es gewesen, zurückhaltend und still zu sein und die Fragen des Lehrers leise und unaufgeregt zu beantworten. *Ich muss mich nicht anstrengen und einschmeicheln.* Die Rechnung ging auch auf, denn am Ende ließen ihn sogar die Mobber in Frieden.

Die Sonne warf einen goldenen Streifen auf den Boden. Also sollten hier Unterkünfte entstehen, dachte er. Ein Hotel. Was für die einen ein wichtiger Teil ihrer Kindheit war, hatte für Franz schon lange keine Bedeutung mehr. Das war ein längst abgeschlossenes Kapitel.

Er legte eine Wange an die Wand und schloss die Augen. Ihm war bewusst, dass sein Verhalten eine Grenze überschritt. Aber er war allein und ungestört. Als Kind hatte er sich oft einsam gefühlt. Es hatte sich angefühlt, als würde ihm etwas Wesentliches fehlen. Ihm war es nie gelungen, das Funkeln in seinen Augen zu erzeugen, das er bei den anderen Kindern beobachten konnte.

Viel später erst begriff er, dass man Kinder nicht wie Maschinen programmieren kann, damit sie einem bestimmten Verhaltenskodex folgen. Seine innere Leere war der Ausdruck seines freien Willens gewesen. Und Franz war es nicht gelungen, diesen zu brechen. Er verband weder Geborgenheit noch Sicherheit mit dem Klassenzimmer, und trotzdem hatte es eine große Bedeutung für ihn.

Er öffnete die Augen. Was würde es wohl für Konsequenzen haben, wenn dieser Ort für immer verschwand? Von seiner Schulzeit gab es nur noch diese Hülle, diesen leeren Ort als Erinnerung. Weder gab es Fotos von seinem Schulabschluss (weil so etwas nicht gefeiert wurde), keine Selfies mit Klassenkameraden (weil Handys auf ViaTerra nicht erlaubt waren) und auch keine Jahrgangstreffen (weil das viel zu traurig wäre). Sogar der Geruch von damals war verschwunden. Die Schulbücher waren bei einer Razzia vor vielen Jahren von der Polizei konfisziert worden. Sie hatten sie später zwar wieder zurückbekommen, aber wie er seinen Vater kannte, hatte der sie wahrscheinlich sofort weggeworfen. Der Holzgeruch war mit dem Entfernen der Schulbänke und Stühle verschwunden. Und sogar der unangenehme Zigarettengeruch hatte sich mit der Lehrerin Alice Karlsson verflüchtigt, die sie Ali-Khan getauft hatten, weil sie so Furcht einflößend gewesen war. Sie hatte sein Leben verpestet, trotzdem wünschte er sich in diesem Augenblick, dass sie wieder hier und bei ihm sein möge.

Als die Tür geöffnet wurde, klapperte das Fenster. Franz sah ihn unsicher an. Auf einmal schien der Abstand zwischen ihnen unendlich weit zu sein.

»Ich habe dich hier reingehen sehen«, sagte er etwas unbeholfen. »Ich bin gestern nicht ich selbst gewesen, entschuldige. Ich hätte es nicht an dir auslassen sollen.«

Das brachte Thor fast aus der Fassung. Entschuldigungen von seinem Vater waren eine Seltenheit.

In dieser Sekunde beschloss er, ihm keine weiteren Fragen über Valdemar Sporre zu stellen. Erst wieder, wenn er etwas Konkretes in der Hand hatte. Franz sah sich in dem Raum um, sein Blick wirkte dunkel, misstrauisch.

»Sind wir damals wirklich so ungerecht und grausam zu euch gewesen?«

»Du hast das vollkommen falsch verstanden.«

»Dann erklär es mir bitte.«

Sein Gesichtsausdruck schien neutral, ungerührt, eine oft erprobte Taktik, um mögliche Kritik an sich abprallen zu lassen. Thor verließ der Mut, für ein offenes Wort war Franz nicht bereit. Aber er wollte es wenigstens einmal versuchen.

»Du hast uns uns selbst überlassen. Und wenn eine Gruppe von Kindern sich selbst organisieren muss, gewinnen immer die Mobber die Oberhand. Wie bei *Herr der Fliegen* von William Golding.«

Franz hob eine Augenbraue.

»So schlimm?«

»Nein, wir hatten Essen und ein Dach über dem Kopf. Was wahrscheinlich den größten Schaden angerichtet hat, ist die Tatsache, dass wir nie Kind sein konnten. ›Ein Kind ist ein Erwachsener in einem kleinen Körper.‹ Erinnerst du dich an diesen Satz, Papa? Das sind deine Worte.«

Franz seufzte schwer.

»Davon war ich damals überzeugt«, erwiderte er mürrisch.

»Hast du vor, damit dein Verhalten zu rechtfertigen?«

»Natürlich nicht.« In seiner Stimme schwangen Zärtlichkeit und Trotz zu gleichen Teilen mit.

Wenn es um die Schule ging, wurde er kühl und abweisend, als könne er sich an nichts erinnern. Dabei gab er sonst immer mit seinem fantastischen Gedächtnis an. Oder war es ihm gelungen, alles zu verdrängen?

»Ich befürchte, dass du nicht wusstest, was hier los war«, sagte Thor. »Das hat dich einfach nicht interessiert, erst als wir älter waren und du uns zu den Boten deiner Thesen machen konntest. Du hast nie begriffen, dass du einen ganz anderen Einfluss auf uns hättest haben können, als wir noch Kinder waren? Dabei weißt du so viel über die Natur und bist so stolz auf dein akademisches Wissen. Wir scheinen dir einfach nicht wichtig genug gewesen zu sein.«

»Das stimmt doch gar nicht«, widersprach Franz. »Ich bin davon überzeugt gewesen, dass euch eine strenge und harte Erziehung für die Zukunft … stählt und … gut auf sie vorbereitet. Gab es denn gar nichts, was gut war?«

»Doch, natürlich. Wir sind viel im Freien gewesen, an der frischen Luft. Wir hatten keinen Zugang zu Zigaretten und Alkohol, und obwohl mich deine Vorträge oft zu Tode gelangweilt haben, ist einiges hängen geblieben.«

Franz sah ihn neugierig an.

»Was denn zum Beispiel?«

»Die verschiedensten Manipulationstechniken.«

»Das war jetzt wirklich fies«, antwortete Franz und schnaubte.

»Ja, entschuldige. Was hast du konkret mit dem Gebäude hier vor?«

»Neue Unterkünfte für meine Gäste.«

»Das ist so fantasielos – aber ganz typisch für dich.«

»Hast du einen besseren Vorschlag?«

Thor dachte nach.

»Mach etwas Gutes aus diesem Ort. Eine Institution, die Kindern hilft, zum Beispiel. Obwohl, du magst Kinder eigentlich nicht besonders. Sie sind unberechenbar und schwer zu bändigen und gefügig zu machen.«

»Das ist jetzt aber wirklich ungerecht von dir. Ich gebe zu, dass ich meine Rolle als Vater am Anfang nicht gut ausgefüllt habe. Aber als deine Mutter spurlos verschwunden ist, habe ich mein Bestes gegeben. Hast du diese Zeit noch nicht verarbeitet?« Seine Stirn legte sich in besorgte Falten.

»Ich weiß nicht, wie ich mich dazu verhalten soll«, antwortete Thor. »Deshalb bin ich auch hierhergekommen. Vielleicht auf der Suche nach Erkenntnis? Weißt du, was mir klar geworden ist? Dieser kahle, leere Raum ist alles, was an Erinnerung von meiner Schulzeit noch geblieben ist. Und jetzt soll daraus ein Hotel werden. Na ja, ausgesprochen praktisch für dich.«

»Ich wollte eine Architektin damit beauftragen und hören, was sie sagt. Aber noch ist nichts in Stein gemeißelt.«

Auf einmal wurde es in dem ehemaligen Klassenzimmer

dunkel. Der plötzliche Wolkenbruch hatte sich gar nicht angekündigt. Regen donnerte und trommelte aufs Dach, lief an den Fenstern herunter und peitschte über das Gras.

»Das ist nur ein kleiner Schauer«, sagte Franz. »In einer Stunde klart es wieder auf.«

Für Thor hingegen bedeutete der unerwartete Wetterumschwung ein unheilverkündendes Zeichen. Unkontrollierte Wut stieg in ihm hoch.

»Ist dir das eigentlich klar – du hast mir noch nie gesagt, dass du mich lieb hast. Kein einziges Mal.«

Franz wand sich, sichtlich überrascht und unangenehm berührt.

»Ich sage das nie, zu niemandem, aber das bedeutet nicht, dass …«

»Ach so«, unterbrach ihn Thor. »Dafür sage ich es jetzt. Ich liebe dich, Papa, und ich hoffe um deinetwillen, dass du mir die Wahrheit gesagt hast.« Mit diesen Worten ließ er den sprachlosen Franz stehen und ging. Thor verbrachte den Rest des Tages mit einem ausgedehnten Spaziergang und mied seinen Vater. Er ging ins Dorf und besuchte seine Mutter, Simon und seine kleine Halbschwester Lovisa. Lovisa war drei Jahre alt und ein richtiger Wirbelwind. Sie hatte so rote Haare wie Thor, war aber viel quirliger als er. Stundenlang musste er mit ihr Verstecken spielen und ihr Märchen vorlesen, bis er vor Erschöpfung kaum noch stehen konnte. Als er sich verabschieden wollte, machte sie ein solches Theater, dass er auch noch zum Abendessen blieb. Amüsiert beobachtete er, wie sie die Makkaroni vor ihrem Teller auf dem Tisch aufreihte. Elvira wies sie zwar zurecht, aber Lovisa grinste ihre Mutter nur frech an. Das brachte Simon zum Lachen, was angesichts seiner sonst eher zurückhaltenden Art überraschend war.

Thor zwang sich die ganze Zeit, nicht an die Unterhaltung mit seinem Vater zu denken. Doch es beschäftigte ihn auch noch auf seinem Nachhauseweg. Vor allem ein Satz tauchte immer wieder auf. *Ich sage das nie, zu niemandem.* Das überraschte Thor allerdings kaum. Sein Vater bedankte sich zwar bei einem Kellner, wenn dieser ihm einen Kaffee brachte, aber er dankte selten jemandem von Herzen. Er entschuldigte sich vielleicht, wenn er jemanden aus Versehen anrempelte, aber nie, wenn er jemanden absichtlich verletzt hatte. Die Worte *lieben* und *Liebe* waren in seinem Sprachschatz nicht vorhanden. Diese eher gefühlsbetonten Worte drangen einfach nicht durch seinen Schutzwall. War sein Vater tatsächlich ein Psychopath? Noch immer? Das hätte er doch merken müssen. Aber manchmal sieht man nur das, was man auch sehen will. Gab es noch weitere Dinge, vor denen er seine Augen verschloss? Noch viel schrecklichere Dinge vielleicht?

Er sah Franz erst abends wieder, als dieser plötzlich bei ihm im Gästehäuschen auftauchte. Sein Gesichtsausdruck wirkte undurchdringlich. Nicht der Ansatz eines Lächelns war zu sehen, aber dafür hatte er wenigstens seine defensive Haltung abgelegt.

»Darf ich reinkommen?«, fragte er.

»Mensch, Papa. Das Haus gehört doch dir«, erwiderte Thor. Dann saßen sie eine Weile schweigend im Wohnzimmer.

»Ich habe eine Idee, was ich mit dem Schulgebäude machen kann«, bemerkte Franz schließlich.

»Lass hören.«

»Was hältst du von einem Naturraum, so einem Besucherzentrum? Davon gibt es doch schon einige in Schweden, meistens in unberührten Landstrichen. Viele werden von den Gemeinden finanziert und verwaltet, einige von Stiftungen, was auch bei uns der Fall wäre. Auf den Kosterinseln gibt es schon ein fantastisches Besucherzentrum, aber sowohl die Topografie als auch die Meereswelt auf Dimö und den angrenzenden Inseln ist einzigartig.«

»Und wie stellst du dir das vor?«, fragte Thor vorsichtig. Diese plötzliche Kehrtwendung seines Vaters machte ihn stutzig. Sie klang nicht besonders durchdacht.

»Meine Gäste hätten natürlich freien Eintritt, aber bei solchen Einrichtungen muss man auch der Allgemeinheit Zugang ermöglichen. Und zwar laut Statuten an 175 Tagen im Jahr.«

»Dann würden hier die ganze Zeit Leute ein und aus gehen. Kannst du dir das vorstellen?«

»Das ist doch jetzt auch schon so … mit meinen Gästen. Aber ich habe gern tagsüber Leute um mich. Wir könnten das Schulgebäude und den alten Stall vom Rest des Anwesens abgrenzen und einen separaten Eingang für externe Besucher einrichten.«

»Dann brauchst du doch auch jemanden, der den Naturraum leitet«, warf Thor ein.

»Das ist das kleinste Problem. Die Leute stehen schließlich Schlange, um auf ViaTerra arbeiten zu dürfen.«

Thor ging das alles viel zu schnell, aber ihm fielen auch keine Argumente ein, die dagegensprachen. Trotzdem – es gab hundertprozentig einen Hintergedanken. Bei Franz gab es immer einen Hintergedanken. Diese Aktion würde einen Umwelthelden aus ihm machen.

»So ein Naturraum muss auch mit besonderen Aktivitäten bespielt werden«, sagte Thor.

»Klar, aber davon würde ja die ganze Insel profitieren.

Man könnte in Simons Pension essen gehen und seinen Bio-Bauernhof besichtigen. Man könnte auch eine Wanderung an der Küste anbieten. Wir sollten unbedingt die Journalisten vom *Bohusläningen* zur Eröffnung herbitten, damit sie eine Reportage darüber schreiben.«

Thor war nach wie vor skeptisch.

»Das klingt alles so einfach.«

»Wenn die Behörden Ärger machen, nennen wir es nicht Naturraum, sondern einfach etwas anderes. Ich hätte große Lust darauf und würde mich freuen, wenn du mir bei der Planung hilfst.«

Schnell verloren sie sich in Details und diskutierten die verschiedenen Möglichkeiten. Und nach und nach bröckelte die Mauer zwischen ihnen. Sie hatten noch nie an einem gemeinsamen Projekt gearbeitet, aber es fühlte sich ganz selbstverständlich an. Franz schlug vor, Thor könnte geführte Touren anbieten, weil er sich mittlerweile so gut auf der Insel auskannte. Die Vorstellung gefiel Thor sehr, denn obwohl er sein Leben in Göteborg auch mochte, hatte er immer wieder große Sehnsucht nach Dimö. Seit er sich erinnern konnte, fühlte er sich zwischen diesen beiden Welten hin- und hergerissen. Vielleicht würde sich seine Sehnsucht legen, wenn er anderen die Stellen auf der Insel zeigte, die er besonders liebte.

Als Franz sich verabschiedete, war es spät geworden. In der Tür drehte er sich noch einmal um. Dort stand er, unerschütterlich, voller Energie und Kraft. Und doch hatte er sich in letzter Zeit verändert. In seinen sonst so scharfen Blick hatte sich etwas eingeschlichen. Sorge. Unruhe. Franz öffnete den Mund, als wollte er etwas sagen – und zwar die drei kleinen so bedeutsamen Worte. Aber dann schloss er die Lippen wieder. Er konnte es nicht. Als Thor sah, wie sein Vater in Richtung Herrenhaus in der Dunkelheit verschwand, fragte er sich, ob es ihm tatsächlich so wichtig war, die Worte zu hören. Immerhin hatte er die Absicht gesehen.

Kapitel 22

Kaum hatte Julia das Gästehäuschen betreten, zog Thor sie dicht an sich. Er bohrte sein Gesicht in ihren Hals, und sofort war die Leidenschaft entfacht.

»Ich dusche nur schnell«, sagte sie. »Ich hatte heute früh keine Zeit.«

Enttäuscht stöhnte er auf.

»Nein.«

»Darf ich mich kurz waschen?«

»Nein, bitte nicht.«

Er war so erregt, dass er sich fast an seinen Worten verschluckte. Sie küssten sich lange und ausgiebig. Julia ließ ihre Hände über seinen Rücken gleiten und erzeugte brennende Bahnen aus Gänsehaut unter ihren Fingerkuppen. Am liebsten hätte er ihr die Kleider vom Körper gerissen, aber sie kam ihm wie so oft zuvor und zog sich Pullover und BH aus. Als sie nur mit ihrem Rock bekleidet ins Wohnzimmer ging, sah sie so sexy aus, dass ihm fast schwarz vor Augen wurde.

Das Liebesspiel begann auf dem Sofa und endete im Schlafzimmer. Unter der Dusche läuteten sie die zweite Runde ein und beendeten diese im Bett. Als Thor danach auf dem Rücken lag, Julias Kopf auf seiner Brust, ihre Haare wie eine Sonnenblume auf seiner Haut ausgebreitet, fühlte er sich wunderbar befreit und entspannt.

»Auf dieser Reise habe ich viel über uns nachgedacht«,

sagte sie. »Wir geben uns wirklich Mühe, dass unsere Beziehung nicht einschläft und wir so ein langweiliges Pärchen werden. Das gefällt mir.«

Ihm wurde ganz warm. Und er war froh, dass es ihm trotz seines Kontrollbedürfnisses gelang, ihr die Freiheit zu geben, die sie benötigte. Ihre Beziehung kam ohne feste Verpflichtungen aus. Sie hatten keinen Kredit aufgenommen. Kein Haustier. Und auch noch keinen Wunsch nach Nachwuchs. Sie hatten die Freiheit, tun und lassen zu können, was sie wollten. Jemand hatte Julia einmal als *etwas zu aufopferungsvoll* beschrieben, weil sie alles für ihren Job tat, den sie liebte. Thor bewunderte Julias Leidenschaft für die Geschichten anderer Menschen, und in seinen Augen war das auch einer der Gründe, warum er sie liebte.

»Ich bin gestern mit Cornelia einen Kaffee trinken gewesen«, platzte es aus ihr heraus.

Die zärtliche Stimmung sank rapide, und er schwieg etwas zu lang.

Julia schnippte mit den Fingern.

»Hallo, bist du noch wach?«

»'tschuldige. Ich war mit meinen Gedanken woanders.«

»Cornelia ist nicht mehr auf den Rollstuhl angewiesen«, sagte sie. »Sie hat lange mit einem Physiotherapeuten zusammengearbeitet und kann ihre Beine jetzt wieder bewegen. Über ein Jahr hat das gedauert, aber nun ist sie wieder in der Lage zu gehen. Franz hat sie dazu inspiriert, nicht aufzugeben, sondern weiterzukämpfen.«

»Wie bitte? Mein Vater?«

»Ganz genau. Als sie damals für ihn gearbeitet hat, haben sie auf Dimö ausgedehnte Spaziergänge gemacht.«

Das wusste Thor nicht. Und es fiel ihm schwer, sich seinen Vater dabei vorzustellen, wie er einen Rollstuhl über die Insel schob. Andererseits war Franz selbst über ein Jahr lang an den Rollstuhl gefesselt gewesen. Wahrscheinlich hatte er deswegen Mitgefühl mit Cornelia gehabt.

»Deshalb hatte sie Bedenken, in Franz' Angelegenheiten herumzuschnüffeln«, fuhr Julia fort.

»Das muss sie auch nicht«, warf Thor ein.

»Ich habe mich für eine andere Taktik entschieden und ihr von unseren Bedenken erzählt, dass er vielleicht in schlechte Gesellschaft geraten ist. Sie hat sich darauf eingelassen, diesen Valdemar Sporre zu überprüfen, also nur Einträge im Strafregister, ein bisschen Background und so. Sie meldet sich, wenn sie was gefunden hat.«

Dann schmiedeten sie Pläne, wie sie den Tag verbringen wollten. Da der Wind nicht so stark war, beschlossen sie, mit Thors Segelboot rauszufahren. Sie hatten sich gerade angezogen, als Julias Handy klingelte.

»Das ist Cornelia, über Facetime«, sagte sie. »Das ging aber schnell.«

Cornelia saß vor ihrem Rechner, hinter sich ein vollgestopftes Bücherregal. Thor hatte sie vor ein paar Jahren mal auf ViaTerra kennengelernt, allerdings nur flüchtig, aber sie hatte ein Gesicht, das man so schnell nicht vergaß. Voller Sommersprossen und hellbraune, mandelförmige Augen. Sie war eine von den Frauen, die sich für ihre Schönheit keine zusätzliche Mühe geben mussten. Und außerdem war sie scharfsinnig und klug. Sie trug eine Brille, wahrscheinlich hatten die vielen Stunden vor dem Bildschirm ihren Tribut gefordert. Thor hatte gehört, dass sie nicht nur eine begnadete Hackerin, sondern auch Gamerin war.

»Franz ist gerade nicht bei euch, oder?«, fragte sie und inspizierte den Bildausschnitt, ob er sich vielleicht in einer dunklen Ecke versteckte.

»Nein, nur Thor und ich.«

Dann plauderten sie noch eine Weile über dies und das. Cornelia erzählte, dass sie vorhatte, vor dem Herbst nach Dimö zu kommen, um Franz zu besuchen.

»Ich hatte kein gutes Gefühl dabei, hinter seinem Rücken zu schnüffeln«, sagte sie.

»Das verstehe ich.« Julia nickte. »Er wird das nicht erfahren. Hast du etwas Interessantes herausgefunden?«

»Das müsst ihr entscheiden. Ihr wisst ja schon, dass dieser Valdemar Sporre auf Glimmingeholm wohnt und dass die Besitzer des Anwesens Justine und Carl-Fredrik Troelius sind, oder? Valdemar wurde mit siebzehn Jahren Vollwaise. Sein Vater, ein guter Freund von Carl-Fredriks Eltern, starb unerwartet an einem Herzinfarkt. Seine Mutter hatte die Familie verlassen, als er noch ein Baby war, und verschwand ins Ausland. Ihr Aufenthaltsort ist bis heute unbekannt. Also haben ihn Justine und Carl-Fredrik bei sich aufgenommen. Und für die beiden arbeitet er bis heute.«

»Wie lange ist das her?«, fragte Julia.

»Vierunddreißig Jahre. Valdemar ist jetzt einundfünfzig, so alt wie Franz. Das Interessante aber ist, dass er alles andere als ein Stalljunge ist. Ganz im Gegenteil, er ist in mehreren Clubs Mitglied, in denen sich sonst nur die Steinreichen aus Schonen herumtreiben. In Yachtclubs, Golfclubs und so weiter. Wenn man sich erst einmal für die Herrschaftsklasse des weißen Mannes der schonischen Oberschicht qualifiziert hat, umgibt man sich mit den Mächtigsten. Und Valdemar hat sich eindeutig qualifiziert. Allerdings ist seine Berufsbezeichnung etwas sonderbar: Assistent. Aber das kann ja alles Mögliche bedeuten.«

»Die Troelius' haben ihn eher wie einen Sohn behandelt«, sagte Julia.

»Ja genau, seit dem Tod seines Vaters lebt er auf Glimmingeholm«, bestätigte Cornelia. »Er ist noch nie woanders gemeldet gewesen. Das ist doch erstaunlich, oder?«

»Ja, das stimmt«, sagte Julia. »Vor allem für einen erwachsenen Mann. Er hätte doch längst ausziehen müssen. Obwohl, wer würde nicht gern in einem solchen Palast wohnen. Vielleicht hat er dort seinen eigenen Flügel stehen.«

Cornelia lachte.

»Trotzdem ist es doch so, als würde man auch mit fünfzig noch bei Mama und Papa wohnen, oder?«

»Ja, das klingt wirklich seltsam. Allerdings ist der Altersunterschied der drei nicht besonders groß. Die beiden sind doch höchstens zehn Jahre älter als er. Also keine klassische Eltern-Kind-Beziehung.«

Die Sonne fiel durch die offene Terrassentür und warf einen Streifen Licht auf den Boden, in dem Julia saß. In der einen Hand hielt sie das Telefon, mit der anderen wickelte sie sich eine Haarsträhne um den Finger. Das war eine unbewusste und für sie ganz typische Bewegung, wenn sie sich auf etwas konzentrierte.

»Ist er verheiratet, hat er Kinder?«, fragte Thor.

»Nein, weder noch«, antwortete Cornelia. »In den vergangenen Jahren hatte er eine Reihe von Freundinnen, alle zwischen zwanzig und dreißig Jahre alt. Mit anderen Worten, ein geiler alter Bock.«

»Du weißt ja gut über ihn Bescheid.« Julia lächelte ihr zu.

»Aber bisher nur, was sich an der Oberfläche befindet. Als Nächstes müsste man sich in seinen Rechner hacken, seine Mails checken, herausfinden, auf welchen Pornoseiten er surft, und seine Geldgeschäfte überprüfen.« Thor konnte förmlich hören, wie sie auf Touren kam. »Aber wenn ihr da wirklich weitergehen wollt, müsst ihr jemanden anderen damit beauftragen.«

»Hast du was im Strafregister gefunden?«, fragte Julia.

»Nicht das Geringste. Ein paar Knöllchen fürs Falschparken und eine Verwarnung für überhöhte Geschwindigkeit. Aber das war schon alles. Der ist auf jeden Fall kein Berufskrimineller.«

Das war eine große Erleichterung. In einem Augenblick des Entsetzens hatte sich Thor vorgestellt, dass Valdemar ein Mitglied der Mafia sein könnte und den Auftrag bekommen hatte, Franz und seine ganze Familie zu beseitigen.

»Vielleicht macht ihr da auch aus einer Mücke einen Elefanten«, wandte Cornelia zögernd ein. »Vielleicht ist er wirklich nur ein alter Freund von Franz, der ihn besuchen wollte?«

»Kann schon sein«, antwortete Thor. »Mein Vater hat selbst viel Zeit auf Glimmingeholm verbracht, als er in Lund zur Uni ging. Vielleicht ist es wirklich nicht mehr als das.«

Aber Thor hatte trotzdem seine Zweifel. Franz hatte wie eine Klapperschlange ausgesehen, die bereit zum Angriff war, als er Valdemar im Publikum entdeckt hatte. Außerdem erinnerte er sich an Valdemars Blick, als er in Franz' Büro stand. Böse. Wut. Als hätte er Thor für etwas verantwortlich gemacht. Offenbar hatte ihr kleiner, unerwünschter Besuch auf Glimmingeholm etwas in Bewegung gebracht. Auch der Blick, mit dem Justine ihn damals angesehen hatte, war eine Mischung aus Entsetzen und Verwunderung gewesen. Auf einmal begriff er, dass damit der erste Dominostein gefallen war.

Cornelia blinzelte hinter ihren Brillengläsern.

»Gibt es einen Grund, warum ihr Franz nicht persönlich danach fragt?«

»Wir haben es versucht, aber er hat sich etwas auffällig und mysteriös verhalten. Als hätte er ein Geheimnis«, sagte Julia.

»Okay«, sagte Cornelia sichtlich erleichtert. »Also, ihr müsst euch jetzt keine Sorgen mehr machen. Und bitte, Thor, kein Wort zu ihm über meine Aktivitäten.«

Thor nickte. Dann aber konnte er nicht an sich halten.

»Sag mal, stimmt es, dass dich mein Vater damals im Rollstuhl über die Insel geschoben hat?«

Cornelia lachte herzlich.

»Darauf kannst du Gift nehmen. Kein Hügel war ihm zu steil. Wir hatten richtig viel Spaß zusammen. Er ist einer der lustigsten Menschen, denen ich je begegnet bin.«

Das überraschte Thor nicht besonders. Er kannte seinen Vater. Wenn man sich im gleißenden Licht seiner Aufmerksamkeit befand, fühlte man sich gesehen und großartig.

»Dein Vater hat mir klargemacht, dass ich kämpfen muss, wenn ich wieder laufen lernen will. Und zwar hart kämpfen«, fügte Cornelia hinzu. »Deshalb möchte ich ihm gegenüber auch loyal bleiben.«

Thor und Julia verabschiedeten sich von Cornelia und saßen eine Weile schweigend und in Gedanken versunken nebeneinander. Julia starrte vor sich hin, während ihr Gehirn auf Hochtouren arbeitete, um die Zusammenhänge zu verstehen. Thor hatte ein Detail aufgeschnappt, das ihn unterbewusst weiterbeschäftigt hatte. Plötzlich erstarrte er. Sein Körper schien den Zusammenhang zu begreifen, bevor es auch seinem Kopf klar wurde. Er hörte es förmlich klicken. Valdemar war mit siebzehn Jahren Vollwaise geworden. Franz hatte in dem Alter ebenfalls seine Familie verloren, also kurz bevor er nach Lund gezogen war. Also gab es eine Verbindung, wenn auch nur eine sehr unbedeutende.

Kapitel 23

FRANZ

Auf dem Grundstück gibt es einen Hügel, von dem aus man aufs Meer schauen kann. Dort gehe ich hin, wenn ich eine Auszeit brauche, aber keine Zeit oder Lust auf einen Spaziergang habe. Heute ist es mild, zwanzig Grad warm. Die Luft ist frisch, der Wind gemäßigt. Die drückende Hitze ist inzwischen nicht mehr als eine ferne Erinnerung. Ich sollte die schöne Aussicht genießen, aber ich kann mich nicht entspannen. Innerlich fühle ich mich ganz zerrissen. Ein Teil von mir freut sich darüber, dass Thor und ich uns näherkommen. Aber der andere Teil ist in großem Aufruhr.

Ich habe Filip damit beauftragt, Valdemar zu beschatten, solange er sich auf Dimö aufhält. Filip ist Soldat und weiß genau, wie man so etwas diskret umsetzt. In der Zwischenzeit hackt sich mein IT-Spezialist Hampus in sämtliche seiner Konten. Mein Ziel ist es, etwas zu finden, womit ich ihn erpressen kann, damit er die Sache fallen lässt. Zwar habe ich alles unter Kontrolle, und trotzdem komme ich nicht zur Ruhe.

Mit den Jahren hat sich mein Blick auf die Ereignisse von damals verändert. Jetzt, im Nachhinein weiß ich, dass Justine Valdemar und mich nicht ausschließlich wegen unseres guten Aussehens und unseres scharfen Intellekts zu ihren Vertrauten gewählt hat. Wir hatten auch ähnliche

Voraussetzungen. Wir waren zu unstet, um uns fest zu binden, und waren aufgrund einer ähnlichen, tragischen Ausgangssituation durch keinerlei familiäre Verpflichtungen belastet. Wir waren ungebunden, immer verfügbar und hatten eine große Sehnsucht danach, Teil einer Gemeinschaft zu sein.

An meinem ersten Abend in Justines Atelier hatte sie ihn mir mit den Worten vorgestellt: »Valdemar ist meine rechte Hand, und ich habe vor, dich zu meiner linken zu machen, Franz.«

Für ein Atelier war der Raum eigentlich zu spärlich beleuchtet. Die Deckenlampe hing direkt über Valdemar und warf dunkle Schatten auf sein Gesicht, was ihm einen geradezu bedrohlichen Ausdruck verlieh. Alles an ihm schien dunkel zu sein. Seine Haare, die Augen, sogar die Wangen waren mit einem dunklen Dreitagebart bedeckt. Aber sein Händedruck wirkte fest und sein Lächeln echt.

Von Justine erfuhr ich alles über Valdemars Kindheit. Die Mutter hatte ihn als Säugling abgegeben, sein Vater war ein despotischer Tyrann und Säufer gewesen und hatte seinen Sohn vernachlässigt. Als er starb, hatte Valdemar nur noch seine Großeltern gehabt, die beide schon fast achtzig Jahre alt und nicht sonderlich begeistert von der Idee gewesen waren, sich um einen Teenager zu kümmern. Da sprangen Justine und Carl-Fredrik helfend ein, die immer große Stücke auf ihn gehalten hatten. Und Glimmingeholm wurde zu seinem neuen Zuhause. Dabei hatte ihr Lächeln geheimnisvoll gewirkt.

»Gemeinsam haben wir etwas Fantastisches auf die Beine gestellt.«

Sie zeigte auf das Foto von dem jungen Mann mit den Schlangen an der Wand.

»Sieh es dir ganz genau an, Franz! Wer würde sich ein solches Schmuckstück nicht gerne zu Hause aufhängen?«

Ich hatte längst begriffen, dass diese Aufnahme nur ein Teil von etwas Größerem war.

»Dieser Abzug ist der erste für eine Ausstellung, die ich konzipiert habe«, fuhr sie fort. »Wir laden die Söhne der schlimmsten Despoten ein. Die attraktivsten von ihnen. Und deine Rolle dabei soll die des Charmeurs sein, Franz. Du wirst dafür sorgen, dass sie sich wie zu Hause fühlen, und bietest ihnen Drinks an, die mit Schlafmittel versehen sind. Da dein Alkoholkonsum ja dem der Zeugen Jehovas entspricht, wirst du in deinem Glas nur Wasser haben.«

Sie machte eine lange Pause und legte ihren Arm um Valdemar.

»Valdemar wird für die Logistik zuständig sein, darin ist er ganz hervorragend. Kurz bevor sie ihr Bewusstsein verlieren, wird er sie in die Jagdhütte verfrachten. Dort dürfen sie dann ihren Rausch ausschlafen. Sobald sie tief und fest versunken sind, bringt ihr sie in die Kapelle, wo ich sie mit den Schlangen zusammen fotografiere. Und wenn ich fertig bin, bringt ihr sie wieder zurück. Sie werden nichts merken, und wenn sie aufwachen, wird es sein, als wäre nichts geschehen.«

Von dem Gedanken, in so etwas hineingezogen zu werden, wurde mir schwindelig. Ich fühlte mich seekrank.

»Das ist vollkommen absurd und außerdem illegal«, sagte ich.

Justine reagierte wie immer, nämlich vollkommen ungerührt. Als würde sie nichts und niemanden ernst nehmen können.

»Nichts ist illegal, solange man nicht dafür belangt wird. Und das werden wir nicht.«

»Und wie willst du erklären, dass deine jungen männlichen Gäste alle in der Jagdhütte eingeschlafen sind?«

»Kein Problem. Die jungen Leute von heute trinken doch immer viel zu viel. Deshalb bitten wir sie auch, sich aus Rücksicht auf die älteren Gäste in der Jagdhütte aufzuhalten«, sagte sie und zuckte mit den Schultern.

Obwohl es mir widerstrebte, bewunderte ich ihre freche, unkonventionelle Haltung.

»Stell dir Folgendes vor«, sagte sie. »Eine Ausstellung in einer der größten Kunsthallen von Schweden. Eingeladen sind die Jünglinge und ihre Eltern. Die Fotos sind aber verhüllt und werden erst auf der Vernissage enthüllt. Ich werde selbstverständlich nicht anwesend sein. Zu diesem Zeitpunkt sind Carl-Fredrik und ich schon längst außer Landes gereist und halten uns an einem bis dato noch unbekannten Ort auf, um dort ein neues Leben zu beginnen. Wir haben diese High Society so was von satt, das kann ich dir gar nicht sagen. Ihr beiden werdet für eure Einsätze natürlich fürstlich entlohnt.«

Da habe ich Valdemar einen Blick zugeworfen, aber seine Miene wirkte wie versteinert.

»Was soll der Sinn dieser Ausstellung sein?«, fragte ich Justine.

»Du findest die Aufnahmen doch auch schön?«

»Ja, schon.«

»Die Tatsache, dass die Männer ahnungslos und den Schlangen hilflos ausgeliefert sind, verstärkt den Genuss noch, oder?«

»Das erzeugt eine Gänsehaut. Aber die Fotos wären doch identisch, wenn sie freiwillig Modell gestanden hätten.«

»Franz, du verstehst das nicht«, seufzte sie. »Diese Fotos

sollen den Eltern der Männer eine unmissverständliche Botschaft mitteilen: Sie sollten sich niemals über andere stellen und sich nichts auf Titel oder geerbtes Geld einbilden. Denn das Schicksal kann dir im Handumdrehen deine Kostbarkeiten wegnehmen.«

Besonders diese letzten Worte trafen einen Nerv bei mir. Valdemar und ich waren beide von ihren steinreichen Vätern vernachlässigt worden. Als ich dann später bei ihm in Frankreich lebte, verachtete ich die Menschen, mit denen er sich umgab. Die Gäste, denen ich auf Glimmingeholm begegnete, waren nicht anders. Kein Wunder, dass sie auf den Dinnerpartys einschliefen. Innerlich waren sie hohl. Die meisten von ihnen waren in schwere Steuerhinterziehungen verwickelt. Nach diesen Veranstaltungen wurden kiloweise Gänseleber und Kaviar weggeworfen, in dem sie bloß herumgestochert hatten. Sie behandelten einfache Menschen wie Ungeziefer, verleumdeten sich gegenseitig und einer nahm dem anderen Aufträge weg. Lag es nicht auf der Hand, dass ihre Söhne auch so werden würden – oder sogar noch schlimmer? Und waren Justines Ideen da wirklich so verwerflich, wenn man das große Ganze betrachtete?

Valdemar, der bis dahin stumm dagestanden und Justine ehrfurchtsvoll angesehen hatte, räusperte sich.

»Das wird der Skandal des Jahrhunderts!«

Ich war erschüttert, wie ein so tiefer, männlicher Bariton vor fast kindlichem Eifer zittern konnte.

»Also, was sagst du dazu, Franz?«, fragte Justine.

Giftige Schlangen, Schlaftabletten, leblose Körper. Die Wahrscheinlichkeit, dass etwas schiefgehen würde, war viel zu groß. Trotz der großen Verlockung erschien mir das Risiko zu hoch. Meine Vernunft gewann die Oberhand.

»Ich kann da leider nicht mitmachen«, erklärte ich.

Justine bat Valdemar, uns allein zu lassen.

Wortlos verließ Valdemar den Raum. Justine nahm auf einer der Bänke Platz, die vor den leeren Wänden standen, und forderte mich auf, mich zu ihr zu setzen.

»Ich möchte dir etwas sehr Persönliches erzählen«, sagte sie. »Hör gut zu. Danach sollst du dich entscheiden, ob du mir helfen willst oder nicht. Aber zuerst werde ich dir eine Frage stellen. Darf ich?«

»Klar«, sagte ich zögernd.

»Was war das Erniedrigendste, was dir dein Vater jemals angetan hat?«

Augenblicklich tauchten vor meinem inneren Auge die Erinnerungen an die Folterungen im Keller auf. Darüber wollte ich zwar auf keinen Fall sprechen, aber Justines Blick und ihr unverhohlenes Interesse an mir sorgten dafür, dass die Worte nur so aus mir heraussprudelten.

»Ich war drei Jahre alt, als er mich im Keller einsperrte, mich fesselte und mir eine Wäscheklammer an meinen Penis klemmte«, sagte ich und spürte, wie meine Ohren heiß wurden.

Justine hob nicht einmal eine Augenbraue, sondern nickte nur nachdenklich. »Ich habe gespürt, dass du ein großes Trauma mit dir herumträgst. Weißt du, warum Eltern ihre Kinder solchen Grausamkeiten aussetzen?«

»Nein, das ist mir unerklärlich«, antwortete ich.

»Sie sind eifersüchtig. Sie sehen etwas in ihrem Kind, ein Potenzial, eine Begabung, ein inneres Licht oder einen Lebensfunken, irgendetwas, das ihnen fehlt. Diese Menschen erkennen in allen, die besser sind als sie, eine Bedrohung und leben in ständiger Angst, dass jemand sie übertreffen könnte.«

Damit hatte sie mein Interesse geweckt.

»Und jetzt erzähl ich dir was von mir«, verkündete sie.

Ihr Gesichtsausdruck veränderte sich, wurde ganz starr. Sie senkte die Stimme, obwohl außer uns niemand im Raum war. Und dann erzählte sie mir von ihren Eltern, die beide Akademiker und in der Ärzteschaft sehr respektiert waren. Ihre Mutter arbeitete als Psychiaterin, ihr Vater war Chirurg. Solange sie sich erinnern konnte, hatten sie sich ihr gegenüber distanziert verhalten. Sie hatten nie Kinder haben wollen, sie selbst war offenbar ein *Unfall* gewesen. So hatten sie hinter ihrem Rücken über sie gesprochen. Sie wurde von Kindermädchen aufgezogen und durfte abends ihr Zimmer nicht verlassen. Es gab weder Familienfeste noch gemeinsame Ausflüge. Wenn es einmal gut lief, aßen sie an ihrem Geburtstag zusammen Kuchen, aber die Feier war jedes Mal schnell wieder vorbei. Ihre Eltern betonten, dass sie zu beschäftigt seien, um ein normales Familienleben zu führen. Aber Justine wusste, dass sie einfach nur unfähig und unwillig waren, sie zu lieben. Vielleicht lag es daran, dass sie so anders war als ihre Eltern. Während diese emotional verschlossen waren und sich ausschließlich von ihrem Intellekt leiten ließen, war Justine gefühlsbetont, lebendig und spontan. Manchmal sahen sie ihre Tochter verwundert an, als wären sie fassungslos, dass sie ein so unbändiges Wesen gezeugt hatten.

Ihre Eltern waren nur an zwei Dingen interessiert, und Justine war keines davon. Das eine waren einmal ihre Karrieren, für die sie alles gaben. Und das andere waren die opulenten Gesellschaften und Dinner-Abende, die sie in ihrer großen Villa außerhalb von Malmö veranstalteten und zu denen sie die einflussreichsten Leute aus ganz Schonen einluden. Ihnen war es wichtig, sich als Teil der

Elite zu empfinden und sich im Glanz ihrer akademischen Taten zu sonnen.

Eine der goldenen Regeln dieser Veranstaltungen bestand darin, dass sie absolut kinderfrei waren. Deshalb wurde Justine in der Regel in ihr Zimmer geschickt. Aber ihre Neugier siegte fast jedes Mal. Auf der Treppe, die ins Wohnzimmer hinunterführte, gab es eine kleine Nische, in der sie sich verstecken konnte. Wenn sie sich nicht bewegte, war es möglich, von dort aus die Gäste zu beobachten und ihren Gesprächen zu lauschen. Die Gespräche interessierten sie zwar nicht besonders, aber sie fand es aufregend, als unerwünschter Gast den anderen nachzuspionieren.

Dann aber, eines Tages, das Abendessen an diesem Tag war ein besonders wichtiges, geschah das Unvermeidliche. Sie wollte ihre Position ein wenig verändern, es knackte und einer der Gäste entdeckte sie in der Nische. Freundlich, aber so laut, dass alle es hören konnten, rief er: »Hallo, meine Kleine, komm doch zu uns.« Justine ging also zögernd die Stufen hinunter. Sein Blick wanderte gierig über ihren Körper. Er streckte ihr seine Hand hin. Die war warm und verschwitzt, und als er fest zudrückte, reagierte sie trotzig. Sie riss ihre Hand aus seiner und streckte ihm die Zunge heraus. Dann passierte alles blitzschnell. Bevor sie es sich versah, hatte er sie gepackt und sich übers Knie gelegt. Er zog ihr Kleid hoch, riss ihren Schlüpfer nach unten und schlug ihr mit der flachen Hand auf die nackte Haut. Vor allen Anwesenden. Niemand sagte ein Wort. Sie saßen in fast ehrfurchtsvollem Schweigen da und sahen einfach nur zu. Justine gelang es, die Tränen zurückzuhalten. Sie zog sich wieder an und rannte die Treppe hinauf in ihr Zimmer. Aber vergessen hat sie diesen Zwischenfall sicher bis heute nicht.

»Ich war damals zwölf Jahre alt«, sagte sie. »Am Anfang der Pubertät, in dem Übergang vom Kind zur Frau. Die Demütigung, vor den Augen aller übers Knie gelegt zu werden, war riesengroß. Am liebsten wäre ich im Boden versunken. Die Scham verschlang mich förmlich. Aber am schlimmsten war, dass niemand etwas gesagt hatte. Auch meine Eltern nicht. Damit hatten sie mir gezeigt, was ich ihnen wert war. Mit dem Hintern in der Luft wurde ich zu einer lustigen Einlage auf einer langweiligen Dinnerparty. Das habe ich bis heute nicht überwunden. Ich kann es nach wie vor kaum ertragen, berührt zu werden … also, da unten.«

Justines Stimme hatte sich im Laufe ihrer Erzählung markant verändert, zu Beginn hatte sie noch beinahe leblos geklungen, am Ende sprühte sie aber förmlich vor Wut. Ich setzte mir die Puzzleteile, die sie mir gegeben hatte, zusammen. Eins nach dem anderen.

»Dieser Mann, der dir den Hintern versohlt hat … ist er der …?«

Ich sah auf das Foto an der Wand.

»Du meinst, ob er der Vater von Erik Oxenstierna ist? Ganz genau. Geschieht ihm recht, nicht wahr?«

»Du hast also vor, das mit allen zu machen, die an diesem Abend dabei gewesen sind?«

Justine schnitt eine Grimasse.

»Leider haben nur zwei von denen Söhne im richtigen Alter, und die sind mir nicht attraktiv genug«, sagte sie enttäuscht. »Mein Plan aber sieht etwas wesentlich Größeres vor, Franz. Mein Ziel ist es, den ekelhaftesten Vertretern der Oberschicht eine Lektion zu erteilen.«

»Und warum keinen Töchtern?«

»Das ist eher eine Geschmacksfrage. Schlangen sehen

auf einem jungen, männlichen Körper einfach besser aus, außerdem spricht mich der weibliche Körper nicht in demselben Maße an. Aber das hier ist *meine* Kunst, Franz, *mein* schöpferischer Ausdruck. Es geht also nicht ausschließlich um Rache.«

»Ich kann sehr gut verstehen, dass dich das Ereignis damals traumatisiert hat«, gab ich vorsichtig zurück. »Aber ist diese Reaktion nicht ein bisschen zu drastisch?«

Sie lachte trocken.

»Spürst du nicht auch manchmal diese unfassbare Langeweile, Franz? Kennst du dieses Gefühl, dass du gleich explodieren wirst, wenn nicht irgendetwas passiert? Dieses Projekt ist das Spannendste, was ich je in meinem Leben gemacht habe.«

»Natürlich verstehe und kenne ich das auch«, sagte ich. »Aber wie passt Carl-Fredrik da rein?«

Justine lächelte verstohlen.

»Es hat auch Vorteile, in den Adel hineinzuheiraten. Zum Glück verstehen Carl-Fredrik und ich uns so gut. Ihm gefällt es, nützliche Geschäftskontakte zu knüpfen, und dabei helfe ich ihm gern. Im Gegenzug unterstützt er mich und bestärkt mich darin, mich meiner Kunst zu widmen. Das ist ein äußerst effektives und praktisches Arrangement. Meine Eltern waren eine symbiotische Einheit, und als solche haben sie mich abgeschoben. Nur wenige Monate nachdem meine Mutter ihre Lungenkrebsdiagnose bekommen hatte, wurde bei meinem Vater ein Hirntumor entdeckt. Beide waren erst knapp über fünfzig, aber keiner von ihnen hat versucht, die Krankheit auch nur um meinetwillen zu bekämpfen. Dass ich allein zurückbleibe, war ihnen offenbar egal. Sie starben wenigen Wochen nacheinander. Carl-Fredrik und ich sind da ganz anders.«

Ich hatte keine weiteren Fragen an sie, aber ihre Worte hatten dennoch etwas in mir berührt. Wir schienen uns in vielerlei Hinsicht überraschend ähnlich zu sein. Wir wurden beide als Kinder mit Gewalt und Vernachlässigung konfrontiert, waren aber doch in der Lage, daraus Kraft zu generieren und aus dem Hass einen Antrieb zu erzeugen. Bei alledem wirkte sie vollkommen ruhig und besonnen. Sie hatte die Maske fallen lassen. Es fühlte sich eher so an, als stünden wir beide kurz vor einem Geschäftsabschluss.

»Wann fangen wir an?« Die Worte klangen klar und entschlossen. Und sie kamen aus meinem Mund. Meine Stimme war überraschend fest und sicher.

»Jetzt im Frühling ist es abends länger hell«, sagte sie. »Das ist zu riskant. Außerdem ist das Mondlicht auf dem Altar in der Kapelle am schönsten, wenn es durch das Herbstlaub fällt. Also fangen wir im September an. Jedes Wochenende eine Fotosession.«

»Ich werde aber niemandem Drinks mit Schlafmitteln geben«, sagte ich.

Justine runzelte die Stirn.

»Jetzt, wo du das sagst, wird mir klar, dass ich das nicht ganz bis zu Ende gedacht habe. Wir müssen in der Tat dafür sorgen, dass du nicht verdächtig werden kannst, weil du eine öffentliche Person sein wirst. Die Drinks werden von Valdemar gemischt und von einem Kellner serviert.«

»Also, unter den Umständen …«, erwiderte ich.

Justine rutschte näher.

»Wie gesagt, du wirst fürstlich entlohnt.«

»Ich brauche kein Geld.«

»Hast du den Eindruck, dass ich dein Schweigen erkaufen will?«

Ich hatte mich eigentlich schon dafür entschieden, wollte

jetzt aber dafür sorgen, dass für mich so viel wie möglich dabei heraussprang.

»Ich will damit nur sagen, dass dazu mehr nötig wäre als das.«

Justine lächelte geheimnisvoll.

»Du wirst im Gegenzug etwas sehr Wertvolles von mir erhalten. Sieh zu, dass du deine Prüfungen bis zum Sommer abgelegt hast, Franz. Ich habe ein besonderes Sommerlager für dich geplant.«

»Sommerlager?«, wiederhole ich misstrauisch.

»Wir können es auch eine Lern- und Einführungsphase nennen. Die Stinkreichen langweilen sich doch in ihren Sommerferien zu Tode und lieben darum Geheimnisse. Wenn der Sommer vorbei ist, wirst du als neue Kultikone dastehen.«

Kapitel 24

Hinter mir höre ich Schritte und weiß sofort, dass es Maria ist. Sie hat es sich in letzter Zeit angewöhnt, unangekündigt aufzutauchen, sobald sie Lust dazu hat. Immer im Gepäck: eine gute Ausrede. Wenn ich sie anblaffe, dass ich beschäftigt bin, pariert sie: »Ich bin auch nicht deinetwegen gekommen, ich habe eine Verabredung mit deinen Mitarbeitern.« Sie verbringt ganze Stunden mit ihnen. Im Gewächshaus, auf dem Feld, in der Küche, im Personalbüro, und sie interessiert sich für die kleinsten Details ihrer Arbeitsaufgaben. Ich habe sie vom Fenster meines Büros aus beobachtet, wie sie neben meinem Gärtner in den Beeten kniet. Ein anderes Mal bin ich ihr in der Küche begegnet, wo sie gerade zusammen mit meinem Koch für das gesamte Personal Essen zubereitet hat. Zu Weihnachten besorgte sie für alle Angestellten von ViaTerra Geschenke. Alle hier lieben sie – Maria ist wie die Sonne. Offenbar strahlt sie eine Wärme aus, die ich selbst so nicht aufbringen kann. Deshalb lasse ich sie ruhig gewähren. Aber ich kann nicht leugnen, dass mich ihr Verhalten auch amüsiert. Jedes Mal, wenn ich versuche, sie in ihre Schranken zu weisen, eine Distanz zwischen uns herzustellen, entgleitet sie mir. Sie weht genauso durch mein Leben wie die Schatten, die über die Moorheide huschen.

Wenn mir vor zehn Jahren jemand gesagt hätte, dass ich eines Tages eine Beziehung mit einer gleichaltrigen

Frau – einer ehemaligen Schulkameradin – haben würde, hätte ich diese Person ausgelacht. Damals waren meine Sexualpartnerinnen regelmäßig Frauen mit Modelmaßen und mindestens zehn Jahre jünger als ich. Heute ist der Gedanke daran, so jemanden aufzureißen, ungefähr so erregend wie Salzkartoffeln. Maria fragte mich vor einiger Zeit, ob ich an einem Dreier Interesse hätte, um ein bisschen Abwechslung in unser Sexleben zu bringen. Das habe ich vehement abgelehnt. Bei der Vorstellung, sie mit jemandem teilen zu müssen, stieg augenblicklich etwas Dunkles, Böses in mir hoch. Vor etwa einem Jahr bin ich aufs Festland gefahren und hatte einen One-Night-Stand. Aber ich bereute es sofort und fuhr direkt mit der nächsten Fähre wieder zurück. Es war schrecklich deprimierend und fühlte sich so oberflächlich und erbärmlich an. Ganz offensichtlich war mein Körper auf Maria angewiesen. Sie hat mich von meinen Berührungsphobien geheilt, und ich kann tatsächlich nicht leugnen, dass ich den Sex mit ihr ausgesprochen genieße. Wenn sie sich auf dem Anwesen aufhält, erregt mich das so sehr, dass ich mich auf nichts anderes konzentrieren kann. Das endet dann immer damit, dass ich sie bitte, in meine Suite zu kommen. Und dort geht es wieder von vorne los. Das ist ein Spiel, das wir mittlerweile schon seit drei Jahren spielen und das sonderbarerweise auch nichts von seinem Reiz verloren hat. Ich hoffe nur, dass ich da nicht in irgendetwas hineingestolpert bin.

Ich drehe mich um, sie steht vor mir. Heute trägt sie ihr Haar ungewöhnlicherweise hochgesteckt. Aber eine Haarsträhne hat sich gelöst und tanzt auf ihrer Wange. Normalerweise kann ihr Lächeln Eisberge schmelzen lassen, aber heute lächelt sie nicht. Im Gegenteil, ihr scheint es genauso schlecht zu gehen wie mir.

Ich seufze dramatisch.

»Ist es dir nicht in den Sinn gekommen, dass ich mich hierher zurückgezogen habe, um meine Ruhe zu haben?«

Sie geht auf meinen Vorwurf gar nicht ein, ihre Stimme klingt so heiser, als wäre sie nervös.

»Nach dem hundertsten Anruf, den du abgewiesen hast, habe ich mir Sorgen gemacht. Was war denn los?«

Ich unterdrücke ein Stöhnen.

»Kein Grund zur Sorge.«

»Aber ich kann dir doch ansehen, dass dich etwas belastet.«

»Hör jetzt auf.«

Wortlos schlingt sie ihre Arme um mich und drückt sich an mich. Ich bin steif wie ein Stock, habe die Hände zu Fäusten geballt, spüre die Verspannung in Kiefer und Schultern.

»Uns könnte jemand beobachten«, sage ich. Meine Stimme ist so tief, dass sie sich fast wie ein Knurren anhört.

Maria und ich haben ein paar Regeln, die nicht verhandelbar sind: Keine Zärtlichkeiten in der Öffentlichkeit. Keine Umarmungen oder Küsse, wenn uns Leute dabei beobachten können. Und sie darf sich bei Veranstaltungen auf keinen Fall bei mir einhaken. *Da* sind wir noch lange nicht. Sie hat mich im Schlafzimmer schon so gründlich besiegt, das muss vorerst reichen.

Aber heute ist alles anders als sonst. Ich sehe mich prüfend um, dann lege ich meinen Arm um sie. Eng umschlungen stehen wir eine Weile da. Dann hebt Maria ihren Kopf und sieht mich an.

»Wie oft habe ich dir geholfen, weil du in der Klemme gesessen hast, Franz?«

»Viel zu oft.«

Ich schiebe sie von mir weg, mir ist eine Idee gekommen.

»Aber es gibt tatsächlich eine Sache, bei der du mir helfen könntest.«

Wir gehen auf das Herrenhaus zu.

»Du kennst dich doch bestimmt gut in der Immobilien- und Maklerbranche aus, oder?«

»Mein Netzwerk habe ich jedenfalls bis zur Perfektion ausgebaut.«

»Kannst du herausfinden, ob eine ganz bestimmte Immobilie zum Verkauf angeboten wird?«

»Bestimmt.«

Ich erhöhe mein Tempo, sie hat Schwierigkeiten, mit mir Schritt zu halten. Sie ist angezogen, als würde sie den Tag im Büro verbringen. Kurzes Kleid und hohe Schuhe. Plötzlich bleibt sie im Rasen stecken. Sie zieht ihren Fuß hoch und tut, als wäre nichts geschehen.

»Um welches Grundstück geht es denn?«, fragt sie etwas außer Atem.

»Glimmingeholm, ein Anwesen unten in Schonen.«

Sie pfeift anerkennend.

»Das kenne ich. Der feuchte Traum eines jeden Immobilienmaklers. Meiner Einschätzung nach dürfte das über hundert Millionen Kronen kosten.«

Das sollte für ein Luxusleben an einem geheimen Ort irgendwo auf der Welt reichen.

»Was genau soll ich denn herausfinden?«, fragt sie.

»Du sollst in Erfahrung bringen, ob es Pläne gibt, das Anwesen zu verkaufen.«

»Und wenn es tatsächlich zum Verkauf steht, hast du dann vor, ein Gebot abzugeben?«

»Auf keinen Fall.«

»Warum interessiert dich das dann?«

»Das kann ich dir leider nicht sagen.«

Ausnahmsweise bohrt sie nicht weiter.

»Okay, ich mache es. Aber dann musst du jetzt aufhören, dich so dramatisch zu benehmen.«

Und wie von Geisterhand fühlt sich alles wieder ganz normal an. Mit Hampus, Filip und Maria an meiner Seite habe ich schon bedeutend schlimmere Stürme überstanden. Ich bleibe ganz plötzlich stehen.

»Dramatisch ist hier nur eine Sache, dass nämlich mein Bett leer ist.«

Endlich schenkt sie mir ihr Lächeln. Einer ihrer Schneidezähne ist schief, was ich besonders sexy finde. Ich will ihr am liebsten auf der Stelle die Kleider vom Leib reißen. Es kribbelt im ganzen Körper.

»Komm, dann lass uns was dagegen tun«, sagt sie.

Nach dem Sex sind wir meistens so erschöpft, dass wir danach einschlafen. Auch heute gibt es keine Ausnahme von dieser Regel. Ich werde von den Sonnenstrahlen geweckt, die aufs Bett fallen. Maria sieht wunderschön aus, wenn sie schläft. Sie hat einen An-und-Aus-Schalter und kann innerhalb von Sekunden von energisch zu entspannt wechseln.

Die Sonne erinnert mich daran, dass ich den schönen Sommertag genießen sollte. Das geht immer so schnell hier. Ehe man es sich versieht, ziehen die ersten Herbststürme über die Insel und dann wird man schon von dichtem Nebel verschluckt. Dimö verfällt während der feuchten und eiskalten Monate in einen Winterschlaf. In einem Jahr war der Nebel so dicht und ungemütlich, dass die Inselbewohner bis in den Frühling hinein gehustet haben. Unweigerlich denke ich aber gleich an einen anderen Sommer, den auf Glimmingeholm. Das war der eine, der alles veränderte. Das war der Sommer, in dem ich zu einer Person des öffentlichen Lebens wurde.

Glimmingeholm ist ein Ort, der schon viel gesehen und erlebt hat. Unerwartete Todesnachrichten. Liebeserklärungen. Nächtliche, geflüsterte Geheimnisse. Tragische Unfälle. Das alles hatten die Wände des Hauses gespeichert, bis in alle Ewigkeit bewahrt. Ich kenne keinen anderen Ort auf der Welt, an dem die unterschiedlichen Jahreszeiten auf diese einzigartige Weise eingefangen werden. Auf den zugigen Korridoren und Wendeltreppen spürt man jede Veränderung – die schwere Feuchtigkeit in den Wintermonaten und den sonnenwarmen Staub, wenn die Hitze drückt. Das Mondlicht in einer eiskalten Winternacht verwandelt den Fußboden in flüssiges Silber. Das wehmütige, orangefarbene Herbstlicht schimmert wie Gold auf allen Oberflächen. Die Möbel bekommen in der Oktobersonne eine dünne Staubschicht, während das letzte Tageslicht auf den Treppengeländern und Fensterrahmen wie eine Berührung verharrt, bevor die Nacht die großen Säle füllt. In milden Sommernächten strömt der zarte Duft der Kletterrosen durch die offenen Fenster. Im Frühjahr dringt der Geruch von frischem Grün, das über Nacht gewachsen ist, durch die Terrassentüren. Im Mai schmiegt sich der Blauregen an die großen Fenster im Ballsaal, weht im Wind und wirft Schatten auf Boden und Wände. Und sofort bin ich wieder dort. Lasse mich von den wogenden Schatten davontragen, die zufällig und ungeordnet auf meine Erinnerungen treffen.

Jetzt im Nachhinein habe ich den Eindruck, dass das Haus die nahende Katastrophe schon geahnt hat. Der magische Glanz des Ortes, die süßen Nächte und berauschenden Düfte waren die ganze Zeit über von Vorboten begleitet. Von dem, was kommen würde. Ich habe Schwingungen wahrgenommen, als würde sich der Raum verzerren und die Schatten in den Ecken ihr Eigenleben führen. Als atmete das Haus, bevor sich die Nacht herniedersenkte. Es weitete sich und zog sich wieder zusammen, als würde es mich warnen und auf diesem Weg davonjagen wollen. Aber da war ich bereits viel zu sehr von meiner zukünftigen Rolle als spiritueller Führer eingenommen.

Ich hatte einen Lieblingsraum auf Glimmingeholm. Es war nicht der größte oder der beeindruckendste, aber der mit dem schönsten Licht in den Sommermonaten. Fast bleich und schimmernd fiel es durch die Rhododendronbüsche und Kletterrosen vor den Fenstern und bildete Lichtpfützen auf dem Boden. Wenn man zu einer bestimmten Uhrzeit am Fenster stand, leuchtete man. Als mich Justine fragte, in welchem Raum meine Vorträge stattfinden sollten, musste ich keine Sekunde darüber nachdenken.

Sie runzelte die Stirn.

»Warum ausgerechnet dort?«

»Minimalistische Eleganz und perfekte Lichtverhältnisse.«

»Ich unterschätze dich immer wieder, Franz«, lächelte sie verschmitzt.

Anfänglich fragte ich sie um Rat, worüber ich sprechen sollte.

»Über all das, was du auch mir erzählt hast«, sagte sie. »Wie du als Kind vernachlässigt wurdest. Deine Jagd nach der Wahrheit. Der Weg, der sich dir auftat, als du dich auf die Suche nach deiner Spiritualität gemacht hast. Wir brauchen einen Namen … was hältst du von *Weg der Erde*? Du bist doch ein so großer Naturliebhaber. Allerdings ist nichts davon so wichtig wie deine Bühnenpräsenz. Daran müssen wir zuerst feilen. Mit einer großen Portion Charisma lassen sich die Menschen dazu bringen, alles zu glauben.«

»Was ist dabei eigentlich für dich drin?«, fragte ich.

»Du besorgst uns Verbündete. Reiche Leute folgen ihren spirituellen Führern gerne blind. Und ich werde immer diejenige sein, die dich entdeckt hat.«

Ehe ich auf ein richtiges Publikum losgelassen wurde, musste ich vor Justine, Carl-Fredrik und Valdemar bestehen. Und das dauerte lange. Sie bombardierten mich mit komplizierten Fragen und kommentierten alles, was ich sagte. Wie ich einen Raum betrat, meine Handbewegungen. Fehlender Augenkontakt mit den Zuhörenden. Meine Aussprache. Wiederholungen und Zögern. Beim kleinsten *ähm* wurde ich schon angegriffen. Ab und zu warf Justine aufmunternde Anmerkungen ein: *Sexy Hüftschwung, Franz.* Oder: *Willst du mich mit deinem Blick bei lebendigem Leib verschlingen?* Ziel war es, mich in Form zu bringen. Sie schärfte mir ein, erst zu sprechen, wenn ich sicher war, dass mir das Publikum auch zuhörte. Selbst wenn das bedeutete, dass ich minutenlang schweigen musste. Schweigen erzeugt Erwartungen. Und wenn ich dann sprach, musste jede Formulierung sitzen und sorgfältig betont werden.

Das Training lohnte sich.

Justine setzte alle Hebel in Bewegung, um das geeignete Publikum anzulocken – eine kleine, ausgewählte Gruppe der Elite, mit einem Hang zu Klatsch und Tratsch.

Am Tag meines ersten Vortrags war ich mir meiner Fähigkeiten vollends bewusst und mit jeder Person im Raum tief verbunden. Wie ein Sportler, der sein ganzes Leben auf diesen einen Tag hingearbeitet hat, passte alles, und ich konnte tatsächlich mein volles Potenzial entfalten. Die Abendsonne wärmte meinen Rücken, und ich erkannte, dass ich meine Bestimmung gefunden hatte. In meiner DNA war die Fähigkeit angelegt, andere Menschen zu führen.

Obwohl ich auf Glimmingeholm war, hatte ich Dimö nie ganz verlassen. In mir loderte eine diffuse Sehnsucht nach der Insel meiner Kindheit. Und nach dem ersten Vortrag verstärkte sich dieses Gefühl noch, es folgte ein fast qualvolles Heimweh. Deshalb entschied ich mich, ins Herrenhaus auf Dimö zurückzukehren und dort etwas Großartiges zu erschaffen.

Kapitel 25

THOR

Sie segelten den ganzen Tag lang. Zuerst drehten sie eine Runde um Dimö, dann legten sie für ein Picknick an einem der flachen Felsen im Meer an, sonnten sich und sprangen ins Wasser. Der Himmel war voller kleiner Wolken, als hätte der Wind sie wie Sahne aufgeschlagen. Als sie gegen Abend wieder in den Hafen von Dimö fuhren, hatte der Wind nachgelassen. Die Insel war zu dieser Jahreszeit immer ausgezeichnet besucht, man hatte für die Sommermonate sogar zwei zusätzliche Fähren eingesetzt, um den Andrang zu bewältigen. Die frische Meeresluft mischte sich mit dem Geruch von Sonnencreme und Gegrilltem. Die Menschen saßen auf ihren Booten und feierten den Sommer oder drängelten sich an den Abenden auf dem kleinen Dorfplatz. Julia schlug vor, im Fischrestaurant essen zu gehen, aber die lange Schlange schreckte sie doch ab. Thor machte einen Gegenvorschlag: In der Küche auf Via-Terra den Kühlschrank zu plündern.

Sie liefen los. Sie schwiegen. Das war ein angenehmes Schweigen, wie zwischen zwei Menschen, die nicht reden müssen, um sich verbunden zu fühlen. Thors Gesicht spannte, und seine Lippen schmeckten nach Salz. Er hatte die Befürchtung, sich einen Sonnenbrand geholt zu haben und eine Unmenge von Sommersprossen dazu. Julia hatte einen schönen Teint bekommen. Er sah sie von der Seite an. Das weiche Abendlicht umspielte ihr Haar, und sie hatte einen verträumten Blick. Wie ähnlich sie ihrer Mutter war. Auf einmal überkamen ihn Erinnerungen. Thor mochte Sofia sehr gern. Damals war sie Mitglied in Franz' Sekte gewesen, doch dann war ihr die Flucht gelungen, und heute betrieb sie eine Zufluchtsstätte für Sektenaussteiger. Julias Mutter hatte ihm nach dem Tod seines Bruders Vic und nach Franz' Schlaganfall sehr geholfen. Ganz anders als einige andere, die sich zunächst noch übertrieben empathisch verhalten, ihn in Wirklichkeit aber genauestens beäugt und mit ihren kritischen Blicken schließlich angedeutet hatten, dass Thor Vic verraten hätte, weil er nicht vollkommen zusammengebrochen war. Noch lange nach dem Unfall hatte er mit einer schrecklichen inneren Leere zu kämpfen gehabt. Das Mitgefühl der anderen löste damals klaustrophobische Anfälle aus. Andauernd versuchte er eine Miene aufzusetzen, die für jemanden, dessen Zwillingsbruder unabsichtlich vom eigenen Vater umgebracht wurde, angemessen war. Aber sie wirkte nur steif und unnatürlich. Von Versöhnung und Akzeptanz wurde gesprochen, aber Thor hatte seinen Bruder nicht lange genug gekannt, um solche Gefühle zu entwickeln. Vic hatte das typische Verhalten eines Alpha-Mannes von Franz geerbt. Er war der Thronfolger, wahrlich der Sohn seines Vaters, sowohl in der Art als auch im Aussehen. Vic besaß zwar nicht die Fähigkeit, eine einstudierte Weichheit an den Tag zu legen, dafür war er aber imstande, andere zu beherrschen. Und für einen Teenager war er bereits erschreckend gut entwickelt. Um jemanden zu erniedrigen und ihn für nichtig zu erklären. Die beiden verband eine Art Hassliebe.

Nach der Tragödie halfen ihm Sofia und Julia mit praktischen Dingen, bei der Schulanmeldung oder in Kleidungsfragen (in der Sekte hatten sie nur Schuluniformen getragen). Es waren diese undramatischen Aufgaben, die ihn erkennen ließen, wie sehr er sich auf seinen Vater verlassen hatte. Sofia begegnete ihm keineswegs mit einem Übermaß an Mitgefühl. Stattdessen sagte sie: *So, jetzt bekommen wir dein Leben in den Griff.* Alles ganz ruhig und sachlich und immer mit einem Lächeln, das ihm deutlich machte, dass er viel mehr bewältigen konnte, als er dachte. Und das war gut so, denn die Welt dort draußen kam ihm äußerst kompliziert vor, und er fragte sich oft, ob er überhaupt jemals dazugehören würde. Aber am Ende hatte sich dann alles gefügt. Es dauerte jedoch lange, bis die innere Leere verschwand und ihm das Ausmaß der Tragödie bewusst wurde. Dann überkamen ihn Trauer, Sehnsucht, Schuldgefühle und Selbstvorwürfe. Und über allem hingen Fragen. Was in der Schule auf ViaTerra wirklich passiert war. Und: *Warum seid ihr nicht einfach abgehauen?* Tatsächlich war das nicht so einfach zu beantworten. Er hatte seine Schulkameraden gemocht. Außerdem war ViaTerra immer sein Zuhause gewesen, sein einziges. Es war nicht so schrecklich gewesen, wie es in den Medien dargestellt wurde. Er fragte sich, ob er den richtigen Moment verpasst hatte, in dem er hätte handeln müssen. Aber die Bilder verschwammen, wurden eins, und die glücklichen und schrecklichen Erinnerungen lösten sich ab. Als Kind besteht das Leben aus kurzen, intensiven Erlebnissen, die nicht miteinander zusammenzuhängen scheinen. Erst später, mit zunehmendem Alter, lassen sie sich verbinden. Der Verlust seines Bruders holte ihn eines Tages ein, aber da hatte er, dank Sofia, Julia und seiner Großmutter, bereits eine alltägliche Routine entwickelt und konnte viel besser damit umgehen.

Julia beschäftigte etwas, das war ihr anzusehen. Sie hatten den ganzen Tag mit keinem Wort Valdemar Sporre erwähnt, aber irgendwas ging ihr durch den Kopf. Sie öffnete den Mund, um etwas zu sagen, schloss ihn aber gleich wieder.

»Komm, sag es«, forderte er sie auf.

»Ich habe das Gefühl, dass wir mit unserem Besuch auf Glimmingeholm tatsächlich etwas ausgelöst haben«, sagte sie.

»Mir geht es ganz genauso«, sagte er.

»Und ich finde es verdächtig und unheimlich, dass Valdemar hier einfach so auftaucht. Franz hat erzählt, dass sie damals nur Partys gefeiert haben und nichts weiter passiert wäre, stimmt's?«

»Ganz genau. Warum?«

»Ich bin mir ziemlich sicher, dass er nicht die Wahrheit sagt.«

Thor spürte, wie ihn die Energie verließ, die er im Laufe des Tages getankt hatte. Sie würde ihn überreden, tiefer zu graben, sie hatte eine unwiderstehliche Überzeugungskraft.

»Ich mag meinen Vater nicht weiter unter Druck setzen«, sagte er. Es gelang ihm nicht, seine Wut zu verbergen.

»Das musst du auch gar nicht. Valdemar ist doch noch auf Dimö, oder? Wollen wir zu ihm gehen und einfach mal unverbindlich mit ihm reden? Nur Small Talk. Vielleicht verrät er uns ja etwas.«

Julia hatte recht. Valdemar war auf jeden Fall ein Faden, nach dem er greifen konnte. Vielleicht würde er so mehr über die Phase im Leben seines Vaters erfahren, die ihm nach wie vor ein Rätsel war.

»Ich wette, er ist grad im Speisesaal«, sagte sie und sah

auf ihre Uhr. »Franz hat seinen Vortrag beendet, danach stehen doch alle noch zusammen und unterhalten sich.«

»Woher weißt du das?«

»Ich bin heute Morgen Elyssa begegnet und habe sie gefragt, wie das so abläuft.«

Innerlich hatte er schon längst kapituliert.

»Meinetwegen. Dann gehen wir jetzt dahin. Essen müssen wir schließlich auch.«

Es war nicht mehr weit. Die Dunkelheit hatte sich schon über die Pflanzen am Boden gesenkt, aber der Himmel war noch hell. Aus dem Wald stieg der erste Nebel auf, und auf den Gräsern lag Tau. Es war vollkommen still, nur ihre Schritte auf dem Kiesweg waren zu hören. Die Vögel hatten aufgehört zu singen, die Natur verriet sich nicht durch ein einziges Lebenszeichen. Thor liebte diese lauen Sommerabende, weil diese Momente der völligen Stille unendlich schienen, obwohl das Leben so kurz war.

Als sie ViaTerra durch die Pforte betraten, wurde die Stille vom Gelächter, das aus dem Speisesaal kam, durchbrochen. An die vierzig Gäste aßen Häppchen und tranken Wein. Im Hintergrund lief gedämpfte Musik, man konnte sich angenehm unterhalten. Die Stimmung verriet, dass der Vortrag dem Publikum gefallen hatte. Aber Thor konnte Franz nirgendwo sehen. Dafür entdeckte er Valdemar. Er stand mit einer jungen Frau in einem weißen Kleid zusammen, die so braun gebrannt war, dass ihr Lächeln im wahrsten Sinne des Wortes blendete. Mit einer Kopfbewegung deutete Thor für Julia auf die beiden.

Plötzlich drehte sich Valdemar zu ihnen um und starrte Julia an, die seinem Blick ungeniert und mit unverhohlener Neugierde standhielt. Er sah zu Thor hinüber, stellte sein

Weinglas ab, flüsterte der Frau etwas ins Ohr und kam auf sie zu. Thor hätte den unsympathischen Mann, dem er im Büro seines Vaters begegnet war, kaum wiedererkannt. Dieser hier strahlte sie aus lebhaften und freundlichen Augen an und freute sich aufrichtig, sie zu sehen.

»Ich fahre bald wieder ab, darum möchte ich mich schon einmal bei euch verabschieden«, sagte er mit warmer Stimme.

Valdemars Ausstrahlung löste in Thor das Gefühl von Unbeholfenheit aus. Er wusste nicht, was er darauf erwidern sollte. Aber wie so oft hatte Julia keine Probleme damit.

»Ich bin Julia, die Freundin von Thor«, sagte sie und streckte ihm die Hand hin. »Wir finden es so aufregend, jemanden aus Franz' Vergangenheit kennenzulernen. Sie sind mit ihm zur Uni gegangen?«

Sie klang so energisch, dass Thor ein Lachen unterdrücken musste. Valdemar erwiderte den Händedruck und musterte Julia amüsiert.

»Ich bin ein Jahr vor Franz von der Uni abgegangen, aber wir waren gute Freunde.«

Sie hatten also beide ihr Studium abgebrochen. Aber ganz bestimmt nicht aus denselben Gründen. Der Mann vor ihnen hatte keine besonders religiöse oder spirituelle Ausstrahlung, aber dumm wirkte er auch nicht. Eher zielstrebig, so wie ein Mensch, der das auch umsetzte, was er sich vorgenommen hatte.

»Dann haben Sie sich auf Glimmingeholm kennengelernt?«, fragte Thor.

Valdemar blinzelte.

»Ja, über gemeinsame Freunde.«

»Hatten Sie denn seitdem noch Kontakt zu Franz?«, fragte Julia.

Valdemars Gesichtsausdruck, der ein Ausbund an Freundlichkeit gewesen war, wechselte jetzt schlagartig.

»Nicht oft. Nur ab und zu. Hier und da mal eine Mail«, antwortete er zurückhaltend. Schnell wechselte er das Thema. »Ich habe gehört, dass ihr hier Ferien macht und hinten im Gästehäuschen wohnt?«

Thor fragte sich, wer ihm das berichtet haben mochte.

»Stimmt. Können Sie uns nicht bitte eine lustige Geschichte von früher erzählen?«, bettelte Julia und lächelte ihn an. »War er wirklich so unordentlich, wie er immer behauptet?«

Valdemar lachte, aber es klang künstlich.

»Das wollt ihr gar nicht wissen, glaubt mir. Franz würde mir das nie verzeihen. Aber er ist kein Heiliger gewesen, den Rest könnt ihr euch dazu reimen.«

Julia unternahm einen zweiten Versuch.

»Waren Sie auf Glimmingeholm denn wirklich so eine Art Gang?«

Valdemar setzte ein Lächeln auf.

»Nicht im üblichen Wortsinn, nein«, sagte er. Dann wandte er sich an Thor. »Du siehst deinem Vater so unfassbar ähnlich.«

Und wieder einmal hatte sich das Gespräch von seinem ursprünglichen Ausgangspunkt entfernt. Thor wusste, dass Valdemar damit ein Ziel verfolgte. Je geschickter er ihren Fragen auswich, desto mehr stellten sie und signalisierten ihm dadurch, dass sie neugierig waren und auch weiterschnüffeln wollten. Valdemar würde ihnen niemals eine ehrliche Antwort geben. Er spielte ein Spiel und beabsichtigte, ihnen damit auf den Zahn zu fühlen. Im Gegensatz zu ihnen aber kannte er die Spielregeln und gestaltete das Spiel erbarmungslos. Auch sein Gesichtsausdruck, der ihnen den Eindruck vermittelte, sie wären einer Sache auf der Spur – das war alles nichts als ein Schauspiel.

Thor legte Julia eine Hand auf den Arm, das war ihr Signal, sich zurückzuziehen.

»Dann wollen wir Sie auch nicht länger aufhalten«, sagte er.

»Eine letzte Frage hätte ich aber noch«, sagte Julia. »Sie haben doch, wie Franz auch, ziemlich viel Zeit auf Glimmingeholm verbracht. Gab es etwas Besonderes, was sie dorthin gelockt hat?«

Valdemar kniff die Augen zusammen und wartete ein paar Sekunden, bis er antwortete.

»Meine Liebe. Das ist dreißig Jahre her. Ich kann mich jetzt wirklich nicht mehr daran erinnern, was mich dort hingelockt hat.«

Aber Julia wollte noch nicht lockerlassen.

»Wir möchten uns einfach nur ein Bild von Franz machen, als er jünger war.«

»Da kann ich euch leider nicht behilflich sein. Franz ist Franz. So wie er heute ist, so war er auch damals. Jetzt müsst ihr mich entschuldigen, da wartet jemand auf mich. Ich wünsche euch noch einen schönen Urlaub.«

Er verbeugte sich und ging zurück zu seiner Gesprächspartnerin ganz in Weiß. Thor zog Julia in eine Ecke des Saals und weihte sie in seine Erkenntnis ein, dass Valdemar sie nur hatte überprüfen wollen. Sie würden ganz sicher nichts Vernünftiges aus ihm herausbekommen.

»Das ist doch verrückt«, erwiderte Julia. »Damals muss was passiert sein, und ich werde herausfinden, was das war.«

»Nein, das musst du nicht. Lass es einfach. Wenigstens heute Abend. Es ist spät, ich bin tierisch hungrig und müde.«

Er konnte nicht klar denken, wenn er Hunger hatte. Sein Magen knurrte, und ihm war schwindelig. Außerdem fing das Gemurmel der Leute an, ihm auf die Nerven zu gehen. Wenn er nicht bald etwas zu essen bekam, wären stechende Kopfschmerzen die Quittung dafür.

»Entschuldige. Dann lass uns was essen«, sagte Julia. »Ich vergesse immer alles andere, wenn ich einer Sache auf der Spur bin.«

»Lass uns morgen weiterreden«, schlug Thor vor und lächelte. Aus dem Lächeln wurde ein herzhaftes Gähnen. Die frische Meeresluft forderte ihren Tribut.

Sie füllten sich ihre Teller mit den Häppchen von den Platten, holten sich aus dem Kühlschrank in der Küche was zu trinken und gingen in ihr Häuschen zurück. Nachdem sie sich satt gegessen und das Salzwasser abgeduscht hatten, stellte Julia fest, dass die Terrassentür offen stand.

»Merkwürdig«, sagte sie. »Ich könnte schwören, dass ich sie zugemacht habe.«

Von der Terrasse aus konnte man aufs Meer sehen. Im Sommer ließen sie die Tür immer offen stehen, wenn sie im Haus waren. Dann vermischte sich der Duft der Kiefern mit dem Geruch von Salzwasser und Meer. Aber sie machten die Tür jedes Mal zu, wenn sie das Haus verließen.

»Vielleicht hat der Wind sie aufgerissen, wenn sie nicht richtig zu war«, sagte Thor. »Das ist doch schon mal passiert.«

»Ja, kann sein«, sagte Julia, klang aber nicht ganz überzeugt.

Der Tag auf dem Meer hatte sie beide müde gemacht. Deshalb fielen sie mit noch feuchten Haaren ins Bett und schliefen sofort ein.

Punkt drei Uhr nachts schreckte Thor aus einem wirren

Traum auf, in dem sie mit dem Boot in die falsche Richtung gesegelt und am Ende in Göteborg gelandet waren. Im Schlafzimmer war es kalt. Der Wind hatte wieder zugenommen, und das Fenster direkt neben dem Bett stand offen und klapperte. Er setzte sich auf, wollte es schließen. Julia schlief tief und fest, trotzdem hatte er das unheimliche Gefühl, nicht die einzige wache Person im Raum zu sein. Ein Schatten glitt über den Boden. Ihm wurde gleichzeitig kalt und heiß. Wahrscheinlich war das nur Einbildung. Als er aber aus dem Fenster spähte, konnte er die Silhouette eines Menschen vorbeihuschen sehen.

Kapitel 26

Thor sprang aus dem Bett, stürmte zur Eingangstür und riss sie auf. Er sah die Konturen eines breitschultrigen Mannes, der in einiger Entfernung über den Rasen ging. Wegen des Nebels war er nicht deutlich zu erkennen. Der Mann war stehen geblieben, als er gehört hatte, wie die Tür aufgerissen wurde. Es dauerte ein paar Sekunden, bis Thor erkannte, dass es Jackson war. Der Sicherheitschef. Erleichtert ließ er die Schultern sinken.

»Hab ich dich geweckt?«, fragte Jackson. »Entschuldige, das wollte ich nicht.«

Verschlafen und verwuschelt erschien Julia in der Tür, nur mit Thors T-Shirt bekleidet.

»Was ist passiert?«, fragte sie.

Jackson lächelte ihr freundlich zu.

»Tut mir wirklich leid, dass ich euch geweckt habe.«

Jackson war um die vierzig, sah aber deutlich jünger aus. Er war ein Naturbursche und hatte eine beruhigende Ausstrahlung, die ganz typisch für Sicherheitsleute war. Sein Körperbau war beeindruckend, aber seine wahre Stärke lag in seiner Ruhe, seiner Gelassenheit und Selbstbeherrschung.

»Ich wollte nur nach dem Rechten sehen«, sagte er. »Als ich meine Schicht heute Abend angetreten habe, meine ich jemanden um das Haus herumschleichen gesehen zu haben. Da wart ihr noch mit dem Boot draußen. Ich habe nachgesehen, aber da ist niemand gewesen. Vielleicht habe ich es mir auch nur eingebildet, vielleicht waren es bloß die Schatten der Bäume, die sich im Wind bewegt haben.« Er senkte die Stimme. »Das hat mir aber keine Ruhe gelassen, deshalb wollte ich mich noch einmal vergewissern, dass es kein Einbrecher war.«

»Gab es in letzter Zeit Einbrüche auf ViaTerra?«, fragte Julia, die noch nicht ganz wach war.

»Nein, keinen einzigen«, erwiderte Jackson. »Ich war nur misstrauisch, das ist eine Berufskrankheit. Es waren andere Zeiten, als die Pforte auf der Rückseite verschlossen war. Aber der Chef will, dass die Gäste kommen und gehen können, wie sie wollen, deshalb steht die jetzt immer offen.«

»War das ein Mann, den du gesehen hast, Jackson?«, fragte Julia.

»Das konnte ich nicht genau erkennen. Das war zu weit weg. Es hätte auch eine Frau sein können. Oder es war eben nur ein Schattenspiel.«

»Die Terrassentür!«, rief Julia triumphierend. »Ich hab es doch gesagt, Thor. Jemand war bei uns im Haus, als wir weg waren.«

Sie erzählte Jackson von der offenen Terrassentür und erwähnte auch den Gast Valdemar Sporre, der ein bisschen zu sehr an ihnen interessiert gewesen zu sein schien.

»Den kenn ich«, sagte Jackson. »Er ist mit einer der zusätzlichen Fähren gefahren. Der hatte eine gute Zeit hier, aber man kann ja nicht in die Köpfe der Leute reingucken. Ich hab auch gesehen, dass eure Terrassentür offen stand. Ihr solltet zur Sicherheit immer alles abschließen, wenn ihr nicht im Haus seid.«

»Bisher hatte ich nie das Gefühl, dass das notwendig ist«, verteidigte sich Thor.

»War denn irgendetwas anders, als ihr zurückgekommen seid?«, fragte Jackson. »Fehlte was?«

Seine Fragen machten den Eindruck eines Verhörs.

»Nein und Nein«, antwortete Julia.

»Kannst du in den Aufzeichnungen der Überwachungskameras sehen, wer das gewesen ist?«, fragte Thor.

»Hier gibt es keine Kameras, nur vorne am Herrenhaus und bei den Wohnanlagen«, sagte Jackson und schüttelte den Kopf. »Seht mal nach, ob etwas verstellt wurde oder verschwunden ist. Habt ihr Wertsachen dabei?«

»Nein, nur Klamotten und so was«, antwortete Thor.

»Das ist gut. Geht jetzt ruhig wieder schlafen.«

Sein Gesichtsausdruck ließ darauf schließen, dass er sich keine großen Sorgen machte.

»Danke, dass du vorbeigekommen bist«, sagte Thor.

»Das gehört doch zu meinem Job. Ihr könnt jetzt beruhigt schlafen gehen, wir passen schon auf euch auf«, sagte Jackson und zwinkerte ihnen aufmunternd zu.

Dann verschwand er im Morgennebel.

Thor schloss die Haustür. Julia sah in dem viel zu großen T-Shirt und den braun gebrannten Beinen unglaublich niedlich aus. Sie hatte eine Gänsehaut.

»Lass uns kurz alles checken«, schlug sie vor. »Weißt du noch, wie es hier ausgesehen hat, bevor wir gegangen sind?«

»Was, jetzt?«

Das alles fühlte sich absurd und unwirklich an. Auf Via-Terra war noch nie so etwas passiert, kein Einbruch, kein Diebstahl. Wahrscheinlich hatten sie die Terrassentür nicht geschlossen und Jackson hatte sich eingebildet, jemanden gesehen zu haben. So musste es gewesen sein.

»Ja, jetzt gleich.«

»Es ist halb vier. Bitte, Julia.«

»Das geht doch schnell. Komm schon. Danach gehen wir gleich wieder ins Bett.«

Ihr Eifer ließ seinen Widerstand dahinschmelzen. Er kapitulierte und lächelte.

»Okay, meinetwegen. Aber wir beeilen uns wirklich.«

Auf den ersten Blick war es ein hoffnungsloses Unterfangen. Sie hatten das Haus morgens in aller Eile verlassen und waren abends zu müde gewesen, um noch aufzuräumen. Mit anderen Worten, es herrschte Chaos. Außer Julias Rechner hatten sie keine Wertsachen dabei. Und der stand an seinem Platz auf dem Couchtisch.

»Das ergibt doch keinen Sinn«, sagte Julia nach einer Weile.

Thor schlug sich mit der flachen Hand gegen die Stirn.

»Das Handy.«

»Was?«

»Ich hatte mein Handy hiergelassen.«

Es kam durchaus vor, dass Thor sein Handy tagelang nicht benutzte und einfach irgendwo liegen ließ. Er war nicht in sozialen Medien aktiv, hatte kein Interesse an Beiträgen über den Alltag anderer. Deshalb hatte er sein Handy auf den Nachttisch gelegt, um es aufzuladen, während sie segeln gegangen waren. Jetzt war nur noch das Ladekabel da. Das Handy war verschwunden.

»Es ist wirklich weg?«, fragte Julia.

Wortlos nickte er.

»Vielleicht hast du es verlegt?«

»Nein, es hat hier auf dem Nachttisch gelegen, ich wollte es aufladen. Erinnerst du dich nicht daran?«

»Ehrlich gesagt, nein.«

Thor fühlte sich in die Ecke gedrängt.

»Es *lag hier*, als wir losgegangen sind.«

»Warte, ich ruf dich einfach an«, sagte Julia.

»Es ist auf lautlos gestellt.« Thor seufzte.

Sie stellten alles auf den Kopf, das Chaos wurde immer größer. Am liebsten hätte Thor die Suche beendet und stattdessen aufgeräumt. Er war davon überzeugt, dass sie das Telefon nicht finden würden.

Er ging auf die Terrasse, um sich zu beruhigen. Jemand hatte sein Handy gestohlen. Zum Glück hatte er keine Geheimnisse darin gespeichert – nur seine Kontakte und ein paar Fotos, das beunruhigte ihn nicht. Aber das Eindringen in seine Privatsphäre löste trotzdem eine unverhältnismäßig große Angst aus. Außerdem hatte er kein Geld, um sich ein neues Handy zu kaufen.

Er setzte sich auf die Gartenbank, lehnte sich zurück und schloss die Augen. Wenn er sich von der Außenwelt abschottete, konnte er klarer denken. Er atmete die kühle Luft ein und lauschte dem Lärm, den Julia während ihrer Suche in der Küche veranstaltete. Was für ein Quatsch. Als hätte er sein Telefon in eine der Schubladen gelegt. Er verdrängte die Geräusche, versank in der Stille und ließ die Gedanken treiben. Er dachte an den Einbruch, an das Handy, an Valdemar und dann auch an seinen Vater. Er wartete, bis er innerlich wieder ganz ruhig geworden war. Dann öffnete er langsam die Augen. Sein Blick fiel auf einen Gegenstand, der gegen einen Blumentopf gelehnt war. Dieser rechteckige Gegenstand dort wirkte fehl am Platz. Er kniff die Augen zusammen. Es war sein Handy. Sorgfältig aufgestellt, wie ein Ausstellungsobjekt.

»Julia!«, rief er mit heiserer Stimme.

Sie kam auf die Terrasse.

»Hast du es gefunden?«, fragte sie.

Wortlos zeigte er auf die Stelle, war wie gelähmt.

»Hat das jemand mit Absicht dahingestellt?«, fragte sie.

Er rieb sich die Stirn. »Scheint so.«

»Das ist eine Botschaft«, sagte sie im Brustton der Überzeugung.

»Eine Botschaft?«, wiederholte er stumpf.

»Eine Mitteilung. Oder ein Hinweis. Sieh mal nach, ob du eine SMS oder eine Nachricht bekommen hast.«

Das Display leuchtete auf, als er das Handy berührte. Er hatte es nicht mit einem Passwort gesichert, fand das unnötig. Er stutzte. Sein Hintergrundbild mit den Apps war ausgetauscht worden. Durch ein Foto.

Julia stöhnte auf. »Was soll das!«

Es war ein Foto, das in ihrem Schlafzimmer im Gästehäuschen aufgenommen worden war.

Kapitel 27

Auf den ersten Blick konnte er das Foto nicht zuordnen, hatte er es aus Versehen vielleicht selbst gemacht? Konnte es sein, dass sich die Kamera-App geöffnet und er den Knopf berührt hatte? Nein, dieses Foto war nicht aus Versehen entstanden. Es war eine symmetrische Komposition. Das Bett war in der Mitte ausgerichtet, eingerahmt von den beiden Nachttischen. Durch das Fenster fiel Licht auf das Kopfkissen, die Bettdecke hing an einer Seite herunter. So hatten sie das Schlafzimmer verlassen.

»Was soll das?«, fragte er Julia entsetzt.

Wie versteinert starrte sie auf das Foto.

»Jemand, wahrscheinlich Valdemar, muss hier heimlich ins Haus geschlichen sein, das Foto gemacht und dann dein Handy hier auf der Terrasse platziert haben, damit du es auf jeden Fall siehst.«

»Wir *wissen* aber nicht, dass es wirklich Valdemar gewesen ist. Das hätte auch jeder andere Gast sein können«, sagte Thor und hörte selbst, wie unwahrscheinlich diese These klang.

»Hör doch auf, Thor. Du hast doch seine Blicke genau gesehen.«

»Aber was soll uns das sagen?«

»Das ist eine Drohung.«

»Wie bitte?«

»Das ist Valdemars Art, uns zu sagen, dass er uns jederzeit etwas antun kann. Er ist in unserem *Schlafzimmer* gewesen. Gibt es was Persönlicheres als diesen Ort?«

Natürlich hatte sie damit recht. Im besten Fall war es nur eine mehr als sonderbare Warnung. Im schlimmsten Fall war es jedoch eine ernst zu nehmende Drohung.

Er verbarg sein Gesicht in den Händen.

»Und was sollen wir jetzt tun, Julia?«

»Du kennst die Antwort doch schon.«

»Du meinst, wir sollten mit meinem Vater darüber reden?«

»Findest du nicht, dass das jetzt an der Zeit ist?«

»Wir könnten Jackson rufen und ihn bitten …«

»Und was soll er tun?«, unterbrach ihn Julia. »Valdemar ist doch schon abgereist. Er wird niemals zugeben, dass er das Foto gemacht hat, und es gibt keine Beweise dafür, dass er überhaupt hier war.«

»Meinetwegen. Wir sprechen morgen mit ihm. Wir beide.«

Auch Julia sah müde und abgespannt aus. Ganz blass schien sie, trotz der sanften Bräune, und sie hatte dunkle Schatten unter den Augen. Ihm ging es genauso. Und der Schlafmangel machte ihm zu schaffen.

Sie gingen zurück ins Bett, und er nahm sie in den Arm. Julia legte ihre eiskalten Fußsohlen an seine Oberschenkel. Er massierte sie, bis sie warm wurden. Dann nahm Julia seine Hand und küsste sie.

Minuten später schlief sie tief und fest. Thor lag noch eine Weile wach. Draußen wurde es schon hell. Die Baumkronen brachen das Licht der Sonne in tausend Schattenflecken, sodass der Fußboden wie ein stürmisches Meer aussah. Der Himmel, den er zwischen den Baumstämmen sehen konnte, war strahlend blau, und Thor konnte die Frische des Morgentaus geradezu riechen. Es war der schönste Sommer auf Dimö, den er je erlebt hatte, trotzdem schwebte wieder der Schatten seines Vaters über ihm. Warum musste die Egozentrik dieses Mannes immer alles zerstören, warum musste er andere regelmäßig in sein Verderben mit hineinziehen? Er könnte diese Sache doch einfach auf sich beruhen lassen und den Kontakt zu ihm abbrechen. Aber sofort musste er an die möglichen Konsequenzen denken. Er wollte sich nicht ausmalen, was sich Franz in seiner Verzweiflung antun könnte. Vor drei Jahren hätte er sich um ein Haar von der Klippe in den sicheren Tod gestürzt, danach hatte er sich über eine Woche im Keller verbarrikadiert. Thor beschloss, seinem Unterbewusstsein die Arbeit zu überlassen und dem Rest seines Körpers Ruhe zu gönnen. Kurz darauf sank auch er in einen tiefen Schlaf.

Doch später wachte er wieder aus einem Traum auf und dachte, er würde sich im Schlafsaal des Schulgebäudes befinden. Im Lauf der Zeit hatte er eine Technik entwickelt, diese Bilder aus der Sektenzeit schnell wieder loszuwerden. *Sieh hoch an die Decke. Dann lass deinen Blick die Wände hinunterwandern und danach durch den Raum. Und bleib an einer Stelle, die dir vertraut ist.* Das war Julia. Sie saß in dem Sessel, der im Schlafzimmer stand und hatte ihren Laptop im Schoß.

»Hab ich dich geweckt?«, flüsterte sie.

Es war erst neun Uhr, er hätte noch mehr Schlaf gebrauchen können. Julia verriet nie von sich aus, in was sie so vertieft war, er musste immer fragen. Aber es strahlte etwas Friedvolles aus, als würde das Haus nach der nächtlichen Aufregung seufzen und zur Ruhe kommen.

»Ich kann auch ins Wohnzimmer gehen, wenn du noch weiterschlafen möchtest«, bot sie an.

Das Sonnenlicht zeichnete ein helles Rechteck auf den Boden. Es war warm. Thor strampelte die Bettdecke weg und streckte sich.

»Musst du nicht. Was machst du gerade?«

»Mich beschäftigt dieses eine Jahr, in dem Franz so viel Zeit auf Glimmingeholm verbracht hat. Irgendetwas stimmt da nicht. Ich gehe gerade alte Zeitschriftenartikel durch und glaube, dass ich etwas gefunden habe.«

»Wirklich? Da bin ich ja jetzt sehr gespannt. Soll ich uns Frühstück machen? Dann kannst du es mir danach erzählen.«

»Gern«, sagte sie und vertiefte sich wieder in ihre Recherche.

Thor liebte es, Julia Frühstück zu machen. Er deckte den Tisch und holte Eier, Butter, Marmelade und Orangensaft aus dem Kühlschrank – und das Brot aus der Vorratskammer. Er sah aus dem Fenster und überlegte sich, was sie unternehmen könnten. Die Grünfläche vor dem Häuschen war verblichen, gelblich und mit Kiefernnadeln übersät. Ganz anders als die Rasenfläche vor dem Herrenhaus, die gewässert wurde und in einem saftigen Grün leuchtete. Sein Blick wanderte den schmalen Weg hinunter, der zu der Pforte führte, durch die man in die Moorheide kam. Ihn überkam das dringende Bedürfnis, das unvermeidliche Gespräch mit seinem Vater noch etwas aufzuschieben.

»Wollen wir heute meine Großmutter besuchen?«, rief er Julia zu. »Sie kennt die besten Stellen, um Himbeeren zu pflücken, und macht die beste Himbeertarte der Welt.«

Julia antwortete nicht. Aber das Klappern auf der Tastatur war verstummt.

»Hast du gehört, was ich gesagt habe?«

Nach wie vor Schweigen aus dem Schlafzimmer. Er

warf ein Stück Butter in die Pfanne, steckte zwei Brotscheiben in den Toaster und ging dann ins Schlafzimmer.

»Bist du taub?«, fragte er und gab Julia einen Kuss auf den Kopf.

Sie zuckte zusammen, sah hoch und lächelte.

»'tschuldige, aber ich habe was Interessantes gefunden. Das kann was sein oder auch nicht.«

»Was denn?«

»Ich habe diese alten Artikel durchgesehen, aus der Zeit, in der Franz auf Glimmingeholm war, und dabei bin ich auf etwas gestoßen. Komm, setz dich hin und lies dir das mal durch.«

»Warte kurz«, sagte er und rannte in die Küche, um den Herd auszuschalten und das Brot aus dem Toaster zu nehmen. Mittlerweile war Julia an den Schreibtisch umgezogen, an dem sie arbeitete, solange sie auf Dimö war.

»Es hat ein Ereignis gegeben, das die Universität in dem besagten Jahr erschüttert hat«, sagte sie. »Das muss nichts heißen, aber der Typ, um den es geht, war zeitgleich mit Franz an der Uni.«

Sie rutschte zur Seite, damit sich Thor neben sie auf den Stuhl setzen konnte. Er spürte die Wärme von Julias Bein an seinem Oberschenkel.

Der Artikel war vom Oktober, also kurz bevor Franz Lund verlassen und nach Dimö zurückgekehrt war, um als Eremit zu leben. *Student vermisst,* lautete die Überschrift. Auf dem Foto war ein junger schwarzer Mann zu sehen. Um die zwanzig, gut aussehend, aufrechter Blick.

Der junge Student Nathan Ribbing war seit einer Woche spurlos verschwunden. Das letzte Mal war er am Samstagabend auf einer Veranstaltung gesehen worden, die in einer Bar stattgefunden hatte. Als ihn seine Freunde gefragt hatten, wohin er gehe, hatte er ausweichend geantwortet. Er wohnte noch bei seinen Eltern, und als er am Sonntag nicht nach Hause kam, gingen sie davon aus, dass er die Nacht bei einem Freund verbracht hatte. Als er aber auch am Montag nicht auftauchte und nicht zu erreichen war, nahm seine Mutter mit der Universität Kontakt auf. Dort erfuhr sie, dass Nathan nicht zu den Seminaren erschienen war. Daraufhin ging die Mutter direkt zur Polizei. In dem Artikel stand nur, dass die Öffentlichkeit aufgerufen wurde, sich umgehend an die nächste Polizeidienststelle zu wenden, wenn man Nathan sah oder in Erfahrung brachte, wo er sich aufhielt.

»Was sagst du?«, fragte Julia. »Das ist doch spannend, oder?«

»Haben sie ihn denn später gefunden?«, fragte Thor.

»Das glaube ich nicht. Ich habe noch eine kleine Notiz in dem Unimagazin *Lundgård* gesehen. Das war ein paar Monate später. Dort steht etwas über eine Gedenkstunde für Nathan. Er scheint ein ziemlich guter Student und außerdem ausgesprochen beliebt gewesen zu sein.«

Thor war an einem Detail hängen geblieben. Er las den Text ein zweites Mal durch. Nathan Ribbing. Thors Wort- und Zahlengedächtnis war herausragend. Er vergaß nur ganz selten einen Namen, den er einmal gelesen hatte. Und in diesem Fall war er sich ganz sicher.

»Er ist mit meinem Vater in einem Jahrgang gewesen«, sagte er. »Ich habe seinen Namen auf der Liste der Mitstudierenden gelesen. Du hast recht, das ist alles wirklich sehr interessant.«

»Wir müssen Franz dazu befragen«, schlug Julia vor.

Thor war der Ansicht, dass sie wesentlich methodischer vorgehen sollten.

»Noch nicht«, sagte er. »Wir müssen erst weitergraben. Lass uns mal mit Valdemars Einbruch anfangen.«

»Du machst dir viel zu viele Gedanken über das Gespräch mit deinem Vater«, sagte sie und lächelte.

Kapitel 28

FRANZ

Morgens gehe ich oft laufen. Deshalb stehe ich in den Sommermonaten schon um halb sechs auf. Um diese Uhrzeit ist Dimö am schönsten, noch frei von Touristen. Heute führt mich mein Weg durch den Wald an die Westküste der Insel, zum Sandstrand. Der ist menschenleer, bis auf ein paar streitende und kreischende Möwen am Ufer. Ich folge meinem Impuls, zieh mir die Schuhe aus und laufe barfuß an der Wasserkante auf und ab. Der kalte, nasse Sand schmatzt unter meinen Füßen. Die Möwen fliegen davon. Ich spiele mit den Wellen, laufe ihnen entgegen, renne vor ihnen weg. Zum ersten Mal seit langer Zeit fühle ich mich frei und leicht. Verlegen sehe ich mich um, weil ich sicherstellen möchte, dass mich niemand bei meinem Anfall von kindlichem Verhalten beobachtet hat. Aber ich bin allein.

Ich bürste mir den Sand von den Füßen, ziehe mir die Schuhe wieder an und laufe nach Hause zurück. Ich vertreibe die unheilverkündenden Wolken in mir und beschließe, dass der Albtraum nun ein Ende hat. Ab jetzt wird alles wieder so, wie es vorher war. Ich hatte zwar ungebetenen Besuch aus meiner Vergangenheit, aber Valdemar ist wieder abgereist, was eine große Erleichterung ist. Noch besser allerdings ist Hampus' Bericht, den er mir gestern Abend vorbeigebracht hat. Valdemar hat auf seinem Rechner mehr als einmal kinderpornografische Seiten angeklickt, was mich nicht weiter überrascht und auch noch ganz nützlich sein kann. Außerdem ist es wahrscheinlich nur die Spitze des Eisbergs. Hampus wird weitergraben. Außerdem hat Valdemar, das meldete mir Filip, der ihn die ganze Zeit im Auge behalten hat, die zwanzigjährige Tochter eines Gastes verführt, bevor er gestern Nacht abgereist ist. Und das in *meiner* Suite im Wohntrakt. So vorhersehbar und lächerlich. Je jünger die Frauen, desto größer die Bestärkung seines aufgemotzten Egos. Männer wie Valdemar sind sonderbare Wesen. Außen steinhart, innen schwach und empfindlich. Einfach zu brechen. Eigentlich müsste ich ihn direkt wegen des Besitzes von Kinderpornografie anzeigen. Aber alles hat seine Zeit, und die Gelegenheit wird kommen. Auf jeden Fall ist es jetzt an der Zeit, dass Valdemar und Justine mich in Ruhe lassen.

Statt durch den Wald nach Hause zu laufen, wähle ich die Strecke auf der asphaltierten Hauptstraße. Den Weg als Hauptstraße zu bezeichnen, ist ein bisschen übertrieben. Er ist so schmal, dass zwei Autos gerade so eben aneinander vorbeifahren können. An einigen Stellen ist der Asphalt uneben und hat Risse, in denen das Unkraut sprießt. Wartungsarbeiten hat die Gemeinde von Dimö offensichtlich nicht an erster Stelle auf der Liste stehen. Ich könnte anbieten, dass ich mich finanziell an den Ausbesserungsarbeiten beteilige. Das wäre auch gut für mein Standing unter den Inselbewohnern und außerdem schonend für meinen Wagen.

Es ist ein schöner Tag, die Leute sitzen auf ihren Terrassen und trinken Kaffee. Ab und zu hebt einer von ihnen grüßend die Hand. Mich kennen alle, auch die Sommergäste. Ich komme an einer Stelle vorbei, an der sich rechts und links von der Straße Wiesen erstrecken. Die Sonne hat den ganzen Juli über erbarmungslos gebrannt, das Gras ist gelb geworden. Wie Stroh. So war auch der eine und einzige Sommer, den ich auf Glimmingeholm verbracht habe. Ungewöhnlich warm. Dazu kam eine Wespenplage. Bei dem Gedanken daran pocht es schon hinter meinen Schläfen.

Ich bin überrascht, wie schnell ich gelaufen bin, als ich bereits kurz darauf vor dem Tor von ViaTerra ankomme.

Das Herrenhaus steht stolz und reckt sich in den Himmel, wie das vielversprechende Ziel in einem Märchen. Hier bin ich zu Hause. Statt das Anwesen durch die Pforte zu betreten, mache ich einen Umweg über die Moorheide. Ich muss mich sammeln, meine Gedanken ordnen, bevor ich den Gästen begegne. Die Heide ist menschenleer. Sie schimmert zartlila, als bereite sie sich auf die Farbexplosion im August vor. Ich setze mich auf einen der Felsen, bin zu schlapp, um bis ganz nach oben auf die Klippen zu klettern. Kaum komme ich zur Ruhe, jagen meine Gedanken davon, tragen mich zurück in den Sommer auf Glimmingeholm. Ich tauche in diesen Sommer ein, in dem ich in meine neue Rolle geschlüpft bin. Und ich denke an die Tragödie, die danach geschehen ist. In dem Herbst, der dann zu einem einzigen Albtraum wurde.

Trotz der drückenden Hitze übertraf der Sommer alle meine Erwartungen. Meine Währung in der Welt der Reichen stand hoch im Kurs. Justine hatte angefangen, auch Freunde aus anderen Landesteilen zu meinen exklusiven Vorträgen einzuladen. Die Nachfrage wurde schnell größer, und einige meiner Zuhörer luden mich zu sich auf ihre Anwesen und auf Partys ein, um meine *inspirierenden Dar-*

legungen dort zu wiederholen. Aber davon wollte Justine nichts wissen. Wenn es so weit war, würde sie meinen Auftritt außerhalb von Glimmingeholm koordinieren. Der vorläufige Plan sah vor, dass ich im Winter meinen Durchbruch in der Öffentlichkeit feiern sollte.

»Eines Tages wirst du in vollbesetzten Hörsälen in ganz Schweden deine Vorträge halten«, versprach sie mir. »Du wirst von den bekanntesten Journalisten interviewt werden und im Fernsehen auftreten. Das ganze Programm. Aber so etwas muss mit Sorgfalt und Vorsicht aufgebaut werden. Deswegen sollten wir uns Zeit lassen.«

»Was ist dafür erforderlich?«, fragte ich.

»Du musst dich breiter aufstellen.«

»Wie meinst du das?«

»Niemand mag diese Weisheiten mehr als einmal hören, wenn sie nicht zu etwas Konkretem führen. Also solltest du eine ganze Lehre entwickeln. Eine Philosophie. Thesen, wenn man so will. Es muss Übungen oder etwas in der Art geben – für diejenigen, die nach mehr Erkenntnis und Erleuchtung streben. Damit werde ich dir zu gegebener Zeit helfen. Aber dieser Herbst gehört noch mir und meinem künstlerischen Schaffensdrang.«

Mir leuchtete ein, dass ich mehr Substanz benötigte. Trotzdem war ich gekränkt und enttäuscht. Ich hatte mich schon so lange nach meinem Durchbruch gesehnt. Widerstrebend ging ich darauf ein, im Herbst zuerst Justines Kunst in den Mittelpunkt zu stellen. Sie hatte wieder angefangen, zu ihren besonderen Veranstaltungen einzuladen. Der übliche Mix aus High Society und jungen, gut aussehenden Studenten. Diese Partys waren geradezu sagenumwoben. Viel wurde von okkulten Zeremonien gemunkelt, von einem Überfluss von Wein und Drogen und sexuellen Ausschweifungen. Das war zwar übertrieben, aber gar nicht so weit entfernt von der Wahrheit.

»Die Gerüchte verstärken das Rätselhafte«, sagte Justine. »Alle, die etwas auf sich halten, wollen dabei sein.«

Sie erklärte Valdemar und mir sehr genau, was von uns erwartet wurde.

»Im September und Oktober mache ich eine Fotoserie, entweder Freitag- oder Samstagnacht, je nachdem, wer meiner Einladung folgt. Du, Franz, verströmst deinen unwiderstehlichen Charme und sorgst dafür, dass es meinen Gästen gut geht. Valdemar und ich kümmern uns um den Rest. Wir werden erst mitten in der Nacht aktiv, dann sind die Gäste schon längst aufgebrochen.«

Ich hatte mich mit dem Vorhaben abgefunden. Es hatte seine Richtigkeit. Vor allem seine Berechtigung. Ich war als ein etwas verlorener, frisch gebackener Student ohne nennenswerte Kontakte nach Glimmingeholm gekommen. Unzählige Abende hatte ich dort in den protzigen Ledersesseln verbracht, hatte teuren Wein getrunken und unschätzbar wichtige Kontakte geknüpft. Dank Justine und ihren Partys war ich bei den einflussreichsten Leuten in aller Munde. Man könnte durchaus sagen, dass ich ihr das schuldete. Ich muss aber zugeben, dass mir ab und zu auch Zweifel kamen. *Warum bin ich so leichtgläubig?* Oder: *Wann habe ich mich in diesen egozentrischen Idioten verwandelt?* Andererseits weiß doch ein charismatischer Mensch mit einem großen Selbstbewusstsein sein Urteilsvermögen einzusetzen. Das ist eine empirische Tatsache, die mir später im Leben noch viele gute Dienste leisten sollte.

Das erste Opfer hieß Oliver Lilja und war der Sohn einen Adligen aus Österlen, den Justine verabscheute. Wahrscheinlich hatte er ihr auf einer der Partys an den Hintern gefasst. Sie behauptete, dass er seine Körperhygiene vernachlässigte und nach Hering stank.

»Eine Milliarde Kronen schwer sein und keine Kraft haben, seinen fetten Arsch in die Dusche zu schleppen.«

Oliver aber gefiel ihr sehr. Persönlich fand ich ihn zwar hübsch, aber eher so belanglos wie ein Schauspieler in einem B-Movie oder in einer Werbung für Zahnpasta. Justine dagegen mochte seinen Körperbau und wollte ihn unbedingt mit den Schlangen fotografieren.

Was hatte ich schließlich zu verlieren? Es war ja nicht strafbar, als charmanter zusätzlicher Gastgeber aufzutreten. Wenn etwas wider Erwarten schiefgehen sollte, würde ich immer behaupten können, dass ich weder von den Schlaftabletten noch von Justines Kunstprojekt etwas gewusst habe. Etwas in mir fand den Plan außerdem erregend. Waghalsig und erotisch. Schon damals hat es diese dunkle Seite in mir gegeben, die sich nach Sichtbarkeit und Anerkennung sehnte.

Das Fotoshooting mit Oliver lief überraschend unkompliziert. Er war ganz aufgedreht, als er auf der Party erschien. Seine übertriebene Begeisterung hatte was Manisches, und ich ertappte mich bei dem Gedanken, dass er es auch verdient hatte. Ich zeigte ihm das Anwesen, dann übernahm Valdemar und stellte ihn Freunden von uns vor. Im Laufe des Abends behielt ich ihn im Auge und bemerkte, wie sich seine Gesichtsfarbe verdunkelte und die Augen immer glasiger wurden. Wie vereinbart servierte ihm Valdemar den entscheidenden, letzten Drink mit den Schlaftabletten, den wir den Todesstoß nannten. Wackelig auf den Beinen begleitete er Valdemar dann auf einer *Privatführung* in die Jagdhütte, wo er in tiefen Schlaf sank. Ein paar Stunden später, nachdem alle Gäste Glimmingeholm verlassen hatten, gab uns Justine ein Zeichen, dass wir Oliver in die Kapelle tragen sollten. Ich hatte unterschätzt, wie schwer ein gut gebauter junger Mann im Tiefschlaf sein kann. Er war so schwer, dass wir ihn beinahe fallen ließen. Niemals wäre er davon aufgewacht, er schlief wie ein Toter, aber mein Rücken beschwerte sich.

»Wie habt ihr das denn beim ersten Mal ohne meine Hilfe geschafft?«, fragte ich Valdemar.

»Carl-Fredrik hat geholfen«, lautete seine knappe Antwort. Dann fügte er noch hinzu: »Und wie du dir vielleicht vorstellen kannst, war er nicht besonders begeistert. Schließlich ist er nicht gerade eine Sportskanone.«

»Wir besorgen uns eine Trage«, sagte ich.

»Eine was?«

»Ein faltbare Trage. Die bekommt man überall. Da müssen wir die Jungs nur drauflegen und können sie viel einfacher transportieren.«

Valdemar lachte laut.

»Manchmal überschätzt du deinen Intellekt, Franz. Aber das ist tatsächlich keine dumme Idee.«

Es war eine milde Septembernacht mit klarem Himmel, und auf dem Rasen lag schon der erste Tau. Man konnte den sich ankündigenden Herbst riechen. Ich fühlte mich merkwürdig. Körperlich war ich zwar anwesend, aber innerlich nicht, als hätte ich mich aus diesem absurden Vorhaben ausgeklinkt. Gleichzeitig war ich aber aufgeräumt und gelassen. Uns gelang es schließlich, Olivers reglosen Körper auf dem Altar in der Kapelle abzulegen. Das alles war wie ein Traum, schimmerndes Licht und unwirkliche Stimmung. Ich hatte nicht den Hauch von Schuldgefühlen. Auch nicht, als wir Oliver auszogen. Es war berauschend, dass wir uns nicht an die gesellschaftlichen Regeln und Normen des mittelmäßigen, nichtssagenden und unfassbar langweiligen Alltags hielten. Ich genoss das Gefühl der Macht.

Valdemar und ich warteten in der Jagdhütte, während Justine ihrer Kunst nachging. Sie wollte uns nicht dabeihaben, wenn sie mit ihren Schlangen und der Kamera hantierte. Das hatte sie von Anfang an sehr deutlich gemacht. Die Aufnahmen bekamen wir erst Tage später zu sehen. Ich musste zugeben, dass Justine mit ihrer Einschätzung recht behalten hatte. Olivers sehniger Körper, auf dem sich die Schlangen wanden, sah in dem silbernen Mondlicht umwerfend schön aus. Nach der Fotosession hatten wir es eilig, ihn schnellstmöglich wieder anzuziehen und in die Jagdhütte zu verfrachten, bevor er aufwachte. Wir legten ihn aufs Sofa. Es dauerte noch einmal drei Stunden, ehe er die Augen aufschlug, aber da lag ich schon längst in meiner Studentenbude und schlief. Valdemar kümmerte sich um den Rest und erzählte mir später davon.

In dieser Nacht damals schlief ich nicht mehr als ein paar Stunden, war aber frisch und klar, als ich aufwachte. Im Studentenwohnheim ein Zimmer mit einem Kommilitonen zu teilen, war für mich zu keinem Zeitpunkt infrage gekommen. Verschwenderisch bin ich aber noch nie gewesen, deshalb hatte ich damals nur eine kleine, zentral gelegene Einzimmerwohnung gemietet. Ich wurde von dem Regen geweckt, der gegen die Fensterscheibe trommelte. Im Zimmer war es kalt, es zog durch die Fenster, aber mein Körper war entspannt und warm. *Endlich habe ich meinesgleichen gefunden*, war mein erster Gedanke. Der Sommer hatte aus Monaten voller Sonnenschein und Erfolgserlebnissen bestanden – und jetzt lag ein aufregender Herbst vor mir. Ich lächelte.

Kapitel 29

Wie immer lösen sich die Erinnerungen bald wieder auf und hinterlassen nur ein leichtes Unbehagen. Ich drehe um, gehe nach ViaTerra zurück, dusche und frühstücke mit einer Handvoll meiner Gäste im Speisesaal. Im Büro lese ich meinen News Feed, was etwas tröstet. Denn dort draußen in der großen weiten Welt gibt es immer jemanden, dem es schlechter geht als mir.

Die Gartenanlage vor meinem Panoramafenster sieht wie in einer Aquarellzeichnung aus. Die Sonne steht an einem kornblumenblauen Himmel und strahlt. Der Wind ist abgeflaut, die Baumkronen werden nur noch von einer schwachen Brise bewegt. Jetzt hätte ich Lust, Thor anzurufen und etwas mit ihm zu unternehmen. Mein Terminkalender ist zwar voll, aber außer meinen abendlichen Vorträgen lässt sich alles verschieben. In dieser Sekunde leuchtet das Display meines Handys auf – mit Thors Namen. Ich höre an seiner Stimme, dass er etwas auf dem Herzen hat. Sie klingt dann dünner, vorsichtiger. Als er mich bittet, mit ihm und Julia zur Hütte im Wald zu gehen, wird mein Verdacht nur noch stärker.

»Höre ich da ein anderes Motiv mitschwingen?«, frage ich.

»Überhaupt nicht. Wie kommst du darauf?«

»Warum willst du dorthin?«

»Da ist es so schön.«

»Das ist doch nur eine alte Hütte.«

Meine Stimme klingt schnippischer als gewollt.

»Ich möchte sie Julia zeigen.«

Ich versuche, ihn von dem Thema abzulenken.

»Findest du nicht, dass man einen so schönen Tag auf dem Meer verbringen sollte?«

Thor seufzt ungeduldig.

»Wir können doch im See baden. Da sind auch keine Touristen. Julia ist neugierig.«

Natürlich ist sie das. Wie immer.

»Hast du ihr erzählt, warum ich in der Hütte gelebt habe?«, frage ich.

»Nur ein bisschen«, sagt er und klingt verunsichert. »Aber wir reden über alles, das weißt du doch.«

Ich stelle mir dieses Gespräch über mein tragisches Jahr als depressiver Einsiedler vor und spüre, wie die Wut in mir hochsteigt.

»Wenn du vorhast, den Ausflug zur Hütte in ein Verhör zu verwandeln, kannst du das vergessen«, sage ich leise und mürrisch.

Wir stecken fest, beide Seiten warten darauf, dass die andere beginnt.

»Wir vermeiden es einfach, persönliche Fragen zu stellen«, schlägt er schließlich vor. »Was hältst du von Angeln?«

Ich gebe nach. Ein Ausflug mit den beiden kann mir im besten Fall ein paar Augenblicke von Normalität bescheren. Um zu vergessen. Im schlimmsten Fall muss ich mich gegen ihre hartnäckige Fragerei wehren. Ein geringer Preis für einen Tag mit meinem Sohn. Ich beschließe, die Küche zu bitten, uns etwas Proviant bereitzustellen. Thor schlägt Zutaten vor, aus denen wir ein Fischgericht machen können. Er wünscht sich, wieder von mir bekocht zu werden.

Und plötzlich, ohne Vorwarnung, läuft mir eine Träne über die Wange. Ich wische sie weg und beende das Telefonat.

Wie von Zauberhand taucht Elyssa auf und fragt, ob ich etwas brauche. Wäre sie nur eine Minute früher gekommen und hätte sie gefragt, warum ich weine, ich hätte ihr keine Antwort geben können. Ich wusste es einfach nicht. Ich bitte sie, meine Termine bis zum Abendessen abzusagen oder umzulegen. Dann fertige ich eine Liste mit Dingen an, die ich gern mitnehmen möchte.

Unser Ausflug beginnt angenehm. Mir fällt es leicht, die Ereignisse der letzten Zeit beiseitezuschieben und meine selbsternannte Rolle als Reiseführer einzunehmen. Touren durch die wilde Natur auf Dimö sind meine Spezialität. Es ist noch schöner als beim letzten Mal. Die Baumkronen bilden mit ihrem Laub ein dichtes Kuppeldach über der Hütte. Die Sonne wird abgeschirmt, findet ihren Weg aber durch die Blätter, die förmlich leuchten. Aber die Luft verkündet bereits das Ende des Sommers. Bald haben wir schon August.

Julia ist von der Hütte begeistert. Sie trägt Sonnenbrille, ein rotes Sommerkleid mit Shorts darunter und Wanderschuhe. Die Haare hat sie zu einem lockeren Knoten zusammengebunden. Ich kenne sie jetzt seit sechs Jahren. Heute ist sie guter Laune und strahlt übers ganze Gesicht, wenn sie die Brille in die Haare schiebt. Julias Persönlichkeit steht in einem starken Kontrast zu Thors. Während sie zwischen den Extremen hin und her pendelt, führt er ein Leben in einem beständigen Mittelmaß. Sein ordnungsliebendes Wesen scheint von ihrer Spontanität angezogen zu sein, denn die beiden wirken wie ein besonders glückliches Paar. Und ich habe sie zusammengebracht. Thor müsste mir auf ewig dankbar sein. Bei der Hausbesichtigung trifft mich die Erkenntnis ihrer Jugend wie ein Schlag aus heiterem Himmel. Hell und leicht, aber auch bittersüß. Etwas, das ich selbst einmal hatte und nie wieder zurückbekommen werde.

Wir gehen baden und angeln und dann beißt sogar etwas an. Am Anfang sind wir ein unschlagbares Trio. Wir unterhalten uns über Julias Arbeit und Thors Vertretungsjob im Herbst. Wir reden über ViaTerra und meine Pläne, mein Unternehmen auszubauen. Thor erzählt Julia von meinem Vorhaben, einen Naturraum auf Dimö zu errichten. Wir sprechen über gemeinsame, schöne Erinnerungen. Ich mache uns etwas zu essen, wir setzen uns in den Garten. Sie nehmen beide eine zweite Portion und essen mit großem Appetit.

»Ich hoffe, da ist genug Gemüse drin?«, sage ich.

»Alles wunderbar«, sagt Julia und lächelt.

Thor will etwas loswerden, das ist deutlich zu spüren. Ich sehe, wie ihm Julia unter dem Tisch gegen das Bein tritt, und muss lächeln.

»Ihr beide seid wirklich die Meister des Subtilen. Wenn jetzt gleich eine Befragung folgen soll, lehne ich aber schon mal dankend ab.«

»Es geht eigentlich nicht um dich. Wir wollten dir etwas erzählen, was vor Kurzem passiert ist.«

»Ich habe nur begrenzt Zeit. Außerdem möchte ich diesen Tag wirklich genießen – wer weiß, ob morgen die Sonne scheinen wird?«

»Das ist schade«, sagt Julia. »Aber dies hier kann leider nicht warten.«

Thor erzählt, wie sie im Speisesaal auf Valdemar gestoßen sind und sich unverbindlich unterhalten haben. Das Gespräch war nicht besonders angenehm, Valdemar strahlte etwas Bedrohliches aus. Als sie später ins Gästehäuschen zurückkamen, stand die Terrassentür offen. Am Anfang tue ich die Angelegenheit noch als Produkt von Julias lebhafter Fantasie ab. Aber dann fügt sie hinzu: »Er hat mit Thors Handy ein Foto von unserem Schlafzimmer gemacht und das Handy so platziert, dass wir es finden und sehen mussten.«

»Er hat *was* getan?«

Thor zeigt mir das Foto.

»Das muss Valdemar gewesen sein«, sagt Julia. »Vielleicht kannst du uns helfen, den Grund dafür zu verstehen?«

»Wir haben ja eigentlich nichts miteinander zu tun«, wirft Thor ein. »Wer ist dieser Mann wirklich, Papa?«

Ich könnte ihre Argumente problemlos zerpflücken, sie wissen es schließlich nicht mit absoluter Sicherheit. Aber es stimmt, das ist unverkennbar Valdemars Stil. Ich verstumme. In mir breitet sich eine große Stille aus. Die Wut kocht in mir hoch, aber dadurch kann ich viel klarer denken. Als lege jemand einen Schalter um. Vollkommene Klarheit. Alles, was nach dem unerträglichen Telefonat mit Justine passiert ist, hat nur den einen Zweck verfolgt. Es ist sinnlos, sich gegen Dinge zu wehren, die unvermeidlich sind. Vielleicht hatte ich schon immer gewusst, dass dieser Tag kommen würde, an dem ich mich mit Justine auseinandersetzen muss. Wenn ich sie gewähren lasse, wird sie mir alles nehmen, was mir etwas bedeutet, Stück für Stück. Und sie hat sich schon entschieden, mit Thor anzufangen. Diese Erkenntnis kommt in mehreren Etappen. Zuerst die rationale, dann die emotionale. Zuerst die sachliche Feststellung, dann die überwältigende Angst bei dem Gedanken, dass sich Thor in Gefahr befinden könnte. Nichts davon geschieht zufällig. Justine hat offenbar nur auf den richtigen Moment gewartet, und der war gekommen, als Thor auf Glimmingeholm aufgetaucht ist. Sein bloßer Anblick, die Ähnlichkeit zu mir, muss sie überwältigt haben. Wie eine Rückblende. Und jetzt ist sie praktisch nicht mehr aufzuhalten.

Ich höre Thors Stimme, wie durch Watte.

»Was ist los, Papa?«

Ich schrecke auf. Fast hätte ich das Glas in meiner Hand zerdrückt. Ich löse den Griff und stelle es achtsam auf den Tisch zurück. Julia mustert mich mit gerunzelter Stirn. Thors Blick ist eine Mischung aus Irritation und ehrlicher Betroffenheit. Ich versuche, möglichst ungerührt auszusehen. Währenddessen suche ich fieberhaft nach den richtigen Worten, um sie von dieser Fährte wegzulocken.

Ich war immer von meiner Fähigkeit überzeugt, andere überreden zu können. Dabei geht es nicht so sehr darum, was man sagt, sondern vielmehr darum, seine Argumente mit einer unerschütterlichen Überzeugung und Zuversicht vorzutragen, die sogar das logischste Gegenargument aushebeln kann. Aber dieses Mal gelingt es mir nur mit Müh und Not.

Ich erkläre ihnen, dass Valdemars Verhalten von alten Streitereien mit mir herrührt. Er hatte große Schwierigkeiten, meine Favoritenposition im Hause Troelius zu akzeptieren. Zugegeben, ich habe das zu meinen Gunsten ausgenutzt und Valdemar ein paar Frauen ausgespannt, an denen er interessiert war. Aber das waren Banalitäten. Jetzt im Nachhinein erkenne ich, wie unsensibel dieses Verhalten gewesen ist. Auf jeden Fall erklärt das, warum Valdemar so verbittert zu sein scheint.

»Nachdem ihr auf Glimmingeholm aufgetaucht seid, wird er euch überprüft haben«, erkläre ich. »Und da sind bestimmt nicht nur gute Erinnerungen wieder hochgekommen.«

»Was denn zum Beispiel?«, hakt Thor nach.

»Dein Anblick wird seine alte Eifersucht wieder geweckt haben. Valdemar kann keine Kinder bekommen. Er ist sterilisiert.«

Das stimmt weitgehend. Was ich ausgelassen habe, ist seine Motivation für die Sterilisation. Er wollte ungeschützten Sex haben und hasst Kinder im Allgemeinen.

Aber das scheint Thor und Julia noch nicht zu überzeugen. Auch in meinen Ohren klingt es etwas unwahrscheinlich, dass Valdemar deshalb ins Auto springt und nach Dimö fährt, um Thor zu terrorisieren. Ich muss noch dicker auftragen.

»Er hat das nie überwunden. Er hat mir Mails und SMS geschickt, einige davon waren explizite Drohungen.«

»Dreißig Jahre lang?«, fragt Julia skeptisch.

»Ja, aber ich habe das nie besonders ernst genommen. Jetzt ist er allerdings eindeutig zu weit gegangen. Ich werde mich an seine Arbeitgeberin wenden …«

»Du meinst diesen Drachen Justine Troelius?«, unterbricht mich Thor.

»Ganz genau die.«

Ich gebe mein Bestes, um Valdemar als einen kleingeistigen, machthungrigen mittelmäßigen Mann mit Minderwertigkeitskomplexen darzustellen.

Aber Julia beißt nicht an.

»Was du uns da erzählst, stimmt sehr wahrscheinlich alles, Franz. Aber es muss auf Glimmingeholm noch etwas anderes passiert sein, als dass du Valdemar die Frauen ausgespannt hast. Kannst du bitte ein einziges Mal ehrlich sein und uns die Wahrheit sagen?«

Ich seufze. Lang und ergeben.

»Natürlich sind da auch noch andere Dinge passiert, aber darüber möchte ich nicht mit euch sprechen. Ich kümmere mich als Erstes um die Angelegenheit mit Valdemar.«

Nachdem ich ihnen versichere, und zwar mehrfach, dass von Valdemar keine Gefahr ausgeht, geben sie schließlich missmutig auf. Wir machen uns auf den Nachhauseweg. Die schöne Stimmung ist verflogen und wurde durch ein vorwurfsvolles Schweigen ersetzt.

Es ist ein schöner, lauer Sommerabend. Der Waldboden schwingt unter unseren Füßen, die Luft ist frisch. Aber das hilft jetzt alles nichts. Jeder Schritt, mit dem wir uns ViaTerra nähern, wird schwerer und schwerer.

Kapitel 30

Am nächsten Morgen nehme ich die erste Fähre aufs Festland und fahre nach Süden. Ich werde unangemeldet auf Glimmingeholm auftauchen, obwohl Valdemars Aktionen ohne Zweifel als inoffizielle Einladung zu verstehen waren.

Feiner Nieselregen legt sich wie ein dünnes Netz aus Tropfen auf die Windschutzscheibe. Ich rase, fahre über die gesamte Strecke schneller als die zugelassene Höchstgeschwindigkeit. Aktionen, die ich normalerweise umsetze, ohne einen Gedanken daran zu verschwenden, kommen mir übermäßig anstrengend vor – Blinken, toten Winkel beachten, Überholmanöver. Außerhalb von Varberg halte ich an, um vollzutanken. Ich bin derart in meinen Grübeleien versunken, dass ich nichts um mich herum registriere. Ein Kopfschmerz meldet sich und pocht hinter meinen Schläfen, als ich die Autobahn verlasse und ins Landesinnere fahre. Unter dem regenschweren Himmel sieht die flache Landschaft trotz des vielen Grüns müde aus. Durch das Fenster, das ich etwas heruntergekurbelt habe, dringt der Geruch von Dünger ins Wageninnere. Ich komme an Höfen und endlos weiten Feldern vorbei, dann wird die Straße vom Wald verschluckt – und als das Schild sichtbar wird, das den Weg nach Glimmingeholm zeigt, schlägt mein Herz schneller. Als ich über den letzten Hügel fahre, macht der Wagen einen kleinen Satz und die Reifen spritzen Kies in alle Richtungen. Der Wald wird dichter, der Weg wird so schmal, dass ich beinahe in einem Brombeerstrauch stecken bleibe. Sekunden später taucht Glimmingeholm vor mir auf. Wie Draculas Schloss sieht es aus, oder ist das nur die verschwommene Erinnerung aus einem anderen Leben? Alle alten Herrenhäuser sind beeindruckend, aber Glimmingeholm nimmt da eine Sonderstellung ein. Die Wolken hängen tief, man sieht die Türme nur verschwommen und konturlos. Bruchstücke aus meiner Vergangenheit tauchen auf, flüchtige Fragmente. Ich sehe mich selbst – als der, der ich damals war. Ein junger Mensch, ungezügelt und mit einem unersättlichen Hunger aufs Leben. Aber Erinnerungen und Realität stimmen nicht überein. Der unwirtlichen Erscheinung des Anwesens fehlt der magische Glanz der Vergangenheit. Oder es liegt am Wetter.

Ich parke den Wagen vor dem Tor und steige aus. Es hat aufgehört zu regnen, aber die Luft ist feucht und der Himmel bleigrau. Der Innenhof ist menschenleer, das einzige Geräusch ist das Schlagen des Fahnenseils gegen den Mast. Hier hat sich seit dreißig Jahren praktisch nichts verändert. Nur der Fuhrpark, dort stehen andere Autos als früher. Kein Grund zur Nervosität.

Plötzlich steht Justine vor mir. Sie muss Ausschau nach mir gehalten haben, wusste offenbar, dass ich kommen würde. Sie öffnet die Pforte, baut sich aber vor mir auf, versperrt mir den Weg aufs Grundstück. Nach einem kurzen Zögern breitet sich ein Lächeln auf ihrem Gesicht aus, ihre Augen flackern, als hätte jemand eine Kerze angezündet. Insgeheim frage ich mich, wie viele Menschen von diesem Lächeln schon betört und zu Dingen verleitet wurden, die sie nicht machen wollten. Ich bin entschlossen, als Sieger nach Hause zu fahren, und bereit, dafür jedes meiner Worte auf eine Goldwaage zu legen. Zufrieden stelle ich fest, dass die Jahre auch an ihr nicht spurlos vorbeigegangen sind. Sie geht auf die sechzig zu, und ihre Schönheit verblasst allmählich. Ihre Haut, die früher eine vornehme Blässe hatte, ist jetzt kalkweiß und die Haut am Hals ist schlaff geworden. Die Falten an Mund und unter den Augen verraten, dass sie sich gegen Eingriffe entschieden hat, was mich verwundert, denn früher hat sie immer viel Wert auf ihr Äußeres gelegt. Sie trägt einen marineblauen Hosenanzug, der nicht kaschiert, wie mager sie geworden ist. Aber ihre eisblauen und abschätzigen Augen haben dieselbe Strahlkraft wie damals.

Mir schießt durch den Kopf, dass ich jederzeit einfach auf dem Absatz kehrtmachen und wieder nach Hause fahren kann.

»Ich wusste, dass du kommen würdest«, sagt sie. »Ist das nicht lustig, dass wir nach wie vor die Gedanken des anderen lesen können?«

Ihre Stimme ist tiefer als früher und stimmt nicht mit ihrem zarten Körperbau überein. Damals klang sie sexy, jetzt ist sie nur unpassend.

»Ich würde eher sagen, dass liegt an deiner eindeutigen Botschaft, mit der du deinen Sklaven zu mir geschickt hast.«

»Kann sein. Lass uns in die Jagdhütte gehen. Carl-Fredrik hat gerade ein Geschäftsessen.«

»Was wäre das Leben auf Glimmingeholm nur ohne sie?«, seufze ich.

»Wie immer wäre es ausgezeichnet. Ich möchte nur nicht, dass dich die Typen hier sehen.«

Sie geht vor, das kurze Stück durch den Wald. Wir schweigen. Die einzigen Geräusche machen die Regentropfen, die von den Blättern fallen. Wir kommen an dem kleinen Teich vorbei, auf dem auch heute noch die Seerosen blühen. Die Kapelle wirkt verwahrlost. Vielleicht bilde ich mir nur ein, dass Justine sie nach wie vor für ihre Kunst verwendet. Oder es hat keine Bedeutung für sie, dass sie zuwächst und vom Moos auf dem Dach förmlich erdrückt wird. Sie geht die kleine Anhöhe hinauf, die zur Kapelle führt. Als sie die Tür aufstößt, wird die erdrückende Stille vom Quietschen der Scharniere durchbrochen. Das Innere versinkt hinter zugezogenen Gardinen im Halbdunkel. Die Inneneinrichtung ist alles andere als inspirierend. Geistlos. Die Kunst an den Wänden scheint gezielt ausgewählt zu sein, um auf den schlechten Geschmack der Adligen anzuspielen. Jagdmotive. Erlegte Hirsche und Wildschweine und Jäger mit mordlustigen Blicken. Ein totes Schneehuhn im Sonnenuntergang oder -aufgang. Die Polstergarnitur aus grünem Samt ist eine Neuanschaffung, wahrscheinlich eine Antiquität. Das gesamte Mobiliar des Herrenhauses besteht aus Antiquitäten, die Justine sorgfältig ausgewählt und inszeniert hat. Damals hat sie mir die Wahl der eher altmodischen Ausstattung erklärt. *Die alten Säcke sollen sich erst von diesem falschen Ambiente einlullen lassen und dann nach ein paar Drinks aus dem Nähkästchen plaudern.*

Auf dem Boden liegt ein riesiger schwarzer Hund und schläft. Als er uns hört, spitzt er die Ohren, hebt den Kopf und knurrt. Justine beruhigt ihn, und wir setzen uns. Mein Blick wandert vom Kachelofen zu der Tür im hinteren Teil des Raumes. Das entgeht ihr nicht.

»Möchtest du meinen Lieblingen Hallo sagen, bevor wir uns unterhalten?«

»Sag bloß, du hast noch die Schlangen?«

»Klar. Allerdings nicht mehr die alten. Die sind irgendwann eines natürlichen Todes gestorben und wurden in einer Lichtung im Wald begraben. Willst du die neuen sehen?«

»Nein, danke.«

Sie steht wieder auf und holt eine Flasche Weißwein und zwei Gläser. Auch damals hat sie nie etwas Stärkeres als Wein getrunken. Weißwein im Frühling und Sommer, Rotwein im Herbst und Winter, gleichgültig, was es zu essen gab. Die einzige Ausnahme war an besonders heißen Sommertagen ein kühlender Pastis auf der Terrasse.

»Trinkst du ein Glas mit?«

Ohne meine Antwort abzuwarten, entkorkt sie die Flasche und schenkt uns ein.

Ich beschließe, den Stier bei den Hörnern zu packen.

»Was willst du von mir, Justine? Wenn du das alles aus Angst davor machst, dass ich nach so vielen Jahren etwas aufdecke und verrate, dann bist du wirklich krankhaft misstrauisch.«

»Darum geht es nicht. Jedenfalls nicht ausschließlich.«

»Könntest du mir das bitte erklären?«

»Es geht um Wiedergutmachung. Für das, was du meiner Tochter Elisabeth angetan hast.«

Ich spüre schlagartig, wie sich mir der Hals zuschnürt.

»Ich … ähm …«

»Das war *meine* Tochter, Franz. Was hast du dir dabei gedacht? Wenn du jetzt behauptest, das habe alles auf Gegenseitigkeit beruht, hole ich das Gewehr aus dem Schrank und schieße dir in die Eier.«

»Ich habe wahrscheinlich nicht nachgedacht«, sage ich und frage mich sofort, warum ich etwas derart Dämliches habe sagen können. Sekunden später frage ich mich, *warum* ich es damals getan habe. Mein Verhalten folgte keiner tieferen Logik, es ergibt nur Sinn, wenn man es mit meiner Besessenheit erklärt.

»Ich habe wahrscheinlich nicht nachgedacht«, sage ich, als litte ich unter einem Wiederholungszwang.

Justine starrt mich sprachlos an.

Ich mache einen neuen Versuch.

»Es war tatsächlich mehr oder weniger gegenseitig. Ich habe schon seit Jahren keinen Sex mehr mit jüngeren Frauen, ich habe mich nach meinem Schlaganfall vollkommen verändert.«

Ihr entweicht ein Geräusch, eine Mischung aus Lachen und Schnauben.

»*Verändert* ist ein abscheuliches Wort, wenn es über deine Lippen kommt. Abgedroschen. Hohl. Glaubst du etwa selbst, was du da sagst?«

Ich höre alle Geräusche überdeutlich: Justines Stimme, das Schnarchen des Hundes, ein Ast, der über das Dach schabt. Ich weiß nicht, was ich sagen soll, und senke den Blick.

»Das Verhältnis zwischen Elisabeth und mir ist gelinde gesagt schwierig, seit du es zerstört hast«, bemerkt sie. »Was für eine bittere Ironie, dass sie ihre eigene Mutter meidet, aber ausgerechnet mit dir Kontakt hat.«

Sie trinkt ihr Glas aus, als wäre es nur ein Shot gewesen.

»Was ist denn passiert? Hat sie mit dir gesprochen?«

»Das ist gar nicht notwendig. Ich habe ihr immer geglaubt. Als es damals passiert ist, konnte ich dich nicht anzeigen. Du bist gerade auf dem Höhepunkt deines Erfolges als spiritueller Führer gewesen. Ich hatte dich in den Himmel gelobt, dich unseren Freunden vorgestellt. Das hätte nicht gut ausgesehen. Aber was du Elisabeth angetan hast, nagt seitdem an mir. Und als ich deinen Sohn gesehen habe, der tatsächlich eine wandelnde Kopie von dir ist, habe ich beschlossen, etwas zu unternehmen.«

Ich öffne den Mund, möchte etwas sagen, aber sie ist schneller.

»Du hältst jetzt einfach mal deine Klappe. Geht dir deine Stimme nicht auch ab und zu auf die Nerven? Du lässt mich ausreden, sonst hetze ich den Hund auf dich.«

Innerlich fluche ich. Warum hat sie nach wie vor die Macht, mich zum Schweigen zu bringen? Ohne mit der Wimper zucken, habe ich wieder klaglos die Rolle ihres Sklaven eingenommen. In meinem Kopf dreht sich alles, Fragen über Fragen. Ist das hier unvermeidbar? War dieser Verlauf schon besiegelt gewesen, als ich Justine das erste Mal gegenübergestanden habe? War vorherbestimmt, dass es so enden würde, so wie der Sonnenaufgang und -untergang einem vorgegebenen Rhythmus folgen? Hatte ich von Anfang an geahnt, dass Justine mich eines Tages zerstöre würde? Sie hatte ihre Tochter auf meine Schule geschickt, obwohl sie mich und meine Neigungen doch kannte.

Aber die schwerwiegendste Frage zuletzt: Wie komme ich hier heil wieder heraus? Ich werde mich von einer Anklage wegen Vergewaltigung niemals erholen, vor allem wenn es ein so vertrauenswürdiges Opfer ist. Das Ganze ist jetzt acht Jahre her, was bedeutet, dass man auch die ehemaligen Schüler und Schülerinnen aussagen lassen kann. Allen voran Thor. Das würde nicht nur meine Karriere ruinieren, sondern auch die Beziehung zu meinem Sohn für immer zerstören.

»Hallo? Bist du noch da?«, fragt Justine.

Ich komme wieder zu mir, sehe sie vor mir sitzen. Alles fühlt sich an, als wäre ich erst gestern hier gewesen.

»Ah ja, anwesend … Ich habe noch nicht verstanden, was du von mir willst.«

»Ich will auch gar nichts von dir, Franz. Ich will lediglich sicherstellen, dass du dein Schweigen aufrechterhältst. Kein Wort darüber, was damals passiert ist. Und das gilt auch für die Zeit nach meiner Ausstellung, die im Herbst stattfinden wird. Als ich gesehen habe, wie dein Sohn hier herumschnüffelte, beschlich mich das ungute Gefühl, dass du unter Umständen vorhast, ihm dein Herz auszuschütten. Außerdem sollst du büßen. Carl-Fredrik und ich werden schon bald das Land verlassen, aber vorher wirst du Elisabeth noch die Wohnung als ein Geschenk überschreiben. Danach brichst du den Kontakt zu ihr ab und wirst nie wieder in ihre Nähe kommen. Verstanden?«

Ich nicke, bin fast ein bisschen erleichtert. Vielleicht komme ich hier doch einigermaßen unbeschadet wieder raus. Aber Justine scheint noch nicht fertig zu sein.

»Solltest du meiner Tochter gegenüber irgendwelche Annäherungsversuche unternehmen, habe ich Valdemar instruiert, deinem Sohn dasselbe anzutun, was du Elisabeth angetan hast. Nur wesentlich schlimmer. Er wird ihn aufsuchen, wenn er am wenigsten damit rechnet. Er wird ihn an einen Ort bringen, wo Thor sich klein, einsam und ängstlich fühlt. Und es wird wehtun, schrecklich wehtun.«

Die Wut flammt in mir auf, geradezu zerstörerisch. Justine bemerkt das und hebt die Hand.

»Bevor du dich jetzt aufregst und Dinge sagst, die du bereust, denk erst mal nach. Sollten wir Elisabeth und Thor nicht ihr Leben in Frieden verbringen lassen? Wir sind doch wirklich keine guten Vorbilder für sie gewesen.«

Mir gelingt es, meine Wut zu bändigen. Außerdem

stimme ich ihr ohnehin zu. Alles dreht sich darum, Thor zu beschützen. Wir vereinbaren, dass ich eine Schenkung an Elisabeth mache und ihr die Wohnung überschreibe. Im Gegenzug lässt Justine Thor und mich in Ruhe.

Überstürzt verlasse ich dann Glimmingeholm und empfinde es als eine unfassbare Erleichterung, als die platte Landschaft Schonens den weitläufigen Kiefernwäldern der Region Halland weicht.

Auf dem Heimweg muss ich an die Frauen in meinem Leben denken. An Elisabeth, die, soweit ich mich erinnere, nie Nein gesagt hatte, sich aber dennoch gegen mich wandte. An meine starrköpfige, dickfellige Mutter. An Sofia, die mit ihren Schreibereien meinen Ruf fast ruiniert hätte. An Elvira, Thors Mutter, die minderjährig war, als ich mit ihr geschlafen habe. Aber ich kann versichern, dass ich nie böse Absichten gehabt habe. Ich habe nur nie gewusst, ob sie Ja sagte und Nein meinte … oder umgekehrt. Wie kann von einem erwartet werden, dass man die Verantwortung für sein Handeln gegenüber einer solchen Person übernimmt? An Elyssa, meine Sekretärin, die mich schon lange offen kritisiert und gleichzeitig immer unentbehrlicher für mich wird. An Julia, die meinen zerbrechlichen Kern gefunden und darin herumgestochert hat. Und dann ist da natürlich auch noch Justine. Die Schlange im Paradies. Mein Leben ist eine Achterbahnfahrt von Erfolgen und Misserfolgen gewesen. Diese Misserfolge sind immer durch Frauen verursacht worden. Es muss doch einen Weg geben, diesen Teufelskreis zu durchbrechen. Könnte es sein, dass ich eine Art angeborene Anziehungskraft habe, die besonders komplizierte Frauen anlockt? Ich hatte für den Kommunismus immer eher Verachtung übrig, aber in einem Punkt hatte Karl Marx sicher recht. *Geschichte ereig-*

net sich immer zweimal: Zuerst als Tragödie, dann als Farce. Wie absurd, dass es regelmäßig Frauen sind, die mich zu Fall bringen.

Kapitel 31

Mein Vortrag beginnt in einer Stunde. Ich bin gerade in ViaTerra angekommen und möchte vorher unbedingt noch mit Thor sprechen. Ich will mich vergewissern, dass es ihm gut geht. Die Luft ist atemberaubend frisch. Schäfchenwolken ziehen über den Himmel. Es ist einer jener Abende – wenn der Regen die Luft gereinigt hat und es sich anfühlt, als wolle der Sommer eine zweite Runde drehen.

Thor ist nicht im Gästehäuschen, ich treffe nur Julia an. Sie erzählt mir, dass er spazieren gegangen ist, ein bisschen frische Luft schnappen wollte. Ich weiß, wo ich ihn finde. An dem Ort, wo er sich seinen dunklen Gedanken hingeben und sich fragen kann, wie und warum ich sein Leben zerstört habe. Und tatsächlich. Er befindet sich im ehemaligen Schulgebäude. Dort steht er am Fenster des Klassenzimmers.

»Wo bist du den ganzen Tag gewesen?«, fragt er, ohne sich umzudrehen.

Ich stelle mich neben ihn. Ich bin so nah, dass ich ihn riechen kann – Frische.

»Ich war bei Justine Troelius auf Glimmingeholm«, antworte ich.

»Aha. Und wie war es?«

»Gut. Wollen wir zusammen essen? Dann kann ich dir alles erzählen.«

»Ich würde gern noch einen Augenblick bleiben. Es ist

komisch, aber dieser Raum hier hat eine Tür zu meiner Kindheit aufgestoßen.«

Das Letzte, was ich gerade gebrauchen kann, ist ein Vortrag von Thor über das Unrecht, das ihm vor vielen Jahren widerfahren ist. Aber meinetwegen, offensichtlich will und muss er das jetzt loswerden.

Alles, was ich zu tun habe, ist ein bisschen Mitgefühl und Verständnis aufzubringen. Kein Wunder, dass er Fragen hat, auf die er Antworten hören möchte. Leider bin ich in seiner Kindheit mit anderen Dingen beschäftigt gewesen und kann sie sicher nicht beantworten.

Thor sieht sich suchend nach einer Sitzgelegenheit um. Als ihm bewusst wird, wie leer das Klassenzimmer tatsächlich ist, lehnt er sich mit dem Rücken gegen die Wand, lässt sich auf den Boden gleiten und setzt sich in den Schneidersitz. Ich setze mich neben ihn, ziehe die Knie bis zum Kinn hoch und freue mich über meine Beweglichkeit.

»Was wolltest du mir sagen?«, frage ich.

»Gleich. Warum bist du zu Justine Troelius gefahren?«

»Ich habe dafür gesorgt, dass uns Valdemar nicht mehr belästigt.« Nach einer kurzen Pause füge ich noch hinzu. »Er wird eine Therapie machen, um seine Eifersucht in den Griff zu bekommen.«

»Aha. Das klingt doch gut. War das der einzige Grund?«

»Ja. Justine und ich haben eine Vereinbarung getroffen. Ihr hattet recht. Es ist nicht in Ordnung, dass mir die Wohnung gehört, in der Elisabeth wohnt. Deshalb werde ihr die Wohnung jetzt überschreiben.«

»Wirklich? Ist das nicht Erpressung?«

»Ganz und gar nicht. Ihre Mutter will es so. Dann ist Elisabeth nicht mehr von mir abhängig.«

Schon scheint Thor das Interesse verloren zu haben. Offenbar macht ihm etwas anderes zu schaffen.

»Ich versuche wirklich, die Verantwortung für meine Vergangenheit zu übernehmen. Aber das dauert und geht nur langsam«, sage ich.

»Ich beschäftige mich die ganze Zeit mit den Erinnerungen an meine Schulzeit. Vor allem deine Rolle darin. Wir waren noch so klein, haben immer alles mitgemacht. Du hast uns eingeredet, dass wir für etwas Größeres bestimmt sind.

Dann war es ein riesiger Schock, ViaTerra zu verlassen. Die Realität hat mir ins Gesicht geschlagen und mich angebrüllt: *Wo sind deine Noten?*«

Ich weiß nicht, ob ich das hier aushalte. Meine Stimmung schwankt schon den ganzen Tag von einem Extrem zum anderen. Von Entschlossenheit zu Entsetzen. Von Erleichterung zu Scham, wenn mich Thors prüfender Blick trifft.

»Rückblickend wünschte ich mir schon, dass ich mich mehr mit eurer Schulbildung befasst hätte«, sage ich und hoffe, dass er sich damit zufriedengibt. Das tut er selbstverständlich nicht.

»Du schiebst immer den Lehrern die ganze Schuld zu. Aber du bist doch der Schulleiter gewesen.«

»Schulleiter?«

»Oder eben der spirituelle Schulleiter.«

»Spirituell?«

»Wiederholst du jetzt jedes Wort, das ich sage?«

Ich gehe sofort in die Defensive.

»Das ist eine falsche Beschreibung meiner damaligen Rolle und Funktion.«

»Das sehe ich anders. Du hast uns mit deinen philosophischen Auslegungen über den Sinn des Lebens einer Gehirnwäsche unterzogen.«

»Gehirnwäsche ist wirklich übertrieben«, wehre ich mich.

Er grinst.

»Wir waren in der ersten Klasse, Papa! Glaubst du tatsächlich, dass wir deine Ausführungen über die verschiedenen Dimensionen und Paralleluniversen verstanden haben? Für uns warst du ein Superheld. Und wir haben jeden Tag darauf gewartet, dass du ins Klassenzimmer geflogen kommst.«

Ich versuche, ein Lächeln zu unterdrücken. Thor legt mir seine Hand auf den Arm.

»Darüber hast du nie nachgedacht, stimmt's? Du bist so sehr mit deiner Rolle als spiritueller Retter beschäftigt gewesen, dass du vergessen hast, dass wir Kinder sind. Oder war es doch Absicht? Ich erinnere mich an eine These von dir, dass Kinder mit der Welt außerhalb des Normativen in einem engeren Kontakt stehen. Mit anderen Worten, sie sind leichter zu beeinflussen.«

Damit hat er nicht ganz unrecht. Aber ich finde die Wendung *leichter zu beeinflussen* nicht passend. Ich würde eher sagen, ein Kind hat einen offeneren Geist. Meine Unzufriedenheit mit meinem Personal hat mich dazu gebracht, den Kindern zu vermitteln, dass sie die Auserwählten sind – und damit etwas Besonderes. Und als solches hätten sie mir in der Zukunft bedingungslos dienen können. Obwohl ich Thor recht geben muss, möchte ich betonen, dass ich keine bösen Absichten hatte. Denn ich bin davon überzeugt gewesen, dass es zu ihrem Besten war.

Er wartet auf eine Antwort von mir, ich sehe die Enttäuschung in seinen Augen.

»Es tut mir leid, wenn du darunter leiden musstest. Dafür möchte ich mich entschuldigen«, sage ich. »Das war nie meine Absicht.«

»Ich glaube nicht, dass mir deine Vorträge geschadet haben. Jetzt mit ein bisschen Abstand sind sie unfreiwillig komisch, und ich kann sogar darüber lachen. Da hat es andere Sachen gegeben, dir mir viel mehr zu schaffen gemacht haben.«

»Kannst du mir das mit deinen eigenen Worten erklären?«, frage ich mit weicher Stimme.

»Wessen Worte sollte ich denn sonst verwenden?«, schnauzt er mich an.

Das ist ein empfindliches Thema für ihn. Er presst die Lippen aufeinander und schüttelt den Kopf.

»Die unerbittliche Disziplin hat den weitaus größeren Schaden bei mir angerichtet«, erklärt er. »Ich habe auch heute noch ein fast zwanghaftes Bedürfnis, das Richtige zu machen, zu gehorchen. Und ich bin geradezu krankhaft ordentlich.«

Ich habe erst viel später begriffen, dass die militärische Disziplin für Thors Persönlichkeit nicht geeignet war. Befehlen zu gehorchen. Gruppenarbeit. Kurz geschorene Haare. Obwohl er sich bei Letzterem erfolgreich widersetzt hat und seine rote Lockenpracht behalten durfte. Mit seinem sanften Wesen und dem zarten Körperbau ist er auch nicht fürs Militärische geeignet gewesen. Aber es gibt Kinder, die in einer strengen und klaren Umgebung hervorragend gedeihen.

»Ich dachte, das würde euch alle enger zusammenschweißen«, sage ich.

»Ganz bestimmt, das glaube ich sofort. Teambuilding und so«, sagt er und grinst. »Die Sache ist aber die: Deine sogenannten Ideale haben sich wie ein roter Faden durch den Unterricht gezogen, und das ging letztlich schief, Papa. Total schief.«

Er sieht mich an, versteckt hinter seinem langen Pony. In dem schwachen Licht verschwimmen die Konturen seines Gesichtes, und er erinnert mich an das Kind, das er vor noch gar nicht so langer Zeit gewesen ist. Bei dem Gedanken an meinen kleinen Sohn, der einsam und traurig in dem großen, kahlen Schlafsaal liegt, wird mir richtig übel. Ich hätte meine Vaterrolle ernster nehmen sollen. Aber dafür ist es jetzt zu spät.

»Gab es denn gar nichts Gutes?«, frage ich, obwohl ich ihm die Frage bereits gestellt habe und seine Antworten kenne.

»Doch. Das habe ich dir ja schon gesagt. Wegen der Isolierung von der Außenwelt sind wir nicht in Kontakt mit Alkohol und Drogen gekommen, und es wurde nicht geraucht. Und sogar die Tatsache, dass wir nicht schon mit fünfzehn oder sechzehn Sex haben konnten, finde ich in Ordnung.«

Ich muss meinen Blick abwenden. Enthaltsamkeit. Was für ein unglaublich erbärmliches Ergebnis der eigenen Schulzeit.

»Tja, wenigstens etwas. Oder … ich weiß nicht.«

Ich verfluche mich selbst, weil ich so herumstottere und mich verhaspele. Der Tag hat schlimm begonnen und wird jetzt immer schlimmer. Aber da rutscht Thor näher an mich heran, und unsere Arme berühren sich.

»Was ich eigentlich sagen möchte, ist, dass es nicht zu spät ist, etwas daran zu ändern.«

»Und wie, um alles in der Welt, soll das gehen?«

»Du hast nie die Verantwortung für die vielen, gebrochenen Menschen übernommen, die hier zur Schule gegangen sind. Du solltest damit anfangen, dich bei ihnen zu entschuldigen.«

»Jetzt? Wem würde das denn nutzen? Das wäre doch lächerlich, findest du nicht?«

»Das finde ich ganz und gar nicht«, sagt er und nickt, um es zu betonen.

Zum Glück ist das Ende des Sommers auch der Beginn von etwas Neuem. Thor nimmt mir das Versprechen ab, dass ich mit meinen ehemaligen Schülern Kontakt aufnehme und mich reumütig bei ihnen entschuldige. Er wird bis Anfang September, wenn er seine neue Stelle antritt, auf Dimö bleiben und sich um das Konzept des Naturraumes im ehemaligen Schulgebäude kümmern. Er wird die Vorarbeit leisten, mit den Inselbewohnern sprechen, sich um ihre Unterstützung bemühen und mit den zuständigen Behörden ins Gespräch kommen. Er wird auch eine Skizze anfertigen, wie man den Raum nutzen könnte. Als ich ihm sage, dass ich Leute kenne, die ihm dabei helfen könnten, würgt er mich ab.

Ein Blick auf meine Uhr sagt mir, dass es bald Zeit für meinen Vortrag ist. Ich habe keinen Plan, worüber ich reden werde, aber ich kann ganz gut improvisieren. Vielleicht etwas über die Kluft zwischen der Welt des Geistes und der des Verstandes. Über die Dimensionen, die außerhalb des langweiligen Alltags existieren.

»War das alles?«, frage ich vorsichtig.

»Ja«, sagt Thor. Aber sein unsicheres Lächeln verrät mir, dass er noch etwas nachlegen möchte. Dann bekommt er plötzlich einen Gesichtsausdruck, der mir Angst macht. Als würde ich jeden Augenblick an die Wand gestellt werden können.

»Papa … verheimlichst du mir etwas?«

Natürlich beantworte ich das sofort mit einem Nein. Habe ich wirklich eine Wahl?

Kapitel 32

THOR

Es fühlte sich an, als hätte das Verhältnis zu seinem Vater einen großen Entwicklungsschritt gemacht. Und auch von Valdemar Sporre hörten sie nichts mehr. Franz war ein hervorragender und unterhaltsamer Gastgeber und tat alles, damit Thor und Julia eine gute Zeit auf Dimö hatten. Sie unternahmen gemeinsam Ausflüge, verbrachten auch einen Abend in der Hütte und badeten im See. Thor und Julia unternahmen außerdem viel mit Franz' Mitarbeitern, sie gingen segeln und grillten abends zusammen.

Um die Vergangenheit seines Vaters endgültig hinter sich zu lassen und damit seinen Frieden zu finden, musste Thor nur noch dieser einen Spur nachgehen. Nathan Ribbing. Das war der Student, der in demselben Jahr spurlos verschwunden war, als Franz in Lund studiert hatte. Thor weitete seine Recherche aus und stieß auf einen Artikel, in dem stand, dass Nathan von seiner Reise nach Kenia erzählt haben soll. Er sei adoptiert worden und wollte sich auf die Suche nach seinen Wurzeln machen. Seine Eltern taten das als absoluten Unsinn ab. Nathan wäre niemals weggefahren, ohne ihnen Bescheid zu sagen. Allerdings wusste Thor auch, wie wenig man einen anderen Menschen kennt. Vor allem Eltern ihre Kinder. Und Kinder ihre Eltern. Ihre Träume und Geheimnisse. Außerdem hatten über hundert Studenten gleichzeitig mit Franz und Nathan angefangen, deshalb neigte Thor zu der Annahme, dass es sich um einen Zufall handeln musste, dass die beiden zeitgleich in Lund gewesen waren. Sogar Julia bestärkte ihn darin, die Sache auf sich beruhen zu lassen – er solle endlich aufhören, Franz vor sich selbst und seiner Vergangenheit retten zu wollen. Im Laufe der Ferien hatte sie das Interesse an der Geschichte verloren. Am Ende ließ dann auch er los. Außerdem beschäftigte ihn etwas anderes: der Umbau des ehemaligen Schulgebäudes, um die Räumlichkeiten einer sinnvollen Nutzung zuzuführen. Der Entschluss wurde immer konkreter, je häufiger er sich in den desolaten Räumen aufhielt und von seinen Erinnerungen überwältigt wurde. Er hoffte, dass er mithilfe des Projektes, daraus ein Besucherzentrum zu machen, endgültig damit abschließen könnte.

Mitte August fuhr er mit Julia nach Göteborg zurück. Er hatte sein Vorstellungsgespräch und wollte danach nach Dimö zurückkehren, Julia würde dortbleiben und sich einer neuen Artikelreihe widmen.

Die Zeitschrift, in der Patrik Helsing Thor eine Stelle als Elternzeitvertretung besorgt hatte, hieß *Backspegeln* – Rückspiegel. Die Redaktion ging den Geschichten auf den Grund, an denen andere Medien längst das Interesse verloren hatten. Sie gruben tiefer in den »alten Nachrichten«. Der Schwerpunkt lag dabei auf gesellschaftspolitischen Themen. Es gab auch einen korrespondierenden Vlog, ähnlich dem in der *Lügenfabrik*, aber seriöser und mit sehr viel weniger Sarkasmus.

Der Chefredakteur hieß Zeke, hatte wildes Haar und einen ebenso wilden Bart und außerdem einen Blick, der zwischen manisch und gelangweilt hin und her wechselte.

Thor hatte sich sorgfältig auf das Vorstellungsgespräch vorbereitet. Natürlich hatten sie seinen Lebenslauf gelesen, aber er wusste selbst, dass der niemals die ganze Wahrheit über eine Person abbilden konnte. Deshalb hatte er sich Antworten auf bestimmte Fragen ausgedacht, beispielsweise auf die nach seiner Vorgeschichte als Kind einer Sekte. Aber Zeke fragte gar nichts dergleichen. Thor hatte den Eindruck, dass das Vorstellungsgespräch nur eine Formalität und es von Anfang beschlossene Sache war, dass er den Posten bekommen würde. Er konnte seine Enttäuschung nicht leugnen.

Er erhielt eine Führung durch die Redaktion, die ganz anders aufgebaut war als andere Redaktionen, die er kennengelernt hatte. Die Räume waren nach Tätigkeiten gegliedert, damit die Mitarbeitenden im Laufe des Arbeitstages ihre Umgebung verändern konnten. Es gab einen schallisolierten Raum für diejenigen, die sich bei der Arbeit konzentrieren wollten, einen offenen Aufenthaltsraum mit einem angeschlossenen Café sowie einen Kreativraum mit Stehtischen und Fahrradpedalen unter dem Tisch. Thor hoffte sehr, dass er beim Arbeiten nicht auch noch Sport treiben sollte. Aber ihm gefiel, dass zu der Redaktion auch ein Fitnessraum gehörte. Die Farbgestaltung orientierte sich vor allem an hellen Tönen und erinnerte an das Meer und die Küste. Er wurde von den Anwesenden freundlich begrüßt und war überrascht, wie jung das Team wirkte. Fast alle waren in seinem Alter. Zeke erklärte ihm, dass die Redaktion wegen der Ferienzeit nur mit halber Besetzung arbeitete.

»Deine ehemaligen Arbeitgeber haben ja ausschließlich in den höchsten Tönen von dir gesprochen«, sagte Zeke, nachdem sie sich alles einmal angesehen hatten.

»Redest du von der *Lügenfabrik*?«, fragte Thor. Das musste ein Scherz sein.

»Ja. Wir haben da angerufen, das ist ja so üblich in der Branche. Sie haben davon geschwärmt, wie engagiert und sorgfältig du arbeitest und dass du auch gern die Initiative ergreifst.«

»Aha …« Thor musste grinsen. Dann waren Vincent und Adam offenbar doch ganz in Ordnung.

Zekes Lächeln verblasste.

»War das da okay für dich? Ist das gut gelaufen?«

»Doch … schon. Aber ich habe nicht grundlos gekündigt.«

Es gelang ihm nicht, gleichgültig zu klingen.

Zeke lachte heiser.

»Wenn du mich fragst, ist dieser Vlog von der *Lügenfabrik* einfach schrecklich. Die haben einen Haufen Zuschauer verloren, seit sie deine Interviews nicht mehr im Programm haben. Die mochte ich besonders gern. Also, wie gefällt es dir hier? Kannst du dir vorstellen bei uns zu arbeiten?«

Thor wollte gern etwas Neues ausprobieren, seine Grenzen ausloten. Und die Atmosphäre wirkte angenehm. Und wenn man von den Fahrradpedalen absah, war das eine ziemlich coole Redaktion.

»Ich kann mir das ziemlich gut vorstellen«, gab er zurück.

»Dann abgemacht! Deal!«, sagte Zeke. »Eine Sache noch. Jonas, für den du die Elternzeitvertretung machst, hat den Beginn seiner Auszeit um einen Monat verschoben. Das würde bedeuten, dass du erst Mitte Oktober anfangen kannst. Die acht Monate aber bleiben bestehen. Ist das für dich machbar?«

Das war zwar anders als erwartet, aber nun hatte er noch einen Monat für etwas anderes Zeit. Und sie würden bis dahin mit Julias Lohn über die Runden kommen.

»Das ist kein Problem, aber ich würde es gern schriftlich haben, wenn das geht?«

»Selbstverständlich«, sagte Zeke. »Ich mail dir den Vertrag, wenn wir hier fertig sind.«

Nach dem Vorstellungsgespräch ging er zu Fuß nach Hause. Es nieselte. Der Gedanke daran, noch zwei weitere Monate frei zu haben, machte ihn richtig glücklich. Das Wort *Sommerferien* hatte in seiner Schulzeit nicht zum Vokabular gehört. Und während er die fehlende Schulbildung nachholte, hatte er die Sommer damit verbracht, Unterrichtsstoff nachzuarbeiten. Im Studium war er so fest entschlossen, immer mit Bestnoten abzuschließen, dass er einen Großteil der Ferien mit Lernen verbrachte. Wäre er nicht mit Julia zusammengekommen, hätte er sich wahrscheinlich niemals Urlaub gegönnt. Was versuchte er sich da zu beweisen? Dass er ohne die Hilfe seines Vaters zurechtkam oder womöglich, dass er der Klügere von beiden war? Seine Überheblichkeit ekelte ihn und machte ihn wütend. Und am liebsten hätte er Franz auch dafür die Schuld gegeben, vor allem, weil er es satthatte, sich selbst Vorwürfe zu machen. Aber jetzt lagen zweiundsechzig Tage Urlaub vor ihm, und den wollte er nutzen, um etwas wirklich Gutes zu tun.

Kapitel 33

Als Thor auf der Insel ankam, hatte sich ein dichter Nebel über Dimö gelegt. Manchmal stieg an Sommerabenden im Moor und in den Wiesen ein dünner Bodennebel auf, aber dieser war dichter und verschluckte alles. Als er ViaTerra durch die Pforte am Haupteingang betrat, tauchte das Herrenhaus vor ihm auf. In dem diesigen Licht sah es wie ein riesiges Gespenst aus. Dabei war es vollkommen still. Das lag wohl an dem Nebel. Er erstickte jedes Licht und jedes Geräusch. Alles verschwamm und erstarrte, wurde kalt und beinahe unnatürlich still. Bald würde ein Sturm aufziehen, wahrscheinlich schon in der nächsten Woche. Auf der Insel sah man die Stürme schon von Weitem wie riesige Wolken auf die Klippen zukommen, dann plötzlich erhoben sich Regen und Wind wie aus dem Nichts. Als vibriere die ganze Insel, vom Boden bis in die Spitzen der Baumwipfel. Im Spätsommer waren die Stürme nicht so heftig, aber was das Wetter auf Dimö betraf, so konnte man sich nie sicher sein.

Franz kam am Nachmittag im Gästehaus vorbei. Er wirkte unschlüssig und unsicher, stammelte herum, bis er schließlich erzählte, dass es ihm inzwischen gelungen war, die Namen der ehemaligen Schülerinnen und Schüler zu ermitteln. Ob Thor ihm dabei helfen könnte, ein passendes Schriftstück aufzusetzen? Er versuchte, möglichst sachlich zu klingen, aber Thor ließ sich nicht täuschen.

»Entschuldigungen sind nicht deine Stärke, was, Papa?«

Franz wedelte unwirsch mit der Hand durch die Luft.

»Darum geht es nicht, aber es ist doch deine Idee gewesen …«

Thor wurde von einer unbändigen Lust gepackt, lauthals loszulachen.

»Du kannst die Male, an denen du dich entschuldigt hast, wahrscheinlich an einer Hand abzählen.«

»Wenn du vorhast, dich über mich lustig zu machen, dann ist es wohl am besten, wenn ich wieder gehe«, erwiderte er. Seine Stimme klang wie eine Mischung aus weich und hart.

»Nein, bitte bleib. Der springende Punkt ist doch, dass die Entschuldigung von *dir* kommen muss. Darin soll es um *deine* Erinnerung an die betreffende Person gehen. Mit anderen Worten, es sollte persönlich sein, und du musst jedes einzelne Wort aufrichtig meinen. Und biete auf keinen Fall eine finanzielle Entschädigung an, du könntest ihnen nur sagen, dass sie sich jederzeit bei dir melden dürfen, wenn sie Hilfe benötigen. Wir beide wissen, dass du ein hervorragendes Gedächtnis hast, deshalb wird dir zu jedem auch garantiert etwas einfallen.«

Franz entspannte sich, seine Gesichtszüge wurden weich und die Schultern sanken herab.

»Ich werde mein Bestes geben. Dir zuliebe.«

Beim Abendessen sprachen sie über die weitere Planung des Besucherzentrums und Thors neuen Job. Der Nebel hatte sich nicht gelichtet, im Gegenteil sogar, denn es sah aus, als könnte er jeden Augenblick durch die Fensterritzen dringen. Franz erzählte ihm, dass sein abendlicher Vortrag von den lokalen Volkssagen und Geistergeschichten handeln und das Publikum danach bestimmt Albträume haben werde. Thor hatte große Lust, teilzunehmen. Sein Vater war großartig darin, diese gruseligen Märchen zu erzählen. Aber dann überkam ihn eine fast bleierne Müdigkeit, und er beschloss, früh ins Bett zu gehen. In dieser Nacht schlief er tief und fest.

Am nächsten Morgen wachte er früh auf und setzte sich auf die Terrasse, um den Sonnenaufgang zu betrachten. Er hörte das rhythmische Rauschen der Wellen, den säuselnden Wind – alles war wieder wie immer. Aber die Luft roch anders, sie verkündete das Ende des Sommers.

Die folgenden Tage verschrieb er sich voll und ganz dem Projekt der Errichtung eines Besucherzentrums. Er las viel über Dimös Kulturlandschaft und das Ökosystem, um die Einzigartigkeit der Insel besser zu verstehen. Er lernte auch eine Menge über die Funktion und Bedeutung des Nebels für die Insel. Vor allem für die biologische Vielfalt, die sich in der kontinuierlichen Feuchtigkeit entwickeln konnte. Einzigartige Baumflechten und eine Vielzahl von Pflanzen. Dimö als nebligste Insel an der Bohuslänküste, das war ein hervorragendes Alleinstellungsmerkmal und ein guter Ansatz für das Konzept.

Er überlegte sich auch, in welcher Form die Inselbewohner mit ihren Erfahrungen und Geschichten beitragen könnten. Kurt Burman beispielsweise, der Lebensgefährte seiner Großmutter, war fünfzig Jahre lang als Fischer aufs Meer gefahren und kannte die Gewässer um Dimö wie seine Westentasche. Er könnte doch Touren im Hafen und an der Küste entlang anbieten – und den Leuten seine Geschichten über die Blütezeit der Heringsfischerei erzählen.

Thor wurde schnell klar, dass Franz als Eigentümer auch die rechtliche und finanzielle Verantwortung für das Projekt übernehmen musste. Diese Form der Beteiligung war entscheidend, als eine Art Buße für die Vergangenheit. Außerdem sollten sie möglichst schnell jemanden finden, der den Posten des Geschäftsführers bekleiden konnte und die Arbeit übernahm, wenn er nach Göteborg zurückkehrte. Es sollte aber auch eine sachkundige Person sein, die sich mit der Topografie der Insel auskannte. Er dachte sofort an Linn Ekman, die Tochter des pensionierten Leuchtturmwärters. Sie hatte unzählige Weiterbildungen zum Thema Naturschutz und Ökologie gemacht und bot jetzt schon ab und zu Führungen über die Insel an. Die Frage war nur, bei welchem Arbeitgeber sie zurzeit beschäftigt war. Hoffentlich eine weniger attraktive Stelle als die der Managerin eines Besucherzentrums. Es wäre eine Vollzeitstelle. Natürlich konnte ein solches Naturzentrum einen Teil des Jahres geschlossen bleiben, aber es müsste immer die Option geben, Führungen und private Buchungen anzubieten. Wie er seinen Vater kannte, würde dieser gern eine kompetente Kraft einstellen, damit er nur Anweisungen aus dem Off zu geben brauchte, gleichzeitig aber die Lorbeeren ernten konnte, wenn das Ganze zu einem Erfolg werden sollte. Sie bräuchten auch unbedingt einen wirkungsvollen Auftritt im Netz und den sozialen Medien, aber darum könnte sich Hampus kümmern.

Thor machte sich an die Arbeit und setzte sich mit den verschiedenen Behörden in Verbindung. Ihn überraschte das große Interesse auf der anderen Seite, er erkannte aber schnell, dass das mit Franz' finanziellen Mitteln zusammenhing. Ausnahmsweise war Thor für den Reichtum seines Vaters einmal dankbar. Doch ihm schlug auch eine gehörige Portion Skepsis entgegen, und das hatte mit der dunklen Vergangenheit von ViaTerra zu tun.

»Das klingt alles ziemlich interessant«, sagte eine Frau

von der Umweltschutzbehörde und senkte dann ihre Stimme. »Darf ich fragen, was für eine Art von Geschäft Ihr Vater zurzeit auf Dimö betreibt?«

»Ein Retreat-Hotel«, sagte Thor ungezwungen. »Und das läuft recht gut. Es ist fast durchgängig ausgebucht. Die Gäste hätten selbstverständlich freien Zutritt zu dem Besucherzentrum.«

Das war Thors Verkaufsargument. Man bräuchte also keine großen Marketingkampagnen, um Leute anzulocken, weil die Gäste des Retreats zahlenmäßig schon zu Buche schlagen würden.

Die Frau am anderen Ende der Leitung zögerte.

»Ich hoffe doch sehr, dass diese Sektengeschichte ein abgeschlossenes Kapitel ist?«

Thor dachte an Franz' Vorträge und musste unwillkürlich grinsen, als er sich das neu eröffnete Besucherzentrum als eine Art Auftakt zu einer neuen Sekte vorstellte.

»Thor?«, rief die Frau in den Hörer.

»Oh, verzeihen Sie. Nein, das hat alles gar nichts mit einer Sekte zu tun. Ich schicke Ihnen gern Infos und Broschüren über das Retreat.«

Im Laufe der Zeit entstand ein harmonisches Miteinander. Franz und Thor verbrachten viel Zeit zusammen, vor allem abends trafen sie sich zu gemeinsamen Spaziergängen über die Insel. Es wurde immer früher dunkel, was bedeutete, dass man von den Klippen aus den Sonnenuntergang sehen konnte – und keiner glich dem anderen. Weder in Farben, Licht noch Stimmung. Jeder Abend war einzigartig. Sogar den alten Leuchtturm tauchten Himmel und Wasser jeden Abend in neue Farben.

Die warme Stimmung zwischen Vater und Sohn aber

schlug am Tag nach dem Sturm innerhalb von Sekunden um. Der Sturm hatte, wie Thor es vorgesehen hatte, keine besonders zerstörerische Wirkung, aber seine Wucht hatte ausgereicht, um einige Bäume vorzeitig von ihren Blättern zu befreien und im Hafen Chaos anzurichten. Dafür war die Luft seitdem um ein Vielfaches reiner, wie so oft nach einem Gewitter. Sie hatten sich auf die höchste Klippe gesetzt, auf den Teufelsfelsen. Seinen Namen hatte er von seinem Aussehen, das an einen gehörnten Teufel erinnerte. Von dort oben aus konnte man den Küstenverlauf bis zum Dorf betrachten und sogar das Innere der Insel mit den verblichenen Feldern und Wiesen und dem Laubwald sehen, in dem sich bereits die ersten gelben Blätter zeigten. Die Abenddämmerung war hereingebrochen, das Meer machte den Eindruck, als glühe es. Die Sonne ging wie ein grellorange leuchtender Feuerball unter und warf seine Flammen auf die Wellen.

Plötzlich seufzte Franz auf.

»Ich bin so dankbar für diese gemeinsame Zeit mit dir und dass wir uns beide bemühen, das Vergangene zu reparieren.«

»Mir geht es genauso«, sagte Thor. Ihm stiegen die Tränen in die Augen, aber dieses Mal ließen sie sich nicht wegblinzeln.

Die entspannte Atmosphäre verleitete Thor dazu, sich seinem Vater gegenüber zu öffnen und eine Frage loszuwerden, die ihn beschäftigte.

»Du, Papa. Darf ich dich was fragen? Das hat bestimmt keine weitere Bedeutung, aber ich habe vor einiger Zeit einen Artikel gelesen, in dem es um einen ehemaligen Kommilitonen von dir ging. Ihr habt damals beide Medizin in Lund studiert, und eines Tages war er spurlos verschwunden. Nathan Ribbing hieß der. Kanntest du ihn?«

Kapitel 34

FRANZ

Ich muss nach Luft schnappen, blinzeln, lege meinen Kopf in den Nacken und sehe in den Himmel. Das Geräusch des seufzenden Meeres verstummt. Darauf war ich nicht vorbereitet. Warum habe ich auf der inneren Reise in meine Vergangenheit auf Glimmingeholm nicht an das parallele Leben gedacht, das ich geführt habe? Mein Leben mit Nathan. Die bloße Erwähnung seines Namens löst eine Woge der Trauer aus.

Thor wartet geduldig auf eine Antwort von mir. Ich brauche nur Sekunden, um meine Fassung zurückzuerlangen. Wie hat er davon erfahren? Aber ich werde nicht fragen, wie er auf den Artikel gestoßen ist. Ich wäge ab. Das Beste wird sein, ihm die Wahrheit zu erzählen. Allerdings eine abgewandelte Version.

»Oh, ja, Nathan«, sage ich und lache. Meine Stimme klingt brüchig. »An den habe ich schon lange nicht mehr gedacht. Doch, den kannte ich. Ein kluger Typ. Supernett. Wir haben damals viel Zeit miteinander verbracht.«

Die Sehnsucht frisst mich innerlich fast auf. So funktioniert Nostalgie. Die Ereignisse haben ihr Eigenleben entwickelt. Am Horizont versinkt die Sonne orangerot. Thors Gesicht ist in der zunehmenden Dunkelheit schwer zu erkennen.

»Und was ist mit ihm passiert? Hast du da deine eigene Theorie?«, fragt er.

»Er ist einfach verschwunden. Von einem Tag auf den anderen. Kein Anruf, kein Brief, kein gar nichts. Kein Zeichen, keine Ankündigung. Ich glaube, er ist nach Kenia gegangen. Er hatte oft davon erzählt, dass er sich mit seiner Herkunft und seinen Wurzeln beschäftigen wollte.«

»Ja, das habe ich auch gelesen«, sagt Thor.

Ich zucke zusammen.

»Wo denn?«

»Na, in diesem Zeitungsartikel, im Netz.«

Ich beruhige mich damit, dass er nichts herausfinden wird, ganz gleich, wie gründlich seine Recherche auch sein mag. Das gibt mir die Möglichkeit, etwas entgegenkommender zu sein.

»Das war ein großer Verlust für alle, die ihn gekannt haben«, sage ich. »Er wäre ein hervorragender Arzt geworden. Er war wie geschaffen für diesen Beruf, ganz im Gegensatz zu mir. Ich hatte schon immer eher ein Faible fürs Spirituelle.«

Thor entgegnet nichts, aber sein Schweigen spricht für sich.

»Gibt es noch was anderes, was du fragen möchtest?«, frage ich.

»Nein, eigentlich nicht«, sagt er.

»Bist du sicher?«

Wie immer, wenn er über etwas nachdenkt, öffnet er den Mund, als hätte er eine Frage, die ihm auf der Zunge brennt.

»Oder vielleicht doch … wenn er wirklich nach Kenia geflogen ist, warum hat er sich nicht bei seinen Adoptiveltern gemeldet?«

»Keine Ahnung. Ihm kann auch etwas zugestoßen sein. Auf der Reise selbst oder vor Ort. Jedes Jahr verschwinden Tausende von Menschen spurlos.«

Ein Teil von mir will fort. Ganz weit weg. Raus aus dieser Situation, aus dieser Unterhaltung. Der andere, äußerst irrationale Teil, möchte die Wahrheit sagen, wenn das bloß wieder die Nähe herstellen würde, die noch vor wenigen Minuten zwischen uns geherrscht hat.

»Na gut«, sagt Thor und lächelt. »Wollen wir zurückgehen und eine Partie Schach spielen?«

Erleichtert seufze ich auf und schmiede umgehend einen Plan. Ein Glas Wein vor dem Kamin, ein bisschen Small Talk. Ich werde ihn ausgiebig für das loben, was er für das Besucherzentrum bereits auf die Beine gestellt hat. Natürlich lasse ich ihn die Partie gewinnen, und morgen wird dieses Gespräch auch schon wieder vergangen und vergessen sein.

Mein Plan geht auf, und wir verbringen einen schönen Abend. Thor hat Antworten auf seine Fragen bekommen und wird nicht weiter in der Sache herumstochern. Trotzdem habe ich Schwierigkeiten, einzuschlafen. Als der Morgen graut, habe ich noch kein Auge zugetan und wälze mich hin und her. Die Gedanken drehen sich im Kreis. Die Vergangenheit lässt mich nicht in Frieden. Normalerweise funktioniert mein Gedächtnis logisch und geordnet, aber jetzt tauchen unzusammenhängende Bruchstücke auf. Und am Ende formen sie ein einziges Bild: Nathans Gesicht, als ich ihn das letzte Mal gesehen habe.

Trotz meiner hohen sozialen Kompetenz und eines recht großen Bekanntenkreises hatte ich nie viele wirklich enge Freunde. Ich ziehe es vor, mich mit Menschen auf professioneller Ebene zu umgeben. Freunde stellen Forderungen an einen und gehen einem schließlich auf die Nerven. Nathan aber war eine Ausnahme von dieser Regel, vielleicht sogar die einzige. Am Anfang verwirrte mich unsere Freundschaft. Ich hatte in Frankreich eine Privatschule besucht und gehörte zu einer Clique aus weißen privilegierten Typen, die alle verachteten, die nicht so aussahen wie wir. Nathan war einer von ihnen. Trotzdem hat es sofort zwischen uns gefunkt. Ein einziger Blick hatte genügt, und ich wusste, dass ich ihn unbedingt kennenlernen wollte.

Wie soll man Nathan Ribbing beschreiben? Er sah eher wie ein American-Football-Spieler aus und nicht wie ein Medizinstudent. Durchtrainiert. Er strahlte ein Selbstbewusstsein aus, das nur die Menschen haben, bei denen alles nach Plan läuft. Zielstrebig, clever und mit einem guten Gespür für gesellschaftliche Trends. Er war fröhlich, ein positiv denkender Mensch, hatte aber gleichzeitig eine dunkle Seite und eine Faszination für das Morbide, für Katastrophen und den Tod. Diese Gegensätze verliehen ihm eine gewisse Tiefe.

Viele haben mich immer wieder als Narzissten bezeichnet, aber ich bin nicht so verblendet, dass ich die Vorzüge anderer Menschen nicht erkennen würde. Nathan war ein bisschen hübscher als ich. Ein bisschen charmanter. Ein bisschen klüger. Für sein Alter war er ungewöhnlich gebildet und konnte Zitate von alten, weisen Männern herunterrasseln, ohne dabei wie ein Snob zu wirken. Er kleidete sich unprätentiös, obwohl er teure Markenklamotten trug. Die meisten Menschen sind schöner, wenn sie lächeln, aber Nathans Lächeln war von einer anderen Welt. Als breche der Mond unerwartet hinter einer Wolke hervor. Und wenn es erstarb, folgte eine Mondfinsternis. Rein äußerlich waren wir wie Tag und Nacht, wie Licht und Dunkelheit. Seine Seele war mein Spiegel, er reflektierte mich. Gemeinsam waren wir unbesiegbar.

Nathan war von Menschen fasziniert, unabhängig von ihrem sozialen Status. Als ich ihn fragte, was ihn an denen so interessiere, sagte er, dass man von jedem etwas lernen könne, wenn man ihn nur lang genug beobachte. Seine Lieblingsbeschäftigung war es, sich in die Köpfe anderer Leute zu denken. Er war so begeistert bei der Sache, dass man gar nicht bemerkte, wie er Dinge aus einem hervorlockte. Ehe ich mich versah, hatte ich ihm von dem Missbrauch erzählt, dem ich als Kind ausgesetzt gewesen war. Und er war ein ausgesprochen guter Zuhörer. Wenn ich eine Sache von ihm gelernt habe, dann ist das die Bedeutung, die ein guter Zuhörer haben kann. Das Schweigen des anderen kann einen geradezu süchtig machen. Die Machtverhältnisse verschieben sich nämlich. Wer zuhört, hat die Oberhand.

Vom ersten Augenblick an hatten wir eine telepathische Verbindung. Es kam vor, dass ich über etwas nachdachte und er mir eine Antwort gab, bevor ich den Mund aufgemacht hatte. Wir lasen dieselben Bücher, vertraten dieselben Überzeugungen, und wenn es zu Meinungsverschiedenheiten kam, führten diese zu einem angeregten und anregenden Austausch. Wir mochten dieselben Clubs und fühlten uns von denselben Frauen angezogen. Wir verbrachten viel Zeit in der alten Krypta in der Domkirche und liebten den Moment, wenn das Tageslicht so durch die Fenster fiel, dass das Kirchendach über den Pfeilern zu schweben schien. Dort diskutierten wir dann über Leben und Tod.

Manchmal machten wir Ausflüge, fuhren auf Anhöhen, Brücken und Orte, an denen sich Menschen das Leben genommen hatten. Wir tauchten so lange in das Gefühl ein, bis wir die tödliche Verlockung der Vernichtung spürten. Wir wagten Dinge, um uns an unsere Grenzen zu führen, Fallschirmspringen oder steile Berge erklimmen. Ich habe mich nie wieder so lebendig gefühlt wie mit Nathan. Meine Überzeugung, dass ich mir nichts aus Menschen machte, löste sich auf. Bis dahin waren andere nur Werkzeuge gewesen, um meine Ziele zu erreichen. Aber mit Nathan veränderte sich das alles. Da gab es eine starke Anziehungskraft, sogar eine Leidenschaft. Vielleicht ahnte ich, dass unsere gemeinsame Zeit begrenzt sein würde. Vielleicht aber auch nicht. Als ich dann im September Justine kennenlernte, traf ich eine Entscheidung. Da waren Nathan und ich schon eine Zeit lang befreundet gewesen. Nach meinem ersten Gespräch mit Justine unten am See wusste ich eines ganz genau. Sie würde Nathan niemals kennenlernen dürfen.

Anstatt gegen meine Schlaflosigkeit anzukämpfen, entscheide ich mich, nach draußen zu gehen und den Sonnenaufgang anzusehen. Ich ziehe mich an und verlasse das Haus. ViaTerra schläft noch. Meine Mitarbeiter, die dunklen Flure, die dicken Wände – alles atmet rhythmisch und leise. Die Dunkelheit hat das alles eingehüllt, nur die Felsen nicht. Ich kann ihre Silhouetten sehen. Aber den Weg zu meinen Füßen kann ich kaum erkennen, doch ich weiß jede Senke, jede Erhebung, jeden Baum und jeden Busch auswendig. Ich gehe zügig, mein Ziel ist einer der schönsten Orte auf Dimö, ein Felsvorsprung an der Nordspitze der Insel, wo man zu dieser Jahreszeit die Sonne auf- und untergehen sehen kann. Die Felsen sind schon bei Tageslicht eine Herausforderung, in der Dunkelheit werden sie tückisch und lebensgefährlich. Aber nicht für mich. Ich könnte sie, dank meines fotografischen Gedächtnisses, sogar mit verbundenen Augen besteigen. Ich habe mir jeden Stein und jede Felsspalte gemerkt und klettere wie eine Bergziege nach oben.

Ich setze mich auf den Felsvorsprung und sehe zu, wie Dimö erwacht.

Langsam, quälend langsam wird es heller. Als wollte sich die Nacht nicht verabschieden und bereit sein, den großen schweren Vollmond auszuschalten. Während die Sonne immer höher an den Himmel steigt, verfärbt er sich, erst wird er rosa, dann korallenrot. Ich spüre die Kraft des Meeres, lausche dem unerbittlichen Rauschen der Wellen, die in warmen Kupfertönen schimmern. Die Luft ist mild und feucht, eine sanfte Brise kommt von Westen. Die innere Unruhe, die mich wach gehalten hat, lässt langsam nach. Hier draußen gibt es nichts, was meine Sinne stört. Als das vollkommene Rund der Sonne am Horizont sichtbar wird, spüre ich die Schwere meiner Augenlider. Angelehnt an den harten Granit, schließe ich die Augen und schlafe ein.

Das Kreischen der Möwen weckt mich auf. Mein Körper ist steif, mein Geist voller Ekel und Selbstverachtung. Nie hätte ich gedacht, dass ich eines Tages mit Schlaflosigkeit zu kämpfen hätte. Eine quälende Hölle, die einen hellwach sein lässt, während das Hirn einen mit Erinnerungen bombardiert. Ich war überzeugt, dass ich die Tragödie von Glimmingeholm tief vergraben hatte. In einer unerreichbaren Ecke meiner Erinnerung. Aber nach meinem Schlaganfall und den *Veränderungen*, die er und die Therapien mit sich gebracht haben, bin ich nicht mehr der alte. Ich winde mich, als würde ich mich schon wieder häuten. Mir gefällt der neue Franz nicht. Aber ich kennen jemanden, der mir da hoffentlich helfen kann.

Kapitel 35

Am Nachmittag führt mich mein Spaziergang zum Pfarrhaus. Ich bin mit Emil verabredet. Von den wenigen Freunden steht er mir am nächsten. Er ist der Pfarrer der kleinen Inselgemeinde, ein Naturbursche und Sportsegler. Außerdem ist er charmant und hat damit die Anzahl der Gemeindemitglieder erheblich erhöht. Aber vor allem ist er ein hervorragender Zuhörer, der mir schon mehr als einmal aus der Patsche geholfen hat. Zum Beispiel, als er verhinderte, dass ich mich vom Teufelsfelsen stürze.

Der Himmel ist unruhig, tief hängende, graue Wolken ziehen vorbei. Das ist ganz typisches Septemberwetter. Die leichten Federwolken kommen erst später im Jahr – als zuverlässige Vorboten des ersten Frostes. Auf den Wellen tanzen Schaumkronen, das Meer ist aufgewühlt, wie es sich bei schlechtem Wetter gehört. Vielleicht zieht schon wieder ein Sturm auf. Hier auf Dimö sagt man, dass man noch nie einen wahrhaftigen Sturm erlebt hat, wenn man nicht draußen auf offener See war. Das habe ich aber schon einmal durchgestanden – gestrandet auf einem kleinen Felsen mitten im Meer, mit einem Ruderboot als einziger Gesellschaft. Man darf dem Wind niemals den Rücken zukehren. Er kommt aus dem Nichts und ist überall.

Meine Gedanken sind so ungestüm und unruhig wie Himmel und Meer. Man kann die Spuren, die schwere Verbrechen in der Seele hinterlassen, nicht einfach beseitigen. Einige Menschen haben das starke Bedürfnis, zu gestehen und ihr schlechtes Gewissen zu erleichtern, sich der Justiz zu stellen. Schuldgefühle sind gewiss nicht meine größten Probleme. Für mich ist etwas ganz anderes unerträglich. Der vormals selbstverständliche Weg in die Zukunft ist verstellt worden. Die Vergangenheit zerrt an mir und stößt ihre Klauen in mich hinein, bis ich bei diesem einen atemlosen Augenblick innehalte – als ich Nathan Ribbing das letzte Mal gesehen habe.

Warum? Auf diese Frage suche ich eine Antwort.

Ich lasse die Erinnerungen weiterziehen, lasse alle Gefühle an mir abperlen. Der Wind hat zugenommen, er treibt mir die Tränen in die Augen. Kurz darauf stehe ich vor dem Pfarrhaus. Dieses weißgetünchte Haus mit den blauen Fensterläden befindet sich auf einer kleinen Anhöhe mit Blick auf den Hafen. Die Blutahorne, die rechts und links vom Eingang stehen, haben bereits ihre Farben verändert.

Emil öffnet und bittet mich hinein. Das Licht im Inneren ist gedämpft, er trägt seinen Talar und erzählt mir, dass er gerade von einer Taufe kommt. Emil ist zwar schon siebenunddreißig, hat aber das Aussehen eines jungen, attraktiven Mannes. Der Talar lässt ihn seriöser und älter wirken. Das passt irgendwie nicht zusammen.

»Stört es dich, dass ich den Talar anhabe?«, fragt er.

»Nein, überhaupt nicht.«

Wir setzen uns ins Wohnzimmer, auf dem Tisch steht eine Karaffe mit Wasser und zwei Gläser. In einem Kerzenständer aus Messing brennt eine Kerze. Hier haben wir schon viele dunkle, kalte Winterabende verbracht, haben dem gemütlichen Knistern des Feuers im Kamin gelauscht, Schach oder Karten gespielt und uns unterhalten. Manchmal treffen wir uns auch auf ViaTerra, aber lieber bin ich hier bei ihm. Wenn mich meine Vergangenheit bedrängt, fühle ich mich in einem Pfarrhaus besser aufgehoben.

»Kaffee?«, fragt Emil.

»Nein, danke, Wasser reicht mir.«

»Hast du Hunger?«

Ich schüttele den Kopf.

Eine Weile sitzen wir schweigend beieinander. Er fragt mich nicht: »Worüber willst du mit mir sprechen, Franz?« Stattdessen sieht er mich nur an, mit seinen warmen Augen, und wartet darauf, dass ich das Wort ergreife. Mich überkommt eine tiefe Ruhe. Für Bruchteile einer Sekunde spüre ich den Drang, ihm die ganze Wahrheit zu erzählen. *Was habe ich zu verlieren?* Auf die Frage aber habe ich eine Antwort: alles. Deshalb kann ich mich ihm nicht anvertrauen und erzählen, was in dieser einen Nacht damals vor dreißig Jahren passiert ist. Aber ich kann ihm etwas anderes erzählen.

»Da ist jemand …«, ich zögere, »also, mich beschäftigt etwas. Vor Jahren, ich war um die zwanzig, habe ich einen Mann kennengelernt, der mir gerade nicht aus dem Kopf gehen will. Eines Tages verschwand er spurlos, und damit habe auch ich etwas zu tun. Allerdings möchte ich nicht darüber mit dir sprechen, sondern ich möchte begreifen, warum er mir so viel bedeutet hat.«

»Erzähl mir von ihm«, fordert mich Emil auf. Wenn er spricht, hat jedes seiner Worte Gewicht und Bedeutung.

Ich erzähle von der gemeinsamen Zeit mit Nathan, von unserer ersten Begegnung an der Universität, von den Abenteuern, die wir erlebt haben. Ich erzähle von unseren tiefgründigen Unterhaltungen. Von dem Vertrauen, das unausgesprochen zwischen uns bestand. Ich lasse auch nicht aus, wie sehr ich mich von ihm angezogen gefühlt habe. Das hatte ich noch nie zuvor für einen anderen Menschen empfunden. Meine Stimme gerät ins Stocken, ich habe einen Kloß im Hals, den ich herunterzuschlucken versuche. Das entgeht Emils hervorragender Beobachtungsgabe natürlich nicht. Sie prädestiniert ihn schließlich für seine Arbeit als Pfarrer.

»Hat dich das aufgeregt?«, fragt er.

»Nein, nicht aufgeregt.« Ich presse meine Lippen aufeinander.

Emil ist neugierig geworden, er neigt den Kopf auf eine Seite.

»Was ist dann passiert?«

»Eines Tages ist Nathan spurlos verschwunden«, sage ich leise. »Und nie wieder aufgetaucht. Warum kann ich nicht aufhören, an ihn zu denken?«

»Wie lange geht es dir denn schon so?«

Ich erzähle von meinem Jahr in der Hölle, als ich nach Dimö zurückgekehrt war und mich in meinen Selbsthass vergraben habe. In dieser Zeit habe ich oft an ihn gedacht. Viel zu oft.

»Dann habe ich Reset gedrückt und einen Neustart gemacht«, sage ich. »Mir ist es gelungen, meine Vergangenheit hinter mir zu lassen. Aber vor Kurzem wurde ich wieder an Nathan erinnert, und jetzt kann ich ihn nicht mehr aus dem Kopf bekommen. Ich weiß, dass ihr Geistlichen gerne von Schuld und Sühne faselt, aber darum geht es hier nicht. Das ist etwas anderes, etwas Sentimentales. Als würde es an mir kleben und nicht weggehen.«

Emil musterte mich eindringlich. Ihm war eine Haarsträhne ins Gesicht gefallen, und er strich sie mit dem Daumen weg.

»Darf ich fragen, ob ihr eine Affäre hattet?«

Angeekelt verziehe ich das Gesicht.

»Was? Du meinst Sexuelles? Absolut nicht. Wir waren *Freunde.*«

Emil lehnt sich in seinen Sessel zurück und schließt für einen Moment die Augen. Wie ein Psychologe, der überlegt, wie er die Diagnose am geschicktesten zum Ausdruck bringen soll.

»Ich finde, dass das, was du mir erzählt hast, so klingt, als wärst du damals in ihn verliebt gewesen«, sagt er schließlich.

Ich zucke zusammen.

»Ich bin hetero, basta«, sage ich mit Nachdruck. »Wenn ich mir bei einer Sache in meinem ganzen chaotischen Leben sicher bin, dann ist das meine Sexualität.«

»Sag das nicht. Meiner Ansicht nach steckt in jedem Mann eine schwule Seite!«, erwidert Emil mit einem breiten Grinsen und fügt schnell hinzu: »Scherz.«

Wenn ich mit Emil Zeit verbringe, passiert das ab und zu. Dann springt ein Funke über, ich kann das nicht genauer definieren, aber mir wird dann ganz warm ums Herz. Zum Glück kann ich das aber immer schnell wieder abschütteln. Emil ist schwul und betitelt mich scherzhaft als homophob. Als er auf die Insel kam, um die Gemeinde zu übernehmen, hatte er über ein Jahr lang keine Beziehung. Auf Dimö gibt es auch nicht so viele Alternativen und Angebote. Jetzt hat er einen jungen Bauern kennengelernt, allerdings haben sie ihre Beziehung noch nicht öffentlich gemacht und wollen noch warten, bevor sie die Grundfeste der etwas zugeknöpften Inselbevölkerung erschüttern werden.

»Trotzdem glaube ich, dass du dich in ihn verliebt hast«, sagt er.

»Unmöglich«, wehre ich ab. »Das ist einfach … lächerlich.«

Emil kichert.

»Na ja, Verliebtsein muss ja nicht immer sexueller Natur sein. Sich zu verlieben, geschieht viel tiefer, in der Seele. Man kann sich in einen Ort verlieben, in ein Lied, in ein Kunstwerk. Verliebtsein ist ein Gefühl vollkommenen Glücks, wenn man sich in der Nähe von jemandem oder etwas befindet. Das ist meine Sicht darauf.«

»Wenn man bedenkt, dass damals sowohl die Allgemeinheit als auch die Psychologie davon überzeugt waren, dass ich ein Psychopath bin, klingt das mehr als unwahrscheinlich«, murmele ich.

Eine tiefe Falte bildet sich zwischen seinen Augenbrauen.

»Da kann ich dir leider nicht zustimmen, Franz. In dir brennt ein Licht, mein Lieber. Als Pfarrer lernt man, eben dieses Licht in den Menschen zu sehen, auch wenn sie es selbst nicht erkennen können. Und deins ist mir gleich bei unserer ersten Begegnung aufgefallen.«

»Sehr tiefsinnig!« Ich seufze übertrieben dramatisch. »Ihr Geistlichen seht überall immer nur das Gute, auch an Orten, die so schwarz und verdorben sind wie Teer.«

Emils Worte lassen mich alles andere als kalt.

»Beschreib mir mal das Gefühl, das du hast, wenn du dich an Nathan erinnerst.«

Ich denke nach.

»Eine große Sehnsucht. Ich vermisse ihn. Nie wieder habe ich mich so lebendig gefühlt wie in seiner Gegenwart.«

Emil wendet den Blick ab, dieser bleibt an der Kerze hängen.

»Schöne Erinnerungen an die Jugend sind ganz oft auch nostalgisch«, sagt er dann. »Aber du wirst etwas Ähnliches bestimmt auch mit jemand anderem erleben können.«

»Meinst du das im Ernst?«

»Natürlich meine ich das so, nur müsstest du diese Person an dich herankommen lassen.«

Intuitiv scheint er zu spüren, dass meine Grenze der Selbstoffenbarung erreicht ist, und wechselt das Thema. Wir plaudern noch eine Weile über den bevorstehenden Winter und gemeinsame Aktivitäten, die wir unbedingt noch unternehmen wollen, bevor es zu kalt wird. Er schlägt vor, am Tag bevor die Boote an Land gezogen und winterfest gemacht werden, einen letzten Segeltörn zu machen. Als der Friede, den ich im Pfarrhaus spüre, in jede meiner Poren gedrungen ist, bin ich bereit, den Rückweg anzutreten.

Das Wetter ist umgeschlagen, der Wind hat sich zurückgezogen. Die Wolken sind wieder fortgeblasen worden, und jetzt kann man die Sterne sehen. Im Gras glitzert schon der Tau. Ein paar Fledermäuse sausen in der Dämmerung an mir vorbei. Am Himmel zieht ein Schwarm Kraniche nach Süden, wie lange silberne Strähnen sehen sie aus. Ihre Schreie erfüllen die Luft, sonst ist es still.

Ich weiß nicht, ob es am Wetter, an dem schönen Licht oder dem Gespräch mit Emil liegt, aber jetzt fällt es mir leichter, meine Situation anzunehmen. Ich war immer der Ansicht, dass es keinen Sinn ergibt, die innere gähnende Leere füllen zu wollen. Denn das würde mir ohnehin niemals gelingen. Aber jetzt spüre ich eine wohlige Wärme in mir. Als hätte ich eine Krise überwunden oder sie zumindest verhindert. Auf Dimö gibt es viele Redewendungen über die Vergänglichkeit des Bösen. Eine lautet: *Auch dieser Sturm wird sich wieder legen*. Ich scheine ein neues, inneres Licht in mir entdeckt zu haben. Es ist nicht das Schlechteste, eine kleine warme Ecke in seinem Herzen zu finden.

Kapitel 36

Kaum habe ich mein Büro betreten, entspannt und ausgeglichen, erreicht mich eine SMS von Justine. *Der Termin für die Vernissage steht fest. Mitte Oktober. In der Kunsthalle in Malmö. Wünsch mir Glück. Der Kreis schließt sich.*

Da ich gut gelaunt bin, regt mich die Nachricht zunächst nicht weiter auf. Nach ihrer Ausstellung wird sie dann endlich aus meinem Leben verschwunden sein. Das wird himmlisch. Ich habe sie in der Hand, weiß viel über sie. Die ungeschminkte Wahrheit über einen Menschen zu kennen, kann einen in einer prekären Situation retten. Aber dann lese ich die Nachricht ein zweites Mal. Sie hat einen melancholischen Unterton, der eher untypisch für Justine ist. *Der Kreis schließt sich.* Als wären wir all die Jahre miteinander verbunden gewesen. Sie muss doch sehen können, dass die Kluft zwischen uns wesentlich größer ist als die rein physische Entfernung? Ihr Anflug von Sentimentalität verheißt nichts Gutes.

Ich habe Justine nur ein einziges Mal zu Tränen gerührt gesehen. Und ich bin mir sicher, dass sie es damals nicht vorgespielt hat. Das war an einem Samstagabend. Ausnahmsweise fand auf Glimmingeholm mal keine Party statt. Ich lehnte an der Balustrade einer der unzähligen Terrassen und fragte mich, warum ich hier und nicht bei Nathan war. Aber an den Wochenenden wurde meine Anwesenheit erwartet. Das war beinahe zu einer Gewohnheit geworden. Oder sagen wir eher zu einer Pflicht.

Ich jonglierte mein Privatleben mit mathematischer Präzision, und bisher war es mir gelungen, ein Treffen zwischen Nathan und Justine zu verhindern. Die Wochentage gehörten Nathan, die Wochenenden verbrachte ich auf Glimmingeholm. Nathan fragte natürlich nach, woraufhin ich ihm ein Bild von langatmigen und altmodischen Veranstaltungen zeichnete, die ihn nur zu Tode langweilen würden. Ich kann nicht leugnen, dass mich dieser enge Zeitplan hin und wieder etwas erschöpfte, aber ich war jung, ehrgeizig und fest entschlossen, nichts zu verpassen. Was mein Studium betraf, da kam mir mein fotografisches Gedächtnis sehr zugute.

Da stand ich also auf der Terrasse und sah dem Himmel dabei zu, wie er sich vom Tageslicht verabschiedete. Eine Schlechtwetterfront zog von Süden über die blassblaue Himmelskuppel. Ein Fasan spazierte nonchalant über den Rasen, weiter hinten lag der See spiegelblank. Die letzten Sonnenstrahlen fielen auf einen Schwarm Graugänse, die sich gen Süden aufgemacht hatten. Während die Schatten immer mächtiger wurden, schlug die Stille in Einsamkeit um.

Wie so oft hatte sich Justine lautlos angeschlichen. Sie stellte sich dicht hinter mich. Ihre Haut wirkte in dem fahlen Abendlicht fast durchsichtig.

»Komm mal mit, ich möchte dir was zeigen«, sagte sie. »Es ist nur gerecht, dass auch du ein paar Details über meine Kindheit erfährst.«

Sie nahm meine Hand und zog mich hinter ihr her zurück ins Haus. In der großen Eingangshalle blieb sie auf einmal stehen.

»Der Schlüssel zum Erfolg ist, Dinge aus den richtigen Beweggründen zu tun. Ich werde dir jetzt einen der Gründe präsentieren, die mich antreiben«, erklärte sie.

Ich ahnte nichts Gutes. Ihre Stimme hatte einen düsteren Klang.

Während wir nach oben in den ersten Stock gingen, dozierte sie weiter.

»Das Leben, das uns geschenkt wird, kann hohl und grausam sein. Wir müssen ihm selbst einen Sinn geben. Das Einzige, was unsere Kindheit dazu beitragen kann, ist uns anzuspornen.«

Die große Leere in Justine war mir nicht verborgen geblieben, und ich hatte den fast verzweifelten Wunsch, sie zu füllen. Ich brauchte ihre Bestätigung, dass ihre Wahl deshalb auf mich gefallen war. Sie hatte mich unter ihre Fittiche genommen und mich in eine neue Richtung gelenkt. Deshalb wollte ich ihr im Gegenzug auch etwas schenken. Ich freute mich, dass sie vorhatte, mit mir über ihre Kindheit zu sprechen.

Ich folgte ihr die knarrende Treppe nach oben. Sie hatte ihre blonden Haare hochgesteckt. Die Beleuchtung war spärlich, ich folgte ihrem blassen Nacken. Sie holte einen Schlüssel aus ihrer Tasche und öffnete die Tür zu einem Raum, in dem ich nie zuvor gewesen war.

»Mein Büro«, sagte sie und schaltete das Licht ein.

In einem Erker stand ein massiver Schreibtisch aus Eiche, der wohl noch nicht oft in Benutzung gewesen war. Keine Dokumente, kein Stift lagen dort, nur eine Schreibunterlage aus Leder. Es roch stark nach Reinigungsmitteln. Der Raum wirkte auffällig unpersönlich. Allerdings sah ganz Glimmingeholm nicht wie das Zuhause einer Person aus Fleisch und Blut aus, eher wie ein Museum für antike

Möbel. Zwar stand ein Bücherregal an einer der Wände, aber ich kam nicht dazu, einen Blick auf die Bücher zu werfen, weil mein Blick von etwas anderem fast magisch angezogen wurde. Neben dem Schreibtisch stand nämlich eine Glasvitrine. Das war auch Justine nicht entgangen.

»Na los, sieh dir das an.«

In der Glasvitrine befand sich nur ein einziger Gegenstand. Bei genauerer Betrachtung erkannte ich, dass es sich um eine Elektroschockmaschine handelte. Die Schalttafel bestand aus mehreren Schaltern und Knöpfen, und weiter unten stand: *H.G. Fisher, Chicago, USA.* Auf einer Skala konnte man ablesen, wie viel Ampere durch den Körper des armen Patienten gejagt wurden – bis zu viertausend waren möglich.

»Das ist eines der ersten Modelle«, sagte Justine. »Meine Mutter hat es mal auf einer Auktion gekauft. Wie du weißt, war sie Psychiaterin und fand es spannend, diese barbarischen Werkzeuge und Instrumente zu besitzen, die man früher in der Psychiatrie eingesetzt hat. Sie hat gesagt, dass ihr das Spaß macht, aber ich bin davon überzeugt, dass ihr Interesse noch weiter ging.«

»Du meinst, sie hat es auch verwendet?«, fragte ich verstört.

»Vermutlich.«

»Aber nicht an dir?«

Ihre blonden Augenbrauen zuckten.

»Da wäre ich mir nicht so sicher. Sie hat mir immer gedroht, dass sie es tun würde, wenn ich ihr lästig werden würde. Diese Drohgebärden haben mich stark geprägt. Es gibt Kinder, die Angst vor Clowns haben oder vor Geistern. Ich hatte panische Angst vor Elektroschocks. Sie gab mir Schlaftabletten, damit ich ihre Dinnerpartys nicht störte. Manchmal hatte ich Albträume, dass sie mitten in der Nacht auf meiner Bettkante saß und mich an diese Maschine angeschlossen hatte. Das waren schreckliche Träume, aber erschreckend real. Entweder waren es nur Träume oder eben nicht. Was glaubst du, Franz? Hat mich die Behandlung verrückt gemacht?«

Sie sprach übertrieben deutlich, ihr Mund bewegte sich unaufhörlich.

»Ich glaube, man kann so etwas nicht verschlafen«, sagte ich.

»Na ja, das hängt von der Stärke des Schlafmittels ab. Und sie hatte ja unbegrenzt Zugang zu Medizin.«

Dieses Büro war grotesk. Ein einziges Bücherregal, ein leerer Schreibtisch und eine Elektroschockmaschine? Mir kam ein Gedanke.

»Hast du sie selbst schon einmal benutzt?«

»Nur an der Katze meiner Mutter ausprobiert«, antwortete sie und lächelte mich mit strahlenden Augen an.

Ich konnte nicht ausmachen, ob das ein Scherz war, und wagte nicht einmal nach dem Wohlergehen der Katze zu fragen. Schon damals war ich ein großer Tierfreund.

»Kannst du mir erklären, in welcher Weise dich diese Maschine anspornt?«, fragte ich.

Sie hatte den Kopf abgewendet, sah aus dem Fenster. Es war dunkel geworden. Als sie sich dann wieder zu mir drehte, wirkte sie für einen Augenblick geistesabwesend. Als hätte sie vergessen, was sie hatte sagen wollen. Dann aber kehrte die alte Justine zurück.

»Du bist der Sohn eines Sadisten und Kinderschänders, stimmt's? Aber du magst auch nicht ewig Opfer bleiben, das soll dein Leben nicht definieren und bestimmen. Du möchtest, dass dein Leben davon handelt, dass du ein großer, spiritueller Führer wirst. Aber du kannst den Hass auf deinen Vater trotzdem als Antrieb verwenden, um deine Ziele zu erreichen.«

»Und wie?«, fragte ich.

»Wenn ich dich richtig verstanden habe, hatte er viel Macht und großen Einfluss. Sorge dafür, dass du mehr Macht bekommst als er. Werde so einflussreich, dass sich der Alte im Grab umdreht.«

Die Vorstellung gefiel mir ausgesprochen gut. Aber ich hatte nach wie vor keine Antwort auf meine Frage bekommen, warum ihr dieser Apparat so viel bedeutete.

»Und was ist mit dir?«, fragte ich.

»Für mich steht diese Maschine für die Versuche meiner Eltern und aller anderen Beteiligten, mich als Kind zu unterdrücken und zu erniedrigen. Meine Eltern und ihre Freunde waren unfassbar gefühlskalt. Sie haben ihre Kinder wie Eigentum und Forschungsobjekte behandelt. Unsere Gäste hier auf Glimmingeholm erinnern mich sehr an sie. Die Hochmütigkeit der Oberschicht verschandelt die Welt. Ich möchte das ein wenig korrigieren.«

»Mit deiner Ausstellung?«

»Ganz genau.«

Ich starrte gebannt auf die Maschine. Mich hatte die Neurophysiologie schon immer sehr interessiert, und als Medizinstudent kam noch eine weitere Dimension dazu. Ich stellte mir vor, wie mir vier Ampere durch mein perfekt funktionierendes Gehirn gejagt werden, und es schauderte mich.

»Auch wenn sie es nicht getan hat … allein die Androhung ist schon schrecklich«, sagte ich.

»Du weißt, wie es ist, sich allein, verlassen und hilflos zu fühlen. Und gerade du weißt, wozu Eltern in der Lage sind.

Das Böse lauert überall. Vergiss nie, dass alles, was sich als Liebe tarnt, schlecht und verdorben sein kann.«

Sie presste ihre schmalen Lippen fest aufeinander, was ein Grübchen in ihrem Kinn zum Vorschein brachte. Inzwischen war ihr Gesicht zwar wieder abgewandt, aber ich sah sie trotzdem. Mir fiel eine einzelne Träne auf, die wie eine Glasperle über ihre blasse Wange rollte.

Kapitel 37

Die Erinnerungen verblassen, zurück bleibt ein Unbehagen. Ich kann das Gefühl nicht abschütteln, dass mich Justine nie aus ihren Fängen gelassen hat. Sie hatte mir zugesichert, mich in Ruhe zu lassen, aber es wäre nicht das erste Mal, dass sie ein falsches Spiel spielt. Eine alte Version von mir, ein wütendes, tödliches Überbleibsel, erwacht zum Leben. Ich bin gerade im Begriff, mir zu überlegen, was genau Justine vorhat, da klingelt mein Handy. Es ist Maria.

»Ich habe Informationen für dich«, sagt sie. »Du hast mich doch darum gebeten herauszufinden, ob Glimmingeholm zum Verkauf angeboten wird.«

Wusste ich es doch. Ich hatte es von Anfang an gewusst.

»Ja, und … wann wird das veröffentlicht?«, frage ich gelangweilt.

»Meinen Quellen zufolge gar nicht. Es gibt keine Pläne, es zu verkaufen.«

»Bist du dir sicher?«

»So sicher man sich eben sein kann, die Leute können ja jederzeit ihre Meinung ändern. Aber ich kenne einen Immobilienmakler in Schonen, und der weiß eigentlich über alles Bescheid. Und er hat mir erzählt, dass es ganz andere Pläne für Glimmingeholm gibt.«

Meine gelangweilte Gleichgültigkeit ist wie weggeblasen.

»Was denn für Pläne?«

»Mein Kontakt kannte leider keine Einzelheiten, aber

das Ehepaar Troelius hat eine Anwaltsfirma beauftragt. Und es geht um das Grundstück.«

Mein Kopf arbeitet auf Hochtouren, ich gehe alle Möglichkeiten durch: Sie planen, das Anwesen einer Stiftung zu übertragen, nachdem sie Schweden verlassen haben. Klingt sehr unwahrscheinlich. Wohltätigkeit interessiert Justine sonst nicht. Sie sind emotional an diesen Ort gebunden und vermieten es, bis sie aus dem Ausland zurückkehren. Äußerst unwahrscheinlich. Diese *Ausstellung* wird die High Society nicht so schnell vergessen. Und wie ich schon längst feststellen musste, hat Justine überhaupt keinen Hang zu Sentimentalität. Sie hatte immer jede Menge Spitznamen für Glimmingeholm, und die waren alle abwertend. Was ihr wirklich etwas bedeutet hat und am Herzen lag, das waren die Jagdhütte, die Kapelle und ihr Atelier auf dem Dachboden. Wie sehr ich auch grübele, ich finde keine logische Erklärung.

Maria räuspert sich.

»Bist du noch dran, Franz?«

»Ja, ich denke nach.«

»Sag Bescheid, wenn du damit fertig bist«, murmelt sie.

»Könnte es privat verkauft werden, über einen Kaufvertrag?«

»Es wäre doch unsinnig, wenn sich die Troelius nicht an einen Makler für den Verkauf ihres Palastes wenden würden. Ich weiß, dass du keine besonders hohe Meinung von meinem Beruf hast, aber wir machen in der Tat auch noch andere Dinge, als uns schick anzuziehen und Hausbesichtigungen zu organisieren.«

Ich starre ins Leere. Ich habe das Gefühl, etwas Wesentliches übersehen zu haben, aber je mehr ich mich konzentriere, desto spürbarer entgleitet es mir.

»Wenn das überhaupt stimmt«, murmele ich.

»Du hast doch Leute an der Hand, die das herausbekommen können?«, sagt sie.

»Weißt du, welche Anwaltskanzlei sie beauftragt haben?«

»Die heißen Sperling & Brahe.«

Die kenne ich. Die gibt es schon seit der Steinzeit – und die wird vor allem von den Reichsten der Reichen konsultiert.

»Was zum Teufel ist hier los?«, rufe ich und klinge damit viel wütender als beabsichtigt.

»Keine Ahnung«, sagt Maria. »Weißt du was? Wenn ich meinen Job als Maklerin an den Nagel hänge, werde ich Psychologie studieren, und zwar nur, damit ich deine Launen besser verstehen kann.«

Ich habe keine Lust, zu lachen.

»Ich bin gerade auf Dimö, die ganze Woche noch«, fährt sie fort. »Ich habe schon den ganzen Tag den Garten meiner Eltern umgegraben und sehe genauso übel aus, wie du klingst. Willst du Gesellschaft? Soll ich schnell duschen und zu dir kommen?«

Das wäre jetzt genau das Richtige, mich von Marias Sorglosigkeit den Herausforderungen und Widerständen des Lebens gegenüber anstecken zu lassen. Aber heute Abend habe ich keine Zeit, ich muss etwas Dringendes erledigen.

»Heute nicht, aber morgen gern«, sage ich.

Wir verabreden uns für den nächsten Tag zum Abendessen auf ViaTerra, danach bleibt sie noch zum Vortrag.

Ich rufe meinen IT-Experten Hampus an und bitte ihn, kurz vorbeizukommen. Er ist erschreckend blass, was wahrscheinlich daran liegt, dass er den ganzen Sommer lang ununterbrochen für mich arbeiten musste. Hampus'

Leben findet hauptsächlich in seinem Kopf und auf dem Bildschirm seines Computers statt. Ihm würde es aber bestimmt guttun, wenn er zwischendurch mal eine Pause machen, die Blickrichtung ändern und auf andere Gedanken kommen könnte. In den vergangenen Jahren habe ich erkannt, wie effektiv Belohnungen sind, um die Arbeitslust zu fördern. Elyssa hat mich einmal einen Sklaventreiber genannt und gefordert, dass ich mich besser um meine Mitarbeitenden kümmern soll. Und ich muss ihr recht geben. Das Personal ist tatsächlich am leistungsfähigsten, wenn sich lange Phasen harter Arbeit mit kurzen Phasen der Erholung abwechseln. Aber Hampus gehört nicht zu denen, die von sich aus Urlaub beantragen würden.

Er zieht den Stuhl zu sich und lässt sich darauf fallen. Seine Schwerfälligkeit ist so typisch für ihn und hat damit zu tun, dass er nicht ausreichend schläft.

»Ist es gestern wieder spät geworden?«, frage ich.

»Ja, wir hatten einen Netzausfall. Aber der ist schon wieder behoben.«

»Davon habe ich gar nichts mitbekommen.«

»Das war mitten in der Nacht.«

»Danke, dass du dich darum gekümmert hast. Du siehst aber aus, als würdest du ein paar Wochen Urlaub gebrauchen können. Jetzt steht zwar der Herbst vor der Tür, aber deine Freundin ist doch auch eine Naturliebhaberin. Ihr könntet wandern gehen und die Insel erkunden. Oder aufs Festland fahren?«

Er starrt mich verwirrt an, es dauert, bis er begreift, dass ich es ernst meine. Dann schüttelt er energisch den Kopf.

»Und wer sollte in dieser Zeit meinen Job erledigen?«

»Du bist natürlich unersetzlich, keine Frage, aber wir werden schon eine Lösung finden.«

Hampus ist sprachlos vor Staunen.

»Was hältst du von Cornelia?«, schlage ich vor. »Sie könnte mir doch aus der Entfernung behilflich sein, wenn ich was brauche?«

»Das ist eine sehr gute Idee. Ich frage sie. Du weißt, dass sie wieder laufen kann?«

Von Cornelia habe ich das letzte Mal vor einem Jahr gehört. Da hatte sie sich in mein System gehackt, mich dann angerufen und mir gesagt, Hampus sei eine Schlafmütze und er solle sich besser um unsere Datensicherheit kümmern. Und dann dauerte es bestimmt eine ganze Woche, bis sich Hampus von dieser Schmach wieder erholt hatte. Heute ist unser System hermetisch abgesichert. Undurchdringlich. Damals erzählte mir Cornelia, dass sie ihre Beine wieder bewegen konnte. Was für großartige Neuigkeiten, dass sie wieder laufen kann.

»Sie hat mir erzählt, dass eure Gespräche sie dazu angespornt haben weiterzukämpfen«, sagt Hampus. »Sie wird ganz bestimmt mitmachen.«

»Ausgezeichnet. Aber vorher musst du noch eine Sache für mich erledigen. Hast du dich jemals in die Datenbank einer Anwaltskanzlei gehackt?«

Mein Gesichtsausdruck und mein Lächeln sollen ihm signalisieren, dass er es als Herausforderung verstehen soll.

»Einmal – und das war ziemlich aufwendig.«

»Die Firma, um die es geht, ist ausgesprochen altmodisch aufgestellt. Ich bezweifle, dass die viel Zeit und Geld für ihre Datensicherheit ausgegeben haben. Könntest du es mal versuchen?«

Er nickt eifrig. Ich sage ihm genau, wonach er suchen soll – es geht um ein Schriftstück, das vor Kurzem aufgesetzt worden sein muss, und darin geht es um Glimmingeholm. Ich schreibe die Namen des Ehepaares Troelius sowie der Kanzlei auf einen Notizblock und gebe sie ihm.

Ich bleibe lange auf, beantworte Mails und bespreche dann den Lagebericht mit Elyssa. Es hat etwas ungemein Beruhigendes, sich mit so trivialen Dingen wie Speiseplänen und Besorgungen zu beschäftigen. Ich stelle mich eine Weile ans Fenster. Draußen ist es schon dunkel. Das kalte Licht der Außenbeleuchtung, die stummen Bäume und eine vereinzelt vorbeihuschende Krähe verleihen dem Hof etwas Karges, Gespenstisches. Ich beschließe, jetzt schon ins Bett zu gehen, um morgen ausgeschlafen zu sein. Auf dem Weg die Treppe hinunter, kommt mir Hampus entgegen, der seinen Laptop unterm Arm hat.

»Ich weiß, es ist spät«, sagt er. »Wir können das auch morgen machen, wenn du willst.«

»Warum, ich bin doch noch da. Lass uns ins Büro gehen.«

»Bestens. Ich bin mir nämlich sicher, dass du dir dies hier auch unbedingt gleich ansehen möchtest.«

Davon bin ich überzeugt. Er scheint etwas Interessantes entdeckt zu haben.

Wir gehen in mein Büro zurück und setzen uns.

»Ich habe das Schriftstück gefunden, nach dem du gesucht hattest«, sagt er. »Das war total einfach. Und du hattest recht, deren Sicherheit ist wirklich mies.«

Er dreht den Bildschirm so, dass ich das Dokument sehen kann. *Übertragungsvertrag*, steht dort als Überschrift.

»Wie viele Seiten sind das?«, frage ich.

»Etwa fünfzehn.«

Diese Anwaltsgefasel macht mich mürbe.

»Hast du es durchgelesen?«

»Jedes einzelne Wort.«

»Kannst du es mir zusammenfassen?«

Hampus hat Schwierigkeiten, still zu sitzen. Sein Blick springt von mir zu seinem Laptop, als könnte der jeden Augenblick explodieren.

»Also, es geht um die Übertragung des Anwesens, und zwar als Schenkung an ihre gemeinsame Tochter Elisabeth Troelius.«

Keine wirkliche Überraschung. Es war ja deutlich erkennbar, dass Justine etwas wiedergutmachen wollte. Elisabeth würde bald eine sehr vermögende junge Frau sein, und zwar ironischerweise durch Schenkungen von mir und ihren Eltern.

»Das erklärt einiges«, sage ich. »Vielen Dank, dass du das so schnell erledigt hast. Du kannst jetzt auch ins Bett gehen.«

Ich stehe auf, aber Hampus bleibt sitzen.

»Das ist noch nicht alles.«

Ich warte. Im Stehen.

»Vielleicht setzt du dich am besten hin. Das wird nämlich ziemlich *strange*.«

Zögernd setze ich mich wieder.

»Die Tochter bekommt das Anwesen, aber es sind Bedingungen daran geknüpft.«

»Das muss ja ein dickes Ding sein, wenn du das so in die Länge ziehst. Willst du mich jetzt mit Auflagen für ihre antiken Möbel langweilen?«

»Nein, ganz und gar nicht … Vielleicht kennst du die Bedingungen ja schon?«

Eine sanfte Röte steigt ihm ins Gesicht. Er streicht sich durch die Haare und wirkt etwas verlegen.

»Ich habe keine Ahnung«, sage ich. »Deshalb hatte ich dich doch gebeten, das zu überprüfen.«

Er verzieht das Gesicht, ist sichtlich nervös.

»Die Bedingung ist die: Ein Teil des Grundstückes soll abgetrennt werden und geht als Schenkung an eine dritte Person. Dabei geht es um ein Stück Land, zu dem ein See, eine Jagdhütte und eine Kapelle gehören.«

Hampus scheint zu genießen, die Sache in die Länge zu ziehen. Ich mache eine Handbewegung, die sagt: »Los, raus damit!«

»Du bist der Begünstigte. Die Schenkung dieses abgetrennten Stückes geht an dich«, sagt er, und seine Stimme zittert.

Der Raum zieht sich zusammen, als würde ein Sturm aufziehen. Hampus sagt jetzt noch etwas, aber es verflüchtigt sich, bevor es die Wände erreicht hat. Meine gesamte Aufmerksamkeit gilt nur dieser einen Frage, die sich mir entgegenwirft. *Warum, zum Teufel, tut sie das?* Mein Kopf arbeitet auf Hochtouren, bis sich die Antwort endlich herauskristallisiert. Natürlich will Justine verhindern, dass Elisabeth jemals für die Betreuung der Jagdhütte und der Kapelle zuständig sein wird. Und da Valdemar ihr als Schoßhund selbstverständlich ins Ausland folgt, bleibe nur ich übrig.

Kapitel 38

THOR

Die Temperaturen waren rapide gesunken. Von einem Tag auf den anderen schien der Herbst eingezogen zu sein. Die anderen Anzeichen – hier und da buntes Laub, Pilze, die anfingen zu sprießen – ließen sich zwar alle ignorieren, aber nicht die Kälte und die Dunkelheit. Der Herbst war so unerbittlich wie willkürlich. Als es klopfte, saß Thor gerade im Gästehäuschen und las ein Buch. Franz brachte die Kälte und frische Luft mit hinein.

»Ich war in letzter Zeit ziemlich beschäftigt«, sagte er. »Ist bei dir alles in Ordnung? Brauchst du was?«

Offensichtlich war er direkt nach seinem abendlichen Vortrag vorbeigekommen, denn unter seinem langen marineblauen Wollmantel trug er einen Anzug. Thor hatte den Modegeschmack seines Vaters immer belächelt, weil es ihm vor allem darum ging, dass alles »richtig sitzt«. Das galt auch für Sportklamotten. Mittlerweile aber störte ihn das nicht mehr so wie früher, als ihn jede Kleinigkeit provoziert hatte. Als Franz das Wohnzimmer betrat, war sein Schatten schneller als er und breitete sich als großer, dunkler Fleck auf dem Boden aus. Franz sah auf das Buch, das aufgeschlagen auf dem Couchtisch lag.

»Was liest du?«

»Ein Buch über die Fauna in Heidelandschaften.«

Franz schnaubte verächtlich.

»Ich kann dir die gesamte Fauna, die es hier gibt, an einem einzigen Abend beschreiben.«

»Davon bin ich überzeugt, aber du hast in letzter Zeit so abgehetzt gewirkt.«

Franz stellte sich mit dem Rücken zu Thor an die Balkontür, die Hände tief in seinen Jackentaschen vergraben und wippte auf seinen Füßen vor und zurück. Dann hörte er auf und stand reglos da. Er sah wie eine Statue aus. Man hätte meinen können, er würde einen Blick über das Anwesen werfen. Aber Thor konnte in der Reflexion sehen, dass sein Blick zwischen seinem eigenen Spiegelbild und dem von Thor hin und her sprang. Auf einmal sah er Dinge, die ihm vorher nie aufgefallen waren. Die identische Form ihrer Nasen beispielsweise, der Wuchs der Bartstoppeln. Für einen kurzen Moment gab es nichts anderes im Raum als ihre Blicke. Dann drehte sich Franz ganz plötzlich um.

»Dir gefällt es hier, oder?«, fragte er und sah Thor mit einem Blick an, der schwer zu deuten war.

»Das weißt du doch, Papa.«

Franz rieb sich das Kinn.

»Das freut mich, denn ich werde es dir als Schenkung übertragen. Es wird Zeit, dass es dir auch ganz gehört.«

»Du willst es mir *schenken*?«

»Ganz genau. Ich habe es damals für deine Mutter, dich und Vic bauen lassen. Ich habe allerdings vor, sehr alt zu werden, das musst du wissen. Deshalb wird es lange dauern, bevor du etwas erbst.«

Das sagte er mit einer gewissen Nonchalance, aber Thor kannte diese vermeintlich gleichgültige Fassade, die Franz aufsetzte, wenn ihm etwas unangenehm oder peinlich war.

Es war nicht das erste Mal, dass er sich fragte, wie ein Mann mit einem derart überbordenden Selbstbewusstsein so unbeholfen sein konnte, wenn es um sein Privatleben ging.

»Da du dich weigerst, Geld von mir anzunehmen, kannst du doch wenigstens das Häuschen als Geschenk annehmen«, sagte Franz. »Du hast immer wieder darüber geklagt, dass es so wenig gibt, was von deiner Kindheit übrig geblieben ist.«

War das eine Art Wiedergutmachung für seine Versäumnisse als Vater? Thor wollte das glauben.

»Aber … das ist eher ein symbolischer Akt?«, fragte er.

»Nein, Thor. Ich meine das sehr *ernst*.«

»Danke schön«, sagte Thor. Er hatte das Gefühl, dass er noch etwas hinzufügen musste. »Das Häuschen bedeutet mir wirklich sehr viel.«

Franz' Mundwinkel zuckten, dann lächelte er.

»Es hat auch lange gedauert, bis du wieder hierherkommen wolltest«, sagte er und überbrückte damit die Kluft zwischen ihnen, weil er Thors Gefühle anerkannte.

»Das habe ich Julia zu verdanken«, gestand Thor.

»Was für ein Glück für uns beide, dass ich sie damals nach Dimö eingeladen habe«, erwiderte Franz.

Diese Anspielung war ungeschickt. Das war beiden sofort bewusst. Thor warf seinem Vater einen vernichtenden Blick zu, worauf Franz etwas mit gesenktem Kopf murmelte, das man als Entschuldigung verstehen konnte.

»Ich habe mich mit meinen Anwalt in Verbindung gesetzt und ihn die Unterlagen fertigstellen lassen. Du kennst mich ja. Ich kann erst Ruhe geben, wenn ein Projekt auch wirklich ordentlich abgeschlossen wurde.«

»Warte mal.« Thor hob die Hand. »Heißt das, mir gehört es jetzt schon?«

»Voll und ganz, ja klar. Na, was sagst du? Freust du dich wenigstens ein bisschen?«, fragte Franz und tippte ungeduldig mit dem Fuß auf den Boden.

Thor wurde die Tragweite der Worte bewusst, und jetzt spürte er auch wirklich, wie sich die Freude in ihm ausbreitete. Ihm gehörte ein Haus. Er hatte noch nie etwas Wertvolleres sein Eigen nennen können, außer seinem gebrauchten, ramponierten Auto.

»Ich freue mich tierisch!«, rief er und lachte übers ganze Gesicht.

Franz genoss diese Reaktion, die er hervorgerufen hatte, sichtlich. Nachdem er gegangen war, lotete Thor weitere Möglichkeiten aus, die ihm sich durch dieses Geschenk boten. Er würde es etwas anders einrichten, ohne aber das Nostalgische darin zu tilgen. Und ab jetzt würde er wahrscheinlich noch mehr Zeit auf der Insel verbringen. Zwar würde er auch in Zukunft in Göteborg angestellt sein, aber im Homeoffice zu arbeiten, nahm ja ohnehin immer mehr zu. Und wenn aus der alten Schule erst einmal ein Besucherzentrum geworden war, würde ihn auch nicht alles hier an seine traurige Kindheit erinnern.

Das Klingeln seines Handys riss ihn aus den Gedanken. Cornelia rief an.

»Störe ich dich gerade?«, fragte sie.

»Überhaupt nicht«, versicherte er.

»Ich werde in den nächsten Wochen für deinen Vater arbeiten«, verkündete Cornelia. »Und unter Umständen werde ich auch nach Dimö kommen müssen.«

Noch begriff Thor den Grund ihres Anrufs nicht.

»Also …«, sagte sie zögernd. »Bevor ich bei Franz anfange, möchte ich noch was loswerden. Ich bin da auf etwas gestoßen. Es kann auch Zufall sein, aber irgendetwas daran hat mich stutzig gemacht.« Sie war für einen kurzen Augenblick still. »Ich wollte mehr über dieses Schwein Valdemar Sporre herausfinden und habe, eher für mich, ein bisschen weitergeschnüffelt. Kennst du die Geschichte von dem Typen, der damals vor dreißig Jahren einfach spurlos verschwunden ist? Der hat mit Franz zusammen studiert.«

Thor öffnete den Mund, um besser atmen zu können. Er spürte einen Druck auf der Brust.

»Nathan Ribbing. Ja, die Geschichte kenne ich. Was hat der mit Valdemar zu tun?«

»Nichts, dachte ich am Anfang. Und vielleicht stimmt das auch, aber vielleicht auch nicht. Valdemar hat sein Studium ein Jahr vor Franz abgebrochen. Und Franz hat es unmittelbar nach dem Verschwinden von Nathan Ribbing abgebrochen. Vordergründig gibt es keinen Zusammenhang, aber ich wollte ein bisschen weiterbohren. Mich fasziniert das, wenn Leute einfach so verschwinden.«

»Sie waren Freunde«, sagte Thor.

»Wer?«

»Nathan und mein Vater.«

»Ja, das habe ich auch herausgefunden.«

»Erzähl, was weißt du noch?«

Er klang ungeduldig.

»Ich habe alles gelesen, was ich im Netz über Nathan Ribbing finden konnte. Dann habe ich beschlossen, mal im Polizeiarchiv nachzusehen. Damals haben sie nämlich alle möglichen Freunde verhört, auch Franz.«

Wie Cornelia an diese Unterlagen gekommen war, wollte sich Thor nicht vorstellen und auch nicht erfahren.

»Niemand konnte angeben, wohin Nathan an besagtem Abend gehen wollte«, fuhr sie fort. »Auch Franz nicht. Es gab nur eine einzige Aussage von einem Typen, der gehört haben will, wie Nathan etwas im Vorbeigehen gesagt haben soll. Später hat er das dann allerdings wieder zurückgenommen. Da er zum Zeitpunkt von Nathans Verschwinden sturzbetrunken war, hat die Polizei dieser Aussage offenbar keine große Beachtung geschenkt.«

Sie verstummte. Es war unerträglich, wie sehr sie das jetzt in die Länge zog. Thor konnte nicht mehr stillsitzen, er sprang auf und lief durchs Wohnzimmer.

»Der Typ hat ausgesagt, dass Nathan *Glimmingeholm* erwähnt haben soll.«

»Und?«

»Wie gesagt, der Typ scheint an dem Abend bis obenhin voll gewesen zu sein. Die Polizei überprüfte es dennoch, aber dort wurde ihnen gesagt, dass sie Nathan nicht kannten und er darum auch nicht dort gewesen sei. Da die anderen Freunde bestätigen konnten, dass sich Franz häufiger auf dem Anwesen befand, ging der Typ schließlich davon aus, dass es Franz gewesen war, der ihm von Glimmingeholm erzählt hatte und nicht Nathan. Die Jungs waren an dem Abend alle zusammen im Club, Franz ist geblieben, Nathan ist früh gegangen.«

Thor spürte, wie sich die Haare auf seinen Unterarmen aufstellten. Hier ging es zwar um ein relativ kleines Detail, vielleicht hatte es sich dieser Typ tatsächlich auch alles nur eingebildet, aber diese Art von Zufällen häuften sich. Jedenfalls schienen alle Wege nach Glimmingeholm zu führen.

»Das wollte ich dir noch erzählen, bevor ich bei Franz anfange«, erklärte Cornelia. »Ich beende die Suche jetzt, weiter komme ich nicht. Aber spannend ist es schon, oder? Glaubst du, dass diesem Nathan in dem Schreckensschloss etwas zugestoßen ist?«

»Keine Ahnung«, stammelte Thor heiser. Er hatte sich von dem Schock noch nicht wieder erholt.

»Dein Vater hat übrigens ein Alibi für diese Nacht. Er war bis vier Uhr morgens mit seinen Kumpeln in der Bar. Nur, damit du dir deswegen keine Gedanken machst.«

Das erleichterte Thor tatsächlich ein bisschen.

»Was diesen Valdemar betrifft, das ist ein richtiges Schwein. Der hat sich kinderpornografisches Zeug auf den Rechner geladen. Zehn Jahre alte Videos, die er nicht gelöscht hat. Ich habe überlegt, ob ich einem Bekannten mal einen Tipp geben sollte. Der ist bei der Sitte. Ab jetzt aber bin ich eine treue, ergebene Mitarbeiterin deines Vaters. Ich befürchte auch, dass es sich da um eine Sackgasse handelt. Und ich glaube wirklich nicht, dass Franz etwas damit zu tun hat. Den Vernehmungen nach zu urteilen, war er sogar am Boden zerstört.«

»Ja, danke. Weißt du was, ich werde das jetzt auch ad acta legen«, sagte Thor. »Das ist schon so lange her, Valdemar lässt uns ja auch in Ruhe, und meinem Vater geht es gut. Aber vielen Dank, dass du dich da so reingekniet hast.«

»Keine Ursache. Du darfst nur Franz nichts sagen.«

»Von mir wird er nichts erfahren.«

»Ich freue mich so darauf, für ihn zu arbeiten. Vielleicht sehen wir beide uns ja dann schon bald auf Dimö.«

»Das wäre schön.«

Nachdem sie sich verabschiedet hatten, ging Thor an die Terrassentür und legte seine Stirn gegen das kühle Glas. Die Bäume bewegten sich geisterhaft im Wind. Er versuchte, seine wirren Gedanken auszublenden, aber es gelang ihm nicht. Warum hatte dieser Betrunkene wohl Glimmingeholm erwähnt? Betrunkene galten zwar allgemein als nicht zuverlässig, aber Thor wusste aus Erfahrung, dass die einfachste Erklärung meistens auch die wahrscheinlichste war. Das würde bedeuten, dass der Zeuge es tatsächlich von Nathan erfahren hatte und dieser folglich die letzte Nacht vor seinem Verschwinden auf dem Anwesen verbracht hätte.

Wie so oft hatte er das Gefühl, wieder ganz am Anfang zu stehen. Nämlich bei seinem Verdacht, dass etwas nicht stimmte. Cornelia hatte gesagt, dass Franz bei den polizeilichen Vernehmungen »am Boden zerstört« gewirkt hatte. Das klang ganz und gar nicht nach dem Franz, der er damals gewesen zu sein schien. Auf der anderen Seite hatte er schon immer gut Gefühle vortäuschen können. Wenn er nur so getan hatte, als sei er am Boden zerstört gewesen, konnte das Fragen aufwerfen.

Kapitel 39

Wenn Thor sein Herz ausschütten wollte, wandte er sich gern an seine Großmutter. So auch dieses Mal. Früh am nächsten Morgen brach er auf und traf sie in ihrem Garten an, wo sie gerade auf der obersten Stufe einer Leiter balancierte und einen Jasminstrauch zurückschnitt. Die Leiter schwankte, als sie sich zu Thor umdrehte.

»Der Jasmin ist im Sommer förmlich explodiert«, sagte sie und lachte. »Jasminsträucher sind lebensfrohe Geschöpfe.«

»Solltest du in deinem Alter wirklich noch auf Leitern herumturnen?«, fragte Thor nervös.

Karin schnaubte verächtlich.

»Was für ein Glück, dass du weißt, wie sehr ich es liebe, wie eine alte zerbrechliche Schachtel behandelt zu werden.«

»Ich habe doch nur Angst um dich.«

»Bisher hatte ich keine Schwierigkeiten mit meinem Gleichgewichtssinn. Magst du einen Kaffee?«

Ohne auf seine Antwort zu warten, kletterte sie hinunter, zog sich die Gartenhandschuhe aus und legte sie zusammen mit der Gartenschere beiseite. Hinter dem Strauch erstreckte sich ein großer Garten, in dem die letzten Hummeln und Bienen den Salbei träge umrundeten. Ein Großteil lag im Schatten eines Apfelbaumes, dessen Zweige sich unter seiner Last bogen. Das Laub der Birken lag wie gelbe

Tupfer auf dem Rasen. Karin trug Jeans und ein rotes Flanellhemd. Mit ihrer athletischen Figur und dem energischen Schritt sah sie keinen Tag älter aus als sechzig, dabei war sie schon fünfundsiebzig.

»Ich mache das fertig, wenn wir Kaffee getrunken haben«, sagte sie und zeigte auf den Jasminstrauch.

Thor setzte sich an die Kochinsel, während Karin Kaffee aufsetzte.

»Papa hat mir das Gästehäuschen auf ViaTerra geschenkt«, sagte er. »Das gehört jetzt mir.«

»Aha«, sagte Karin und setzte sich zu ihm. »Wie großzügig. Da freust du dich bestimmt.«

»Eigentlich schon, aber …«

Und so kam es, dass er ihr die ganze Geschichte erzählte. Alles über seine Nachforschungen, Franz' Verbindungen zu Glimmingeholm und zu Elisabeths Eltern. Über Valdemar Sporre und über den verschwundenen Nathan Ribbing. Karin hörte ihm aufmerksam zu, während sie einen Bananenkuchen aufschnitt. Sie unterbrach ihn kein einziges Mal. Als Thor mit seinen Ausführungen fertig war, sah sie ihn besorgt an.

»Wie schrecklich, dass dieser Mann bei euch eingebrochen ist. Habt ihr nach dem Vorfall noch weitere Drohungen erhalten?«

»Nein, Papa ist nach Glimmingeholm gefahren und hat das geregelt. Seitdem habe ich kein Wort mehr von Valdemar gehört.«

»Und warum genügt dir das nicht?«

»Ich habe das Gefühl, dass mir ein letztes Puzzlestück von Papas Leben fehlt. Und ich muss die ganze Zeit eine innere Stimme zum Schweigen bringen, die mich auffordert, dem nachzugehen.«

Karin nahm mehrere Schlucke und schob Thor den Teller mit dem Bananenkuchen hin. Er hatte erst ein halbes Stück gegessen.

»Schmeckt er dir nicht?«, fragte sie.

»Doch, der ist supergut. Aber lass uns erst zu Ende reden.«

»Ich sage dir jetzt mal meine Meinung dazu«, begann Karin nach einer kleinen Pause. »Franz' Leben gleicht einem Höllentrip. Der Versuch, die Brände zu löschen, die durch sein Wüten entfacht wurden, ist vergeblich. Er muss die alleinige Verantwortung für seine Taten übernehmen. Das kann ihm sowieso niemand abnehmen.«

»Vermutlich hast du recht«, stimmte ihr Thor zu. »Trotzdem lässt es mich nicht los.«

Karin lehnte sich vor und zwinkerte ihm zu, so wie damals als Kind, wenn er ungehorsam gewesen war.

»Ich sage dir das, weil ich dein Bestes will. Aber ich habe den Eindruck, dass du fast besessen davon bist. Und das tut selten gut. Auch Franz war von seinem Vater besessen, und du weißt doch genau, wie das ausgegangen ist. Ich möchte nicht, dass es dir genauso ergeht.«

Tatsächlich fühlte sich das ein bisschen so an, er empfand sich als geradezu besessen von dieser Idee. Er wusste nicht, was schlimmer war: dass seine Großmutter ihn hier belehrte oder dass sie recht hatte.

»Das ist ein riesengroßer Unterschied«, wehrte er sich. »Papa wollte sich an seinem Vater rächen. Ich mache mir nur Sorgen um ihn.«

Karin schnitt eine Grimasse.

»Hör mir gut zu. So wie auch ich dir zugehört habe.« Sie nahm einen tiefen Atemzug. »Besessenheit ist immer ungesund und Gift für die Seele. Man verliert dann die

Objektivität. Du bist nicht der Erste, der sich zu stark auf Franz fixiert hat. Seine Sektenanhänger wurden zu Schatten ihrer selbst, eine solche Macht hatte er über sie. Als Kind behandelte er seine Mitschüler wie Untergebene, und niemand hat protestiert.«

Thor nickte. Das klang ganz nach Franz.

»Aber so bin ich nie gewesen«, sagte er, obwohl das nicht ganz der Wahrheit entsprach. Es hatte Zeiten gegeben, da hätte er alles getan, um die Aufmerksamkeit seines Vaters zu gewinnen. Gab es diesen kleinen Jungen vielleicht noch immer in ihm, der unbedingt von seinem Vater geliebt werden wollte? Verhielt er sich deshalb so?

»Wenn du das Leuchten in deinen Augen sehen könntest, sobald du davon erzählst, dann würdest du mich besser verstehen«, sagte Karin. »Du erinnerst mich ehrlich gesagt gerade jetzt an Franz, wenn er sich Flöhe in den Kopf gesetzt hat.«

Thor schnaubte.

»Wohl kaum!«

»Du bist nicht ganz genauso, klar, aber es gibt eindeutig Übereinstimmungen.«

»Du findest also, dass ich das einfach auf sich beruhen lassen soll?«

»Absolut. Dabei kommt nichts Gutes heraus. Das ist viel zu groß für dich und außerdem gefährlich.«

Er wusste, dass an ihrer Argumentation etwas dran war. Was nämlich zunächst nur aus purer Neugierde entstanden war, hielt ihn mittlerweile ganze Nächte wach.

»Wie kommt es dazu, dass man von etwas so besessen ist?«, fragte Thor.

»Tja, mein Lieber. Ich glaube, man gerät in einen unheilvollen Kreis aus Gedanken und Gefühlen, die so stark werden können, dass sie Ängste erzeugen. Und diese Ängste erzeugen dann wieder neue Zwangsgedanken, und diesem Teufelskreis kann man nicht entkommen.«

»Aber ich habe gar keine Ängste, oder vielleicht nur ein paar kleine. Ich möchte nur sicher sein, dass Papa nicht noch mehr Leichen im Keller hat.«

»Genau das meine ich. Man ist besessen davon, einen anderen zu kontrollieren. Und das Gefühl ist so stark, dass man es mit Liebe verwechselt.«

»Meine Kontrollsucht bezieht sich aber nicht auf andere Menschen, nur auf mich selbst.«

»Das ist doch auch nur eine Erklärung, Thor, die muss nicht für dich gelten.«

»Wenn das, was du sagst, stimmt, was gibt es dann für ein Heilmittel gegen Besessenheit?«, fragte er scherzend.

»Man muss die Gewohnheiten ändern, die daran gekoppelt sind. In deinem Fall würde ich empfehlen, die Sache einfach fallen zu lassen und deinen Urlaub und diesen wunderschönen Herbst zu genießen. Schaffst du das?«

»So gerade eben«, sagte er und legte seine Hand auf ihre.

So saßen sie eine Weile schweigend da. Es gab nichts mehr zu sagen. Aber in Thor nagte eine Frage, die er nicht abschütteln konnte.

»Nur noch diese eine Sache, bitte, dann versuche ich es loszulassen, versprochen. Cornelia hat aus den Vernehmungsprotokollen entnommen, dass Papa am Boden zerstört gewesen sein muss, als Nathan verschwunden ist. Aber das klingt so gar nicht nach ihm. Er war doch schon immer eher etwas gefühlskalt und distanziert, oder?«

Karin schüttelte energisch den Kopf.

»Da irrst du dich gewaltig.«

»Ach ja, inwiefern?«

»Als Sektenführer mag er rücksichtslos und grausam gewesen sein. Aber als er nach Dimö zurückkam, war er tatsächlich am Boden zerstört. Er saß in seiner verfallenen Hütte am Küchentisch und starrte ins Leere, ein gebrochener Mann. Und das war nicht gespielt, denn er wusste nicht, dass er eine Zuschauerin hatte.«

Thor verzog den Mund.

»Warum hast du ihm heimlich nachspioniert? Du hättest ihn doch darauf ansprechen und die Wahrheit erfahren können?«

»Ich hab dir doch schon erklärt, warum ich das nicht getan habe«, sagte Karin.

»Weil du wolltest, dass er auf Knien zu dir gekrochen kommt und um Verzeihung bittet?«

Karin lachte.

»Schon gut, schon gut«, sagte sie und warf die Hände in die Luft. »Es könnte durchaus sein, dass er meinen Starrsinn geerbt hat.«

»Du glaubst also auch, dass etwas Schreckliches passiert ist, bevor er nach Dimö zurückkam?«

»Es scheint so«, sagte Karin und nickte.

Kapitel 40

FRANZ

Am nächsten Tag kommt Elyssa in mein Büro und hat gute Nachrichten. ViaTerra wurde für eine der prestigeträchtigsten Auszeichnungen Schwedens für exklusive Retreats nominiert. In der Begründung steht:

Ob man in den Flitterwochen, mit der Familie oder allein unterwegs ist, man verliebt sich sofort in ViaTerra auf Dimö. Hinter der massiven Eisenpforte betritt man eine Oase voller Geheimnisse und Frieden. Es ist luxuriös, ohne prätentiös zu sein. Das Personal bietet einen hervorragenden Service, eine einzigartige Mischung aus Professionalität und Freundlichkeit. Und die Naturerlebnisse sind unschlagbar. Wenn man in die Grotten am Meer klettert, fühlt man sich wie in einem James-Bond-Film.

Leider erwähnen sie meine abendlichen Vorträge nicht, aber das könnte unter Umständen als religiöse Propaganda missverstanden werden. Doch die Nominierung freut mich sehr, und ich bitte Elyssa, am kommenden Wochenende eine Party für die Mitarbeitenden zu organisieren. Mich überkommt der Impuls, Maria zur Feier des Tages zum Essen einzuladen. Neben dem Restaurant in der Pension von Elvira und Simon gibt es nur noch das Fritjofs auf der Insel. Das liegt am Hafen, hat unregelmäßige Öffnungszeiten, aber im Herbst, der Hochsaison für Schalentiere, hat es durchgehend geöffnet. Trotz der unmittelbaren Konkurrenz zur Pension laufen die Geschäfte gut. Die ältere Inselbevölkerung geht gern dorthin, und es ist allgemein bekannt, dass die Fischgerichte dort besser sind als alles andere, was man auf Dimö bekommen kann. Auch bei Simon. Da gerade Krabbensaison ist, beschließe ich, Maria dorthin auszuführen.

Anfänglich ist es ein wunderbarer Abend. Maria ist eine Romantikerin und kommentiert die stimmungsvolle Atmosphäre, das Licht, und lobt auch das hervorragende Essen. Nach dem Dessert sieht sie verträumt aus dem Fenster. Es ist schon fast dunkel, aber noch kann man die Konturen des Hafens und das Meer dahinter sehen.

»Siehst du den Schuppen direkt an der Bucht?«, fragt sie. »Als wir jung waren, war das eine Imbissbude. Erinnerst du dich?«

Natürlich erinnere ich mich. Früher hielt sich dort die gelangweilte Jugend auf, in Ermangelung anderer, besserer Beschäftigungen.

»Alle, die hier aufgewachsen sind, erinnern sich an die Imbissbude«, sage ich und lächle.

»Dort habe ich dich das erste Mal wiedergesehen, nachdem du nach Dimö zurückgekommen bist«, sagt sie. »Du bist mit dieser klapprigen Harley gefahren, hattest wahrscheinlich irgendetwas im Dorf zu erledigen. Du hast bei den Jugendlichen angehalten, die an der Imbissbude standen und hast dich mit ihnen unterhalten. Dann hast du deinen Helm abgenommen und deine Haare, die waren damals relativ lang, sind dir über die Schultern gefallen. Ich habe dich die ganze Zeit angestarrt, konnte gar nicht aufhören. Mein Herz war so voller Liebe.«

Schlagartig erstirbt mein Lächeln.

»Wenn das jetzt eine Liebeserklärung wird, bin ich raus. Ich bin zurzeit überhaupt nicht in der Stimmung für so was.«

»Nein, du Dummkopf«, sagt sie. »Das ist eine Studie in Narzissmus. Du wusstest genau, dass du die Älteren nicht mit deiner Erscheinung und deiner Maschine beeindrucken konntest. Aber bei den Jungen hattest du gute Chancen. Deshalb hast du dich eine Weile mit ihnen unterhalten und dich in ihrer Bewunderung gesonnt. Ein bisschen beschwingte Wärme verbreiten, darin bist du unschlagbar.«

Ich weiß nicht, warum ich mir den Unsinn anhöre, den sie da von sich gibt, und auch nicht, warum ich mir ihre Beleidigungen gefallen lasse, aber mich erregt der Gegenwind, der mir durch ihr Verhalten ins Gesicht weht.

»Und du bist also ganz in der Nähe gewesen, was?«, frage ich.

»Ich hatte mir an dem Imbiss gerade ein Eis gekauft und habe so nah bei dir gestanden, dass ich sogar die kleinen Schweißperlen auf deiner Stirn sehen konnte.«

»Merkwürdig. Ich habe eigentlich ein perfektes Gedächtnis, aber an dich kann ich mich gar nicht erinnern. Du musst damals ziemlich unscheinbar gewesen sein.«

»Praktisch unsichtbar«, nickte sie. »Aber ich habe mir die Erinnerung daran bewahrt, wie gut du ausgesehen hast. Und ich habe mir gesagt, dass es mir eines Tages gelingen wird, dich auf mich aufmerksam zu machen, Franz Oswald.«

»Dann ist das also doch eine Liebeserklärung?«

»Das kannst du sehen, wie du willst. Für mich ist es ein Beweis meiner Willensstärke.«

Willensstärke. Das Wort schickt mich auf eine Zeitreise. Da lagen meine Monate in der Wildnis, durch die ich wie ein Geist geschlichen bin, schon ein paar Jahre zurück. Da hatte sich längst alles geändert. Die Welt lag mir zu Füßen. Ungehindert wandert meine Erinnerung weiter zurück, in die Zeit, kurz bevor ich berühmt wurde. Irritiert schüttele ich den Kopf, möchte diese Bilder am liebsten abschütteln. Aber sie werden nur größer, werden zu einem einzigen Bild. Sosehr ich Justine auch gehasst habe, so nützlich war sie für mich und für meinen Weg. Das muss ich ihr zugestehen.

Zuerst hatte sie mir ihren Boten geschickt. Ich hatte den harten Winter in der Hütte überlebt, der Sommer war gekommen. Mitten in der Nacht klopfte es an die Tür. Angst hatte ich allerdings keine, ich fühlte mich nur gestört. Ich hatte das Herrenhaus zwar schon gekauft, schlief aber während der Umbau- und Renovierungsarbeiten noch in der Hütte. Nach wie vor führte ich ein Leben als Eremit und mochte es nicht, in meinen Routinen gestört zu werden. Ich wollte mich aufsetzen, aber meine Muskeln reagierten nicht, ich grunzte und rollte mich auf die Seite. Wie gern hätte ich jetzt den Hund gehabt, um den Eindringling zu verjagen. Das Klopfen hörte gar nicht auf. Es war Sommer, deshalb trug ich nur Boxershorts. Ohne mir etwas überzuziehen, rollte ich mich aus dem Bett und öffnete. Valdemar stand vor der Tür. In seinen schicken Klamotten sah er dort irgendwie fehl am Platz aus. Der Weg durch den Wald hatte seine Spuren hinterlassen. Die Schuhe waren schmutzig, er hatte Kiefernnadeln im Haar und schwitzte wahnsinnig. Dieser Idiot.

»Das war die Hölle, hierherzukommen«, stöhnte er. »Aber jetzt bin ich ja da.«

»Das freut mich«, sagte ich kurz angebunden. »Dann kannst du auch gleich umdrehen und wieder abhauen.«

Aber statt zu gehen, drängte er sich an mir vorbei. Mitten im Wald einen Kampf zu provozieren, fühlte sich angesichts von Valdemars Körpergröße beinahe so an, als würde ich das Schicksal unnötig herausfordern.

»Was, keine Umarmung?«, fragte er und musterte mich eingehend. Meine wettergegerbte Haut. Der Bart. Man musste kein Hellseher sein, um seine Gedanken lesen zu können. Von einem herausgeputzten und attraktiven Jüngling zu einer Erscheinung, die einen eher an den Cro-Magnon-Menschen erinnerte. Ihm lag ein Kommentar auf der Zungenspitze, aber er hielt sie zurück.

»Justine möchte mit dir sprechen.«

»Du kannst sie gern von mir grüßen und ihr ausrichten, dass dieser Wunsch nicht auf Gegenseitigkeit beruht.«

»Das kannst du erst beurteilen, wenn du weißt, was sie dir anbietet. Außerdem muss ich mal auf die Toilette. Telefonier doch mit ihr, während ich pisse.«

»Das Plumpsklo ist hinter der Hütte«, sagte ich, worauf er die Nase rümpfte. Valdemar ist noch nie der Outdoortyp gewesen.

Er klappte sein Handy auf und drückte auf eine Nummer. Damals waren Klapphandys modern, klein und praktisch. Für die heutige Fixierung auf das Display sind die allerdings denkbar ungeeignet. Das spielte sich zu einer Zeit ab, in der die Leute noch nicht neunzig Prozent ihres Wachzustandes am Handy verbrachten.

»Ich pinkle auf dem Rückweg im Wald«, sagte Valdemar. »Bei diesem Gespräch möchte ich unbedingt dabei sein.« Er musste meine Erleichterung gesehen haben, als ich begriff, dass er nicht vorhatte zu übernachten. »Ich habe mir ein Zimmer in der Pension im Ort gebucht, oder in dem Fischerdorf, oder was auch immer es ist.«

Aus dem Handy ertönte ein Geräusch.

»Verdammt, Franz, jetzt hör dir doch wenigstens an, was sie zu sagen hat!«, sagte er und hielt mir das Handy hin.

Ich starrte ihn wütend an, nahm es dann aber doch.

Wie üblich, kam Justine direkt zur Sache.

»Franz. Während du dich in Selbstmitleid und dystopischen Gedanken vergraben hast, habe ich an deiner Karriere gebastelt.«

Ich hatte ein ganzes Jahr damit verbracht, die schrecklichen Erinnerungen an meine letzte Nacht auf Glimmingeholm zu verarbeiten. Obwohl es mir gelungen war, mich teilweise davon zu erholen, glich der Klang ihrer Stimme einem Gruß aus der Hölle. Sie schien mit einem Schulterzucken in ihr normales Leben zurückgekehrt zu sein, hatte meins aber zerstört. Ich widerstand dem Impuls, das Gespräch augenblicklich zu beenden.

»Wir hatten doch eine Vereinbarung«, erklärte ich mit fester Stimme. »Ich möchte nie wieder mit dir sprechen.«

Valdemars Augen wurden zu schmalen Schlitzen.

»Ich schlage vor, dass wir unsere traurige Entzweiung für ein paar Monate pausieren lassen«, hielt sie dagegen. »Die Zeit für deinen großen Durchbruch ist gekommen.«

Was sie mir dann vorschlug, ließ mir die Kinnlade herunterfallen. Ich würde meine Vorträge an den Wochentagen in den großen Universitäten des Landes halten und an den Wochenenden in einem kleineren Rahmen vor einer Gruppe handverlesener Mitglieder ihres großen, exklusiven Netzwerkes sprechen. Sie hatte an alles gedacht. An die Veranstaltungsorte. Die Einladungen. Das Marketing. Die Zusammensetzung des Publikums. Sie hatte Erkundigungen eingeholt und war auf großes Interesse gestoßen. Carl-Fredrik und sie würden gegen eine Provision der Einnahmen in Vorleistung gehen.

Bis heute kann ich mir nicht erklären, warum ich damals kapituliert und nachgegeben habe. Wahrscheinlich hatte sie den richtigen Zeitpunkt erwischt. Meine Sehnsucht nach Dimö hatte auch in den Jahren meiner Abwesenheit ihre Schatten auf alles geworfen, womit ich mich beschäftigte. Bewusst, unterbewusst, im wachen Zustand und in meinen Träumen, ich sehnte mich auf meine Insel zurück. Später gesellte sich noch der Wunsch dazu, das Herrenhaus als mein rechtmäßiges Erbe zurückzuerobern. Die Renovierungsarbeiten von ViaTerra schritten zu meiner Zufriedenheit voran, und ich spürte ein tiefes Verlangen, die leeren Räume mit Leben zu füllen. Wenn ihre Versprechen in Erfüllung gingen, würde mein lebenslanger Traum wahr werden. Justine hatte meine Gedanken lesen können.

»Gut, dass du das Anwesen gekauft hast.«

»Woher weißt du das?«

»Ich bin immer in deinen Gedanken und du in meinen, Franz. Das weißt du doch genau. Im Geist sind wir ein und dieselbe Person. Auch echtem Schrot und Korn. Versuch das endlich mal zu akzeptieren.«

Das klang so dämlich, dass ich keine Lust hatte, darauf etwas zu erwidern.

»Das Herrenhaus wird deine Hochburg sein«, sagte sie. »Einflussreiche Gäste, atemberaubende Naturkulisse und spirituelle Führung. Stell dir das mal vor. Und deine Vorträge werden noch authentischer und überzeugender sein, weil du schon so lange als Einsiedler in der Natur gelebt hast.«

Ich brumme etwas Unverständliches.

»Was sagst du dazu? Ein paar Monate, bis du auf eigenen Füßen stehst, dann gehen wir getrennte Wege. Was passiert ist, war ein schrecklicher Unfall, und ich möchte es wiedergutmachen, dir dabei helfen.«

»Aber ich will gar nicht, dass ihr das bezahlt. Ich bin finanziell unabhängig.«

»Dann trägst du die Kosten selbst. Kein Problem. Glaubst du im Ernst, hier geht es ums Geld? Du solltest mich besser kennen.«

»Ich weiß nicht, ob ich dich überhaupt kenne. Du bist mir seitdem fremd geworden.«

Justines Stimme senkte sich und wurde milder.

»Ich bitte dich, jetzt sei nicht so nachtragend. Bist du dabei oder nicht?«

Ich seufzte, hatte schon resigniert.

»Meinetwegen.«

»Gut. Und bitte rasier dir diesen scheußlichen Bart ab.«

Das war der erste von vielen Kompromissen, auf die ich mich einlassen musste. Aber so begann meine Reise an die Spitze, und die wurde rasant. Wir brauchten einen guten Weg, wie ich meine spirituellen Thesen anbringen konnte, ohne wie ein religiöser Spinner zu wirken. So entstand ViaTerra – meine Begeisterung für den Umweltschutz und mein umfangreiches Wissen über die Natur machten es ganz leicht. *Der Weg der Erde*. Meine Vorträge waren gut besucht, die Zuhörerschar wuchs beständig. Bei den anschließenden Gesprächen rekrutierte ich meine Mitarbeiter. Es war ein Kinderspiel, sie in der Menge auszumachen. Es waren immer die, die mich begeistert anstarrten, die Jungen, Unverdorbenen. Innerhalb von sechs Monaten konnte ich die Pforten von ViaTerra für die ersten Gäste öffnen. Auch die Medien wurden auf mich aufmerksam, und schon bald war ViaTerra in aller Munde.

Viele Jahre lang fungierte Justine als meine Ratgeberin, wir begruben das Kriegsbeil. Bis zu dem etwas unheilvollen

Zwischenfall mit Elisabeth. Ich weiß nicht mehr, was ich mir dabei gedacht hatte. Es war ihre Tochter. Aber zu der Zeit fühlte ich mich unantastbar und zu allem berechtigt. Es kam zu einer klassischen Patt-Situation. Justine drohte mir, sich auf Elisabeths Seite zu stellen und mich anzuzeigen, und ich drohte ihr, die Wahrheit über meinen letzten Abend auf Glimmingeholm preiszugeben. So kam es zum Kalten Krieg zwischen uns. Wir ließen uns nicht aus den Augen. Bis wir das Interesse verloren. Zumindest hatte ich das gedacht. Heute wünschte ich mir, dass ich den Tag, an dem Valdemar bei mir vor der Hütte stand, rückgängig machen und von vorn anfangen könnte. Aus eigener Kraft.

Maria tritt mir unterm Tisch gegen das Schienbein.

»Jemand zu Hause?«

»Ich war nur in Gedanken versunken, an die guten alten Zeiten«, sage ich.

Ich bitte die Kellnerin um die Rechnung. Auf dem Weg nach draußen greife ich nach Marias Hand. Ich spüre eine unerträgliche Anspannung in meinem Körper, aber ich weiß auch, wie ich sie loswerden kann.

»Komm, jetzt werden wir deine Fantasien von damals, als du mich auf dem Motorrad gesehen hast, in die Tat umsetzen«, sage ich.

Der Schuppen, in dem früher mal die Imbissbude gewesen war, wird jetzt als Bootshaus benutzt. Die Tür ist nicht verschlossen. Ich kann Maria ansehen, wie erregt sie ist, ich bin es auch. Ich stelle mir die unscheinbare Maria vor, die unsichtbare Zuschauerin, während ich die Dorfjugend mit meinem Charisma betörte. Heute bin ich derjenige, der von ihrer Wärme profitiert, sich in ihr sonnen kann. Seltsam, wie sich die Dinge ändern.

Ich ziehe sie ins Innere, vorbei an den Heringsfässern, Angelrollen, Ruten und Netzen, bis ich eine relativ leere Wand finde. Ich drücke sie mit dem Rücken dagegen, greife ihre Handgelenke. Auf einmal bin ich wieder fünfundzwanzig, mit einem unlöschbaren Durst aufs Leben. Maria lacht. Ich küsse sie, das ist ein Kuss, der ihr den Atem nehmen soll. Sie beißt mir spielerisch in die Lippe. Ich schiebe ihr Kleid hoch, sie öffnet meinen Reißverschluss. Als ich in sie eindringe, keucht sie auf. Sie befreit sich aus meinem Griff und packt mich an den Schultern, geht mit jedem Stoß mit. Die Worte strömen aus ihrem Mund, Ordinäres und Zärtlichkeiten. In mir steigt eine schier unkontrollierbare Kraft hoch, tief aus meinem Inneren, sie wird zu einem Crescendo, bis wir gemeinsam die Ektase erreichen und erschöpft zusammensinken.

Die Anspannung ist weg. Und die Erinnerung an die Nacht, in der ich mich wieder zu Justines Sklaven gemacht habe, ist verflogen.

Kapitel 41

Nach reiflicher Überlegung entscheide ich mich dafür, Justine darauf anzusprechen. Ich kann die Schenkung des Grundstücks an mich nicht unkommentiert vorbeiziehen lassen, auch wenn sie dann sofort weiß, dass ich herumgeschnüffelt habe. Es muss einen Weg geben, dass sie die Schenkung zurücknimmt. Oder noch besser: Dass sie die Gebäude am See abreißen lässt, bevor sie auswandert. Leider aber ist das zu gefährlich und deswegen nicht machbar. Sie geht sofort ans Telefon, klingt ungewöhnlich heiter.

»Franz, wie schön, dass du anrufst.«

»Störe ich?«

»Ganz und gar nicht. Ich habe gerade an dich gedacht.«

Mir wird schlagartig übel.

»Du klingst ein bisschen aufgedreht«, sage ich.

»Tu ich das?«

»Ehrlich gesagt, ja.«

»Energisch vielleicht. Die Ausstellung, du weißt ja. Was hast du auf dem Herzen?«

»Hattest du vor, mich in deine Pläne für Glimmingeholm einzuweihen?«, frage ich.

»Woher weißt du davon?«, fragt sie. Ein Hauch von Misstrauen schwingt in ihrer Stimme mit.

»Ich habe einen hochentwickelten sechsten Sinn, und außerdem verfüge ich über ein ausgezeichnetes Netzwerk.«

»Nimmst du dieses Gespräch auf?«

»Nein.« Warum habe ich daran nicht gedacht?

»Gut. Achte trotzdem sehr genau darauf, was du sagst.«

»Was soll das mit der Grundstücksschenkung? Ist das ein Trick?«

»Im Gegenteil«, sagt sie. »In einem seltenen nostalgischen Augenblick habe ich beschlossen, dir die Kapelle und die Jagdhütte als Abschiedsgeschenk zu vermachen. Das ist doch eine wunderbare Geste, findest du nicht? Aber die Details über die Pflege der Gebäude würde ich gern persönlich mit dir besprechen.«

»Warum tust du das?«

Wir kennen beide die Antwort darauf. Aber ich möchte sie von ihr hören.

»Die Jagdhütte wird von einer Reinigungsfirma gesäubert, die wir beauftragt haben«, sagt sie, ohne auf meine Frage einzugehen. »Sie darf, wie du dir denken kannst, auf keinen Fall renoviert werden. Die Jäger in der Gegend dürfen sie zwar nutzen, müssen sie aber sauber hinterlassen. Die Kapelle wiederum kannst du von außen gerne instand setzen, aber im Inneren müssen alle Originalteile erhalten bleiben. Du bestimmst, was in Zukunft damit geschehen soll. Du könntest ein Kulturdenkmal aus der Kapelle machen, etwas Vergleichbares gibt es in Schweden nicht. Aber solange Carl-Fredrik oder ich am Leben sind, dürfen die Gebäude unten am See nicht renoviert werden. Verstanden?«

»Ähm …«

Sie unterbricht mich, ehe ich richtig Luft holen kann.

»Muss ich dich daran erinnern, dass ich dir deinen großen Durchbruch ermöglicht habe? Ich erwarte das hier als Gegenleistung. Wenn du mir hilfst, werden wir uns niemals wiedersehen. Ich wünsche dir alles Gute mit deinem todlangweiligen Leben als *Leiter von Retreats* oder wie man das heute so nennt. Aber wenn du oder jemand aus deinem Team mir Ärger macht, werde ich mich in eure schlimmste Feindin verwandeln.«

Die Erkenntnis trifft mich mit voller Wucht. Natürlich hatte ich mich gefragt, warum sie mir hilft, aber dann vermutete ich, dass es mit ihrer Prahlsucht zu tun hatte. Sie hat nie gezögert, ihren Freunden gegenüber zu erwähnen, dass sie mich »entdeckt« hätte. In meiner Einfalt hatte ich immer angenommen, sie würde mich mögen. Gleichzeitig ist Justine keineswegs eine Prahlerin, und ich kenne kein menschliches Wesen, das den Weg in ihr rabenschwarzes Herz geschafft hätte. Dies hier wird von Anfang an ihr Plan gewesen sein. Sie würde mit Carl-Fredrik und Valdemar abhauen und mir die Schadensbegrenzung überlassen. Ich sollte unser schmutziges Geheimnis vertuschen, während sie sich am Strand der Malediven sonnt und über die Idioten lacht, deren Söhne sie öffentlich bloßgestellt hat. Was für ein Idiot bin ich bloß gewesen.

»Ach, übrigens«, sagt sie. »Mach dir keine Sorgen wegen der Schlangen. Eine Freundin von mir ist Zoologin und wird sich um die Tiere kümmern. Also alles gut soweit?«

Mit dem Zeigefinger reibe ich über die Stelle zwischen meinen Augenbrauen, um klar denken zu können, und bekomme die vollkommen abwegige Idee, sie mithilfe meiner berühmten Überzeugungskraft zum Umdenken bewegen zu wollen.

»Du musst das nicht machen, Justine«, sage ich und versuche so besonnen wie möglich zu klingen. »Diese Ausstellung kann dir doch gar nicht so viel bedeuten, warum hättest du sonst so lange damit gewartet?«

Sie lacht laut auf.

»Sie ist mir immer wichtig gewesen. Mir sind nur andere Dinge dazwischengekommen.«

»Dreißig Jahre lang?«

»Ja, am Anfang mussten wir die Füße stillhalten, nachdem was passiert war. Und kurz danach kam Elisabeth auf die Welt. Sie war nicht geplant, aber eine schöne Überraschung. Leider war sie ein ziemlich rebellisches Kind. Ich wollte verhindern, dass die Ausstellung negative Konsequenzen für sie hat. Da sie uns aber kategorisch verschmäht, muss sie jetzt wohl in den sauren Apfel beißen. Übrigens solltest du unbedingt zur Vernissage kommen. Meine neuesten Kreationen sind sensationell. Ich werde auch die Werke ausstellen, die wir damals zusammen gemacht haben.«

Ich wage einen neuen Versuch.

»Die Eltern der Männer, die du damals fotografiert hast, müssen doch mittlerweile steinalt oder sogar schon gestorben sein? Warum sind sie so wichtig für dich?«

»Ich habe auch die Männer eingeladen, die mir Modell gestanden haben. Wie ich es vorhergesagt habe, sind sie genauso gierig und widerlich geworden wie ihre Eltern.«

»Justine!« Ich erhebe meine Stimme, um zu ihr durchzudringen. »Hör mir zu! Ich werde mich nicht um das Grundstück und die Gebäude kümmern.«

Tief und zischend holt sie Luft.

»Wie bedauerlich. Aber du wirst es tun müssen. Ob du willst oder nicht. Du bist die einzige Person, die versteht, wie wichtig es ist, alles so zu bewahren, wie es ist. Hat der Ort denn überhaupt keine sentimentale Bedeutung für dich?«

»Ich weigere mich«, sage ich leise.

Sie seufzt dramatisch.

»Verzeih, wenn das missverständlich war, ich werde mich deutlicher ausdrücken. Das ist keine Bitte und einfach nicht verhandelbar, Franz. So wird es gemacht. Aber vergiss nicht, alles ist vergänglich.«

Alles ist vergänglich. Das war eine ihrer Standardphrasen. Ein hohles Klischee zwar nur, aber es dreht so lange seine Runden in meinem Kopf, bis ich endlich die Tragweite des Ganzen begreife. Sie meint mich und Thor damit. Auch wir können sterben und verschwinden. Mein Blick bleibt an dem Bild hängen, das vor mir an der Wand hängt. Thor hat es als Kind gezeichnet, die Küste im Nebel. Meine Unterlippe zittert. Ich rase vor Wut und könnte gleichzeitig in Tränen ausbrechen. Das hier ist kein Spiel. Das ist blutiger Ernst. Sie ist verrückt, fanatisch und vor allem in der Lage und bereit dazu, uns großen Schaden anzutun, um ihr Ziel zu erreichen.

»Hat dir das jetzt ausnahmsweise mal die Sprache verschlagen?«, fragt sie.

Ich darf auf keinen Fall laut werden. Damit würde ich endgültig meine Chancen verderben, aus der Schenkungsurkunde gestrichen zu werden. Mein Fluchtimpuls und der Wunsch, diesem Gespräch zu entkommen, sind so stark, dass ich meine Aufmerksamkeit auf die Außenwelt richte. Die Temperaturen sind über Nacht rapide gesunken, und der erste Frost funkelt schon in der Sonne. Von den Feldern steigt Nebel auf, ich sehe ein Reh, das seinen Kopf hebt. Als hätte es meinen Blick gespürt. Durch mein Büro schweben ihre Drohungen und Vorwürfe, ich möchte allein sein, um in Ruhe nachdenken zu können.

Aber Justine ist noch nicht fertig. Sie reagiert mit einem genervten Räuspern auf mein Schweigen.

»Wenn du hier weiter stummspielen willst, kann ich dir

ja was erzählen. Ich habe nämlich darüber nachgedacht, was für ein Mensch du bist.«

»Aha«, sage ich mit gespielter Langeweile.

»Willst du die diplomatische Version hören, oder soll ich direkt sein?«

»Sag es einfach.«

Ich spüre, wie sich meine Kiefermuskeln verkrampfen. Das passiert regelmäßig, wenn ich einen Wutausbruch zurückhalten muss.

»Ich habe dein Leben mit großem Interesse verfolgt, seit dreißig Jahren. Ich habe zugesehen, wie dir der Ruhm zu Kopf gestiegen ist. Wie du diese bescheuerte Sekte gegründet hast. Die Vergewaltigungsvorwürfe kenne ich. Dann die Zeit im Gefängnis. Und wie du nach jeder Niederlage wieder aufgestanden bist, wie so ein verdammtes Jojo. Gestern noch der Psychopath und Vergewaltiger in den Augen der Öffentlichkeit, heute der Ritter auf dem weißen Schimmel für die Frauenwelt. Es wird einem ganz schwindelig davon, aber nach einer Weile langweilen einen deine Eskapaden dann doch ein bisschen. So wie deine Vorträge. Du sagst nie etwas Neues, aber dafür mit ganz vielen Worten. Du behauptest, dass du Menschen anführen willst, aber das ist alles Blödsinn. Du bist ein Leichtgewicht, völlig substanzlos. Meine Analyse kommt zu dem Ergebnis, dass du ein Mensch zu sein scheinst, der zwar von Chaos angezogen wird – der das selbst aber gar nicht weiß. Es ist eine Leichtigkeit, sich für unsterblich zu halten, nur weil man Stürme übersteht. Aber du befindest dich jetzt an einem Scheideweg und musst eine Entscheidung treffen. Entweder du reißt deine gesamte Familie mit in dein Chaos und ins Verderben, oder du wirst tun, was ich sage.«

Ihre Boshaftigkeit brennt wie ein Feuer in meiner Brust. Die Warnglocken sind ohrenbetäubend laut.

»Deine leeren Drohungen machen mir keine Angst, Justine.«

Was gelogen ist. Außerdem klinge ich alles andere als überzeugend.

»Versuch ruhig, dich mir zu widersetzen«, sagt sie. »Es war ein Klacks für Valdemar, in das Schlafzimmer deines Sohnes zu gelangen. Wir wissen, wo er in Göteborg wohnt und wo seine Freundin arbeitet. Weißt du, was der Unterschied zwischen uns beiden ist? Ich bin eiskalt und rücksichtslos. Und du bist seit deinem Schlaganfall weich und sensibel geworden. Du Armer.«

Wäre sie hier, würde ich sie mit meinen bloßen Händen erwürgen. Ich knalle das Handy auf den Schreibtisch. Das Gespräch ist beendet.

Endlich herrscht Stille. Trotzdem werde ich das Gefühl nicht los, dass ich mit halsbrecherischer Geschwindigkeit auf eine Katastrophe zusteuere. Und am Steuer ist Justine.

Kapitel 42

Ich muss raus an die frische Luft, damit ich mich wieder beruhigen kann. Das ist kein Wunsch, sondern eine Notwendigkeit. Wenn ich nämlich nicht sofort gehe, werde ich etwas zerstören müssen.

Mein Weg führt mich ans Meer, ich will meine aufgestaute Wut loswerden. Mein kleiner Finger zittert, ein Zeichen für die innere Erregung. Das ist einer der Ticks, die ich vor der Öffentlichkeit geheim zu halten versuche. Ich stecke meine Hände in die Jackentaschen und gehe mit schnellen Schritten über die Heide. Die Sonne fällt auf die frostbedeckte Landschaft und bringt jeden noch so kleinen Zweig zum Glühen. Die Heide leuchtet. Auch auf den Felsen hat sich in der Nacht Frost gebildet. Ich stütze mich mit der Hand am Felsen ab, um nach oben zu klettern. Aber meine Handfläche ist verschwitzt, der Stein sehr kalt, ich bleibe um ein Haar daran kleben. Schnell ziehe ich mir die Handschuhe an, die ich in der Jackentasche gefunden habe, und versuche es erneut. Vereinzelte Bruchstücke von dem Telefonat mit Justine kommen jetzt erneut hoch und machen mich rasend vor Wut. Immer wieder rutsche ich auf dem glatten Untergrund aus, kann mich aber fangen. Eigentlich klettere ich am liebsten auf den Teufelsfelsen, weil man von dort die ganze Insel überblicken kann, aber das ist in meinem aufgewühlten Zustand zu riskant.

Ich stelle mich auf den höchsten Punkt des Felsens. Die

Aussicht ist atemberaubend. Wie ein Gemälde in allen Farbnuancen von Kupfer bis Gold. Aber meine Wut sorgt dafür, dass ich diese Schönheit wie durch einen verzerrten Filter sehe. Ich hätte Justine umgebracht, hätte sie vor mir gestanden.

Ich hätte sie auf jeden Fall geschlagen, obwohl ich davon überzeugt war, dass ich das längst hinter mir gelassen habe.

Ich stelle mich an den Rand des Felsens und trete vorsichtig gegen einen Stein, der hinunterfällt und Ringe im Wasser bildet. Dann setze ich mich auf einen kleineren Felsvorsprung. Langsam lässt die Wut nach, dafür nimmt meine Verzweiflung zu. Die Gedanken überschlagen sich. Ich könnte der Polizei schon jetzt Hinweise darauf geben, was sich hinter den verdeckten Bildern auf Justines Ausstellung verbirgt. Dann würden sie die Vernissage verhindern. Allerdings würden damit auch Dinge zutage kommen, die vor langer Zeit begraben wurden. Vielleicht sollte ich wegen der Schenkung meinen Anwalt konsultieren – man kann doch niemanden zwingen, ein Geschenk anzunehmen? Mit List und Geschick wird es mir vielleicht gelingen, unbeschadet aus dieser Sache hervorzugehen, nachdem Justine erst das Land verlassen hat. Aber unter Umständen ist das auch eine Falle? Nur Justine, Valdemar und ich wissen, was damals vor dreißig Jahren wirklich passiert ist. Wenn die beiden fort sind, bleibe ich allein zurück. Vielleicht sollte ich mich jemandem anvertrauen. Maria beispielsweise. Wenn mich die vergangenen drei Jahre eines gelehrt haben, dann dass sie immer für mich da ist und durch dick und dünn mit mir geht. Aber wird sie das auch dann noch tun, wenn sie die Wahrheit kennt? Bestimmte Dinge kann ich einfach nicht offenbaren. Aber das Problem sind die Umstände, in denen ich mich befinde, nicht meine Gedanken. Wie ich mich auch drehe und wende, immer wieder lande ich bei der Jagdhütte und der Kapelle am See. Niemand außer mir ist in der Lage, ihre Geheimnisse zu bewahren. Wenn ich mir die Alternative vorstelle – den Skandal und die Strafen –, dann läuft es mir eiskalt den Rücken hinunter.

Der chaotische Weg meines Erfolgs hat mir nie Kopfzerbrechen gemacht. Als Sektenführer jonglierte ich mehrere Bälle gleichzeitig in der Luft und hielt mich nie lange mit kleineren Niederlagen auf. Drohungen und Beleidigungen perlten an mir ab wie Wasser am Gefieder einer Gans. Die Kontroversen haben mich zu dem gemacht, der ich heute bin. Die Anschuldigungen habe ich mit unerträglicher Arroganz zurückgewiesen: Ich nahm an Talkshows teil, trug die teuersten Anzüge von schwedischen Designern und schlug mich mit naseweisen Moderatoren herum. Ich ließ es zu, mein Gesicht auf den Titelbildern zu sehen, auch wenn die Überschriften nicht immer schmeichelhaft waren. Ich ging jedes Risiko ein. Süß schmeckte die Gefahr.

Doch das interessiert mich heute alles nicht mehr. Ich habe die fünfzig überschritten. Nicht, dass ich mich alt fühle, Gott bewahre, aber schon etwas verantwortungsbewusster.

Jetzt geht es mir vor allem um Thor. Zwanzig Jahre lang habe ich versucht, mich ihm gegenüber rational zu verhalten. Zwanzig Jahre lang habe ich versagt. In letzter Zeit habe ich mir dann eingestanden, dass ich ihn sehr gern mag. Vielleicht sogar zu sehr. Ich denke an kostbare, gemeinsame Stunden und spüre eine tiefe Sehnsucht, einen dumpfen Schmerz in der Brust. Als würde mir alles aus den Händen gleiten. Bruchstückhaft erinnere ich mich an

Thor als Kind, und dann sehe ich, wer er heute ist. Ein bemerkenswerter junger Mann. Erstaunlich ist, dass er es überhaupt mit mir aushält. Aber eines weiß ich mit Sicherheit. Sollte Thor etwas zustoßen, würde ich zugrunde gehen.

Justines Beleidigungen haben ihre Spuren hinterlassen. Ich kann es ertragen, verspottet zu werden, aber das hatte eine andere Größenordnung. Ihre Anspielungen haben mich in meine dunkelste Zeit zurückgeworfen – in das Jahr nach meiner Rückkehr. Ich war von Ängsten und Selbstzweifeln geplagt. Zweimal bin ich diesen schrecklichen Weg seitdem gegangen. Als ich am ganzen Körper gelähmt war, hätte nicht viel gefehlt. Ich wollte diese Hölle für immer verlassen. Das zweite Mal war der unglückselige Tag, an dem Emil verhindern konnte, dass ich vom Teufelsfelsen springe. Aber so wird mein Ende nicht aussehen. Auf keinen Fall. Was ich daraus gelernt habe? Die Dunkelheit wird vertrieben, wenn ich die richtigen Entscheidungen treffe. Ich kann nicht leugnen, dass ich zwei Seiten habe, vor allem eine falsche, nämlich unaufrichtige. Aber Thor ist echt. Und in solchen dunklen Stunden wie diesen fühlt es sich an, als wäre er das einzig Richtige in meinem Leben.

Was wird passieren, wenn ich etwas Untypisches tue – wenn ich meine eigenen Bedürfnisse zurückstelle und Thor an die erste Stelle setze? Was wird es mit ihm machen, wenn ich den Kampf mit Justine aufnehme – und was wird erst passieren, wenn ich die Segel streiche?

Ich lasse mich nicht bedrohen, von niemandem, und zwar aus Prinzip. Erpressern muss man, unabhängig von ihren Druckmitteln, mit der eiskalten Verachtung begegnen, die sie verdienen. Wenn ich den Kampf mit Justine aufnehme, weiß ich nicht, wohin das führen könnte. Wenn ich ihrem Willen gehorche und mich um das Grundstück und die beiden Gebäude kümmere, bleibt Thor in Sicherheit. Und im Augenblick ist nichts wichtiger als das. Vor mir erstreckt sich das riesige Meer, sonnenbeschienen und wild, und ich spüre keinen Zweifel. Der Geschmack der Niederlage mag widerlich sein, aber ich weiß genau, was jetzt zu tun ist. Zu wissen, was ich verlieren würde, war die notwendige Ohrfeige, um die richtige Entscheidung zu treffen. Ich ziehe mein Handy aus der Jackentasche, mein kleiner Finger hat aufgehört zu zittern.

Ich schicke Justine eine SMS, die nur aus drei Worten besteht: *Du hast gewonnen.*

Kapitel 43

THOR

Eines Nachmittags rief Julia an und erzählte ihm, dass sie nicht wie verabredet nach Dimö kommen werde, weil sie wegen eines Auftrags in den Norden des Landes geschickt wurde. Das Trinkwasser einer Stadt war von einer dort ansässigen Fabrik vergiftet worden und sie sollte die Einwohner interviewen. Auf die Frage, warum sie am Wochenende arbeiten müsse, antwortete sie, dass die Leute nur dann zu Hause sein würden. Er dachte an die Unternehmungen, die er geplant hatte. Zwar würde er seinen neuen Job schon in zwei Wochen antreten, aber er vermisste Julia. Kurzerhand beschloss er, am nächsten Morgen mit der Fähre aufs Festland überzusetzen und den Tag mit ihr zu verbringen, bevor sie aufbrechen musste. Julia freute sich, erwähnte aber im gleichen Atemzug, dass Patrik Helsing sie zum Essen eingeladen hätte. Er sei zufällig in Göteborg und würde am nächsten Tag nach Stockholm weiterfahren.

»Was? Und willst du lieber mit ihm allein essen gehen?«, fragte Thor. Er bemühte sich, nicht eifersüchtig zu klingen.

»Natürlich nicht. Du kommst einfach mit.«

»Bist du dir sicher?«

»Mach dich nicht lächerlich.«

Gleich am nächsten Morgen nahm er die Fähre über den Sund. Gegen Mittag kam er in Göteborg an. Sie landeten sofort im Bett und blieben dort bis zum späten Nachmittag. Als ihre Bäuche vor Hunger schrien, bestellten sie Pizza. Für einen Augenblick vergaßen sie alles um sich herum. Als die Dämmerung hereinbrach und die Schatten anfingen, in den Ecken zu tanzen, hatte Thor große Lust, das Abendessen mit Patrik abzusagen. Aber Julia wies darauf hin, wie wichtig solche Kontakte in die Branche und ein gut funktionierendes Netzwerk seien. Außerdem war Patrik ein Medienmogul und ein besonders wichtiger und einflussreicher dazu. Am Ende lenkte er ein.

Das Restaurant, in dem sie verabredet waren, entpuppte sich als eine exklusive Skybar, die überhaupt nicht Thors Stil war. Die Einrichtung wirkte vorsichtig ausgedrückt verwirrend. Der Fußboden war in Schachbrettoptik gehalten, die Wände waren weiß und unten an den Leisten hatte man rote Neonröhren angebracht. An den Wänden hingen weiße Leinwände mit roten Kreuzen darauf. An allen Tischen saßen betrunkene Menschen, die sich lautstark unterhielten und lachten. Zum Glück hatte Patrik einen Tisch in dem benachbarten Raum für private Veranstaltungen reserviert. Dort standen nur wenige Tische, und ihrer befand sich direkt vor einer großen Fensterfront. Auch die Einrichtung unterschied sich wesentlich von dem Hauptraum. Dunkle Holzmöbel, edle Teppiche, Kerzen. Von dem Lärm im Restaurant waren nur schwache Bässe zu hören. Die Oktoberdunkelheit legte sich sanft über die Stadt, durch die sich wie ein langer Strom aus roten Lichtern der Verkehr zog.

Anfänglich fühlte sich Thor in Patriks Gesellschaft nicht besonders wohl. Er kannte ihn praktisch kaum. Während er die Speisekarte studierte, wanderten seine Augenbrauen nach oben, als er die Preise sah. In seinem ungebügelten Hemd, den ausgebeulten Jeans und Turnschuhen fühlte er sich fehl am Platz. Allerdings war auch Patrik sehr leger gekleidet, in schwarzen Jeans und blauem Hemd. Aber ihm stand dieser Stil hervorragend, Thor hingegen sah aus, als würde er in die Berge zum Wandern fahren.

Aber dann richtete Patrik seine ganze Aufmerksamkeit auf ihn und unterhielt sich mit ihm, als wären sie alte Freunde. Am Anfang stellte er ihm ein paar unverfängliche Fragen, ob er sich auf seinen neuen Job freute. Dann wechselte er das Thema, kam auf die Welt der Nachrichten im Allgemein zu sprechen und trug seine Ansichten mit einer solchen Inbrunst vor, dass Thor bald davon überzeugt war, wie sehr Patrik für den Journalismus brannte. Es war offensichtlich.

Thors Nervosität nahm mit jeder Minute ab. Bestimmt würde es ein netter Abend werden. Patriks Intensität erinnerte Thor an seinen Vater. Auch die Fähigkeit, so aufmerksam zuzuhören, dass man sich besonders und auserwählt fühlt. Seine lebhaften Augen machten ihn jünger als fünfzig. Thor war so sehr in das Gespräch vertieft, dass er sich hinterher kaum noch an die Speisen oder den Wein erinnern konnte. Gegen Ende stellte Patrik noch ein paar Fragen über Franz. Dann wandte er sich an Julia, die fast die ganze Zeit schweigend danebengesessen hatte.

»Wie unachtsam von mir. Da lade ich dich zum Essen ein und rede die ganze Zeit mit Thor. Ich habe mich mitreißen lassen.«

»Das macht doch nichts«, sagte Julia. »Ich finde es großartig, dass ihr so viele Gemeinsamkeiten habt.«

Patrik lehnte sich vor, nahm Julias Hand sanft in seine und sah ihr tief in die Augen.

»Nächstes Mal geht es nur um dich, versprochen.«

Seine Stimme war honigsüß und selbstbewusst. Julia war anzusehen, wie sehr ihr das schmeichelte.

Die Stille, die dabei entstand, war für Thor unerträglich. Er wandte den Kopf ab und sah sein verzerrtes Spiegelbild im Fenster. Es war keine unmittelbare Reaktion, kam eher schleichend. In seinem Kopf sah er immer wieder das Bild vor sich, wie Patrik nach Julias Hand gegriffen hatte. Etwas hatte sich in dem Augenblick verändert, die Stimmung, die ganze Energie im Raum. Als sie mit dem Essen fertig waren, hatte ihn die Eifersucht fest im Griff, brodelnd und ätzend war sie geworden. *Nächstes Mal geht es nur um dich*, genau. Da gab es eine Anziehung zwischen den beiden. Allein der Gedanke war unerträglich. Vergeblich versuchte er ihn zu verdrängen. Er begriff ganz nüchtern, dass die beiden Seiten in ihm kämpften. Die eifersüchtige und die Seite, die Julia blind vertraute. Er spürte ihren Blick, erwiderte ihn aber nicht. Patrik schien von alldem nichts mitbekommen zu haben, er machte ein paar Witze, bezahlte die Rechnung und bestellte ihnen ein Taxi. Er selbst würde noch ein bisschen bleiben. *Ich muss ein paar geschäftliche Telefonate erledigen.* Als Thor aufstand, drehte sich alles um ihn herum. Entweder vertrug er keinen Alkohol, oder die Eifersucht hatte ihn tatsächlich schwindelig gemacht. Patrik schüttelte ihm begeistert die Hand und bedankte sich für das inspirierende Gespräch. Thor brachte nur ein gezwungenes, unnatürliches Lächeln zustande.

Sie fuhren nach Hause. Es war dunkel, über ihnen hing ein regenschwerer Himmel, die Bäume verloren schon ihre Blätter. Julia nahm Thors Hand in ihre und fragte, was mit ihm los sei. Obwohl er kein Wort gesagt hatte, hatte sie sofort gemerkt, dass etwas nicht stimmte. Sie konnte seine schlechte Laune auf hundert Meter Entfernung spüren, weil die düstere Stimmung wie eine giftige Wolke über ihm schwebte. Er sah aus dem Fenster und wollte sie vertrösten, sie könnten später darüber sprechen.

»Jetzt sag schon«, bat sie ihn, als sie die Wohnung aufschloss.

»Warum fragst du, wenn du es schon weißt? Warum hast du mit ihm geflirtet? Stehst du nach wie vor auf so alte Typen?«

Fassungslos schüttelte Julia den Kopf. Sie war sichtlich genervt.

»Bevor du mir weitere Vorwürfe machst, Thor, finde ich, solltest du einmal tief Luft holen. Das sind alles nur Hirngespinste.«

Das fand er so bevormundend, dass er erst recht in die Luft ging. Jetzt konnte er nicht mehr klar denken. Sein Herz raste wie eine wild gewordene Trommel. Das Ganze artete in einen heftigen Streit aus, bis Julia schrie, dass sie erst mal keine Lust mehr auf seine widerliche Eifersucht hätte. Sie müsste morgen früh raus und pünktlich am Bahnhof sein. Mit diesen Worten rannte sie ins Schlafzimmer und knallte die Tür hinter sich zu.

Thor schlief auf dem Sofa im Wohnzimmer. Normalerweise konnte er nicht schlafen, wenn sie gestritten hatten. Aber das alles hatte ihn so erschöpft, dass er jetzt doch auf der Stelle einschlief. Er wachte erst wieder von dem Geräusch ihres Rollkoffers auf. Julia hatte Mantel und Schuhe an und war schon dabei, das Haus zu verlassen. Bei Tageslicht sah auf einmal alles ganz anders aus. Der Schlaf hatte der Eifersucht ihre Größe genommen, geblieben war aber die Scham. Er sprang auf und nahm sie in den Arm.

»Bitte verzeih mir. Ich habe total übertrieben reagiert«, murmelte er ihr ins Ohr.

Sie schob ihn von sich und gab ihm einen sanften Kuss auf die Wange.

»Lass uns darüber reden, wenn ich zurück bin«, sagte sie gestresst. Da war ein Groll in ihrer Stimme, den er so noch nie erlebt hatte.

Er trat ans Fenster und öffnete es, wartete darauf, dass sie unten auf der Straße auftauchte. Sofort drang ein kühler Wind ins Zimmer, er fröstelte. Dann sah er sie, auf dem Bürgersteig. Normalerweise hob sie den Kopf und winkte ihm zu, weil sie wusste, dass er dort oben stand. Aber an diesem Tag lief sie einfach weiter, mit geradem Rücken und entschlossenem Schritt.

Kapitel 44

Eine Weile blieb er am Fenster stehen und sah den Menschen zu, die in dem matten Morgenlicht zur Arbeit hetzten. Julia hatte sich merkwürdig verhalten. Normalerweise lachte sie am nächsten Tag über ihren Streit, machte sich über seine Eifersucht lustig. Aber dieses Mal hatte sie kühl und abweisend reagiert. Er würde natürlich anrufen können und versuchen, alles wieder in Ordnung zu bringen. Aber dafür musste er warten, bis das ungute Gefühl vollends verklungen war, damit seine Vernunft die Oberhand hatte.

Da klingelte sein Handy. Es lag so weit weg entfernt, dass für einen Bruchteil einer Sekunde Hoffnung in ihm aufkeimte. Aber es war eine unbekannte Nummer.

»Hallo, ich bin es«, sagte eine Stimme, die er nicht sofort wiedererkannte. »Elisabeth. Ich hatte vor, dir eine Freundschaftsanfrage zu schicken, aber du hast ja kein Social Media. Ist das okay, dass ich einfach anrufe?«

»Natürlich«, sagte Thor. Er war erleichtert, dass er jemanden zum Reden hatte. Alles war jetzt besser als diese quälende Stille in der Wohnung.

»Ich bin bei meinen Eltern«, sagte sie. »Nur eine Stippvisite. Meine Mutter hat darauf bestanden. Ich hatte ganz vergessen, wie anstrengend sie sein kann.«

»Ja, verstehe.«

»Ich wohne ja schon seit Ewigkeiten nicht mehr zu

Hause, jetzt wollte ich ein paar Sachen aus meinem alten Kinderzimmer mitnehmen, hauptsächlich Klamotten.«

Thor fragte sich, warum sie ihm das alles erzählte und worauf sie hinauswollte.

»Meine Mutter hat mir vorhin erzählt, dass mir dein Vater seine Wohnung überschrieben hat, in der ich gerade zur Miete wohne. Die *gehört* mir jetzt. Kannst du dir das vorstellen?«

»Ja, er hat mir erzählt, dass er das vorhat«, sagte er.

»Weißt du auch, warum?«

»Damit du nicht mehr abhängig von ihm bist, glaube ich.«

»Wie großzügig. Obwohl meine Mutter das anders formuliert hat«, flüsterte sie leise.

»Ja, wie denn?«

»Sie sagte, dass dein Vater sehr wahrscheinlich in Schwierigkeiten geraten wird und ich mich von ihm fernhalten soll. Das ist irgendwie schade. Eigentlich mag ich Franz gerade ganz gern.«

Bei Thor stellten sich die Nackenhaare auf. Das wird sich niemals ändern, dachte er. Er rieb sich mit der linken Hand über die Stirn. Ein Ritual, dass ihm half, seine Anspannung loszuwerden.

»Kannst du dir vorstellen, was meine Mutter mit *Schwierigkeiten* meint?«, fragte Elisabeth. »Sie wollte mir keine Antwort darauf geben. Hat das vielleicht was mit seinen Finanzen zu tun?«

»Nein, das glaube ich nicht«, erwiderte Thor überzeugt.

Da war er sich sogar ganz sicher. Wenn es um Finanzen ging, war Franz so schlau wie ein Fuchs.

»Ich habe keine Ahnung, was sie damit meinen kann«, sagte er.

»Aber das ist doch komisch, findest du nicht? Ich bin mittlerweile davon überzeugt, dass unsere Eltern in ihrer Jugend in irgendwas Zwielichtiges verwickelt waren.«

Es fühlte sich auf einmal richtig und fair an, ihr alles zu erzählen. Er fand es ungerecht, wenn Eltern nicht verhinderten, dass ihre dubiose und fragwürdige Vergangenheit einen so starken Einfluss auf ihre Kinder hatte. Deshalb erzählte er ihr einfach alles, was er herausgefunden hatte. Von den verrückten Partys, die vor dreißig Jahren auf Glimmingeholm stattgefunden haben. Und von Valdemars unangenehmem Besuch auf ViaTerra. Und natürlich von Nathan Ribbing.

»Shit!«, stöhnte sie auf. »Shit! Shit! Shit!«

»Was meinst du?«

»Na ja, dass die wilde Partys gefeiert haben. Meinetwegen. Solange ich keine Details hören muss. Aber es ist doch sonderbar, dass sie nach so vielen Jahren offensichtlich noch Rechnungen miteinander offen haben? Und Valdemar hat euch gedroht? Ehrlich? Wie krank ist das denn?«

Ihre Reaktion machte ihn so glücklich, dass es ihm die Tränen in die Augen trieb. Weil sie *richtig* war. Endlich hatte er jemanden gefunden, der verstand, wie beklemmend die Geheimnisse der eigenen Eltern sein können.

»Ich werde meine Mutter zum Reden bringen«, sagte Elisabeth. »Und du … dieser Typ, der verschwunden ist … Das ist doch merkwürdig, du sagst, dass meine Mutter ihn nicht kannte? Wenn man bedenkt, wie eng dieser Nathan und Franz befreundet waren.«

Thor spürte seinen Herzschlag. Sie hatte recht. Nathan war ein junger, begabter und gut aussehender Mann, der aus einer angesehenen Familie kam – warum hatte Franz seinen besten Freund nie mit nach Glimmingeholm genommen?

Elisabeth war verstummt und wartete darauf, dass Thor etwas dazu sagen würde.

»Wahrscheinlich ist es besser, wenn du deiner Mutter nicht verrätst, dass ich dir das alles erzählt habe«, sagte er.

»Warum denn? Ich sage ihr, dass ich dich angerufen und unter Druck gesetzt habe. Ich werde sie eine ganze Weile nicht wiedersehen, deswegen ist das vielleicht unsere einzige Chance, das alles zu verstehen. Willst du nicht wissen, warum die beiden so aufeinander fixiert sind?«

»Weiß nicht, ja, vielleicht doch«, antwortete er.

»Ich fliege morgen mit meinem Freund nach Ibiza. Aber ich ruf dich heute Abend noch mal an, wenn es mir gelungen ist, die Wahrheit herauszubekommen.«

Kaum hatte er aufgelegt, waren seine Gedanken wieder bei Julia. Alles andere musste warten, bis das zwischen ihnen wieder geklärt war. Er ging in die Küche, machte sich ein paar Toasts mit Käse und trank dazu Tee. Obwohl ihn das Telefonat mit Elisabeth beunruhigt hatte, fühlte er sich langsam wieder wie er selbst. Logisch und ruhig, das Gegenteil der eifersüchtigen Version. Er konnte nicht leugnen, dass ihn die Eifersucht bei Julia immer wieder überfiel, aber wenigstens geschah es allmählich schon seltener.

Er beschloss, noch eine Nacht in Göteborg zu bleiben und erst am nächsten Morgen die erste Fähre nach Dimö zu nehmen. Die Wohnung musste dringend geputzt werden, was nicht zu Julias Vorlieben gehörte. Als Erstes zog er das Bett ab und stopfte die Bettwäsche in den ohnehin schon vollen Wäschekorb. Vom Fenster im Schlafzimmer konnte man in den Park sehen. Wenigstens ein bisschen Natur in der Stadt. Um diese Jahreszeit bot sich ein atemberaubender Blick auf eine Farbpalette aus den schönsten

Herbstfarben – Gelb, Orange und ein gerade noch gedämpftes Rot der Ahornbäume. Der Himmel hatte sich zugezogen, ein feiner Nieselregen brachte die bunten Farben zum Leuchten. Seit sieben Jahren wohnte er dort, aber nur auf Dimö fühlte er sich wirklich zu Hause.

Nachdem er alles durchgesaugt und schon zum zweiten Mal aus dem Waschkeller nach oben kam, sah er, dass Julia ihm eine Nachricht geschickt hatte: *Zwischen mir und Patrik ist nichts. Nicht das Geringste.* Sie war zwar immer noch wütend auf ihn, aber jetzt konnte er spüren, dass ihre Wut langsam nachließ. *Ich weiß, bitte verzeih mir*, antwortete er. Ungeduldig starrte er auf sein Handy, aber sie ließ sich mit einer Antwort Zeit. Schließlich hielt er es nicht länger aus und schrieb: *Ist alles wieder gut?* Dieses Mal kam ihre Antwort sofort. *Ja. Wir reden heute Abend oder morgen früh.* Am liebsten hätte er sie sofort angerufen, aber das wäre nicht der passende Zeitpunkt gewesen. Deshalb wandte er sich der Küche zu, räumte das Geschirr in die Spülmaschine und wischte den Tisch ab. Da gab sein Handy ein Geräusch von sich. Eine Nachricht von Elisabeth. *Ich habe nix aus ihr herausbekommen. Gebe auf. Sie kann jeden in Grund und Boden reden. Melde mich, wenn ich zurück bin.*

Keine große Überraschung. Er schickte ihr ein Daumen-hoch-Emoji als Antwort.

Als Nächstes entsorgte er alle abgelaufenen Lebensmittel und ging einkaufen. Abends ging er im Restaurant in der Straße essen, um die Küche nicht wieder unordentlich zu machen.

Ihm half es, Ordnung in chaotische Zustände zu bringen, um seine Gedanken zu sortieren und klarer denken zu können. Dadurch baute er auch eine gewisse Distanz zu dem Gespräch mit Elisabeth auf. Er hatte nicht vor, noch weiter zu graben. Er hatte auch ganz einfach keine Zeit dazu. Er wollte nach vorne schauen, seine Zukunft in einem rosigen Licht sehen – zuversichtlich. Auf Dimö gab es noch so viel zu tun. Nächste Woche würde er sich mit Linn Ekman treffen, die sehr an dem Posten als Direktorin des Besucherzentrums interessiert war. Und in weniger als zwei Wochen würde er seinen neuen Job in Göteborg antreten. Seine Freizeit wollte er dann lieber mit Julia verbringen und nicht damit, in der Vergangenheit seines Vaters herumzuwühlen. Das wichtigste Argument aber hatte ihm seine weise Großmutter mit auf den Weg gegeben: *Besessenheit ist immer ungesund und Gift für die Seele.*

Viel später, die Wohnung war geputzt, die gewaschenen Sachen zusammengelegt und gestapelt, klingelte das Handy. Da er sicher war, dass Julia ihn anrief, ging er ran, ohne vorher auf das Display zu sehen.

»Hallo, mein Schatz«, sagte er.

Aber die Stimme am anderen Ende der Leitung war viel heiserer und dunkler als die von Julia, wie die einer starken Raucherin. Er wusste sofort, dass es Justine Troelius war.

»Hallo, Thor. Ich habe gehört, dass du ein paar Fragen über deinen Vater hast?«

Kapitel 45

FRANZ

Machtverhältnisse können sich auch verschieben. Manchmal auf unerwartete Weise. Nachdem Justine bekommen hat, was sie will, habe auch ich meine Ruhe gefunden. Ich bin mir durchaus bewusst, wie gefährlich und unzuverlässig sie ist. Aber bald wird sie weg sein. Sie wird im Exil weiterleben, und ich werde mich wieder ganz meinem richtigen Leben zuwenden können. Wie befriedigend es ist, sich nicht mehr zur Wehr zu setzen. Ich hatte vergessen, dass alle Konflikte unter meiner Würde sind.

Heute ist Sonntag, sonntags halte ich keinen Vortrag. Das bedeutet, dass ich Zeit für einen ausgedehnten Spaziergang habe und unten am Wasser eine Pause einlegen kann, um den Sonnenuntergang zu beobachten. Man könnte meinen, dass dieser Anblick nach so vielen Jahren seinen Reiz verlieren würde. Aber jeder Sonnenuntergang ist wieder einzigartig. Die Farben, das Schauspiel in der Natur, die Lichtreflexe. Ich bleibe mitten in der Heide stehen und genieße den Moment, wenn der blutrote Himmel plötzlich orange wird und dann das Meer und die Heide entfacht. Die Kälte kriecht an meinen Beinen hoch. Die Lichter des Festlandes flackern zaghaft auf der anderen Seite des Sundes. Was wäre ich ohne diese atemberaubend schöne Insel?

Es gibt immer einen Moment, in dem die Farben am intensivsten sind, bevor sie verblassen. Das lässt sich auch auf den Menschen übertragen. Es sind häufig nur einzelne Augenblicke, die über das Leben eines jeden entscheiden. Nicht das langwierige Unterfangen, das wir Leben nennen. Die ungeplante Empfängnis, die Thor und Vic das Leben gab, veränderte mein eigenes grundlegend. Die Sekunde, in der ich mit dreizehn Jahren von der Klippe sprang und mir eine neue Identität zulegte, ein neues Leben, war so ein Moment. Oder als Maria ein Feuer in mir entfachte, das bis heute noch nicht erloschen ist. Auch die weniger angenehmen Momente können Großes auslösen. So wie der Tag, als Justine Nathan zum ersten Mal sah.

Ich hatte alles getan, damit die beiden sich niemals begegnen. Vielleicht hatte ich damals schon gewusst, dass meine Bemühungen vergeblich waren. Denn Lund ist keine große Stadt und die Leute bewegen sich in denselben Kreisen, an denselben Orten, in ausgetretenen Pfaden. Es passierte in der Universitätsbibliothek, wo Nathan und ich für unsere Prüfungen büffelten. Der Geruch von Staub und Leder, die Geräumigkeit der traditionsreichen Lesesäle erleichtern es ungemein, neue Informationen aufzunehmen.

Es war ein ganz normaler Wochentag. Nathan und ich gingen durch die Tür, und da stand Justine vor uns. Ich spürte, wie meine Wangen heiß wurden.

Nathan hatte gerade eine Hand auf meine Schulter gelegt und lachte über etwas, das ich eben gesagt hatte. Es war offensichtlich, dass uns eine enge Freundschaft verband. Justine kam uns mit einem sanften Lächeln auf den Lippen entgegen. Sie trug einen weißen Wollmantel, die Haare waren offen, ihre Augen strahlten in dem Licht, das durch die großen Fenster fiel. Sie sah wie eine Waldnymphe aus. Wie kann ein Mensch, der so berechnend ist, zugleich so zart und zerbrechlich aussehen?

Pflichtschuldig stellte ich sie einander vor, während Justine Nathan ungeniert von oben bis unten musterte. Als sie den Mund öffnete und mich mit ihrer heiseren, kraftvollen Stimme ansprach, war die Zartheit verschwunden und die Autorität zurück.

»Warum hast du dieses Juwel vor mir versteckt, Franz?«, fragte sie und strahlte dabei Nathan an.

Hinter ihrem Lächeln verbarg sich ihre Irritation, das konnte ich an ihrem Stirnrunzeln und der Art erkennen, wie sie das Kinn neigte.

»Ähm … wir studieren zusammen, und ich versuche, Studium und Privatleben voneinander zu trennen.«

Das hörte sich so dämlich an, dass ich mir auf die Zunge biss. Nathan starrte mich verwundert an, und ich wusste, dass er meine Lügen von den langweiligen Abendessen, auf denen ich alte Frauen unterhielt, in diesem Augenblick durchschaut hatte. Ich sah Justine mit seinen Augen – schön, charismatisch und autoritär. Nathan starrte sie an, sie war eine Erscheinung.

»Wir müssen jetzt auch wieder weitermachen«, sagte ich und zeigte in Richtung Lesesaal.

Die beiden ignorierten mich.

Justine sagte, sie kenne Nathans Eltern, und stellte ihm Fragen über seine Familie.

Ihre Art, ihn anzusehen, machte mich wahnsinnig. Wie ein Gegenstand, der einem eine Weile nützlich war und den man dann auch wieder wegwerfen konnte.

Nach dem unverhofften Treffen ging das Theater erst richtig los.

Nathan bestand darauf, dass ich ihn mit nach Glimmingeholm nehme. Und Justine befahl mir ebenfalls, ihn mitzubringen. Eines Abends besaß sie die Dreistigkeit, zu sagen, wie gut die Schlangen auf seiner dunklen Haut aussehen würden. Ich zischte sie an: »Kommt nicht infrage.« Innerlich flehte ich sie an: *Bitte, lass ihn in Ruhe.*

»Kennst du seine Adoptiveltern?«, fragte sie.

»Ich habe sie nur einmal kurz getroffen.«

Das war gelogen. Nathans Eltern lebten in einer schönen, alten Villa in der Nähe des Stadtzentrums, wo wir oft hinfuhren. Dort war es wesentlich gemütlicher als in meiner winzigen Wohnung. Ich mochte seine Eltern sehr gern. Sie waren immer freundlich zu mir, seine Mutter behandelte mich wie ihren eigenen Sohn.

»Das sind Olof und Agneta Ribbing. Sein Vater ist ein steinreicher, schleimiger Finanztyp und die Mutter eine Staranwältin, die nur Bonzen verteidigt, die Steuern hinterziehen und Bestechungsgelder annehmen. Sie sind aus demselben Schrot und Korn wie die anderen in meiner Ausstellung.«

»Was ist falsch daran, Geld zu verdienen?«, fragte ich. »Du gehörst doch auch zum Establishment. Widersprichst du dir da nicht selbst?«

»Ganz und gar nicht. Es geht darum, wie man seine Macht anwendet. Schon als junge Frau wusste ich, dass ich mich in diese Gesellschaft einschleichen muss. Man sollte die Schulter sein können, an der sich andere ausweinen können. Man muss in der Lage sein, die besten Ratschläge zu geben. Sie fallen alle immer wieder darauf rein.«

Justine hatte mir allerdings schon oft ihre Haltung zur Oberschicht erläutert und hatte jetzt nicht vor, sich noch einmal zu wiederholen. Sie sah mich verächtlich an.

»Ich erkenne dich ja gar nicht wieder, Franz. Hast du dich in den Typen verknallt, oder was? So sieht es für mich aus. Natürlich ist es in Ordnung, dass seine Eltern Geld haben, aber nicht, dass sie ihre Machtposition ausnutzen, um die weniger Begünstigten zu unterdrücken.«

»Ich möchte, dass du Nathan in Ruhe lässt.«

»Aber ich brauche ihn. Stell dir vor, mir wird Rassismus vorgeworfen, weil ich nur reiche weiße Söhne porträtiere.«

»Das ist nicht dein Ernst!«, brüllte ich sie an.

Mich packte die blinde Wut, aber ich durfte ihr keine Luft machen. Eine Auseinandersetzung mit Justine war aussichtslos. Am Ende fühlte man sich dann jedes Mal, als wäre man stundenlang unter Wasser gedrückt worden.

Jetzt im Nachhinein frage ich mich, warum ich mich damals damit abgefunden habe. Die einfache Antwort darauf lautet: Weil sie mir zu meinem gigantischen Erfolg verholfen hat. Die weniger schmeichelhafte Antwort ist: Weil sie mich verzaubert hatte.

Justine brach in Gelächter aus.

»Himmel Herrgott, Franz. Wo ist dein Sinn für Humor? Ich möchte ihn doch nur kennenlernen, sonst nichts.«

Auf keinen Fall, dachte ich im Stillen.

Dann erfand ich alle möglichen Ausreden und tat alles in meiner Macht Stehende, um einen Besuch auf Glimmingeholm zu verhindern. Ich hatte mich bisher noch nicht oft ihrem Willen widersetzt. Aber dieses Mal hielt ich unbeirrt daran fest. Doch meine Versuche, Nathan abzulenken, führten nur dazu, dass er weiter insistierte. Er hatte sich bereits mit dem verführerischen Virus infiziert, mit dem Justine alle in ihrer Nähe ansteckte. Nathan wurde wütend auf mich, und es dauerte nicht lang, dass sich etwas zwischen uns stellte. Zwar sahen wir uns auch jetzt noch so oft wie bisher, aber Nathan hatte eine unsichtbare Mauer errichtet. Ich litt Höllenqualen. Furchtbare Höllenqualen. Hätte ich ihm verraten sollen, was hinter der pathetischen Fassade des Anwesens vor sich ging? Hätte ich das getan, wäre nichts mehr so, wie es einmal gewesen war.

Irgendwann hatte Nathan genug von meinen fadenscheinigen Ausreden und machte sich allein auf den Weg nach Glimmingeholm. Nicht ahnend, dass er Justines nächste Beute sein würde.

Es gibt keinen Grund, dass ich mich ausgerechnet jetzt damit beschäftige. Aber offensichtlich will mir meine Erinnerung etwas damit sagen … Ich sehe Justine vor mir, wie sie in ihrem weißen Wollmantel in der Bibliothek vor uns gestanden hat. Ich denke an ihre fast überirdische Schönheit, ihre vor Vitalität sprudelnde Art. Sie sah so ganz anders aus, als ich sie das letzte Mal gesehen hatte. Der gespenstisch blasse Teint, das matte, struppige Haar, der müde Blick. Ich hatte erwartet, dass sie in Würde altert und sich ihre Schönheit bis zum Schluss erhält.

Die Erkenntnis trifft mich wie ein Blitz aus heiterem Himmel. Sie ist krank! Vielleicht sogar todkrank? Mir läuft es eiskalt den Rücken hinunter. Wenn Justine weiß, dass ihre Zeit begrenzt ist, muss sie sich an keine äußeren Grenzen mehr halten. Und ich kann mir kaum etwas Gefährlicheres vorstellen als eine Justine, der niemand mehr Einhalt gebieten kann. Sie wird sich an keine Verabredung, an kein Versprechen mehr halten. Sie wird mir bei der ersten Gelegenheit ein Messer in den Rücken stechen. Aus dem schrecklichen Verdacht wird schnell Gewissheit. Justine spielt ein falsches Spiel.

Wenn sie unheilbar krank ist, würde das auch erklären,

warum sie es mit der Ausstellung auf einmal so eilig hat und warum sie sich um Elisabeths Zukunft Gedanken macht. Wie ihre Pläne auch aussehen mögen, ich muss befürchten, dass es für mich nicht gut ausgehen wird.

Ich zwinge mich, meinen Fokus auf die Außenwelt zu richten. Der Himmel hat seine Farbe geändert, von einem sanften Rosa in ein helles Grau. Die Schatten in der Heide nähern sich, verschwinden wieder, lösen sich auf. Ein matter Nebel schiebt sich zwischen den Bäumen hindurch. Gierig atme ich die kalte, feuchte Luft ein und mache mich auf den Rückweg. Über den Bäumen im Inselinneren bemerke ich eine Bewegung. Auf einmal ist der Himmel voller Krähen, die aufsteigen und hinabstürzen. Aber sie machen keine Geräusche, krächzen nicht, sondern führen lautlos ihren magischen Tanz auf. Als ich ein Kind war, erklärte mir meine Mutter einmal, dass dieser lautlose Tanz mit der Veränderung der Luftdruckverhältnisse zusammenhängt. Er kann aber auch ein Zeichen für nahende Gefahr sein. Vögel sind in der Lage, Veränderungen lange vor uns Menschen wahrzunehmen.

Kapitel 46

THOR

Mit diesem Anruf hatte er nicht gerechnet. Ein Moment der peinlichen Stille entstand.

»Und was ist, willst du nun was über die Jugend deines Vaters erfahren, oder nicht?«, fragte Justine, fast ein bisschen ungeduldig.

»Ja, sehr gern.«

»Warum ist das so wichtig für dich?«

»Es gibt da Einzelheiten, die einfach nicht zusammenpassen«, antwortete er aufrichtig.

»Aber das ist etwas, das ich nicht am Telefon besprechen will. Komm doch her.«

»Nach Glimmingeholm?«, fragte er unsicher. Das fühlte sich nicht richtig an.

»Klar. Du bekommst eine exklusive Führung durchs Haus und die Gebäude unten am See. Und dann beantworte ich dir alle Fragen, so gut ich kann. Aber du musst morgen kommen, den Rest der Woche bin ich beschäftigt.«

Ihn packte eine große Unruhe, er sprang auf und lief hin und her.

»Es dauert etwa drei Stunden von Göteborg zu uns«, sagte sie. »Du kannst auch über Nacht bleiben, kein Problem.«

Woher wusste sie, wo er war, fragte er sich.

»Ich habe nur eine Bedingung«, fuhr sie fort. »Du darfst deinem Vater nichts davon erzählen. Es gibt nämlich Dinge, die er vor dir geheim halten möchte.«

»Das fühlt sich, ehrlich gesagt, ein bisschen komisch an.«

»Mach dir keine Sorgen«, sagte sie sanft. »Ich bin auf deiner Seite. Ich kann gut verstehen, dass du Klarheit über Franz' Vergangenheit haben willst. Er ist ja nicht irgendjemand. Ich stelle mir das schwer vor, in seinem Schatten zu leben. Aber ich habe die Antworten, die du suchst, versprochen.«

Bei ihrer ersten Begegnung hatte er sie als eine exzentrische, kalte Person erlebt. Jetzt am Telefon klang sie eher empathisch und so vertrauensvoll, als befänden sie sich auf derselben Wellenlänge. Aber er war sich nicht sicher, ob er mit dieser Frau einen Pakt schließen wollte. Und auf keinen Fall einen, der sich gegen seinen Vater richtete. Es hatte Jahre gedauert, ihre angespannte Beziehung zu reparieren. Auf einmal beschlich ihn Zweifel, ob er überhaupt hören wollte, was Justine Troelius zu erzählen hatte.

»Ich weiß nicht«, sagte er. »Es fühlt sich nicht richtig an, das hinter dem Rücken meines Vaters zu machen.«

»Oh, versteh mich nicht falsch«, sagte sie und lachte heiser. »Was ich zu erzählen habe, ist nicht weltbewegend. Manchmal haben die größten Geheimnisse die einfachsten Erklärungen. Ich erzähle dir, was ich weiß, dann kannst du dir den Rest von ihm selbst erklären lassen. Ganz einfach.«

Ihre Ungezwungenheit hatte etwas Vertrauenerweckendes. Sie versuchte ihn nicht zu überreden, sondern schien diesen Vorschlag aus reiner Freundlichkeit zu machen.

»Warum tun Sie das?«, fragte er.

»Ich habe eine sehr sture Tochter. Sie ist verreist und hat mich gebeten, mit dir zu reden. Unser Verhältnis ist alles andere als entspannt, also ist dies das Mindeste, was ich für sie tun kann.«

Das klang sehr plausibel, vor allem vor dem Hintergrund seines letzten Telefonats mit Elisabeth.

Justine bot ihm an, das Benzin zu bezahlen, und kündigte an, dass sie ihn auf Glimmingeholm gern zu einem gemeinsamen Mittagessen empfangen würden.

Er dachte kurz nach. Es war Sonntag, die Wohnung war geputzt, alles blitzte. Vielleicht war es sogar besser, wegzufahren und nicht alles wieder unordentlich zu machen. Wenn er am nächsten Tag früh aufbrach, würde er abends schon wieder zurück sein können. Er würde noch eine Nacht bei Julia in Göteborg bleiben, damit sie die letzten Unstimmigkeiten zwischen ihnen beiseiteräumen konnten, bevor er nach Dimö zurückfuhr. Das Wetter sollte gut werden, er liebte es, Auto zu fahren, wenn draußen die Sonne schien. Er hatte den Eindruck bekommen, dass ihm Justine doch Details über Franz verraten konnte, die wichtig waren. Er wollte unbedingt die Wahrheit erfahren und hatte den Verdacht, dass sie ihm konsequent vorenthalten wurde. Wie sehr er sich auch vom Gegenteil überzeugen wollte, er würde nicht aufhören können, darüber nachzudenken, bis er Antworten bekommen hatte. Es konnte nicht schaden, sich anzuhören, was ihm Justine zu erzählen hatte. Allerdings kam es für ihn nicht infrage, auf Glimmingeholm zu übernachten.

»Das Benzin bezahle ich selbst, aber ich nehme die Essenseinladung sehr gern an«, sagte er. »Und ich habe vor, nach unserem Gespräch gleich wieder nach Hause zu fahren.«

»So machen wir es. Ich freue mich auf dich«, sagte sie mit samtweicher Stimme. »Aber kein Wort zu Franz, okay?«

»Der wird durchdrehen«, murmelte Thor.

»Oh, Thor. Glaub mir, wenn ich dir sage, nichts würde mir ein größeres Vergnügen bereiten.«

Er holte hektisch Luft.

»Keine Sorge. Das war ein Scherz«, beschwichtigte sie ihn sofort wieder.

Da war er sich nicht so sicher, aber er hatte einen Entschluss gefasst und würde seinen Plan jetzt schon aus Prinzip durchziehen. Er konnte nicht leugnen, dass ihn eine gewisse Genugtuung erfüllte. Vor nicht allzu langer Zeit hätten ihn die kleinsten Dinge aus dem Gleichgewicht gebracht. Mittlerweile konnte er neue Projekte in Angriff nehmen, Aufgaben erledigen, und er hatte nicht mehr so viel Angst vor Herausforderungen. Er würde sich an sein Versprechen halten und Franz nichts von seiner Reise nach Glimmingeholm erzählen – dafür aber Julia. Er warf einen Blick auf die Uhr. Viertel vor elf. Von der langen Bahnfahrt war sie bestimmt müde, vielleicht schlief sie schon. Er würde sie lieber am nächsten Morgen anrufen, bevor er losfuhr, denn Julia war kein Nachtmensch.

Er rief sie tatsächlich an, bevor er aufbrach. Sie saß bereits bei ihrem ersten Interviewpartner und würde abends den späten Zug nach Hause nehmen. Thor versprach, noch eine Nacht in Göteborg zu bleiben und auf sie zu warten. Er wollte sie nicht von ihrer Arbeit abhalten, sie verabschiedeten sich – und erst dann fiel ihm auf, dass er ihr gar nichts von seinen Plänen erzählt hatte.

Das Wetter war umgeschlagen, ein warmer Wind aus Südeuropa hatte die kühle Brise vertrieben. Er genoss die

Fahrt durch die schöne Landschaft, an der er auf der Autobahn vorbeisauste. Der Himmel war klar, vereinzelt ein paar Wolken. Die Felder waren verblichen, die Bäume leuchteten schon in allen Farben des Herbstes. Der Oktober zeigte sich von seiner schönsten Seite.

Er ließ sich Zeit, fuhr in aller Stille, keine Musik, kein Radio, nur das Brummen des Motors. Während er sich auf das Fahren und die Landschaft konzentrierte, verflüchtigten sich auch die Bedenken, die ihn vorher so geplagt hatten. Er kannte den Weg, konnte sich noch sehr gut erinnern – die selten befahrene, kleine Schotterstraße, die sich über einen Hügel schlängelte und direkt zum Anwesen führte. Die Stelle im Wald, an der der Weg so schmal war, dass die Brombeersträucher gegen den Autolack kratzten. Intuitiv hielt er an.

Er überprüfte, ob Julia ihm geschrieben hatte, aber das hatte sie nicht. Er schickte ihr eine kurze SMS: *Bin auf dem Weg nach Glimmingeholm.* Er wusste, dass sie ihm sofort antworten würde. Und richtig: *Du spinnst doch!* Er grinste und schickte hinterher: *Erklär ich dir später.*

Dann atmete er seufzend aus und fuhr weiter – bis Glimmingeholm vor ihm auftauchte. Nicht einmal im milden Sonnenschein und vor einem strahlend blauen Himmel sah das Anwesen einladend aus. Im Gegenteil, es wirkte massiv und abweisend. Als hätte ihn das unheimliche Gebäude zu sich gerufen, seit er das erste Mal seinen Fuß auf das Grundstück gesetzt hatte. Kurz schloss er die Augen, konzentrierte sich – und erinnerte sich daran, dass er aus einem ganz bestimmten Grund hier war.

Kapitel 47

Der Schotterweg wurde direkt vor der massiven Eisenpforte zu einer Asphaltstraße. Er parkte das Auto vor der Einfahrt. Hier gab es keinen Pförtner, keinen Wachmann wie auf ViaTerra. Das Anwesen wirkte verlassen. Hätten auf dem Hof keine Autos gestanden, hätte er vermutet, dass niemand zu Hause ist. Er schickte Justine eine SMS, dass er vor dem Tor stand. Dann schaltete er das Handy aus und richtete seine ganze Aufmerksamkeit auf die bevorstehende Begegnung. Eine Elster landete vor seinen Füßen, lachte ihn heiser an, flog davon und wurde vom Wald verschluckt. Er musste an die Märchen denken, die ihm seine Großmutter erzählt hatte, in denen Hexen in Vogelgestalt – und zwar als Elstern – ihr Unwesen trieben. Ihm fiel auch die alte Redewendung ein: *Wenn Elstern in der Nähe des Hauses lachen, kommt das Fremde.* In diesem Fall traf es zu.

Er musste eine Weile auf Justine warten. Als sie schließlich auf ihn zukam, hätte er sie fast nicht wiedererkannt. Sie war ungeschminkt, bis auf den roten Lippenstift. Ihr Gesicht wirkte unnatürlich bleich, die Haut an den Wangen spannte, sie schien seit ihrer letzten Begegnung sichtlich abgemagert zu sein. Ihre Haare waren stumpf und hatten die matte Farbe von Halmen. Sie trug ein Polohemd und eine Daunenweste, beides in Schwarz, was den anämischen Eindruck nur verstärkte. Aber ihre Augen musterten ihn mit derselben Intensität wie beim letzten Mal.

»Du musst nicht verbergen, dass du mir ansiehst, wie krank ich bin«, sagte sie und lächelte entschuldigend. »Die Details erspare ich dir, aber das ist der Grund, warum ich es mit unserem Treffen so eilig hatte.«

Sie klang traurig, und einen Moment lang, aber nur einen kurzen, spürte er den Impuls, umzudrehen, wieder nach Hause zu fahren und das Vorhaben einfach abzusagen. Aber das wollte er ihr, einer Kranken, nicht antun. Stattdessen schüttelte er ihr die magere und kalte Hand.

»Elisabeth hat kein Wort über Ihre Krankheit gesagt.«

Sie leckte mit der Zunge über ihre Lippen.

»Sie ist noch in der Phase der Verleugnung. Aber wenigstens hat mein Zustand sie dazu gebracht, mich zu besuchen.« Sie zuckte mit den Schultern, als würde sie den Gedanken abschütteln wollen. »Aber jetzt genug davon. Nun ist es Zeit für deine Führung.«

Justine ging voran und nahm denselben Weg, den auch Julia und Thor gegangen waren. Währenddessen dozierte sie unaufhörlich über die Geschichte des Anwesens, allerdings ohne besonders viel Enthusiasmus. Sie ratterte die Jahreszahlen herunter, in denen die Gebäude renoviert wurden, und erwähnte einen großen Brand Ende des 19. Jahrhunderts, der einen Teil des Hauptgebäudes zerstört hatte. Zu ihrer Linken lag der See spiegelglatt und hatte die Farbe des Himmels angenommen. Sie gingen auf die kleine Anhöhe, auf deren Gipfel die Kapelle stand. Oben angekommen, atmete sie schwer und keuchte. In der Kapelle empfing die beiden eine fast übermächtige Stille. Er versuchte, sich so zu verhalten, als wäre er zum ersten Mal dort.

»Gib dir keine Mühe. Ich weiß, dass du mit deiner Freundin hier herumgeschlichen bist. Das Anwesen wird videoüberwacht. Aber ich möchte dir erklären, wofür die Kapelle überhaupt da ist.«

Sie ließ ihn zuerst eintreten. Er fand den Ort ebenso schön wie beim ersten Mal. Das Licht fiel durch die Kuppel auf den Altar und ergoss sich geradezu in den nüchternen, kahlen Raum. Er stellte sich vor den Altarstein, hatte das tiefe Bedürfnis, in dem Sonnenlicht zu baden.

»Licht«, hob Justine feierlich an. »Das Streben des Menschen hat mit seinem unersättlichen Durst nach Licht zu tun. Das ist eine unbewusste, oft schmerzhafte Sehnsucht, die unsere Spezies seit Tausenden von Jahren antreibt.«

Ihre Wortwahl und die Art und Weise, wie sie sprach, machten deutlich, wie wichtig ihr dieser Ort war.

»Warum wurde die Kapelle denn ursprünglich errichtet?«, fragte er.

»Als Symbol der Spiritualität.«

»Und warum zeigen Sie mir das?«

»Das wirst du bald verstehen. Wollen wir uns noch die Jagdhütte ansehen? Ich hätte dir auch gern noch das Haupthaus gezeigt, aber ich befürchte, dafür reicht meine Kraft heute leider nicht aus. Ich werde jeden Tag schneller müde. Mein Personal hat uns in der Jagdhütte das Mittagessen bereitgestellt. Ich hoffe, das ist in Ordnung?«

»Natürlich.« Er war enttäuscht, denn das Herrenhaus hätte er sich besonders gern angesehen. Vor allem die Säle, in denen die rauschenden Partys stattgefunden hatten. Er hatte gehofft, dadurch ein Gefühl für die Zeit zu bekommen, in der sie seinen Vater als einen jungen Mann gekannt hatte.

»Ist mein Vater oft hier in der Kapelle gewesen?«, fragte er.

»So oft er dazu Gelegenheit hatte. Er hat sie genauso geliebt wie ich.«

Auf dem Weg zur Jagdhütte trat Thor auf einen Ast, der unter seinen Füßen zerbrach. Wie auf Kommando flogen alle Krähen und Eichelhäher in unmittelbarer Umgebung auf und stoben in einer Kakofonie aus Krächzen und Flügelschlagen auf. Thor und Justine zuckten zusammen, Thor lachte nervös. Trotz des milden Wetters war es in der Jagdhütte kalt. Sie war dicht umstanden von Bäumen und durch deren welkendes Blattwerk konnte die Sonne nicht durchdringen. Der Kamin war zugemauert worden, und die Heizkörper waren nicht eingeschaltet. Justines Blick wanderte durch den düsteren Raum.

»Es ist ziemlich trostlos, findest du nicht auch?«, sagte sie. »Ich habe die Hütte damals für die alten Knacker eingerichtet, jetzt kann ich den Anblick kaum noch ertragen.«

Ihr Blick blieb an dem gedeckten Tisch hängen, auf dem Brot, Salat und eine Flasche Wein standen. Justine bat ihn, sich zu setzen.

»Ist es noch zu früh für ein Gläschen Wein?«, fragte sie.

Er wollte nicht unhöflich sein und ablehnen.

»Aber nur ein halbes, bitte. Ich muss ja noch fahren.«

Sie schenkte ihm ein halbes Glas ein, sich selbst allerdings nur Mineralwasser.

»Alkohol verträgt sich nicht mit meinen Medikamenten«, erklärte sie und verzog das Gesicht. »Leider.«

Sie sah aus dem Fenster, wo die Sonne auf das vertrocknete Gras knallte.

»Dieser britische Sommer mag ja gut und schön sein, aber die Natur braucht dringend Wasser, einen vernünftigen Regenguss, der die Spinnweben wegspült.«

Thor nickte höflich, obwohl er den Kommentar äußerst sonderbar fand. Er nahm sich Brot und etwas Salat, denn sein Magen knurrte.

»Du kannst jetzt deine Fragen stellen«, sagte Justine.

Er beschloss, gleich zur Sache zu kommen.

»Als Erstes möchte ich wissen, warum einer Ihrer Angestellten, Valdemar Sporre, auf ViaTerra aufgetaucht ist und meiner Freundin und mir gedroht hat?«

Sie winkte abwehrend mit der Hand.

»Ja, ja, dieser Besuch ist etwas aus dem Ruder gelaufen. Valdemar ist wie ein zu groß geratenes Baby. Der Neid auf Franz' Erfolge hat ihn schon seit Jahren innerlich zerfressen. Als ich erfuhr, was er getan hat, habe ich ihn zurechtgewiesen. Er wird euch nicht mehr belästigen.«

Thor ärgerte sich, dass sie sein Anliegen einfach abwinkte.

»Eine Zurechtweisung? Wie muss ich mir das vorstellen? Haben Sie ihm auf die Finger geschlagen? Was er getan hat, ist inakzeptabel.«

Ihre Augen versprühten feindselige Funken.

»Ich habe doch gesagt, dass ich mich darum gekümmert habe.«

Er hatte einen wunden Punkt getroffen. Aber so plötzlich die Feindseligkeit aufgetaucht war, so schnell war sie auch wieder verflogen. Er fragte sich, ob er die echte Justine oder nur ihre Maske sah, ob sie in diese Persona schlüpfte, um ihr wahres Ich zu verbergen? Der abrupte Wechsel ihres Gesichtsausdruckes hatte ihm Angst gemacht.

»Valdemar wird sich in Zukunft zurückhalten. Das verspreche ich. Es war ein Versäumnis von mir, dass ich mich nicht früher darum gekümmert habe.«

Doch Thor hatte nicht vor, sie so schnell davonkommen zu lassen.

»Aber warum haben Sie ihn überhaupt nach Dimö geschickt? Denn ich gehe davon aus, dass er auf Ihren Auftrag gehandelt hat?«

»Es ging um ein Gespräch mit Franz. Das ist etwas Persönliches, und ich habe nicht vor, dir die Details zu verraten. Außerdem spielt das jetzt hier und im Großen und Ganzen auch keine Rolle. Hast du noch andere Fragen?«

»Sie könnten damit anfangen, wie sie beide sich kennengelernt haben und was hier auf Glimmingeholm überhaupt stattgefunden hat.«

Sie nahm einen Schluck Wasser und lehnte sich zurück.

»Mein Mann und ich haben damals Soiréen für Studenten gegeben. Und einer davon war Franz. Wir fanden uns sofort sympathisch. Wir teilten dieselbe Lebensphilosophie.«

Thor nickte, damit sie weitersprach.

»Du kannst mir glauben. Was auf den Partys stattgefunden hat, ist vollkommen uninteressant«, erwiderte sie. »Ich weiß nicht, ob du eine Ahnung davon hast, dass ich es gewesen bin, die deinen Vater zu dem gemacht hat, der er geworden ist.«

Mit fester und ruhiger Stimme erzählte sie ihm, dass sie Franz dabei geholfen hatte, Kontakte in die richtigen gesellschaftlichen Kreise zu knüpfen und ihm auch beigebracht hatte, wie man Vorträge hält. Thor hatte sich tatsächlich immer wieder gefragt, wie sein Vater zu einer Kultikone hatte werden können. Franz hatte doch kein großes Netzwerk zur Verfügung gestanden, als er nach Schweden zurückkam, und trotzdem waren viele Prominente Mitglieder von ViaTerra geworden – und zwar innerhalb kürzester Zeit. Doch mit einer so einflussreichen Frau wie Justine Troelius an seiner Seite schien es plötzlich machbar.

»Warum hat er das nie erwähnt? Auch Ihren Namen nicht?«, fragte Thor verwundert.

Justine schüttelte den Kopf.

»Warum sollte er? Es wird dich kaum überraschen, wenn ich sage, dass dein Vater ausgeprägt narzisstische Züge hat. Er hat den ganzen Ruhm eingestrichen und verfährt auch heute noch so.«

»Das war früher so, kein Zweifel«, gab Thor zurück. »Aber nach seinem Schlaganfall hat er sich verändert.«

»Davon habe ich gehört«, sagte sie und schnaubte. »Ich werfe dir nicht vor, dass du deinem Vater beistehen willst, aber bestimmte Persönlichkeitszüge verschwinden nicht einfach so. Das kannst du vergessen.«

Irgendetwas stimmte an ihrer Darstellung nicht.

»Warten Sie mal«, sagte er. »Wenn auf diesen Partys nichts Schlimmes passiert ist und Sie meinem Vater dabei geholfen haben, so berühmt zu werden, warum ist er dann mit einer Depression nach Dimö zurückgegangen und hat sich dort als Einsiedler vergraben?«

Justine lachte verstohlen.

»Da bist du auf den Kern der traurigen Wahrheit über deinen Vater gestoßen. Er hatte einen psychischen Zusammenbruch. Das ist passiert.«

»Aber weshalb?«

»Jemand hat ihm das Herz gebrochen.«

»Das glaube ich nicht«, sagte Thor. »Wer war sie?«

»*Er* hieß Nathan Ribbing. Ich gehe davon aus, dass du deine Recherchen gemacht hast und schon längst weißt, wer das ist.«

Thor öffnete den Mund, aber Justines Behauptung klang so absurd, dass er kein Wort über die Lippen bekam. Er war immer hundertprozentig davon überzeugt gewesen, dass sein Vater straight war, heterosexuell. Diese Überzeugung wurde dadurch komplett auf den Kopf gestellt.

»Du wirst behaupten wollen, dass sich Franz nur von Frauen angezogen fühlte«, sagte Justine. »Aber für eine so komplexe Persönlichkeit wie deinen Vater ist die sexuelle Veranlagung ganz gewiss nicht in Stein gemeißelt. Nathan und er sind ineinander verliebt gewesen. Ich würde sogar behaupten, dass Nathan Franz' große Liebe war.«

Thor spürte, wie ihn ein Schwindel packte, und dann wurde ihm übel. Er hatte das Weinglas fast ausgetrunken und machte sich Vorwürfe, nicht doch abgelehnt zu haben, weil er den Alkohol offensichtlich nicht gut vertrug.

»Als Nathan spurlos verschwand, hat das Franz in eine große Krise gestürzt«, fuhr Justine fort. »Er konnte nicht akzeptieren, dass ihn Nathan ohne Erklärung, ohne ein einziges Wort sitzen gelassen hatte. Diese Verliebtheit, musst du wissen, war von einer Dimension, wie man sie nur einmal im Leben erfährt. Wie eine Liebe, die von einem anderen Stern kommt. Er hat mir vorgeworfen, etwas mit Nathans Verschwinden zu tun zu haben, was nicht stimmte. Schließlich schlug ich ihm vor, nach Dimö zurückzukehren, um ein bisschen Abstand zu bekommen.«

An dem verächtlichen Ton in ihrer Stimme konnte er hören, dass sie so eine *Liebe von einem anderen Stern* selbst nie erlebt hatte. Thor aber kannte das, mit Julia. Ihm fiel es schwer, sich vorzustellen, dass sein Vater ebenfalls so etwas durchgemacht hatte.

»Ich kann mir das einfach nicht vorstellen«, sagte Thor mit schwerer Zunge.

»Aber denk doch mal nach. Hatte dein Vater jemals eine langjährige, leidenschaftliche Beziehung mit einer Frau?«

Thor dachte an Maria, aber konnte man deren Beziehung tatsächlich als leidenschaftlich bezeichnen? Es war viel eher eine Liebe, die sich nach und nach entwickelt hatte, weil die beiden so gut zusammenpassten.

»Nein … eigentlich nicht. Aber das kann auch daran liegen, dass er damals so … empathielos und gefühlskalt war.«

Justine schüttelte energisch den Kopf.

»Glaub mir. Franz hatte große Gefühle für Nathan und ist danach nie wieder der Alte geworden. Vielleicht ist ja was daran, dass man nie wieder so lieben kann wie beim ersten Mal.«

Thor musste sich anstrengen, die Augen offen zu halten. Seine Augenlider fühlten sich auf einmal tonnenschwer an.

»Das ist also das große Geheimnis deines Vaters, und er würde wahrscheinlich alles dafür tun, damit es auch für immer geheim bleibt. Was albern ist, findest du nicht? Heutzutage interessiert so etwas doch niemanden mehr, außerdem spannen sich ohnehin schon so viele Mythen um ihn. Das würde ihn nur noch komplexer und spannender machen. Aber er ist viel zu stur, um das einzusehen.«

Thor fühlte sich schwach und zitterte. Immer wieder verschwamm Justine vor seinen Augen. Der Wein musste ziemlich stark gewesen sein. Er versuchte, sich bei der nächsten Frage nichts anmerken zu lassen, aber ärgerlicherweise lallte er ein wenig.

»Wissen Sie, was in der Nacht passiert ist, in der Nathan verschwand?«

Erneut verschwamm alles, er konnte nur Justines Augen sehen. Sie lachte laut auf, ihr Blick war so durchdringend wie der einer Eidechse.

»Ich hätte große Lust, ein bisschen darüber zu spekulieren. Aber du siehst gerade ziemlich mitgenommen aus. Vielleicht solltest du dich eine Weile ausruhen?«

Ihr Tonfall versetzte ihn in Panik. Alles verschwamm, auch ihre Augen. Die Übelkeit war verflogen, dafür übermannte ihn jetzt eine unfassbare Müdigkeit. Sein Gehirn arbeitete auf Hochtouren, es schrie ihm zu, dass er in Gefahr sei und fliehen sollte. Aber sein Körper gehorchte ihm nicht mehr. Er krallte seine Hände in den Sessel, konnte sich aber nicht aufrichten. Zuerst flimmerte alles, dann wurde es weiß, und schließlich sank er haltlos immer tiefer und tiefer in eine unendliche Dunkelheit.

Kapitel 48

Mit hämmernden Kopfschmerzen und trockenem Mund wachte er auf. Er zitterte am ganzen Körper, und ihn beschlich die Gewissheit, dass etwas nicht stimmte. Das Gefühl, dass etwas Tragisches passiert war, wollte nicht vergehen. Denn etwas war hier falsch – ernsthaft falsch –, aber er wusste nicht, was es war. Oder sein Kopf war noch so benebelt, dass er die Zusammenhänge nicht begriff. In seinen Ohren rauschte es. Es war vollkommen dunkel, nur über ihm befand sich eine schwache Lichtquelle, die ein Schattenspiel auf seine Brust zeichnete. Als er versuchte, seine Glieder zu bewegen, sank sein Mut. Erfolglos. Er lag auf etwas Hartem, das gegen seine Schulterblätter drückte. Es war kalt. Sein Atem bildete kleine Wolken. Er blinzelte, wollte die Lichtquelle ermitteln. Mal war es ganz schwarz, dann sah er Schatten, die sich bewegten. Erst nach und nach begriff er, dass es ein Fenster war, und dünne Nebelstreifen zogen über den Himmel.

Es fühlte sich an, als wäre er fremd in seinem eignen Kopf. Das Rauschen in den Ohren wurde zu einem ohrenbetäubenden Surren und verstummte dann ganz. Seine Gedanken überschlugen sich, es dauerte, bis er sich langsam an alles erinnern konnte. Justines Begrüßung, der Rundgang, die Kapelle, die Jagdhütte, der Wein, die überwältigende Müdigkeit. Alle Sinne waren zum Zerreißen gespannt, wie in der ersten Phase einer Panikattacke. Er hörte die Dunkelheit atmen, oder jemand stand in seiner Nähe. Ein Schatten beugte sich über ihn, jetzt hörte er den Atem erneut. Er machte einen sonderbaren, knackenden Laut, ehe er seine Stimme wiedergefunden hatte.

»Justine?«

»Ja, ich bin hier.« Sie sprach zwar leise, aber ihre Stimme füllte dennoch den ganzen Raum. »Gleich schläfst du wieder ein«, sagte sie. »Wir müssen nur auf den Mond warten.«

Ist das real?, schoss es ihm durch den Kopf, bevor ihn die Müdigkeit wieder in die Knie zwang. Kurz bevor er ein zweites Mal von der Dunkelheit verschluckt wurde, sah er die Umrisse von Justines Arm, um den sich etwas wand.

Kapitel 49

JULIA

Auf der gesamten Zugfahrt nach Göteborg schwankte Julia zwischen gemäßigter Unruhe und panischer Angst. Normalerweise liebte sie es, sich von den rhythmischen Bewegungen des Zuges in den Schlaf wiegen zu lassen, vor allem wenn sie zu wenig Schlaf bekommen hatte. Aber jetzt befand sich ihr ganzes System in Alarmbereitschaft. Mal gelang es ihr, eine logische Erklärung dafür zu finden, warum Thor nicht erreichbar war. Mal galoppierte ihr Herz in Panik auf und davon. Seit vierundzwanzig Stunden hatte sie nichts von ihm gehört. Er hatte nicht auf ihre SMS geantwortet, und jetzt war sein Handy ausgeschaltet. Seine letzte Nachricht war für ihn ganz untypisch kurzangebunden gewesen: *Erklär ich dir später.* War Thor in Schwierigkeiten?

Vielleicht war seine Eifersucht wieder aufgeflammt? Nein. So etwas würde Thor nicht tun. Sie kannte ihn. Zwar hatte er vor ein paar Jahren schon mal etwas Ähnliches getan und sich nach einem heftigen Streit bei seiner Großmutter versteckt. Aber damals hatte er ihr wenigstens eine Nachricht hinterlassen. Dieses Mal hatte sie nur diese kryptische SMS bekommen. Was hatte er auf Glimmingeholm zu suchen? Obwohl sie keine Anhaltspunkte dafür hatte, redete sie sich ein, dass ihm auf diesem Horrorschloss etwas Schreckliches zugestoßen sein musste. Sie musste an Valdemar denken und dass er in ihre Privatsphäre eingedrungen war. An seinen Blick, wie zwei leere Fenster, kein Funken Menschlichkeit. Vielleicht wusste Franz, wo Thor war? Aber der ging auch nicht ans Telefon. Sie beschloss, Justine Troelius anzurufen, fand aber nur den Eintrag, dass sie eine Geheimnummer hatte. Von den unzähligen frustrierten Nachrichten, die sie Thor schrieb, taten ihr schon die Schultern weh. Diese Anspannung schien man ihr sogar ansehen zu können. Sie hatte schon länger das Gefühl, dass der Fahrgast ihr gegenüber sie beobachtete. Als sie aber zurückstarrte, wanderte sein Blick leer und unbeteiligt über ihr Gesicht und aus dem Fenster.

Hatte sich das Wühlen in Franz' Vergangenheit anfangs noch als ein Abenteuer angefühlt, war davon inzwischen nur noch ein unheilvolles Gefühl geblieben. Die Journalistin in ihr witterte intuitiv die Gefahr, obwohl sie nicht den Finger draufsetzen konnte. Sie hatte versucht, Thor davon abzubringen, weiter zu schnüffeln. Aber dieses Mal hatten ihre sonst so hervorragenden Überredungskünste nicht gewirkt. Die Poesie dahinter war einfach nur gruselig. Normalerweise war sie doch diejenige, die Risiken einging, die das Schicksal herausforderte, oder die Vorhaben in die Tat umsetzte, während sich Thor den Sachen eher mit Logik und Vorsicht näherte. Aber in diesem Sommer hatte er eine beunruhigende Veränderung durchgemacht. Die Kündigung, das Fremdküssen, eine übertriebene Reizbarkeit und jetzt diese Fixierung auf Glimmingeholm und das Geheimnis dort. Sein Verhalten war alles andere als typisch für ihn. Sie hatte sich nie die Frage stellen müssen, welcher Typ von Mensch Thor eigentlich war. Wenn er mit ihr zusammen war, war er ganz einfach er selbst. Sie liebte die vollkommene Abwesenheit von Überheblichkeit an ihm. Er verstellte sich nie, er wusste gar nicht, wie das ging. Sie selbst war sich in Gesellschaft anderer Menschen oft unsicher, ob man sie und ihre Körpersprache richtig deutete. Bei Thor vergaß sie diese Bedenken und Sorgen sofort. Sie wollte den alten Thor zurück. Wenn sie ihn nur erreichen könnte.

Als sie in Göteborg ankam, war es kalt. Die Tage mochten zwar sonnig sein, aber wenn die Nächte wolkenlos waren, sanken die Temperaturen beträchtlich. Die Sonne ging unter und bemalte die Häuserdächer mit flüssigem Kupfer. Der Kontrast zwischen dem warmen Sonnenlicht und den dunklen Hochhäusern bedrückte sie. Alle Konturen waren schärfer geworden. Hier sah alles anders aus als in der kleinen Stadt, in der sie morgens noch gewesen war. Sie hielt ihr Gesicht in die Sonne und schickte ein Stoßgebet in den Himmel, dass Thor zu Hause sein möge. Wahrscheinlich hatte sein Handy aus Altersschwäche aufgegeben, oder er hatte es verloren.

Sie nahm ein Taxi. Unten von der Straße sah sie, dass die Wohnung dunkel war, und ihre Hoffnung sank. Sie rannte die Treppe hoch, hatte keine Geduld, auf den uralten Aufzug zu warten. Das Haus war Ende des 19. Jahrhunderts gebaut worden. Die Treppenstufen waren durchgetreten, von den Füßen unzähliger Generationen abgewetzt. Und ausgerechnet heute wollte die Treppe kein Ende nehmen. Sie riss die Wohnungstür auf und stürmte keuchend in den Flur. Die Stille war überwältigend. Thors Abwesenheit war sofort deutlich spürbar.

Sie schaltete das Licht ein und lief unruhig durch die Wohnung. Die war geputzt und aufgeräumt. Sie ging ins Schlafzimmer, blieb im Dunkeln stehen. Als würde Thors

Echo noch nachhallen. Sie konnte ihn riechen. Sie würde ihn anhand seines Geruchs mit verbundenen Augen in einer Menschenmenge finden. Das Licht einer Straßenlampe fiel durch das Fenster auf das Bett. Der Himmel war dunkelblau, bald würde er ganz dunkel sein. Sie sank aufs Bett. Wie oft war sie abends von der Arbeit nach Hause gekommen und hatte sich erschöpft und überfordert aufs Bett fallen lassen. Thor hatte ihr über den Rücken gestreichelt, bis sie sich wieder beruhigt hatte. Seine Berührungen lösten etwas Besonderes in ihr aus. Sie spürte eine tiefe Zufriedenheit, als wäre sie genau richtig und am richtigen Ort. In diesen Nächten schlief sie am besten. Da sah sie den sorgfältig zusammengelegten Stapel mit ihren Kleidungsstücken. Das war so typisch für ihn, dass sie fast in Lachen ausgebrochen wäre. Stattdessen aber verbarg sie ihr Gesicht in den Händen und brach in Tränen aus. Es war noch zu früh und vielleicht auch etwas überstürzt, die Polizei zu informieren. Deshalb rief sie den Menschen an, der immer für sie da war, in allen Lebenslagen, und immer den besten Rat parat hatte – ihre Mutter.

»Bist du traurig?«, fragte Sofia, die das sofort an Julias Stimme hören konnte.

»Ja. Und ich kann dir auch sagen, warum. Aber das ist eine lange Geschichte. Hast du Zeit?«

»Natürlich, mein Herz.«

Sofia sprach mit so viel Zärtlichkeit in ihrer Stimme wie damals, als Julia noch ein Kind war. Keine Ungeduld, keine Irritation war zu spüren, als Julia wie ein Maschinengewehr loslegte und alles erzählte. Von Thors Veränderung, seinem übersteigerten Interesse an Franz' Vergangenheit und an Glimmingeholm und von Valdemar. Sofia hörte aufmerksam zu und warf ab und zu – wenn sie Gelegenheit dazu bekam – eine Frage ein. Als Julia fertig war, schwieg Sofia lange. Julias Fantasie spielte verrückt. Sie stellte sich vor, wie Thor durch den Wald lief und von Justines verrücktem Hund angegriffen wurde. Sie stellte sich bis ins kleineste Detail vor, wie er von Valdemar überwältigt und niedergestochen wurde.

»Ich habe das Gefühl, dass etwas *ganz Schlimmes* passiert ist«, rief sie.

Sie wusste, dass sie hysterisch klang, aber sie hatte nur die Wahl, das zu tun oder zu weinen.

»Julia …«, sagte Sofia leise.

»Diese Irren auf Glimmingeholm haben ihn bestimmt umgebracht.«

»Julia, das führt zu nichts.«

Natürlich hatte sie damit recht. Es wäre besser, wenn Julia ihre lebhafte Fantasie dafür einsetzte, Thor zu finden.

»Findest du, dass ich überreagiere, Mama?«, fragte sie.

»Nein, das tust du nicht. Außerdem ist es, wenn ich ehrlich bin, nicht ausgeschlossen, dass wirklich etwas passiert ist. Auch wenn das nur so ein Bauchgefühl ist.«

»Aber das stimmt ja in der Regel«, antwortete Julia und schüttelte sich. »Soll ich ihn als vermisst melden?«

Julia hörte leise Musik im Hintergrund. Ihre Mutter war nach einem harten Arbeitstag vermutlich gerade nach Hause gekommen, hatte es sich auf dem Sofa mit einem Glas Wein gemütlich gemacht und wollte entspannen. Und dann das.

»Vielleicht ist das noch ein bisschen zu früh«, sagte Sofia. »Wenn wir ihn bis morgen nicht gefunden haben, dann auf jeden Fall. Du hast gesagt, dass ihr euch gestritten hattet. Vielleicht will er auch nur seine Ruhe haben. Oder es ist noch einfacher. Sein Akku ist alle.«

Nur Menschen, die Sofia gut kannten, konnten den Unterton hören. *Wir wissen beide, dass Letzteres höchst unwahrscheinlich ist.*

»Mama! Du kennst doch Thor. Er würde sich melden. Sich von jemandem das Handy leihen. Er würde mir das hier *niemals* antun.«

Ihre Stimme ging in ein Falsett über.

»Das ist richtig«, sagte Sofia. »Gibt es nicht so eine App, mit der man ein Handy orten kann?«

»Genau, aber nicht, wenn das Handy ausgeschaltet oder kaputt ist. Was würde mir das auch nützen? Ich weiß, dass er auf Glimmingeholm ist. Ich weiß es einfach.«

»Dann finde ich, dass du Franz einweihen solltest. Er kann dir doch einen Kontakt geben?«

»Ich habe ihn schon angerufen, aber er ist nicht rangegangen.«

»Dann ruf seine Sekretärin an oder vorne bei der Pforte.«

»Okay, ich melde mich wieder, wenn ich ihn erreicht habe.«

»Hm …«, sagte Sofia. »Liebes, reg dich jetzt nicht auf, aber Thor könnte auch einen Verkehrsunfall gehabt haben. Während du mit Franz sprichst, klappere ich die Krankenhäuser in der Nähe ab.«

Bei dem Wort Verkehrsunfall bekam Julia sofort einen Kloß im Hals, aber was sie vor Angst ganz schwindelig machte, war die Stimme ihrer Mutter. Denn ihre unerschütterliche Gelassenheit passte nicht zu der Unruhe, die darin mitschwang.

Kapitel 50

FRANZ

Es klopft an meiner Schlafzimmertür. Eigentlich wollte ich gerade schlafen gehen, es ist schon spät. Genervt öffne ich die Tür. Elyssa steht vor der Tür und hält mir ihr Handy hin.

»Julia möchte mit dir sprechen. Sie hat schon den ganzen Tag versucht, dich zu erreichen.«

Ich hatte mein Telefon ausgeschaltet. Manchmal ignoriere ich es, weil ich mich nicht zu einem Sklaven der Technik machen lassen will. Frei von seelenloser Bildschirmzeit fühle ich mich wunderbar distanziert von diesem oberflächlichen Spiel. Elyssa ist grundsätzlich damit einverstanden und hat sich darauf eingestellt, aber jetzt steht sie vor mir und hält mir ihr Handy ungeduldig unter die Nase.

Julia. Sie würde mich niemals um diese Uhrzeit anrufen, wenn es nicht etwas Ernstes ist. Nervös nehme ich das Gerät und bitte Elyssa zu gehen. Sie hat die Zähne aufeinandergepresst, ihr Kiefer ist verkrampft. So sieht sie nur aus, wenn sie mir schlechte Nachrichten überbringt.

»Was ist denn los, Elyssa?«, frage ich.

»Thor ist verschwunden. Julia wird dir alles erzählen.«

Ich spüre, wie sich mein ganzer Körper anspannt. Die Augen brennen.

»Franz!«, höre ich Julia rufen.

Ich drücke mir das Handy ans Ohr.

»Ja, ich bin hier.«

»Warum gehst du nicht ans Telefon? Das hier ist dringend.«

Sie klingt verzweifelt und traurig.

»Julia, was ist denn passiert?«

Ich gebe mir große Mühe, damit meine Stimme ruhig klingt, konzentriere mich auf die Dunkelheit. Draußen ist es pechschwarz. Julia berichtet in knappen Worten und außer Atem, dass sie Thor nicht mehr erreichen konnte, seit er ihr die Nachricht geschrieben hat, dass er nach Glimmingeholm fährt. In mir wächst mit jeder Sekunde das Gefühl, mich am Rande einer Katastrophe zu befinden. Ich suche nach logischen Erklärungen, dass es nicht wahr sein kann. *Das darf wirklich nicht wahr sein!*

»Bist du dir sicher, dass er Glimmingeholm geschrieben hat?«, frage ich.

»Ich habe es doch gelesen«, sagt sie aufgebracht. »Er ist total besessen von diesem Ort. Du musst diese Frau da, die Besitzerin, jetzt sofort anrufen.«

»Beruhig dich jetzt erst mal, Julia.« Ich habe das Bedürfnis, mich zu wehren. »Dafür gibt es bestimmt eine einfache Erklärung. Schlechter Empfang wegen der dicken Steinmauern, oder so.«

Mir wird von meiner eigenen Notlüge schlecht.

»Meinetwegen. Trotzdem, du musst die jetzt sofort anrufen. Sofort!«

Ihre Stimme schrillt in meinen Ohren.

»Du solltest nicht gleich so durchdrehen. Das ist mir ein bisschen zu intensiv alles.«

»Ich bin immer intensiv, Franz. Das ist mein Normalzustand. Ich mache mir wahnsinnige Sorgen um Thor.

Und du bist daran schuld. Du und deine *dubiose* Vergangenheit.«

Unter anderen Umständen hätte ich sie jetzt zurechtgewiesen. Aber heute nicht. Außerdem hat sie recht. Das ist tatsächlich meine Schuld. Ich mag mir gar nicht vorstellen, was auf Glimmingeholm mit ihm passieren könnte. Allein der Gedanke, dass Thor und Justine in einem Raum zusammen sind, löst Panik und Ekel in mir aus.

»Melde dich bitte sofort, wenn du mit ihr gesprochen hast, ja?«

Ich habe einen Kloß im Hals, finde keine Worte für meine Gefühle.

»Franz, hast du gehört, was ich gesagt habe?«

»Ja, ich melde mich sofort«, sage ich leise.

Ich greife nach meinem Handy auf dem Nachttisch und schalte es ein.

Justine meldet sich sofort, als hätte sie auf den Anruf gewartet.

»Wie schön, dass du anrufst, Franz. Ich habe meine Pläne geändert.«

»Wo ist Thor?«, knurre ich sie an.

»Gleich, aber hör mir erst einmal zu, ohne mich zu unterbrechen.«

Der Triumph schwingt sanft in ihrer heiseren Stimme mit.

»Wie du mittlerweile weißt, bin ich todkrank«, sagt sie. »Krebs im Endstadium. Mir läuft die Zeit davon, deshalb wird es keine Auswanderung geben. Meine Pläne haben sich geändert. Möchtest du sie hören?«

»Nein, danke«, zische ich zwischen zusammengebissenen Zähnen. »Ich will sofort wissen, was Thor bei dir macht.«

Ungeduldig seufzt sie.

»Du hast wohl noch immer nicht begriffen, dass mir ein letztes Bild fehlt, um meine Ausstellung zu vervollständigen? Das Porträt eines Sohnes, dessen Vater der schlimmste Bluthund von allen ist.«

Ihre Worte treffen mich wie ein Vorschlaghammer. In mir dreht sich alles. Alles verschwimmt vor meinen Augen. Mir ist schlagartig schlecht geworden. Plötzlich schießt mir eine Erinnerung in den Kopf. Etwas, was sie vor langer Zeit einmal in einer kühlen Herbstnacht gesagt hat. *Ich finde, uns fehlt noch ein letztes Bild. Etwas Unglaubliches. Die Krönung meiner Arbeit.*

»Lass Thor da raus«, entfährt es mir.

»Kein Grund, unhöflich zu werden«, sagt sie mit kratzender Stimme. »Noch ist Thor ja gar nichts passiert.«

Die Vorstellung, dass Thor allein, frierend, ängstlich und vermutlich gefesselt auf Glimmingeholm ist, zerreißt mich innerlich. Die eine Seite von mir will den Schmerz verdrängen und die Zähne zusammenbeißen, so wie ich es immer tue. Die andere Seite will Justine so viel Leid wie möglich antun.

»Leider ist er mittendrin aufgewacht«, sagt sie. »Aber die alte Elektroschockmaschine meiner Mutter kann da bestimmt Abhilfe schaffen. Erinnerst du dich noch an sie?«

Mein Magen krampft sich zusammen – und mein Mund ist so trocken, dass meine Antwort nur ein Flüstern ist.

»Lass ihn gehen.«

»Das kann ich leider nicht.«

Ich beiße auf Granit, ich muss meine Taktik ändern.

»Was willst du von mir? Was soll ich tun?«

»Gar nichts. Wenn du bis nach der Ausstellung die Füße stillhältst, wird dir Valdemar deinen Thor weitestgehend unbeschadet zurückbringen. Zu diesem Zeitpunkt habe ich mir das Leben genommen und hinterlasse einen Brief, in dem ich dir die Schuld für die Ereignisse vor dreißig Jahren gebe. Valdemar wird meine Version natürlich bestätigen. Früher oder später würde sowieso alles ans Licht kommen. Wahrscheinlich war es etwas naiv, dich um die Fürsorge für die Gebäude zu bitten. Aber ich möchte nicht, dass Elisabeth mit dieser Bürde weiterleben muss. Sie soll nie erfahren, was ihre Mutter in dieser Nacht damals getan hat, deshalb wirst du die ganze Schuld dafür auf dich nehmen.«

»Das kannst du nicht machen«, meine Stimme hat eine Oktave übersprungen. »Ich werde der Polizei die Wahrheit sagen.«

»Dir wird mit deiner Vorgeschichte ohnehin niemand glauben. In den letzten Jahren bist du langweilig geworden, so durchschnittlich. Das hier wird auch dein Leben aufwerten und aufregender machen, du wirst schon sehen. Man spricht nicht schlecht über eine Tote, deshalb werden sie sich auf dich stürzen. Das wird dann noch so ein Skandal sein, in dessen Mittelpunkt du stehst.«

Sie verstummt, ich kann nur ihren pfeifenden Atem hören. Ich nutze diese winzige Pause, um meine Gedanken zu sortieren. Sie stirbt und ist vermutlich ziemlich schwach. Vielleicht gelingt es mir, ihr Reptiliengehirn zu ermüden und somit ihre Kampfeslust zu schwächen.

»Es ist noch nicht zu spät, das Richtige zu tun, Justine. Lass Thor gehen, und ich werde niemandem ein Sterbenswörtchen sagen. Ich nehme die ganze Schuld auf mich, aber lass Thor gehen.«

»Nein.«

»Ich bitte dich, Justine.«

»Hör auf, wie ein Schuljunge am Kiosk zu quengeln. Ich habe Nein gesagt.«

»Dann komme ich nach Glimmingeholm.«

Sie lacht gequält.

»Du bist aber nicht willkommen.«

»Ich komme trotzdem und werde nicht ohne Thor gehen.«

»Vielleicht willst du seinen Platz einnehmen?«

»Wenn es erforderlich ist«, sage ich und atme schwer.

»Oh, Franz. Das war nicht ernst gemeint. Dein Sohn ist schließlich um einiges schöner als du. Du hast hier nichts zu suchen. Komm lieber nicht. Ich habe Hunde und ausgezeichnete Sicherheitsleute. Wenn hier jemand auftaucht, wird Thor für immer verschwinden. Und das ist keine leere Drohung. Muss ich dich an Valdemars Skrupellosigkeit erinnern? Es wird keine noch so kleine Spur von deinem Sohn geben. Um sein Auto haben wir uns schon gekümmert.«

»Seine Freundin weiß, wohin er gefahren ist«, kontere ich.

»Das habe ich in ihren Nachrichten gelesen. Aber sowohl mein Mann als auch das gesamte Personal werden ihr versichern, dass Thor nicht hier war.«

»Damit wirst du niemals durchkommen.«

»Doch, das werde ich. Ein bisschen Mitgefühl wäre ganz angebracht, Franz. Schließlich sterbe ich bald. Das ist kein leichter Weg, den ich gehen werde. Du lebst weiter, und dabei wird es dir noch schlechter gehen als mir.«

Ich bin drauf und dran, ihr einen Haufen Gemeinheiten an den Kopf zu werfen, halte mich aber zurück. Was nützt es mir? Sie stirbt so oder so. Ich habe kein Mitleid mit ihr. Mein Leben bestand aus lauter Katastrophen und Chaos, der Tod macht mir keine Angst mehr. Nicht umsonst war der Tod vor gar nicht allzu langer Zeit eine Alternative für mich. Aber ohne Thor weiterleben zu müssen, ist viel schlimmer als der Tod. Ich könnte mir auch mein Gewehr schnappen, nach Glimmingeholm fahren und Justine eine Kugel in den Kopf jagen. Ihrem Leiden ein Ende setzen. Ich schüttele den Kopf. Das sind gefährliche Gedanken.

»Warum hasst du mich so?«, frage ich mit weicher Stimme, um sie für mich einzunehmen.

»Als Dank dafür, dass ich dich weltberühmt gemacht habe, hast du meine Tochter vergewaltigt. Genügt dir das als Erklärung?«

»Das war keine Vergewaltigung. Elisabeth und ich haben das miteinander besprochen und sind längst weitergegangen.«

»Genau diese Selbstgefälligkeit ist der Kern deiner Eigenschaften … die ich so sehr an dir hasse.«

Das reicht jetzt. Ich habe keine Lust mehr, dieser kranken Frau zuzuhören. Ich lege auf, möchte mich hinsetzen und nachdenken. Aber Sekunden später dreht sich mir der Magen um, und ich stürze ins Badezimmer und klammere mich an der Toilettenschüssel fest. Nachdem alles raus ist, kauere ich auf dem Boden und schluchze. Mir bricht der Schweiß aus, die Tränen laufen in Strömen. Vorsichtig richte ich mich auf, lege meine Stirn gegen die kalten Fliesen. Langsam beruhigt sich mein Magen wieder. Ich spüle mir den Mund aus, wasche das Gesicht und reibe das Erbrochene von meinem Kragen. Dann starre ich mein Spiegelbild an. Die Augen sind schwarz wie Kohle, mein Gesicht wirkt kreidebleich. Ich muss hier raus, an die frische Luft, sonst drehe ich durch.

Wie in Trance gehe ich die Treppe hinunter. Physisch

bin ich anwesend, aber nicht psychisch. Mich umgibt die dunkelgraue Dunkelheit, der Schmerz in mir wird unermesslich groß. Der Wind bewegt die Bäume, bläst ihnen seinen kalten Atem auf die Blätter. Auch das Meer atmet nervös, schickt kalte Luft, die meine Tränen kühlt. Mich in Selbstmitleid zu verlieren, ist ein Luxus, den ich mir jetzt nicht leisten kann. Wenn ich Thor verliere, das einzige Wesen, das etwas Gutes in mir zum Vorschein bringt, werde ich ganz bestimmt zugrunde gehen.

Ich rufe Julia zurück. Es wird ein langes Telefonat, oder sagen wir … eher ein Duell. Ich erzähle ihr, dass Thor tatsächlich nach Glimmingeholm gefahren ist und in Schwierigkeiten steckt, ich ihn aber morgen holen werde. Julia drängt mich, sie will *alles* wissen, jedes Detail – was ich ihr logischerweise nicht liefern kann. Sie ist hysterisch, am Rand eines Nervenzusammenbruchs. Sie droht mehrmals, die Polizei zu rufen. Aber damit würde sie Thors Leben ernsthaft gefährden. Mit viel Zureden gelingt es mir schließlich, sie zu überreden, mir eine Frist bis morgen Nachmittag zu geben. Wenn Thor bis dahin nicht wieder zu Hause ist, gehen wir zur Polizei.

Wir beenden das Gespräch, ich lasse erschöpft und gedankenverloren die Hände sinken. Das Telefon fällt zu Boden. Die Stille ist nach der Kakofonie unserer erregten, lauten Stimmen fast erdrückend. Die kalte Luft hilft mir, wieder klar denken zu können. Morgen früh breche ich auf. Noch weiß ich nicht, wie ich mich verhalten werde, aber eins weiß ich ganz sicher – ich werde alles Erdenkliche und Notwendige tun, um Thor zu befreien. Ich werde mit Justines Wachen kämpfen, ihre Kampfhunde abwehren, betteln und flehen und mich erniedrigen. Daran besteht kein Zweifel.

Kapitel 51

Ich liege fast die ganze Nacht wach. Jahrelang haben meine Dämonen Ruhe gegeben, aber jetzt melden sie sich, sobald ich nur die Augen schließe. Ich überlege, mit dem Boot aufs Festland zu fahren, aber es stürmt. Das wäre zu riskant und wahrscheinlich würde ich kaum Zeit gewinnen. Außerdem würde ich mitten in der Nacht mit Justine kein vernünftiges Wort wechseln können. Die Morgenfähre ist die beste Lösung.

Während die Morgendämmerung den Himmel taubengrau färbt, frage ich mich, wie es so weit kommen konnte. Die Angst schmeckt bitter. Aber wie ich es auch drehe und wende, es liegt auf der Hand, dass es meine Handlungen gewesen sind, die mich hierhergebracht haben. Ich war immer so stolz auf meine Errungenschaften und Leistungen. Jetzt aber frage ich mich, ob mein Leben in Wirklichkeit nicht nur aus einer Reihe von katastrophalen Fehlentscheidungen besteht? Vielleicht hat das Schicksal vorgesehen, dass es so enden wird. Als Strafe für meine Sünden muss mir mein Sohn – ohne den ich nicht leben kann – weggenommen werden. Was Emil wohl dazu sagen würde? Aber ich kann ihn jetzt nicht anrufen, es ist noch zu früh, außerdem kann er mir sowieso nicht helfen. Ich spüre, wie meine Entschlossenheit ins Wanken gerät. Wie naiv von mir zu glauben, dass ich sie aufhalten könnte. Sie liegt im Sterben, ist verzweifelt und hat beschlossen, mich an meiner verletzlichsten Stelle zu treffen. Am liebsten wäre ich jetzt so wie vor meinem Schlaganfall. Als Psychopath ist man in der Lage, die Welt in zwei Teile zu teilen. Auf der einen Seite hat man die Macht, auf der anderen Seite alles andere, was keine Bedeutung hat, weil es keine Macht verleiht. Damals habe ich mich nicht von meinen Gefühlen leiten lassen.

Meine Entschlossenheit aber kehrt in der Sekunde zurück, als ich an Thor denke. Er ist ein ehrlicher Mensch. Er ist empathisch. Er ist alles, was ich niemals sein werde. Er ist derjenige, der es mir ermöglicht, eine Art Wahrhaftigkeit zu erleben. Das hier hat er nicht verdient, doch das Leben ist eben gemein und ungerecht. Am Ende aber akzeptiere ich das Unvermeidliche. Ich bin gezwungen, mich für Thor zu opfern. Es muss etwas geben, einen Akt der Selbstoffenbarung und Erniedrigung, um Justines Rachsucht zu befriedigen und sie zu besänftigen. Der Entschluss schenkt mir endlich den inneren Frieden, der mich entspannt und in einen kurzen Schlaf entlässt. Als ich wieder aufwache, ist der Raum in ein dämmriges Grau getaucht.

Ich dusche, ziehe mich an, frühstücke aber nichts. Auf leeren Magen kann ich besser denken, das Adrenalin wirkt stärker, und das werde ich ganz bestimmt gebrauchen. Stattdessen trinke ich zwei Tassen Kaffee und breche früher auf als notwendig, vor allem, um Elyssas neugierigen Fragen zu entgehen. Ich schicke ihr eine SMS, dass ich aufs Festland fahre und mich später melden werde.

Der kleine Hafen von Dimö ist menschenleer. In der Nebensaison nutzen nicht so viele die Fähre, und die Fischerboote sind schon in See gestochen. Ich parke den Wagen und spaziere auf den Steg hinaus, an dem hier und da ein Ruderboot vertäut ist. In den Morgenstunden hat sich der Wind gelegt, das noch zögernde Sonnenlicht wirft einen Glanz aufs Wasser, wie geputztes Silber, die Sonne selbst spiegelt sich darin als ein kugelrunder goldener Ball. Es ist wie früher, als ich noch ein Kind war. Ich möchte nicht unnötig viel in meine Stimmung hineininterpretieren, aber ich weiß, dass mich Dimös Magie für immer verzaubert hat. Auch wenn ich nicht auf der Insel bin, trage ich ihre Existenz wie einen schützenden Schatten mit mir. Und ich weiß: Wenn ich zurückkomme, wird alles wieder gut. Dimö kümmert sich um seine Bewohner und bewahrt ihre Geheimnisse gut.

Eine verschwommene Silhouette taucht im Nebel auf, die Umrisse der Fähre werden sichtbar. Ich gehe zum Wagen zurück, will warten, bis alle Passagiere von Bord gegangen sind. Die frische Morgenluft tut mir gut.

Als Erster verlässt der alte Pfarrer Moreaus die Fähre. Seine Tochter schiebt seinen Rollstuhl. Sie hebt die Hand und winkt mir zu. Ihnen folgt eine Frau, die mir bekannt vorkommt. Ihre Statur, ihre langen dunklen und dicken Haare. Unsere Blicke treffen sich. Ich spüre, wie mein Herz einen Sprung macht. Halluziniere ich aus Schlafmangel und Stress? Nein, sie ist es wirklich. Das ist Sofia, die auf mich zukommt.

»Huch … was machst du denn hier?«, frage ich.

»Ich rette dich vor dir selbst. Und dann retten wir Thor. Gemeinsam.«

Aus lauter Verwirrung bin ich wie gelähmt. Ich schrecke auf. Ich verpasse die Fähre, wenn ich jetzt nicht einsteige.

»Ich muss auf die Fähre.«

Sofia stellt sich zwischen mich und die Wagentür.

»Es ist zu spät, jetzt noch den Rambo zu spielen, Franz. Ich weiß einen besseren Weg, um Thor da rauszuholen.«

»Ich verstehe nicht … Was machst du hier eigentlich?«

»Meine Tochter dreht durch, und ich mache mir ernsthaft Sorgen um Thor.«

Anton, der Kapitän, steht an der Reling und gestikuliert, dass er gleich ablegen wird. Obwohl Sofia ihn nicht sehen kann, weil sie mit dem Rücken zu ihm steht, spürt sie es. Sie hatte schon immer eine fast beängstigend gute Intuition. Sie dreht sich zu Anton um und ruft ihm zu: »Er kommt nicht.« Dann dreht sie sich wieder zu mir.

»Hör auf, mich so anzustarren. Ich bin gekommen, um dir zu helfen.«

Wie ihr das gelingen soll, ist mir zwar schleierhaft, aber dafür sieht sie entschlossen und siegessicher aus. Und wenigstens bin ich dann nicht allein.

»Die Polizei können wir nicht einweihen«, sage ich nervös.

»Das habe ich schon verstanden. Ich habe etwas ganz anderes vor, aber erst musst du mir alles erzählen.«

Ich runzele die Stirn, sehe sie fragend an.

»Hör auf, den Dummen zu spielen«, faucht sie mich an. »Ich will *ALLES* wissen. Die ganze Wahrheit.«

Ich sehe der Fähre hinterher. Plötzlich packt mich die Panik. Seit zwölf Stunden weiß ich, dass Thor in Justines Gewalt ist. Warum stehe ich hier herum wie ein Idiot, wenn ich längst auf dem Weg sein müsste, um ihn zu retten? Sofia scheint meine Gedanken lesen zu können.

»In deinem jetzigen Zustand würdest du nur etwas vollkommen Unüberlegtes tun. Du musst mir vertrauen.« Sie zeigt auf eine Bank. »Wollen wir uns kurz hinsetzen?«

Sie trägt einen roten Parka mit Pelzkragen und schwere Stiefel. Ich hingegen bin für diesen eiskalten Oktobermorgen viel zu dünn angezogen.

»Es ist ein bisschen frisch, um draußen zu sitzen«, sage ich matt.

»Vielleicht erinnerst du dich, ich bin ziemlich hart im Nehmen.«

Auf dem Weg zur Bank gerate ich ins Straucheln, Sofia packt mich am Arm und hält mich fest. Ich kann noch immer nicht fassen, dass sie gekommen ist. Wir setzen uns und sehen schweigend auf das silberne Meer. Es gibt so viel, was ich ihr sagen müsste, aber ich bin nicht in der Lage, meine Gefühle in Worte zu fassen.

»Was willst du wissen?«, frage ich stattdessen.

»Alles, was in deinem Jahr auf Glimmingeholm passiert ist. Denn, wenn ich mich nicht irre, und das tue ich selten, wenn es um dich geht, hat es mit deiner Vergangenheit zu tun, dass Thor dort gefangen gehalten wird.«

Ich nicke, ohne meinen Blick vom Meer abzuwenden. Ich habe das Gefühl, am Ende angekommen zu sein. Es hat eine fast poetische Gerechtigkeit, dass ausgerechnet Sofia die Wahrheit erfahren wird. Ich rolle meinen Kopf von rechts nach links, massiere mir mit den Fingern den Nacken, als würde ich so mein Sprachvermögen aktivieren können. Mein Atem bildet lauter kleine Wolken, während ich meine Beichte aufsage und ihr erzähle, welche Ereignisse vor dreißig Jahren mein Leben unwiederbringlich und für immer verändert haben. Geduldig hört mir Sofia zu, runzelt ab und zu die Stirn und nickt mir aufmunternd zu. Als ich ihr erzähle, wie wir die jungen Männer betäubt haben, damit Justine ihre *Kunst* umsetzen konnte, verzieht sie das Gesicht und murmelt etwas. Aber ich kann es nicht hören, die Worte werden vom Wind aufs Meer hinausgetragen. Sie ist aufmerksam, scheint mir jedes Wort zu glauben und bringt mir Mitgefühl entgegen. Kein einziges

Mal setzt sie mich unter Druck, im Gegenteil, sie lässt mich in meinem Tempo weitererzählen. Sie legt mir auch keine Worte in den Mund. Ich suche Anzeichen von Verachtung oder Genugtuung an ihr, finde aber keine. Wahrscheinlich gehört es zu ihrem Job, so zu sein, aber ich ertappe mich bei dem hoffnungsvollen Gedanken, dass sie Mitleid mit mir hat. Sie lässt sich nichts anmerken, auch nicht, wenn ihr kalt sein sollte. So vertieft ist sie in meine Beichte. Klar ist sie das. Schließlich sitzt hier ihr Erzfeind und zeigt ihr, wo seine Leichen im Keller liegen. Mir wird bewusst, dass ich mit den Fingern auf meinem Bein trommele. Als ich versuche, über meine Freundschaft zu Nathan so ungezwungen wie möglich zu sprechen, bricht meine Stimme und verrät mich. Als ich von dem Abend vor der schrecklichen Katastrophe erzählen will, verstumme ich. Das löst einen regelrechten Orkan an Gefühlen in mir aus. Ich drücke mir die Hände auf die Brust, um sie unter Kontrolle zu behalten. Die Sekunden verstreichen. Dann Minuten.

»Fällt dir das sehr schwer?«, fragt Sofia.

Ich schlage die Arme um mich, um die Kälte zu vertreiben. Allmählich beruhigt sich mein Herzschlag wieder, gleicht sich dem Rhythmus der Wellen an. Es tut gut, dass Sofia da ist und mir zuhört.

»Nein. Aber … Nathan und ich, wir haben uns wirklich sehr nahegestanden.«

Ich versuche meine Stimme leidenschaftslos klingen zu lassen. Aber das gelingt mir nicht, und sie hat schon längst gesehen, dass mir die Tränen in die Augen gestiegen sind.

»Aber wir waren wirklich nur Freunde, sonst nichts«, betone ich, als hätte sie eine Andeutung gemacht.

»Natürlich«, sagt sie und lächelt.

»Ich habe den Faden verloren. Wo war ich stehen geblieben?«

»Als du Nathan daran hindern wolltest, nach Glimmingeholm zu fahren. Aber das ist dir nicht gelungen, stimmt's?«

»Nein.«

»Und was ist dann passiert?«

»Ich bekam einen Anruf«, sage ich. »Mitten in der Nacht.«

Kapitel 52

Die Sonne hat sich gegen den Nebel durchgesetzt. Eine noch schwache Wärme lehnt sich gegen die morgendliche Kälte auf. Ich friere nicht mehr, wenigstens eine gute Sache. Ich schließe meine Augen und genieße die Wärme auf den Lidern, ehe ich fortfahre. Ich kann Sofia dabei nicht in die Augen sehen. Was ich ihr gleich erzählen werde, gibt ihr Macht über mein Leben. Aber das ist nur gerecht. Mehr als einmal habe ich ihr den freien Willen aberkannt. Wenn ich doch die Zeit anhalten und einfach nur hier am Meer sitzen könnte, mit Sofia an meiner Seite. Aber das Leben hat etwas anderes mit mir vor. Ich lasse mich auf meine Erinnerungen ein. Aber ich erinnere mich nicht nur, ich bin auch da. Ich bin wieder in der Nacht damals, die alles verändert hat. Als ich anfange zu sprechen, klingt meine Stimme, als käme sie aus weiter Ferne.

Alles fing mit dem kryptischen Anruf von Justine an. *Du musst kommen. Es ist etwas passiert. Das ist absolut nichts, was wir am Telefon besprechen können.* Während ich wie ein Verrückter nach Glimmingeholm gerast bin, dachte ich an Nathan. Wir hatten den Abend in einer Bar mit Freunden verbracht. Nathan war früher gegangen und hatte gesagt, er würde sich noch mit einem alten Bekannten treffen. Und offenbar war meine Anwesenheit dabei nicht erwünscht, was mich mehr geärgert hatte, als ich zugeben wollte. Aus

Trotz oder zum Trost hatte ich meine Eifersucht im Alkohol ertränkt und Sex mit einer Unbekannten im Park auf dem Uni-Campus gehabt. Da aber nichts wirklich gegen meine schlechte Laune half, bin ich kurz nach drei Uhr nach Hause gegangen. Und dann kam der Anruf. Von meiner Fahrt nach Glimmingeholm erinnere ich hauptsächlich die Stille, die Dunkelheit und die warnende Stimme in meinem Kopf. *Du wusstest von Anfang an, dass es nicht gut ausgeht.*

Ich erinnere mich vor allem an Justines verbissenen Gesichtsausdruck, wollte aber nicht hören, was sie mir zu sagen hatte. Ich habe mich taub gestellt. Aber Justine hatte kein Erbarmen.

»Dein Freund Nathan ist hier gestern Abend überraschend aufgetaucht. Valdemar und ich haben unser übliches Programm gefahren, und am Anfang hat auch noch alles hervorragend geklappt. Ich habe ihn fotografiert, danach haben wir ihn in die Jagdhütte gebracht. Aber er ist nicht wieder aufgewacht. Und wird es leider auch nie wieder.«

Ich brach zusammen. Fiel mit einem dumpfen Knall zu Boden. Ich habe geschrien. Ich habe mir in die Hand gebissen, um den Schmerz aufzuhalten, der mich bald ganz ausfüllte. Justine wartete geduldig, bis ich mich wieder beruhigt hatte. Dabei war ihr Gesicht ganz ausdruckslos. Abgesehen von einer kleinen Flamme, die ich so gut kannte. Sie wollte weitermachen und sich dieses *Problems* entledigen.

»Ich möchte ihn sehen,«, sagte ich, nachdem ich mich einigermaßen gefasst hatte. »Ich will ihn jetzt sofort sehen.«

»Das wirst du auch.«

»Hast du den Notarzt gerufen?«

»Das ist zu spät, Franz. Wir können nichts mehr für ihn tun. Wir müssen das besprechen, bevor die Polizei kommt.«

Tausendmal bin ich diesen furchtbaren Abend in Gedanken durchgegangen. Es mag unglaubwürdig und sonderbar klingen, dass mir so etwas passiert. Dem mit dem perfekten Gedächtnis. Aber es gibt da eine zeitliche Lücke. Ich habe keinerlei Erinnerung an das Zeitfenster, in dem ich vom Eingangstor zur Jagdhütte gegangen bin. Meine Psychologin würde sagen, dass ich in einem extremen Schockzustand gewesen sein muss, der eine solche Gedächtnislücke hervorrufen kann. Trotzdem möchte ich wissen, was auf dieser kurzen Strecke passiert ist. Habe ich Justine Vorwürfe gemacht? Oder war ich stumm?

Ich erinnere mich erst wieder an den Moment, als ich Nathans Körper gesehen habe. Er lag auf dem Rücken. Sein Körper war verkrampft, die Hände zu Fäusten geballt. Sein sonst so schönes Gesicht war zu einer Grimasse verzerrt. Die Augen aufgerissen, den Blick auf einen Punkt an der Decke geheftet. Ich wusste sofort, dass ich nichts mehr für ihn tun konnte. Ich fiel auf die Knie und nahm seine kalte, leblose Hand. Justine ließ mich gewähren. Dann erst bemerkte ich die Unordnung in der Hütte. Carl-Fredrik und Justine waren offenbar gerade im Begriff, den Kamin zu renovieren. Auf dem Boden lagen Werkzeug und Zementsäcke. Mein erster Gedanke war, wie unpassend dieses Chaos angesichts der Tragödie war. Aber das lag daran, dass ich noch unter Schock stand und nicht klar denken konnte.

Dann erst bemerkte ich Valdemar, der in der Ecke des Raumes saß.

»Vermutlich Herzinfarkt«, sagte er. »Nicht unsere Schuld. Man bekommt doch von Schlaftabletten keinen Herzinfarkt, oder?«

»Wie viel habt ihr ihm gegeben?«, fragte ich.

»Die übliche Dosis.«

Nathan sah aus, als hätte er große Schmerzen gehabt. Er hatte Schaum vor dem Mund. Hier stimmte etwas nicht, das spürte ich mit jeder Faser meines Körpers. Nathan war eigentlich in hervorragender Form, hatte keine Herzprobleme. Ich strich mit dem Finger über sein Hemd, bis hoch zum Kragen. Das Hemd war falsch zugeknöpft, was so typisch für Valdemar war, dachte ich. Obwohl ich wusste, dass Nathans Herz schon seit einer Weile nicht mehr schlug, legte ich meinen Finger auf seine Halsschlagader. Und dabei entdeckte ich es. Knallrot, nicht viel größer als ein Mückenstich.

Da fielen mir Justines Worte wieder ein, als sie mir die Schlangen zeigte – und vor allem erinnerte ich mich an das, was sie über den Krait gesagt hatte. *Der Biss ist nicht größer als ein Mückenstich und kaum zu erkennen, aber ohne Gegengift ist man innerhalb von sechs Stunden tot.*

Ich musste den Mund öffnen, um Luft zu bekommen.

»Warum liegt er hier auf dem Boden?«, fragte ich.

»Er muss im Schlaf vom Sofa gerollt sein«, sagte Valdemar.

»Und wie habt ihr ihn von der Kapelle hierhergebracht?«

»Mit der Trage, Justine hat mir geholfen«, antwortete er.

»Wer hat die Schlangen entfernt?«

»Ich«, sagte Justine. »Ich bin die Einzige, die das macht. Das weißt du doch.«

»Und, haben sie geschlafen?«

»Natürlich.«

»Haben sie auch noch geschlafen, als du sie entfernt hast?«

Sie neigte den Kopf auf eine Seite.

»Nein. Nicht alle drei. Ich bin ins Atelier, habe die Kameraausrüstung weggebracht und die Bilder heruntergeladen. Als ich in die Kapelle zurückkam, war eine von ihnen aufgewacht. Sie hatte sich unter sein Kinn geschoben. Aber kein Problem.«

»War es der Krait?«

»Woher weißt du das?«

Da wusste ich, was Nathan umgebracht hatte. Ein Schlangenbiss. Bewusstlos hatten sie ihn in die Jagdhütte gebracht und dort liegen gelassen. Der Plan war, wie sonst auch, dass Justine und Valdemar später vorbeikommen und ihm erzählen wollten, dass er zu viel getrunken hatte und sie ihn deshalb hatten schlafen lassen. Das Gift hatte aber schon längst zu wirken begonnen, als sie ihn in der Hütte zurückließen. Er muss schreckliche Schmerzen gehabt haben, irgendwann war sein ganzer Körper gelähmt. Gestorben war er schließlich an einem Herzinfarkt.

»Der Krait hat ihn in den Hals gebissen«, sagte ich.

Justine sah mich verwundert an.

»Das kann nicht sein, Franz. Der war noch total benommen.«

»Sieh dir den Biss an, wenn du mir nicht glaubst.«

Sie wusste, dass ich recht hatte. Und ihre gespielte Verwunderung machte mich rasend vor Wut.

»Ich habe dich darum *gebeten*, ihn in Ruhe zu lassen. Kannst du dir überhaupt vorstellen, wie sehr er gelitten hat? Das ist *deine* Schuld, du alte Hexe.«

Ich stürmte aus der Jagdhütte und rannte hinunter an den See. Eine sanfte Brise kräuselte das schwarze Wasser. Am Himmel funkelte der Oriongürtel. Dieser unendliche Weltraum. Mir wurde schwindelig. Als würde sich die Erde drehen und wieder anhalten, sich drehen und wieder anhalten, während ich nur ein Sandkorn war, das in ihrer Umlaufbahn herumwirbelte. Ich stolperte auf die Bank zu, die am Ufer stand, und ließ mich fallen. Mein Gesicht war kalt, mir liefen die Tränen über die Wangen. Ich wischte sie mir mit dem Handrücken weg. Wenn Justine Valdemar losschickte, um mich zurückzuholen, würde ich ihn verprügeln, in den See zerren und ertränken. Aber nicht er kam, sondern sie. Zaghaft nahm sie neben mir Platz, legte ihre kalte, kleine Hand auf meine. Ich zog sie weg.

»Du hattest recht. Der Krait hat ihn gebissen«, sagte sie. »Das muss ein furchtbarer Schock für dich sein, Franz. Ich war unachtsam. Ich hätte das nicht hinter deinem Rücken tun dürfen. Ich bitte dich von Herzen um Verzeihung. Das hätte ich gleich sagen sollen. Ich war nur so … erschüttert.«

»Du wirkst nicht besonders erschüttert«, schnaubte ich.

Sie zuckte mit den Schultern.

»Du weißt doch, wie gut ich meine Gefühle verbergen kann.«

Ihre Stimme war so leise, als wollte sie mir ein intimes Detail mitteilen.

»Ich hoffe, du hast jetzt endlich die Polizei gerufen«, sagte ich.

»Das geht nicht, Franz. Die werden eine Obduktion machen und feststellen, dass er Schlangengift in seinem Blut hat. Es gibt keinen Weg, wie wir uns da rausreden können. Das wird deine und meine Zukunft ruinieren. Denk sorgfältig darüber nach. Auch wenn du heute Abend nicht dabei gewesen bist, du hast mir an den anderen Abenden immer geholfen. Dafür gehst du jahrelang ins Gefängnis. Dann kannst du alle deine Träume begraben. Glaubst du, Nathan hätte das gewollt?«

Sie war näher zu mir herangerückt. Ihr Atem roch nach

Wein. Wie viele Gläser hatte sie getrunken, während sie auf mich gewartet hatte?

»Ich kann mir dein Gefasel nicht länger anhören«, antwortete ich. »Du glaubst, mich in der Hand zu haben, aber das hast du nicht. Du und Valdemar, ihr seid dafür verantwortlich. Ich hatte nichts damit zu tun. Ich werde jetzt nach Hause fahren und euch das hier überlassen.«

Sie zuckte zusammen. Endlich hatte ich einen Nerv getroffen. Sie brauchte meine Hilfe. Vor allem meine Bereitschaft, zu schweigen. Sie blinzelte nervös, und ich sah für einen kurzen Moment das kleine, einsame Mädchen, das sie gewesen sein muss – und das Angst vor der Elektroschockmaschine hatte und auf schlimmste Weise von einem Freund ihrer Familie gedemütigt worden war. Sie war gefangen in ihrer Rachsucht, Menschen zu demütigen, die sie an ihren Peiniger erinnerten. Am Ende war sie auch damals ein sehr einsamer Mensch, obwohl sie einen großen Bekanntenkreis hatte. Aber wirklich ließ sie niemanden an sich heran. Nur die Schlangen.

»Wenn du so denkst, dann kannst du jetzt fahren«, sagte sie mit einem Zittern in der Stimme. »Wir kümmern uns darum.«

Ich wog die Konsequenzen ab. Ich wäre immer Teil dieses Albtraums, auch wenn ich jetzt gehen würde. Alle wussten, dass ich Nathans bester und engster Freund gewesen war. Ich musste an seine Eltern denken, die unsere Freundschaft unterstützt hatten und fanden, dass ich mit meinen hervorragenden Noten und Talenten einen guten Einfluss auf Nathan hatte. Was würden sie sagen, wenn sie herausfänden, in was ich involviert gewesen bin? Der Gedanke, mit seinem Tod in Verbindung gebracht zu werden, war unerträglich. Vielleicht hatte Justine recht. Darauf standen hohe Strafen. Nach mehreren misslungenen Versuchen, mich mit dem Geschehenen abzufinden, suchte ich einen Ausweg, um nicht wahnsinnig zu werden. Ich konnte die Vergangenheit zwar nicht mehr ändern, aber ich würde sicher noch in der Lage sein, meine Zukunft zu kontrollieren.

»Was hast du vor? Wie willst du das lösen?«, fragte ich.

»Der Körper muss verschwinden.«

»Vergiss es.«

»Das ist die einzige Möglichkeit.«

Sie würde alles tun, um mich zu überreden. Einerseits fand ich das pathetisch. Andererseits hatte ich beschlossen, nur an mich zu denken. Ich wollte erfolgreich werden. Ich wollte große Bedeutung haben und etwas hinterlassen. Nathan und ich hatten viel darüber gesprochen, wir waren uns einig, dass wir die Welt verändern wollten. Würde ich nicht mitspielen, konnte das keinem von uns gelingen.

»Ich sage kein Wort, aber um den Körper müsst ihr euch selbst kümmern, da mach ich nicht mit«, sagte ich.

»Mein Lieber. Hör dir meinen Vorschlag an, bevor du etwas sagst. Wenn man eine Leiche in der Erde vergräbt oder sie im Wasser versenkt, taucht sie wieder auf. Früher oder später. Wir haben ausreichend Zement, um ihn im Kamin einzubetonieren. Da wird ihn niemand finden. Und wenn wir gefragt werden, warum der Kamin zugemauert ist, sage ich, dass wir Probleme mit Nagetieren hatten, die durch den Schornstein geklettert sind.«

»Er wollte nach Kenia«, stammelte ich. »Er war auf der Suche nach seinen Wurzeln.«

Ihre Augen leuchteten auf.

»Wenn sie keine Leiche finden, gehen sie vielleicht davon aus, dass er einfach abgehauen ist? Heißt es nicht immer, dass die meisten Menschen, die spurlos verschwinden, das absichtlich tun?«

»Ja, vielleicht«, murmelte ich.

Es dauerte noch eine ganze Weile, bis ich mich auf ihren Plan einließ. Ich wusste, dass es so für mich am besten war. Wir konnten die Leiche nicht unbemerkt über weite Strecken transportieren. Und niemand würde hinter einem zugemauerten Kamin suchen. Wenn Nathan nicht spurlos verschwand, würde ich den Rest meines Lebens mit dem Stigma eines Kriminellen leben müssen – und weder würde ein spiritueller Führer der Massen aus mir werden noch der Leiter eines Retreats auf Dimö.

»Du musst alle Fotos zerstören, die du von ihm gemacht hast. Jedes einzelne, hast du verstanden?«, sagte ich, bevor wir aufbrachen. »Ich möchte dabei zusehen.«

»Natürlich«, sagte sie und seufzte.

Ausnahmsweise gab nicht Justine die Befehle, sondern krempelte die Ärmel hoch und half mit. Valdemar übernahm das Kommando, er wusste, wie man eine Mauer hochzieht. Wir wickelten Nathan in Decken und legten ihn auf die Feuerstelle. Der Raum war gerade groß genug für ihn. Dann haben wir in stundenlanger Arbeit Unmengen an Zement angemischt und den Kamin luftdicht zugemauert. Als letzter Schritt wurde auch noch der Schornstein zugemauert.

Ich weiß nicht, wo sich Carl-Fredrik in dieser Nacht aufgehalten hat, aber ich gehe davon aus, dass Justine ihn informiert hatte. Er hielt sich immer im Hintergrund, um nicht in die Eskapaden seiner Frau reingezogen zu werden.

Die Sonne stand hoch am Himmel, als wir endlich fertig waren. Mir lief der Schweiß hinunter und mischte sich mit meinen Tränen. Bis heute ist es mir ein Rätsel, wie ich so gefasst sein konnte. Vermutlich war das eine Mischung aus Adrenalinschock und Selbsterhaltungstrieb. Aber kaum war die Aufgabe erledigt, fiel ich in mir zusammen. Die Welt um mich herum versank in einem Nebel aus Angst. Ich konnte es nicht einfach hinter mir lassen und weitermachen. Die Trauer erwischte mich in großen Wogen, die mir den Boden unter den Füßen wegrissen. In den folgenden Wochen bin ich oft von der Polizei verhört worden und schlief kaum noch. Ich habe Nathans verzerrtes Gesicht vor mir gesehen und wurde selbst immer weniger. Am Ende konnte ich weder essen noch schlafen. Ich war ein Schatten meiner selbst. Eines Tages kam Justine zu mir in die Wohnung, zwang mich, einen Liter Wasser zu trinken und etwas Suppe zu essen.

»Du brauchst einen Ortswechsel«, sagte sie. »Fahr für eine Weile nach Hause, nach Dimö. Wenn es einem nicht gut geht, ist das immer eine gute Lösung, nach Hause zu fahren. Melde dich, wenn es dir wieder besser geht. Ich werde mein Versprechen einlösen. Du weißt, was du mir bedeutest, Franz. Und du weißt, wie schwer mir das fällt.«

Und so kam es, dass ich mich auf Dimö verkroch, wie ein Einsiedler lebte und mich schließlich dafür entschied, auf die dunkle Seite der Macht zu wechseln. Nur da konnte ich mit meiner Schuld leben. Eine zweifelhafte Entscheidung, ich weiß. Aber für mich war es ein Neuanfang.

Kapitel 53

Ich hatte meine Augen fast die ganze Zeit geschlossen. Vorsichtig blinzele ich, öffne sie ein wenig, sehe zu Sofia hin. Ihr Gesichtsausdruck ist unversöhnlich, grimmig. Sie hat keinen Funken Sympathie mehr für mich übrig. Ihre unendliche Geduld ist für immer versiegt. Ich habe meine Hände zu Fäusten geballt, um meine Gefühle unter Kontrolle zu behalten. Gleichzeitig aber werde ich von einer unbekannten Wärme durchströmt, ich bin erleichtert. Sofia ist wütend auf mich, aber es ist ein wunderbares Gefühl, die Wahrheit nicht mehr allein kennen zu müssen.

»Heißt das, Nathan ist nach wie vor in dem Kamin einbetoniert?«, fragt sie.

»Keine Ahnung. Aber klar, sofern Justine nicht den Beton aufgesprengt und ihn woanders hingebracht hat.«

In meiner momentanen Verfassung sollte ich erst denken und dann sprechen. Ich hatte nicht die Absicht, einen Scherz darüber zu machen. Sofias dunkle Wolke wird eine Nuance dunkler.

»Findest du das lustig? Denn ich kann dir versichern, dass ich das hier verdammt ernst nehme.«

Ihr Ton ist so hart und kompromisslos, dass es mir die Sprache verschlägt.

»Los, antworte!«

Ich zwinge mich, sie anzusehen, und räuspere mich.

»Nein, natürlich nicht. Siehst du nicht, wie schlecht es

mir geht? Es ist eine Beleidigung, dass du mir so etwas unterstellst.«

Sie mustert mich genau.

»Wusstest du, dass Narzissten ihr Selbstbild künstlich überhöhen, um ihr zerbrechliches, schwaches Ich zu schützen? Vielleicht bist du deshalb immer so schnell gekränkt.«

Ihre Worte treffen mich tief in meinem Inneren. Allerdings ist das Letzte, worüber ich mir im Augenblick Sorgen mache, mein Ansehen oder mein Ruf. Das Einzige, woran ich mich in meinem jämmerlichen Dasein klammern kann, ist meine Intuition und die Überzeugung, dass mein Sohn lebt.

»Thor bedeutet mir alles«, sage ich. »Wenn ich mich gerade irrational und dämlich benehme, liegt das daran, dass ich vor Angst und Sorgen außer mir bin. Und ich habe gerade keine Lust auf eine Psychologievorlesung.«

Darauf antwortet sie nichts, was ich als Zustimmung deute.

»Sag mir bitte, wie du vorhast, Thor zu befreien«, sage ich.

»Erst wenn du mir erzählt hast, wie Thor in diese Sache hineingezogen wurde.«

»Justine hat Krebs im Endstadium. Mir Thor wegzunehmen, ist ihre große Rache an mir – für das, was ich ihrer Tochter Elisabeth angetan habe.«

Ich muss Sofia keine weiteren Details liefern, sie weiß bereits, worum es geht. Schließlich hatte sie Elisabeth damals aufgesucht und sie dazu gebracht, über diese eine Nacht mit mir zu erzählen. In der Zeit hatte Sofia keine Gelegenheit ausgelassen, um mich öffentlich und auf alle erdenkliche Art und Weise zu erniedrigen und zu demütigen.

Sie hat den Kopf abgewendet, folgt mit dem Blick einem Schwanenpaar, das entlang des Ufers nach Nahrung taucht. Ich kann spüren, dass sie sich daran erinnert, wie sehr sie mich damals gehasst und verachtet hat.

»Elisabeth und ich haben uns ausgesprochen, wir sind jetzt Freunde geworden«, füge ich schnell hinzu. »Aber Justine kann es nicht ruhen lassen.«

Das hätte ich nicht sagen sollen, das war ein großer Fehler.

»Jetzt reicht's, Franz!«, brüllt sie mich an. »Hörst du niemals auf, dein Verhalten zu rechtfertigen?«

»Verzeih«, flüstere ich. »So war das nicht gemeint.«

Sie hebt eine Augenbraue und sieht mich skeptisch an.

»Was hat Justine mit Thor vor?«

»Das hat sie mir schon gesagt. Er ist ihr letztes Modell für ihre Ausstellung.«

Mir kommt ein schrecklicher Gedanke. Als Kind hatte Thor große Angst vor Schlangen. Im Sommer lauerten sie oft im hohen Gras und auf den Feldern. Mehr als einmal musste ich ihn beruhigen, weil wir eine Kreuzotter oder eine Ringelnatter gesehen haben. Ich schlage mir mit der flachen Hand auf die Stirn.

»Oh Gott. Stell dir vor, sie zeigt ihm die Schlangen. Das wird ihm eine schreckliche Angst einjagen …«

Meine Stimme ist heiser, meine Augen brennen. Sofia macht keine Anstalten, mich zu trösten. Sie wartet geduldig, bis mein Kinn nicht mehr zittert und meine Tränen versiegt sind.

»Hm. Da ist etwas, was nicht so richtig zusammenpasst«, sagt sie. »Auch wenn du an Justines Eskapaden beteiligt warst und darum auch bis zum einen gewissen Teil die Verantwortung dafür tragen musst, hast du aber mit Nathans

Tod nichts zu tun. Du warst schließlich nicht da, als es passierte, und hast ihn vor allem mehrmals davor gewarnt, nicht nach Glimmingeholm zu fahren. Und trotzdem hast du das nicht bei der Polizei angezeigt, sondern es dreißig Jahre lang geheim gehalten. Das passt nicht zusammen, außer …«

Sie starrte eine Weile vor sich auf den Boden, scheint aber auch keine Antwort von mir zu erwarten.

»Ach so, jetzt verstehe ich!«, ruft sie schließlich. »Dass du bei der Entsorgung der Leiche geholfen hast, ist schon längst verjährt. Dafür kannst du nicht mehr belangt werden. Aber damals wie heute ist dein Hauptinteresse dein eigener Ruf und dein Ansehen. Dieser Skandal hätte dich fertiggemacht. Und du bist beleidigt, wenn ich dich einen Narzissten nenne? Was bist du für ein widerlicher Mensch, Franz.«

Was soll ich darauf erwidern? Ich bin Sofias Barmherzigkeit schutzlos ausgeliefert. Ich bin verzweifelt und verwirrt.

»Vielleicht sollte ich mir doch einen Hund anschaffen«, rutscht es mir heraus.

»Was?«

»Ich kann meinen eigenen Sohn nicht beschützen, vielleicht sollte ich es erst einmal mit einem Hund versuchen?«

»Reiß dich zusammen, verdammt noch mal«, faucht sie mich an. »Wir erledigen jetzt eine Sache nach der anderen. Ich helfe dir, aber nur unter einer Bedingung. Wenn wir Thor befreit haben, gehst du sofort zur Polizei und machst eine Aussage.«

Ohne Umschweife lasse ich mich darauf ein. Mein Leben ist schon vermasselt genug, der Skandal, der entsteht, wenn ich die Wahrheit preisgebe, wird das nicht wesentlich verschlimmern können.

»Und wie bekommen wir ihn da raus?«, frage ich.

»Wir beide werden bei der Befreiung nicht beteiligt sein. Das überlassen wir den Deprogrammierern.«

Deprogrammierer. Das Wort lässt meine inneren Alarmglocken schrillen. Diese Gruppe ist Auftragskillern ähnlicher, als mir lieb ist. Sie entführen, foltern und unterziehen Jugendliche aus spirituellen Gemeinschaften einer Gehirnwäsche, wenn ihre Eltern davon überzeugt sind, dass es sich um Sekten handelt. Ich habe meine Mitglieder auf ViaTerra immer vor diesen Deprogrammierern gewarnt. Sie sind der Abschaum der Erde. In den USA kam es zu einem großen Skandal, als ihre Methoden in den Siebzigerjahren öffentlich gemacht wurden. Die Anführer dieser Bewegung bekamen hohe Gefängnisstrafen. Ich hatte keine Ahnung, dass dieser Wahnsinn nach wie vor stattfindet. Und auch in Schweden?

»Das ist nicht dein Ernst?«, sage ich und werfe die Hände in die Luft. »Was soll das?«

Sofia legt ihre Hand auf meinen Arm.

»Hör doch erst einmal zu. Ich befürworte die Deprogrammierung auch nicht. Aber heutzutage ist das nicht mehr wie in den Siebzigern, als sie Gewalt und Psychoterror als Mittel eingesetzt haben, damit die Jugendlichen ihre religiösen Überzeugungen aufgaben. Ich habe mit einigen von ihnen ein paarmal zusammengearbeitet, wenn wir jemanden aus einer Sekte befreit haben. Nur, um ihnen die Gelegenheit zu geben, mit ihren Eltern zu sprechen und eventuell auszusteigen, wenn sie das wollten. Da Deprogrammierung nicht legal ist, bleibt das hier unter uns.«

»Die sind also noch aktiv? Auch hier bei uns in Schweden?«

»Ja, ein paar von ihnen. Und die kenne ich, wofür ich

mich auch nicht entschuldigen werde. Es wäre eine große Hilfe gewesen, solche Leute zu kennen, als ich in *deiner* Sekte war.«

»Sofia …« Ich seufzte. »Bin ich wirklich so furchtbar gewesen? Deprogrammierer. Du bist ja eine Fanatikerin.«

»Um deine Frage zu beantworten. Ja, du warst furchtbar. Und ich bin übrigens keine Fanatikerin, sondern nur sehr engagiert bei dem, was ich tue.«

»Und was hat das jetzt mit Thor zu tun?«, frage ich.

»Du meinst die Deprogrammierer? Gar nichts. Aber einige von denen haben Spezialausbildungen absolviert und sind in der Lage, für Geld praktisch jeden zu befreien.«

Ein kleines Licht flackert in meinen dunklen Gedanken auf.

»Das heißt, die können Thor da rausholen?«

»Ja, klar!«

»Das Grundstück ist videoüberwacht und alarmgesichert, außerdem hat Justine Kampfhunde.«

»Kein Problem für die Jungs. Sie haben Betäubungspistolen und noch anderes Zeug, worauf ich lieber nicht weiter eingehen will. Aber es wird dich eine Stange Geld kosten.«

»Ich bezahle jeden Preis.«

»Ausgezeichnet. Ich habe schon mit ihnen gesprochen. Sie sind bereit und werden die Befreiung heute Abend durchführen, sobald es dunkel wird. Allerdings benötigen sie die Hilfe deiner IT-Leute. Jemand muss sich in das Sicherheitssystem auf Glimmingeholm hacken und die Codes und Passwörter herausbekommen.«

»Hampus ist gerade im Urlaub, aber ich habe Cornelia, die von Göteborg aus für mich arbeitet. Sie ist eine hervorragende Hackerin.«

»Sehr gut. Dann haben wir einen Plan.«

Ich sitze mit offenem Mund da. Das ist alles so … durchdacht und raffiniert ausgeklügelt.

»Nachdem dir Julia gestern erzählt hat, was mit Thor ist, hast du also sofort die Jungs kontaktiert und diesen Plan ausgeheckt?«

Während ich mich wie ein nervöses Wrack verhalten und nichts von Bedeutung in die Wege geleitet habe, denke ich zwar, sage es aber nicht laut.

»Für meine Tochter würde ich alles tun«, sagt sie. »Und auch für Thor.«

»Wer sind diese Männer, die für die Befreiung zuständig sind?«

»Es sind zwei. Mehr musst du nicht wissen. Weißt du, wo Justine Thor gefangen hält?«

»In der Kapelle oder in der Jagdhütte.« Mir wird plötzlich gleichzeitig heiß und kalt. »Inzwischen wahrscheinlich in der Jagdhütte.«

Ich hatte auch schon einiges über diese Typen gelesen, die solche Aktionen durchführen. Ich wusste, was für Spezialausbildungen und intensive Trainingseinheiten sie absolviert haben und welche Ressourcen ihnen zur Verfügung stehen. Das war sicher machbar. Obwohl er gefährlich und verrückt war, klang Sofias Plan genial. Ich weiß aus eigener Erfahrung, dass solche Operationen durchführbar sind. Filip, einer meiner Mitarbeiter, war früher Berufssoldat und hat mir schon des Öfteren bei ähnlichen Missionen geholfen. Ich überlege, ob ich Sofia vorschlagen soll, ihn ebenfalls hinzuzuziehen, entscheide mich aber dagegen. Schon, weil er nicht rechtzeitig da sein könnte. Außerdem ist er leider etwas unzuverlässig und bei dieser Sache darf nichts schiefgehen.

Ganz langsam lässt meine Panik nach. Nicht mehr alles

ist nur düster und verloren. Auch mein Gefühl, hilflos im luftleeren Raum zu schweben, ist verschwunden. Ich habe wieder Hoffnung. Die Sonne bricht durch die Wolken und wärmt mein Gesicht. Die Vorhersage hat von Regen gesprochen, aber der Himmel ist blau, Schönwetterwolken ziehen Richtung Insel. Die Sonne wärmt die feuchten Felsen, dünne Rauchschwaden steigen auf. Der Anblick hat etwas Andächtiges. Endlich sehe ich Licht am Ende des Tunnels. Das ist wunderbar.

»Ich weiß nicht, wie ich dir dafür danken soll.«

»Es ist noch nicht vorbei, Franz. Wir haben viele anstrengende Stunden vor uns, und trotz allem ist es leider keineswegs ausgeschlossen, dass etwas schiefgeht.«

»Was machen wir dann?«

»Zur Polizei gehen und das Beste hoffen.«

»Das *darf* nicht schiefgehen«, sage ich und balle die Fäuste.

»Das liegt nicht mehr in deiner Hand, lass es los. Du bist jetzt auf die Einsatzbereitschaft anderer angewiesen.«

Eine Windböe weht Sofia eine Haarsträhne ins Gesicht. Sie steckt sie sich hinters Ohr. Ihr Blick gleitet über mein Gesicht, als würde sie darin wie in einem Buch lesen. Mit jedem Jahr wird sie schöner. Außerdem verfügt sie über ein Selbstbewusstsein, mit dem noch nicht einmal ich es aufnehmen kann. Kein Wunder, dass sie mir damals sofort gefallen hat. Die meisten Menschen, die im Laufe des Lebens meinen Weg gekreuzt haben, sind wieder daraus verschwunden. Wie Schattenfiguren, die ich vergessen habe. Aber Sofia nicht. Seit dem Schlaganfall habe ich begriffen, was ich ihr angetan habe. Wie ein Geschwür ist diese Erkenntnis gewachsen und hätte mich um ein Haar zerstört. Mein Verhalten war unverzeihlich, und es hat lange keine Aussicht auf Versöhnung gegeben. Meine Hoffnungslosigkeit wucherte in mir. Ich habe nie aufgehört, an Sofia zu denken. In gewisser Weise ist sie auch nicht von meiner Seite gewichen, sie war immer bei mir, bei jedem Atemzug. Am liebsten würde ich hier ewig sitzen bleiben und ihrer schönen Stimme lauschen.

Aber Sofia hat andere Pläne. Sie springt auf und klopft sich die Hose ab.

»Komm, wir fahren los. Du kannst Cornelia von ViaTerra aus anrufen. Ich brauche einen Raum, in dem ich ungestört mit den Typen telefonieren kann. Du fertigst bitte eine Skizze des Anwesens an, damit können die arbeiten.«

»Und warum bleiben wir auf Dimö? Sollten wir nicht auch vor Ort sein?«

»Kommt nicht infrage. Hier habe ich dich am besten unter Kontrolle. Außerdem hassen die Jungs jede Art von Einmischung.«

Amüsiert sah sie mich an.

»Du bist ja ein bisschen rot geworden.«

»Quatsch, das ist die Sonne.«

Ihre Gesichtszüge werden weich, und sie lacht herzlich.

»Du glaubst, dass *ich* dein schlimmster Albtraum bin, aber warte nur ab. Ich wollte mit dir sprechen, bevor Julia nachher mit der Nachmittagsfähre kommt.«

Na wunderbar, dachte ich frustriert. Normalerweise fühle ich mich in Julias Gesellschaft sehr wohl, aber unter den gegebenen Umständen ist sie die Letzte, der ich gegenübertreten möchte.

Kapitel 54

THOR

Sogar im Schlaf spürte er seine Hilflosigkeit. Mal verschlang ihn die Dunkelheit, und es fühlte sich an, als schwebe er in schwarzem Wasser. Mal stieg er an die Oberfläche und sah den Raum, in dem er gefangen gehalten wurde. Er betrachtete die Konturen der Möbel und Gemälde an den Wänden. Der Tag hatte der Nacht Platz gemacht, ein schwacher Mondschein fiel durch das Fenster. Als er das erste Mal aufgewacht war, hatte er in der Kapelle noch das Sonnenlicht gesehen. Jetzt war alles dunkel. Er war also schon seit mehr als einem Tag auf Glimmingeholm. Zu hören war nur das Rauschen des Windes. Er begriff, dass sie ihn vom Altar in der Kapelle in die Jagdhütte verfrachtet hatten. Er erkannte die Einrichtung wieder, die im Vergleich zum Stein unter der Kuppel eine fast gruselige Normalität ausstrahlte. Im Dunkeln aber wirkte es kalt und ärmlich. Er war angezogen und auch nicht gefesselt, konnte sich aber trotzdem nicht bewegen. Die Drogen, die ihm Justine eingeflößt hatte, machten ihn träge und unbeweglich.

Plötzlich tauchten Bilder auf, von Dimö. Erinnerungen an einen Wintertag des vergangenen Jahres, mit einer stürmischen See. Es war erst November gewesen, aber die Meteorologen hatten bereits vor einem ungewöhnlich strengen Winter mit Rekordtemperaturen und eisigen Winden gewarnt. Die Wellen schlugen gegen die Felsen, das Wasser war noch nicht kalt genug, um zu gefrieren, aber der alte Leuchtturm war schon mit Eis bedeckt. Die Brandung schien meterhoch zu sein, der Himmel war dunkel. Kreischende Möwen drehten ihre Kreise über seinem Kopf, stemmten sich gegen den Wind, ohne auch nur einen Meter voranzukommen. Dort unter dem apokalyptischen Himmel, umgeben von dem Zischen der Wellen, wenn sie sich wieder vom Felsen zurückzogen, empfand er vollkommenes Glück. Warum musste er ausgerechnet an diesen Tag denken? Warum dachte er nicht an Julia, an seine Großmutter, seine Mutter oder seinen Vater? Vermutlich, weil das zu wehtun würde. Julia wusste, wo er war. Warum war niemand gekommen, um ihn zu retten? Nein, er konnte jetzt nicht an sie denken, zu sehr zog es in der Brust, die Tränen stiegen ihm in die Augen. Er kehrte zu der Erinnerung an den Wintertag auf Dimö und dem wütenden Meer zurück. Das hatte bestimmt mit den Drogen zu tun. Es war, als befände er sich auf einer höheren existenziellen Ebene, wo er mit der Natur eins wurde.

Ein insistierendes Geräusch riss ihn in die Wirklichkeit zurück. Ein helles Klicken, dreimal hintereinander. *Klick, klick, klick.* Dann hörte er das Quietschen einer Türangel, und augenblicklich drang kalte Luft in den Raum. Die Dielen knarrten unter federnden Schritten. Er öffnete die Augen, sah einen Schatten. Erschöpft schloss er sie wieder. Auf einmal erschien es ihm lebenswichtig, dass er aussah, als schliefe er. Er hatte keine Vorstellung, wie lang er dort schon lag – vermutlich doch länger als einen Tag –, aber er hatte begriffen, dass er nicht einfach ohne Weiteres freigelassen werden würde. Die panische Angst, dass Justine und Valdemar gekommen waren, um ihn zu beseitigen, lähmte ihn. Reglos lag er da. Hätte er seinen Atem anhalten können, hätte er auch das getan. Fast lautlos näherte sich jemand. Es roch nach Wald und frischer Luft. Er spürte einen Luftzug, dann hörte er eine Stimme.

»Thor?«

Eine männliche Stimme. Er öffnete ein Auge, sah nicht mehr als eine Gestalt mit schwarzen Umrissen, schnell kniff er das Auge wieder zu.

»Thor, wir sind gekommen, um dich nach Hause zu bringen. Wir müssen dich jetzt aufrichten, damit wir hier schnell wegkommen.«

Da riss er beide Augen auf. Vor ihm hockten zwei Männer mit Sturmhauben. Der eine hatte hellblaue Augen. Das konnte nicht Valdemar sein, der hatte dunkle, fast schwarze Augen. Thor starrte wie hypnotisiert in die blauen Augen. Er war verwirrt – und alles, was er denken konnte, ergab keinen Sinn. So wie damals bei seinem Horrortrip mit den Wespen. Auch diese beiden Männer könnten eine Halluzination sein.

»Wir sind hier, um dich nach Hause zu bringen«, wiederholte der Mann. Seine Präsenz unterstrich die Bedeutsamkeit seiner Worte. »Aber du musst ein Stück durch den Wald gehen. Komm, wir stützen dich.«

Er klang nüchtern und sachlich, als wäre es das Normalste der Welt, mit einer Sturmhaube auf dem Kopf vor einem quasi bewusstlosen Typen zu knien. Waren das Auftragskiller, die von Justine bestellt worden waren, um ihn zu töten? So fühlte es sich aber nicht an. Er schwankte zwischen *du kannst ihnen vertrauen* und *du bildest dir das alles nur ein*. Aber der Mann hatte etwas gesagt, das sich richtig und auch wichtig anhörte. *Nach Hause bringen.*

»Hast du verstanden, was ich gesagt habe, Thor?«, fragte der Mann.

Thor gelang es, ein »Ja« herauszupressen, aber seine Stimme war ganz rau.

Er war sehr schwach, trotzdem gehorchten ihm die Beine, was eine große Leistung war, wenn man bedenkt, wie sich sein Körper vor gar nicht allzu langer Zeit noch angefühlt hatte.

Auf einmal passierten mehrere Sachen gleichzeitig. Ein gleißendes Licht erhellte die Hütte. Wütendes Hundegebell hallte durch den Wald. Aus einem Gewehr löste sich ein Schuss.

»Verdammt, verdammt«, stöhnte der Mann mit der Sturmhaube auf.

Was Thor jetzt sah und hörte, verschmolz zu einem einzigen Geräusch, grell und schmerzhaft, wie Fingernägel auf einer Schiefertafel. Ihm war schwindelig und schon wieder wurde er von einem Strudel in die Dunkelheit gezogen.

Kapitel 55

FRANZ

Julia hat beschlossen, mich mit ihrem Schweigen zu töten. Diese stille Form der Bestrafung findet seit dem Moment statt, in dem sie die Insel betreten hat. Als sie die Fähre verließ, hat sie mich nur kurz angesehen, dann den Kopf demonstrativ abgewandt. Mir wäre es lieber, sie würde mir laute Vorwürfe machen. In meiner Verfassung, die sich ohnehin schon im Ausnahmezustand befindet, ist es fast unerträglich, mich mit einem schweigenden Eiszapfen in einem Raum zu befinden. Die Temperatur sinkt rapide ab, bis auch Sofia genug davon hat.

»Du kannst das mit Franz klären, wenn dies alles hier vorbei ist, Julia. Bis dahin versuch bitte, wenigstens höflich zu sein.«

Julia nickt ihrer Mutter wortlos zu. Sie kann nicht stillsitzen, sondern knibbelt an ihren Fingern und kaut auf ihrer Unterlippe herum. Wer leidet am meisten, Julia oder ich?

»Du hast Thor noch nie gesagt, dass du ihn liebst«, sagt sie plötzlich. »Er hat dich gefragt, aber du hast es einfach nicht über die Lippen bekommen.«

Das ist typisch für Thor, dass er das Julia brühwarm erzählt hat. Und typisch für sie, Salz in meine Wunde zu streuen.

»Er weiß, dass ich es tue«, wehre ich mich.

»Das können wir nur hoffen, denn vielleicht ist es jetzt schon zu spät, es ihm überhaupt noch mal zu sagen«, sagt sie und presst die Lippen dann aufeinander.

»Julia!«, zischt Sofia sie an. »Mach nicht alles noch schlimmer, als es ohnehin schon ist. Das Wichtigste im Augenblick ist, Thor nach Hause zu bringen.«

»Aber wir können *nichts* tun«, sagt Julia und schlägt die Hände über dem Kopf zusammen.

Da hat sie leider recht. Wir sind handlungsunfähig. Cornelia hat sich in das Sicherheitssystem von Glimmingeholm gehackt und die notwendigen Passwörter herausbekommen. Die Einsatzkräfte haben darüber hinaus eine Karte des ganzen Anwesens erhalten, die ich mit höchster Präzision angefertigt hatte. Sofia übernimmt die gesamte Kommunikation mit ihnen. Dafür benutzt sie ein Handy, das man nicht zurückverfolgen kann, und schickt ihnen codierte Mitteilungen, die nur sie entziffern können. Ich kann nicht verhindern, dass es mich ein bisschen ärgert, dass ausgerechnet sie die Initiative ergriffen hat, um Thor nach Hause zu bringen.

»Wenn das hier vorbei ist, werden wir nie wieder ein Wort über diese Männer verlieren. Sie existieren gar nicht«, sagt sie und sieht mich ernst an.

»Und was soll Thor der Polizei sagen?«, frage ich.

»Er wird sagen, dass er ihre Gesichter nicht sehen konnte, was der Wahrheit entspricht, weil sie maskiert sind.«

»Die Polizei wird mich trotzdem verdächtigen, dass ich sie angeheuert habe.«

»Ja, sehr wahrscheinlich, Franz«, erwidert sie ungerührt. »Dann wirst du das eben alles abstreiten. Darin bist du doch großartig.«

Andererseits ist es auch unerheblich. Wenn ich die Katastrophe zur Anzeige bringe, die vor dreißig Jahren passiert ist, müssen die sich schließlich um ganz andere Sachen kümmern. Wie zum Beispiel menschliche Überreste aus einem Kaminschacht auszugraben. Bei dem Gedanken wird mir schlecht.

Wir haben schon seit Stunden nichts mehr von den Männern gehört. Draußen ist es dunkel geworden. Wenn ich genauer darüber nachdenke, liegt das Schicksal meines Sohnes in den Händen zweier Männer, die ich nicht kenne und auch niemals kennenlernen werde. Mir gefällt das immer weniger. Meine Haut kribbelt, als bewegten sich Millionen Insekten darunter. Mein Mund ist so trocken, ich muss literweise Wasser in mich reingeschüttet haben. Mir schießen tausend Horrorszenarien durch den Kopf, was Thor alles zugestoßen sein könnte. Eins schlimmer als das vorangegangene. Da hilft es auch nicht, dass Starkwind und Platzregen über Dimö fegen. Ausgerechnet heute hatte die Wettervorhersage recht behalten. Die sonst fantastische Aussicht von meinem Büro aus hat sich in den Auftakt eines Horrorfilms verwandelt – hinter einer Regenwand schwanken kahle schwarze Bäume im Wind hin und her. Wir sind gezwungen, dieser Hintergrundmusik zu lauschen – die Windböen, der Regen, der gegen die Fenster prasselt, und das trostlos Rauschen der brechenden Wellen. Das ist wie im vierten Satz »Donner, Sturm« von Beethovens Symphonie Nr. 6, der Pastorale. Nervosität und Frustration wachsen im Minutentakt. Ich habe aufgehört, meine Angst zu verbergen. Mein Spiegelbild zeigt ein bleiches, hohläugiges Wrack. Allerdings, mit meinem Aussehen kann ich mich gerade nicht beschäftigen. In Gedanken bin ich in der Jagdhütte auf Glimmingeholm.

Folgendes wird passieren. *Wenn* es den Männern gelingt, Thor zu befreien, schicken sie Sofia eine SMS. Wenn er medizinisch versorgt werden muss, bringen sie ihn direkt in die Notaufnahme. Andernfalls wird er in ein Hotel in der Nähe des Fähranlegers gebracht, wo sie die Nacht verbringen. Ein Arzt steht bereit, um ihn zu versorgen. Am nächsten Morgen nimmt er die erste Fähre nach Dimö. Sollte die Befreiung misslingen, schicken sie eine codierte Nachricht an Sofia. Sie brechen die Mission ab und besprechen mit ihr einen neuen Plan.

Wir sind zu dritt in meinem Büro. Sofia, Julia und ich. Wir sitzen in der Sofaecke, wenn wir nicht gerade nervös durch den Raum schleichen. Wäre doch nur Elyssa hier. Sie wäre jetzt genau die Richtige, um sich um mich zu kümmern, während ich Höllenqualen leide. Aber ich bin in einem sehr kleinen Käfig mit zwei Löwinnen eingesperrt. Der kleinste Fehltritt – und aus mir wird Hackfleisch gemacht. Aber Sofia hatte es unmissverständlich klargemacht. Keine Außenstehenden.

Wie von Zauberhand klopft es an der Tür, und Elyssa kommt in Begleitung einer Küchenkraft herein und stellt zwei Tabletts mit Essen und Kaffee auf den Couchtisch.

»Ihr müsst was essen«, sagt sie und lächelt Sofia an, die sich bedankt und sie wieder nach draußen scheucht.

Wir drei starren auf die Teller, dann sehen wir uns an. Keiner hat Appetit.

»Das ist kalter Aufschnitt«, sage ich. »Wir können ruhig warten, bis sie Thor rausgeholt haben.«

»Sie hätten sich schon längst melden müssen«, sagt Julia. »Da stimmt was nicht.«

Sofia nimmt Julias Hände in ihre und sieht ihr tief in die Augen.

»Sie arbeiten systematisch und sorgfältig«, sagt sie. »Sie werden keine unnötigen Risiken eingehen. Jemanden aus einem Versteck zu befreien, wo es Kampfhunde und Sicherheitspersonal gibt, dauert seine Zeit. Versuch dich zu entspannen.«

»Glaubst du, die erschießen die Wachen?«, fragt Julia.

»Natürlich nicht, du Dummkopf. Sie haben nur Betäubungspistolen dabei, die sie aber auch nur im Notfall einsetzen. Und die verursachen keine bleibenden Schäden.«

»Diese Leute sind speziell für solche Aufträge ausgebildet worden«, werfe ich ein. »Ein bisschen kenne ich mich damit auch aus.«

»Sieh mal einer an«, sagt Julia. Was sie aber eigentlich sagen will, ist: *Geschwätz*.

Sofia hat ihr Telefon in der Hand, als ihr Display aufleuchtet. Sie zieht die Augenbrauen zusammen.

»Was ist los, Mama?«, fragt Julia. »Ist die Nachricht von denen?«

Ich versuche über Sofias Schulter zu schauen, aber sie lässt die Hand sinken, bevor es mir gelingt, etwas zu lesen.

»Die Nachricht ist von ihnen«, sagt sie. »Es sind keine guten Nachrichten, aber auch keine schlechten.«

»Los, sag endlich, Mama!«, wimmert Julia. »Was steht da?«

»Es ist etwas dazwischengekommen. Es wird länger dauern als erwartet«, sagt sie. »Weiter nichts.«

Kapitel 56

THOR

Ein gewaltiger Lärm riss ihn aus seiner Bewusstlosigkeit. Die Tür der Hütte wurde mit so viel Wucht aufgestoßen, dass die Wände wackelten. Alles drehte sich. Die Männer mit den Sturmhauben waren weg, als hätte es sie nie gegeben. Stattdessen stand Justine mit einem Gewehr über der Schulter in der Tür – mit einem riesigen Hund an der Leine. Die Männer mussten eine Halluzination gewesen sein, aber Justine war wirklich da. Da war er sich sicher.

»Wo sind sie?«, brüllte sie. »Ich weiß, dass jemand hier war.«

Auf einmal strahlte alles an ihr aus, dass sie wahnsinnig war. Flackernd flog ihr Blick durch den Raum, und die Hand, in der sie jetzt das Gewehr hielt, zitterte bedrohlich. Die Gewissheit, dass sie zu allem imstande war und er große Angst vor ihr haben musste, ließ ihn hochfahren. Der Hund entblößte seine Zähne und knurrte.

Da hallte ein gedämpfter Knall durch den Raum. Justine schrie wie eine Irre, krümmte sich und fiel zu Boden. Das Gewehr glitt ihr aus der Hand. Der Hund machte eine Satz nach vorn, zog Justine hinter sich her, bis auch er mit einem wimmernden Laut zusammenbrach und ein paar Meter vor Thor liegen blieb.

Ohne zu wissen, wie ihm geschah, stand er plötzlich auf

seinen zitternden Beinen. Die maskierten Männer hielten ihn rechts und links fest und zogen ihn mit sich. Justine gab einen wimmernden Laut von sich. Sie sah ihn mit weit aufgerissenen Augen an und öffnete den Mund, wie ein Fisch an Land.

Allmählich begriff er. Die Männer hatten sich in der Hütte versteckt und Justine und den Hund erschossen. War das wirklich geschehen? Ob Traum oder Wirklichkeit, offenbar musste er so schnell wie möglich von dort weg. Seine Beine zuckten und begannen dann, sich wie von allein zu bewegen.

»Sehr gut, Thor«, sagte einer der Männer. »Immer weiter so. Wir haben dich.«

Die frische Luft ließ ihn schlagartig hellwach werden. Er wusste nicht, was er erwartet hatte. In den klareren Stunden hatte er sich Suchhunde, Polizei, Hubschrauber und so etwas vorgestellt. Aber davon war jetzt nichts zu sehen. Kein Mensch weit und breit. Nur eine beliebige stille, kalte und feuchte Herbstnacht. Hatte ihn denn niemand vermisst? Einer der Männer spornte ihn an, und als er die Kiefernnadeln unter seinen Fußsohlen spürte, freute er sich, weil das Gefühl in den Beinen wieder voll da war. Trotzdem knickten seine Knie immer wieder weg, aber die Männer hielten ihn fest.

Er schnappte nach Luft, versuchte, ruhig und gleichmäßig zu atmen. Doch sein Puls raste wie ein wild gewordenes Metronom.

»Wir haben dich«, wiederholte der Mann an seiner Seite. »Geh einfach weiter. Das schaffst du.«

Er spürte, wie das Blut durch seine Beine schoss. Zielstrebig stolperte er hinunter zum See, wo sich der Mond hinter den Wolken verbarg. *Das schaffst du.* Die Worte setzten sich in seinem Kopf fest und gaben ihm Halt, so wie die verschlungenen Wurzeln einem Baum Halt geben.

Sie kamen an der Kapelle vorbei. Ein paar Schritte, dann eine Pause, dann wieder ein paar Schritte, erneut Pause. Sein Körper war auf Autopilot geschaltet. Die Nacht schien kalt und lautlos zu sein. Ein dünner Nebel war aufgestiegen, es roch nach Feuchtigkeit. Zu hören war nur das Rascheln des Laubes. Die Männer sprachen kein Wort miteinander, wahrscheinlich waren alle Handgriffe tausendmal geübt. Aber die Stille wirkte unheimlich. Er war diesen beiden schwarzen Wesen ausgeliefert. Sie waren älter als er, das hatte er bemerkt. So verhielten sich junge Männer nicht. Sie strahlten eine unfassbare mentale und physische Stärke aus, gepaart mit einem unerschütterlichen Selbstbewusstsein. Thor entspannte sich und beschloss, ihnen zu vertrauen. Sie hatten den Waldrand und somit den Pfad erreicht, der dann zu dem Schotterweg führte. Plötzlich drehte der Mann auf seiner linken Seite den Kopf. Auch Thor sah über die Schulter und entdeckte die Umrisse eines Mannes am Hauptgebäude. Valdemar? Einer der Wachen?

»Hallo! Bleiben Sie stehen!«, rief er.

»Du musst schneller werden, Thor«, sagte der Mann auf seiner rechten Seite. »Versuch zu rennen.«

Thor war davon überzeugt, dass das unmöglich war, aber sein Überlebenswille übernahm die Kontrolle, und dann gelang es ihm tatsächlich, ein Stück zu laufen. Im Wald war es dunkel, aber der Mond fand seinen Weg zwischen den Bäumen hindurch. Thor war von seinem eigenen Durchhaltevermögen beeindruckt, bis er über eine Baumwurzel stolperte und fast kopfüber zu Boden fiel. Erneut packten ihn die Männer und zogen ihn wieder hoch. Hinter ihnen hörten sie laute Stimmen und Hundegebell.

Wie aus dem Nichts tauchte ein Lieferwagen auf, der am Straßenrand stand. Er war schwarz und unter den dunklen Bäumen kaum zu sehen. Dann ging alles ganz schnell. Einer der Männer sprang hinters Steuer, der andere schob Thor in den Laderaum und zog die Tür hinter sich zu. Thor lag auf einer Pritsche und hörte, wie der Motor ansprang und der Wagen in hoher Geschwindigkeit davonraste. Noch nie hatte das Geräusch von Reifen auf Kies so schön geklungen.

Er wurde zugedeckt, der Mann fühlte seinen Puls und hielt ihm eine Flasche mit Strohhalm hin. Thor sollte nur kleine Schlucke nehmen, keine großen. Der Innenraum des Lieferwagens war wie ein winziges Krankenzimmer eingerichtet. Währenddessen holperte der Wagen über den Schotterweg.

Thor sah in die magischen blauen Augen. Die Maske des Mannes war verrutscht und offenbarte eine Augenbraue. Die war weiß wie Schnee.

»Wie geht es dir, Thor?«, fragte er. Er hatte eine sehr tiefe Stimme, die Stimme des Fahrers hingegen war heller, nasaler.

»Ganz gut«, sagte er und schaffte ein schiefes Lächeln. »Viel besser als vorhin.«

Der Wagen hatte die asphaltierte Straße erreicht und fuhr schon kurz danach auf die Autobahn. Das gleichmäßige Rauschen der anderen Fahrzeuge war wie Musik in Thors Ohren. Das waren wieder Geräusche des normalen Lebens, der süße Klang des Alltags. Ein Ruf der Zivilisation, ein Versprechen, bald zu Hause zu sein. Er war so müde, seine Augenlider zuckten.

»Aber was ist, wenn uns die verfolgen?«, fragte er ängstlich.

Die Augen des Mannes funkelten amüsiert.

»Die werden uns nicht auf der Autobahn verfolgen. So etwas passiert nur in Actionfilmen.«

Thor musste lachen, obwohl es sich falsch und unpassend anfühlte. Aber auch befreiend. Was er gerade erlebt hatte, war schlimmer als jeder Actionfilm, den er je gesehen hatte.

»Die machen gar nichts mehr«, sagte der Mann. »Du bist sicher.«

Und so fühlte er sich auch.

»Ist Justine tot?«, fragte er.

»Nein, sie wurde nur betäubt. Die erholt sich wieder.«

Thor seufzte erleichtert und schloss dann die Augen.

Der Fahrer schaltete das Radio ein. Jazz. Sanfte, weiche Klänge eines Saxofons. Thor drehte sich von der Seite auf den Rücken. Unter der Decke war es warm und gemütlich. Durch das Fenster sah er die Scheinwerfer der vorbeifahrenden Autos. Zwischendurch konnte er den Himmel sehen und die vielen Sterne. War das der Sirius dort oben, der hellste Stern von allen?

»Die wird bald durchdrehen«, rief der Mann am Steuer. »Wollen wir sie anrufen?«

»Warum nicht.«

Plötzlich hatte der Mann mit den eisblauen Augen ein Telefon in der Hand.

»Wir haben ihn. Ihm geht es gut.«

Thor wusste nicht, mit wem der Mann telefoniert hatte. Aber er konnte die Erleichterung der Person am anderen Ende der Leitung spüren.

Kapitel 57

FRANZ

Sofia, Julia und ich stehen am Hafen und warten auf die Morgenfähre. Ich wollte mit dem Auto fahren, aber Julia bestand darauf, zu Fuß zu gehen. Die Stunden in meinem Büro hätten sie ganz klaustrophobisch gemacht.

Auf Dimö ist der Oktober die schönste Zeit im Jahr. Die Wege sind mit dem bunten Laub der Bäume geschmückt, wie Teppiche aus Gold. Wenn die Blätter der Birken verblassen, erstrahlen die Buchen und Ahorne in Orange und Rot. Das Meer sieht in dem warmen Sonnenlicht wie geschmolzenes Kupfer aus. Und das Schilf ist mit Tau bedeckt. Aber heute bin ich viel zu angespannt, um diese Schönheit zu genießen.

Wir konnten nur kurz mit Thor sprechen. Er klang zwar benommen, aber unversehrt. Aufgrund der vielen Sicherheitsvorkehrungen, die seine Befreier vorgenommen hatten, war das aber kein richtiges Gespräch. Was ich jedoch sehr gut hören konnte, war seine Enttäuschung. Er verachtete mich, keine Frage. Und das zu Recht. Ob ich ihm jemals wieder in die Augen sehen kann? Gibt es eine Möglichkeit, unsere ohnehin angeknackste Beziehung nach diesem Fiasko wieder zu reparieren? Von den vielen Fragen ist mir ganz schwindelig.

Wir drei wechseln kaum ein Wort. Das haben wir die

ganze Nacht getan. Die Spannung zwischen uns war groß, jetzt aber gibt es nichts mehr zu sagen. Das Schweigen ist eher angenehm, getragen von erwartungsvoller Vorfreude. Nachdem Sofias Telefon endlich geklingelt hatte und wir erfahren hatten, dass alles gut gegangen war, fielen wir in uns zusammen. Obwohl wir erleichtert waren, blieb die Spannung bestehen und löste eine große Erschöpfung aus. Wir aßen etwas und gingen dann schlafen. Mehr nicht. Die Nacht war nicht erholsam. Ich hatte die Befürchtung, Thor würde in meinen Träumen die Hauptrolle spielen – wenn es mir überhaupt gelingen sollte einzuschlafen. Und so kam es auch. Eine vorwurfsvolle Stimme riss mich immer wieder aus dem Schlaf. *Was hast du deinem Sohn nur angetan?* Die Stimme klang wie die meiner Mutter. Sie wird nicht gnädig sein und mir verzeihen, wenn sie davon erfährt.

Zuerst sahen wir einen weißen Punkt auf dem dunkelblauen Meer. Anton hatte angerufen und bestätigt, dass Thor an Bord ist. Die Fähre nähert sich, dann sieht sie wieder weit entfernt aus, und dann wieder ganz nah. Was soll das?

Am Kai stehen einige Inselbewohner. Entweder wollen sie aufs Festland oder sie holen jemanden ab. Sie alle sind das genaue Gegenteil von mir, von meiner Ungeduld. Zu dieser Jahreszeit bewegen sich die Leute auf Dimö anders als im Sommer. Sie gehen langsamer, reden langsamer, erledigen ihre Aufgaben langsamer. Es gibt keinen Grund zur Eile, wenn sich die Insel im Winterschlaf befindet. Bis zum Frühling herrscht ein allgemeines gemütliches Faulenzen. Dann erst wird wieder Fahrt aufgenommen. Und das ist mein *Zuhause*. Der Ort, den ich mehr als jeden anderen auf der Welt liebe. Denn hier wird am Ende alles gut.

Aber ohne Thor, als festem Bestandteil meines Lebens, werde ich mich nie wieder wie zu Hause fühlen. Warum hat er einen so großen Einfluss auf mich? Ist das der angeborene Instinkt eines Raubtieres, das seine Nachkommen schützen will? Aber tief im Inneren weiß ich, dass es etwas komplexer sein muss. Es hat damit zu tun, dass er, trotz meines schlechten Einflusses, ein so einzigartiger Mensch geworden ist. Wie kann jemand mit einer kohlrabenschwarzen Seele ein so helles ätherisches Wesen zeugen?

Ich sehe ihn schon von Weitem, an die Reling gelehnt. Das unverkennbar rote Haar flattert im Wind. Er sieht blass aus. Als die Fähre anlegt, kommt er auf uns zu gerannt. Aber nicht zu mir. Julia wirft sich ihm um den Hals. Sie umarmen sich lange, ausreichend lange, damit ich meine Tränen herunterschlucken kann. Julia lässt ihn nur zögernd los. Dann kommt Thor auch auf uns zu, weicht meinem Blick aber aus. Ich bin Luft für ihn. Ich weiß, dass ich als Erster etwas sagen muss, aber jeder Satz, der mir in den Sinn kommt, klingt gekünstelt. Kein Wort will über meine Lippen, als hätte mich eine spontane Aphasie befallen. Ich habe das Vermögen verloren, Sätze zu bilden.

Thor friert, er ist auch viel zu dünn bekleidet. Nase und Wangen sind von dem eisigen Wind auf dem Meer rot. Ich sammle meinen ganzen Mut, ziehe die Daunenjacke aus und gebe sie ihm. Mit einem verwunderten Lächeln nimmt er sie und zieht sie an. Als sein lockiges Haar über den Kragen fällt und er seine Hände in die schon angewärmten Taschen schiebt, freue ich mich über die Vorstellung, dass ihn meine Jacke auf dem Weg nach Hause warm hält.

Endlich sieht er auch mich an. Ich genieße den Anblick, sein schönes Gesicht, die helle Haut, die vielen Sommersprossen auf seiner Nase. Mich überkommt ein fast religiöses Gefühl, als mir bewusst wird, dass er wieder da ist. Lebendig. Ich sehe die vielen Gefühle in seinem Blick. Verwunderung. Enttäuschung. Mitleid. Auch Verachtung kann ich erkennen. Aber keinen Hass.

»Es gibt einiges, das du mir erklären musst, Papa«, sagt er.

»Und ich verspreche dir, dass ich dir alles erzählen werde.«

Und das werde ich auch. Später. Alles. Keine Lügen mehr.

Kapitel 58

THOR

Die Wochen vergingen, und über zwei Dinge wunderte er sich besonders.

Zum einen überraschte es ihn, dass die Gefangenschaft keine posttraumatische Belastungsstörung in ihm ausgelöst hatte. Er konnte sich an den Ablauf sehr genau erinnern, zumindest in den Stunden, in denen er nicht benommen gewesen war. Und diese Erinnerungen, vor allem die an seine Angst, waren unschön. Aber er hatte keine Flashbacks. Keine Albträume. Bislang noch nicht.

Einige Tage nach seiner Befreiung bestand Julia darauf, dass er zu einer Psychologin ging. Clara Linder. Sie erklärte ihm, bestimmte Traumata könnten auch mit Verzögerung auftreten. Besonders wenn die Erleichterung, die Thor empfunden hatte, so groß war. Die Euphorie kann dann so übermächtig sein, dass sie die schlechten Erinnerungen unterdrückt. In den meisten Fällen aber leider nur temporär.

Manchmal hatte er Probleme beim Einschlafen. Doch nicht die Erinnerungen verhinderten das, sondern diese elektrischen Schläge, die hin und wieder eintreten, kurz bevor man in den Schlaf gleitet. Der Körper ist dann bereit, aber das Hirn noch nicht, und so entstehen Zuckungen. Diese könnten Signale des Unterbewusstseins sein, um zu zeigen, dass doch noch etwas zu verarbeiten ist. Und dazu war er bereit. Sonst aber ging es ihm gut.

Am meisten verwunderte ihn aber, dass seine Wut auf Franz ausblieb. An dem Tag, als ihm sein Vater alles erzählte, was auf Glimmingeholm geschehen war, geschah etwas mit Thor. Ausnahmsweise, vielleicht sogar zum allerersten Mal, hatte er das Gefühl, dass sein Vater ehrlich war. Da gab es keine Schatten der Unwahrheit, die sich auf seine Augen legten. Keine abweisenden Gesten. Keine ausschweifenden Erklärungen. Keine unangemessenen Witze. In den Minuten oder sogar Stunden – die Zeit verging wie im Flug – war Franz wie ein offenes Buch für ihn. Thor hatte den Eindruck, seinen Vater zum ersten Mal wirklich zu sehen. Einen niedergeschlagenen, reumütigen Mann mit einer Stimme, die vor Sorge heiser war. Noch nie in seinem Leben hatte er ihn so am Boden zerstört gesehen. Dunkle Ringe unter den Augen, tiefe Falten auf der Stirn, ungewaschenes Haar und dazu noch ein Dreitagebart. Außerdem hatte er sich nicht geduscht, er roch etwas streng, als gehöre das exklusive Herrenparfum aus Italien, das längst zu seinem Markenzeichen geworden war, nun der Vergangenheit an. Er musste sich furchtbare Sorgen um Thor gemacht haben, wenn er sich so hatte gehen lassen.

Nach diesem Nachmittag hatte Thor Schwierigkeiten, seinen Groll gegen Franz weiter aufrechtzuerhalten. Dabei ging es nicht um Vergebung – Franz hatte die Grenzen des Verzeihbaren ohnehin längst überschritten –, sondern eher um Resignation. Thor hatte zwei Möglichkeiten. Entweder er brach den Kontakt ab, oder er krempelte die Ärmel hoch und versuchte, die Beziehung zu Franz von Grund auf neu zu gestalten. Zum Glück war noch ein Funken Liebe übrig, auf die konnte er aufbauen. Es ist schwer, einen Menschen zu hassen, der voller Selbsthass ist. Man empfindet höchstens Mitleid. Manchmal wünschte sich Thor seinen alten Vater zurück. Also einen, der größer war als das Leben selbst. Hemmungslos und unbesiegbar. Aber ohne das schmutzige Gepäck. Die meiste Zeit allerdings fühlte er eine zaghafte Hoffnung und war dankbar, dass Franz das Geschehene so erkennbar ernst nahm.

Am Tag nach der Befreiung gingen sie zusammen zur Polizei. Und es war ein Glücksfall, dass Thor ihn begleitete, denn der Polizist, der die Anzeige aufnahm, reagierte eher skeptisch auf Franz' Geständnis. Er wollte nicht glauben, dass er mitgeholfen hatte, eine Leiche in einen Kamin einzubetonieren. Aber Thors Geschichte verlieh Franz' Worten Gewicht, und so beschloss man, nach dem Toten zu suchen. Und tatsächlich fanden sie auch Nathans Überreste hinter dem Mauerwerk. Es war nicht schwer, den genauen Ort zu ermitteln, denn Leichenhunde können auch nach so vielen Jahren noch den Geruch eines menschlichen Skeletts aufspüren. Außerdem brachte die polizeiliche Durchsuchung weitere Ungeheuerlichkeiten zum Vorschein. Zum Beispiel Justines skandalöse Fotos von jungen Männern, die in den meisten Fällen angesehene Mitglieder der High Society von Schonen waren. Die Polizei verhielt sich äußerst diskret, was die Identitäten anging, aber Franz kannte sie alle. Die Polizei fand auch Thors DNA in der Jagdhütte und die Fotos auf Justines Kamera. Und dann wurden Unmengen von Schlaftabletten sichergestellt, mit denen eine ganze Armee hätte betäubt werden können.

Justine hatte sich zwar schnell wieder von dem Schuss aus der Betäubungspistole erholt, aber ihr Gesundheitszustand verschlechterte sich nun innerhalb von wenigen Tagen so stark, dass sie aus der Untersuchungshaft entlassen wurde, um zu Hause sterben zu können. Valdemar wurde wegen Mordes verhaftet, Franz hingegen wurde nicht einmal angezeigt, weil er gar nicht an den Handlungen beteiligt gewesen war, die schließlich zum Tod von Nathan Ribbing geführt hatten. Durch die Mithilfe bei der Beseitigung der Leiche hatte er lediglich den Grabfrieden gestört. Aber für dieses Vergehen wurde man mit höchstens zwei Jahren Freiheitsentzug bestraft, und eine solche Tat verjährt bereits nach fünf Jahren. Thor fand das angesichts von Franz' Verrat zwar nicht fair, aber so war nun einmal die Rechtsprechung. Die Medien würden wahrscheinlich eine andere – zusätzliche – Form der Bestrafung übernehmen. Die Männer, die Thor befreit hatten, verschwanden so lautlos, wie sie gekommen waren. Thor sagte aus, dass er ihre Gesichter nicht gesehen hatte und deshalb keine Beschreibung geben konnte. Was allerdings niemand wusste, war, dass sie abends im Hotel ohne Masken zusammengesessen und sich nett unterhalten hatten. Franz bestritt, die Männer angeheuert zu haben. Die ganze Sache führte ins Leere, und nachdem Nathans Überreste auf Glimmingeholm schließlich entdeckt worden waren, war das Rettungsmanöver so gut wie vergessen.

Valdemar gestand alles und versuchte nicht einmal, Franz eine Schuld zuzuweisen. Er deckte auch Carl-Fredrik, der behauptete, dass er von dem Vorhaben seiner Frau nichts gewusst hätte. Als Thor seinen Vater fragte, warum Valdemar alle Schuld auf sich genommen habe, vermutete Franz, die Erklärung dafür mochte in Valdemars Selbstwahrnehmung liegen. Ohne Justine war Valdemar ein Nichts. Er besaß keine eigene Identität, kein Selbstbild, sein gesamtes Erwachsenenleben hatte er damit verbracht, anderen zu dienen. Ein paar Jahre im Gefängnis zu verbringen, war da sogar ein geringes Opfer für seine eingebildete Dankesschuld dem Ehepaar Troelius gegenüber. Thor fand es geradezu tragisch, dass ein Mensch seine Seele, sein ganzes Wesen aufgab, nur um jemand anderem zu gefallen.

Aus den polizeilichen Ermittlungen wurden sie weitestgehend herausgehalten. Mit Ausnahme eines Details. Thor hatte darum gebeten, die Fotos einsehen zu dürfen, die Justine in der Kapelle von ihm gemacht hatte. Vielleicht erhoffte er sich, mit dem Erlebten abschließen zu können, sobald er sah, was sie getan hatte. Schließlich stimmten sie zu, aber nur unter der Bedingung, dass Thor aufs Präsidium kam, damit die Fotos auf keinen Fall vervielfältigt werden oder im Netz kursieren konnten.

Auf einem Monitor durfte er sich eine Auswahl ansehen. Sie sahen alle ähnlich aus, bis auf eins, das aus der Gruppe der anderen herausstach. Und das lag an den Lichtverhältnissen. Da lag er ausgestreckt auf dem Altar in der Kapelle. Seine ohnehin schon blasse Haut wurde von oben beleuchtet. Seine Sommersprossen sahen wie feine Sprenkel auf Gesicht und Brust aus. Seine Lippen bildeten einen weichen Strich, die Wimpern warfen schwarze Schatten auf die Wangen. Er sah wie eine Marmorstatue aus dem 16. Jahrhundert aus. Auf seinem Körper lagen drei Schlangen. Eine grüne, die sich um seinen Hals gelegt hatte, eine schwarze, die wie ein Gürtel quer über seiner Brust lag und eine gestreifte, die sich um seinen Penis wand. Sowohl er als auch die Schlangen schliefen fest. Lange sah er sich das Foto an. Wäre da nicht die Tatsache gewesen, dass er selbst das Motiv war, hätte man nicht leugnen können, dass es sich um eine wunderschöne Komposition handelte. Ihn übermannte ein Gefühl von Einsamkeit und Traurigkeit. Er wusste, dass er nicht bei Bewusstsein gewesen war, als diese Fotos gemacht wurden. Folglich konnte er sich an nichts erinnern und würde sich auch nie an etwas erinnern können. Dabei hatte sein Vater also früher einmal Justine geholfen, junge Männer zu betäuben und sie dann wie Schaufensterpuppen auszustellen. Ob sich Franz darüber im Klaren war, wie schwerwiegend seine Taten waren? Nachdem er sich die Fotos angesehen hatte, bedankte sich Thor bei den Beamten und beschloss, das alles hinter sich zu lassen. Er war das letzte Objekt der kranken Fantasie einer sterbenden Frau gewesen, mehr gab es da nicht zu verstehen. Aber mit Franz wollte er doch noch einmal darüber sprechen.

Das Medienecho war massiv und brutal. Die Menschen waren erschüttert. Und doch – dass sich auf Glimmingeholm makabre Geheimnisse verborgen hatten, überraschte letztlich niemanden. Jeder hätte sich denken können, dass sich die Eheleute Troelius als sadistische Despoten entpuppten. Die Menge verlangte Gerechtigkeit für Nathan – einen jungen, talentierten schwarzen Mann, der von der weißen Oberschicht ermordet worden war. Nachdem Justine gestorben war, wurde Franz zur Zielscheibe. Ihm wurde alles vorgeworfen, und die Details trat man schonungslos in der Öffentlichkeit breit. Seine Gäste auf ViaTerra verließen Hals über Kopf die Insel. Thor fragte Franz, was er nun vorhätte.

»Das geht wieder vorbei, sobald die Aasgeier ein neues Opfer gefunden haben.«

Aber Thor war sich nicht sicher, ob sich Franz auch von diesem Skandal erholen würde.

»Ich könnte doch der Presse stecken, dass du versucht hast, Nathan daran zu hindern, nach Glimmingeholm zu fahren«, schlug er vor.

»Kommt nicht infrage«, sagte Franz. »Als Vater bin ich bisher ein Nichtsnutz gewesen, aber in Zukunft werde ich dich beschützen. Du darfst *auf keinen Fall* auch noch Teil dieses Medienzirkus werden.«

Die Pläne für das Besucherzentrum schritten zu Thors großer Freude schnell voran. Wenn alles so weiterlief, würden sie bald mit den Bauarbeiten beginnen und schon im nächsten Herbst eröffnen können. Er hatte seinen neuen Job gleich eine Woche nach der Tat angetreten, obwohl ihm sein neuer Chef Zeke angeboten hatte, sich alle Zeit der Welt zu nehmen, um sich davon zu erholen. Aber das lehnte Thor dankend ab. Ihm würde die Arbeit guttun, obwohl er permanent von anderen Reportern vor den Redaktionsräumen abgepasst wurde. Seine Kollegen vom *Rückspiegel* waren voller Bewunderung. Sie konnten gar nicht genug von Thors Geschichte bekommen. Vorsichtig schlug Zeke vor, dass sie doch ein ausgewogenes und sachliches Interview mit ihm machen könnten.

»Ich weiß nicht«, hatte Thor geantwortet. »Lass mich da noch mal drüber nachdenken.«

»Natürlich. Allerdings solltest du das in Zukunft in deinen Lebenslauf einbauen. Heutzutage ist es eher ungewöhnlich, dass ein Journalist in unseren Breitengraden entführt und gefoltert wird. Und es ist nicht das Schlechteste, eine solche Erfahrung gemacht zu haben.« Als er Thors irritierten Blick sah, fügte er schnell hinzu: »Das war bloß ein Scherz. Wir sind so dankbar, dass du das gut überstanden hast. Du hast ja keine Ahnung.«

Mitte November, langsam war wieder Ruhe eingekehrt, meldete sich Elisabeth eines Abends bei Thor. Er hatte fast vergessen, dass ja auch sie an der ganzen Sache beteiligt gewesen war.

»Bitte entschuldige, dass ich nicht früher angerufen habe. Ich habe mich so mies gefühlt, weil ich meiner Mutter vorgeschlagen hatte, mit dir Kontakt aufzunehmen. Mir ist jedes Mal übel geworden vor Scham, wenn ich anrufen wollte. Jetzt möchte ich vor allem um Verzeihung bitten.«

»Alles gut«, sagte Thor. »Du hast ja nicht gewusst, was deine Mutter vorhatte.«

»Nein, natürlich nicht«, rief Elisabeth aufgebracht. »Ich wusste auch nichts von ihrer sogenannten Kunst. Es war immer verboten, ihr Atelier zu betreten, und die Tür war mit einem dicken Vorhängeschloss gesichert. Aber jetzt ist sie tot, und das alles hat keine Bedeutung mehr.«

»Dass sie gestorben ist, tut mir … leid«, sagte er.

»Danke. Es tut noch weh, obwohl wir ja praktisch keinen Kontakt hatten. Aber ich bin noch ein paar Tage vor ihrem Tod bei ihr gewesen, und da haben wir uns länger unterhalten als in den letzten zehn Jahren. Na ja, wenn man das eine Unterhaltung nennen kann. Sie war vom Morphin benebelt, aber sie hat mich gebeten, dich um Entschuldigung zu bitten.«

»Mich? Nicht meinen Vater?«, fragte Thor überrascht.

»Nein, über Franz hat sie noch andere Dinge gesagt, die ich aber persönlich an ihn weitergeben muss. Ihn hat sie nicht um Verzeihung gebeten. Aber das muss nichts bedeuten, sie hat auch die Namen durcheinandergebracht und mich für ihre eigene Mutter gehalten. Ich solle mich um die Hunde kümmern, die vor fast zwanzig Jahren gestorben sind. Aber bei zwei Dingen war sie dann kurz hellwach und klar. Sie wünschte sich, dass die Schlangen nicht getötet werden, sondern als Schenkung an eine befreundete Zoologin gehen. Das Zweite war die Entschuldigung bei dir. Sie habe es nicht böse gemeint, sagte sie.«

Das erleichterte ihn sehr, denn von ihrer letzten Begegnung hatte er kein schönes Bild von Justine behalten. Sondern nur das einer Wahnsinnigen. Da tat es gut, von solch einer Entschuldigung zu hören. Über das *nicht böse gemeint* konnte man zwar debattieren, aber das war jetzt ohnehin zu spät.

»Wahrscheinlich bin ich nur das Mittel zum Zweck gewesen, um sich an meinem Vater für das zu rächen, was er dir angetan hat«, bemerkte er. »Du weißt schon. Auge um Auge, Zahn um Zahn, ein Sohn für eine Tochter.«

Elisabeth dachte nach.

»Ich weiß nicht, ob das so einfach ist. Meine Mutter wusste doch, dass ich die Geschichte mit Franz schon längst verarbeitet und überwunden hatte. Ich glaube vielmehr, dass sie irgendwie von Franz besessen gewesen sein muss. Und als du plötzlich aufgetaucht bist, wurde das alles wieder angestachelt. Sie war völlig durchgedreht, Thor. Wenn man versucht, so einen Menschen zu verstehen, wird man nur selbst verrückt. Das habe ich schon vor langer Zeit aufgegeben. Sie hatte immer die wildesten Einfälle. Es kann auch sein, dass sie dich wunderschön fand und unbedingt auf ihrem letzten Foto für die Ausstellung haben wollte. Wer weiß das schon? Wie geht es denn Franz?«

»Nicht so gut.«

»Kein Wunder. Grüß ihn bitte von mir.« Sie machte eine kleine Pause. »Ich hoffe, wir beide können trotz allem befreundet bleiben.«

Sie sprach leise, zurückhaltend. Er zögerte keine Sekunde. Schließlich verband sie ein ähnliches Schicksal.

»Sehr gern.«

Sie fing an zu lachen, ein warmes, ansteckendes Lachen.

»Eltern! Ist das zu fassen?«

Er ließ sich anstecken und stellte fest, dass er schon ziemlich lange nicht mehr so ausgelassen gelacht hatte.

»Wirklich wahr! Es ist ein Wunder, dass wir so geworden sind, wie wir sind«, sagte er.

»Wenn du mal wieder in Lund bist …«, schlug sie vor.

»Dann melde ich mich, versprochen«, beendete er ihren Satz.

Nach dem Telefonat ging er auf den Balkon. Er vermisste Julia, aber sie würde ja bald nach Hause kommen. Es war ein typischer Herbstabend in Göteborg. Feucht, ein eiskalter Wind, der die Stadt gefangen nahm. Die Bürgersteige waren mit nassem Laub bedeckt. Aus der Bar an der Ecke dröhnten die Bässe. In einiger Entfernung beschleunigte gerade eine Straßenbahn. Er spürte seinen Atem, gleichmäßige, aber schwere Atemzüge in der kalten Luft.

Während er da so stand, fasste er einen Entschluss. Er würde die Vergangenheit jetzt loslassen. Er hatte eine lange Reise hinter sich, er hatte sich durch die Schatten der Vergangenheit manövriert und eine Endstation erreicht. In den vergangenen Monaten waren – trotz all des Chaos – die Grundlagen seines Erwachsenenlebens gelegt worden. Er hatte einen neuen Job, ein spannendes Projekt auf Dimö – und sein eigenes Haus. Julia und er hatten die besten Voraussetzungen für ein wunderschönes gemeinsames Leben. In dem Augenblick seiner Entscheidung, die Vergangenheit für immer ruhen zu lassen, hatte sich auch die Macht aufgelöst, die Franz während seines ganzen bisherigen Lebens über ihn gehabt hatte. Thor atmete lange aus und sah der kleinen Wolke hinterher, wie sie davonschwebte und dann verschwand. Wir sind nicht unsere Eltern. Zum Glück nicht.

Nächstes Wochenende wollte er mit Julia nach Dimö

fahren. Er hatte große Sehnsucht nach dem Meer und der Weite. In dieser Jahreszeit vergingen die Tage so schnell, bald war Weihnachten, und dann kam schon das nächste Jahr. Das führte zu einem zweiten wichtigen Entschluss. An diesem Weihnachtsfest wollte er die ganze Familie zusammenführen und sie auffordern, ihre alten Konflikte endlich beiseitezulegen, um einfach nur noch Zeit miteinander zu verbringen.

Kapitel 56

FRANZ

Es ist noch früh am Nachmittag, ich sitze in meinem Büro. Warum ich das tue, kann ich nicht erklären. Um meine Finanzen könnte ich mich auf dem Handy kümmern, und Gäste haben wir auch keine mehr, bis auf ein älteres Ehepaar, das ViaTerra offenbar zu ihrer zweiten Heimat erkoren hat. Morgens in wenigen Schritten im Heidemoor zu stehen, sei einfach unwiderstehlich, sagen sie. Und ganz offensichtlich ist es so unwiderstehlich, dass sie es auch ertragen, zusammen mit mir an diesem Ort zu sein. Vor ein paar Tagen erst hat mir die Frau tröstend auf die Schulter geklopft.

»Sie werden schon sehen, das wird alles wieder gut.«

Am liebsten wäre ich im Boden versunken.

Jetzt sitze ich an meinem Schreibtisch. Wieder ist keine Post gekommen. Ich muss einen Weg finden, wie ich mich nach der Schlacht in den Medien ablenken kann. Ich könnte spazieren gehen, mit einem Fernglas um den Hals auf die Felsen klettern und nach einem Seeadler Ausschau halten. Ich würde fast erfrieren. Hypothermie ist ein hervorragendes Ablenkungsmanöver. Während ich ungeduldig mit den Fingern auf dem Tisch trommele, geht die Tür auf und Elyssa kommt mit frischem Kaffee herein. Ich sehe ihr sofort an, dass etwas in ihr arbeitet.

»Was ist los?«

»Ich möchte dir einen Artikel zeigen, der heute herauskam«, sagt sie. »Danach lasse ich dich wieder in Ruhe.«

»Ich habe keine Lust, noch mehr Artikel zu lesen.«

»Aber dieser hier wird dich interessieren«, sagt sie und stellt mir die Tasse schwarzen Kaffee hin.

Ohne mich zu fragen, lehnt sie sich über den Schreibtisch und tippt etwas in meinen Rechner. Sie trieft förmlich vor Ironie, was mich befürchten lässt, dass sie einen Weg gefunden hat, mein ohnehin schreckliches Leben noch etwas unerträglicher zu machen.

Auf dem Bildschirm erscheint die Seite einer seriösen Wochenzeitschrift. Als ich die Überschrift lese, verschlucke ich mich fast an meinem Kaffee.

Eine leidenschaftliche Liebe und ihr tragisches Ende

Die ganze Wahrheit über die Liebesgeschichte von Franz Oswald und Nathan Ribbing

Direkt unter der Überschrift ist ein Foto von Nathan und mir zu sehen. Wir sitzen in einer Bar in Lund, dicht beieinander, lachend, und wir sehen tatsächlich wie ein Liebespaar aus. Es ist mir ein Rätsel, wie der Autor an dieses Foto gekommen ist.

»Was soll das denn jetzt?«, brülle ich, aber Elyssa hat mein Büro längst schon wieder verlassen.

Ich blättere den Artikel durch. Fünf Seiten ist der lang! Und noch mehr Fotos. Auf einem sitzen Nathan und ich auf meinem Motorrad. Auf einem anderen hocken wir in der Umkleidekabine nach einem Handballspiel. Auf einem weiteren sind wir verkleidet. Die Fotos sind offenbar mit Bedacht so ausgewählt worden, sie zeigen die glücklichsten und intimsten Augenblicke, die wir zusammen hatten. Man sieht uns an, wie sehr wir die Gegenwart des anderen genießen.

Ich gehe auf die erste Seite zurück und lese den Artikel von Anfang bis Ende durch. Erzählt wird von der Freundschaft zwischen Nathan und mir, allerdings mit einem bestimmten Unterton – wir werden als Liebespaar dargestellt.

Bisher hatten die Medien nicht viel zu berichten, weil die Polizei äußerst diskret vorgegangen war. Die Informationen, die bislang bekannt waren, wurden immer wieder in neuen Artikeln verbraten. Bekannt war, dass Nathans Leiche in einem Kamin auf Glimmingeholm gefunden wurde. Bekannt war auch, dass Justine Troelius gestanden hatte, Nathan betäubt und fotografiert zu haben, und dass er an einem Schlangenbiss gestorben war. Bekannt war ebenfalls, dass Valdemar und ich ihr geholfen hatten, die Leiche in der Jagdhütte einzumauern. Darüber hinaus weiß jeder, dass ich der schlechteste Vater der Welt bin, weil ich nicht in der Lage war, meinen Sohn vor dem Monster Justine zu beschützen. Mehr war bisher nicht an die Öffentlichkeit gedrungen.

Dieser Artikel ändert das schlagartig. Er beinhaltet einfach alles. Er erzählt, wie Nathan und ich uns an der Universität kennengelernt haben und auf Anhieb mochten. Wie wir jede freie Minute miteinander verbrachten, bis auf die Wochenenden, an denen ich auf Glimmingeholm beschäftigt gewesen war. Er zählt unsere gemeinsamen Interessen auf, unsere Talente und unseren unersättlichen Appetit auf Abenteuer. Es gibt darin Aussagen von ehemaligen Kommilitonen, die bestätigen, wie nah wir uns gestanden haben. Ich habe keine Ahnung, wie diese Fotos in die Hände der Zeitschrift geraten sein können.

»Die hatten auch was mit Frauen, aber nur oberflächlich. Es war ganz deutlich, dass sie nur Augen füreinander hatten«, wird eine Frau zitiert, an die ich mich nicht einmal erinnern kann.

Aber der Artikel nimmt dann eine Wendung, wird düsterer. Es heißt, Justine sei von mir besessen und krankhaft eifersüchtig auf Nathan gewesen. Ohne mein Wissen hätte sie ihn deshalb nach Glimmingeholm gelockt, ihn betäubt und mit den Schlangen fotografiert. Dabei hätte sie sich äußerst fahrlässig verhalten und ihn mit der giftigsten von allen, dem Krait, stundenlang allein zurückgelassen, obwohl sie gesehen hatte, dass sich das Tier unter sein Kinn geschoben hatte. Hinterher hätte sie mich erpresst und mir gedroht, bis ich einwilligte, beim Beseitigen der Leiche zu helfen. Und das, obwohl sie doch sehen konnte, dass ich kurz vor einem Nervenzusammenbruch gestanden hatte. Als sie befürchten musste, dass ich mir etwas antun könnte, schickte sie mich nach Dimö zurück, um ein bisschen Abstand zu der ganzen Sache zu bekommen. Das hatte sie noch auf ihrem Sterbebett verraten. Aber wer hat denn danebengesessen und sich Notizen gemacht? Carl-Fredrik jedenfalls ist der verschwiegenste Mensch, den ich kenne. Er hätte einem Interview niemals zugestimmt. Hat Elisabeth etwas damit zu tun?

Es scheint so. Aber sie kann nicht allein gewesen sein, denn die folgenden Zeilen handeln von Ereignissen, über die ich nur mit Thor gesprochen habe. Darin wird mein Zusammenbruch peinlich detailliert beschrieben sowie die Monate, die ich danach als Einsiedler auf der Insel verbracht habe. Und außerdem meine Selbstmordgedanken.

Sogar mein Hund wird erwähnt. *Er war sein einziger Begleiter und wahrscheinlich auch sein Retter, als er in der heruntergekommenen, zugigen Hütte mitten im Wald beinahe erfroren wäre.* Der Artikel endet mit dem Vermerk, dass alle Informationen aus zuverlässigen Quellen stammen und auch Nathans Mutter bestätigt habe, wie *nah* sich die beiden gestanden hätten. Sie wolle aber keine weiteren Aussagen machen, um in Ruhe um ihren Sohn trauern zu können.

Ich starre vor mich hin und frage mich, wie das passieren konnte. Mehr als unwahrscheinlich ist, dass Thor darin involviert ist. An einigen Stellen wurde nämlich unnötig übertrieben, was Thor niemals machen würde. Er ist doch die personifizierte Sorgfalt. Natürlich! Der Text ist mit Julias dreckigen Fingerabdrücken überzogen. Elyssa und Julia, vielleicht noch mit ein bisschen Unterstützung von Elisabeth. Und ich denke die ganze Zeit, dass Elyssa Rücksicht auf mich nimmt, Mitgefühl mit mir hat, mich in Ruhe lässt, damit ich mich erholen kann. Ich hätte es besser wissen müssen. Stattdessen haben die beiden das hinter meinem Rücken ausgeheckt. Das Wort Verrat bekommt eine neue, ganz persönliche Bedeutung.

Da klingelt mein Handy, Thor ruft an. Ich kann nicht einmal Hallo sagen.

»Hast du mich die ganze Zeit angelogen, Papa?«, sagt er mit einer Stimme, die so hart ist wie Stahl. »Seid ihr ein Paar gewesen?«

»Also hast du den Artikel gelesen?«

»Natürlich. Was glaubst du, was hier in der Redaktion los ist? Stimmt es denn? Justine hatte mir nämlich auch gesagt, dass ihr ein Verhältnis hattet. Meinst du, das würde mich stören? Darüber rege ich mich nicht auf, aber ich dachte, wir wollten uns die Wahrheit sagen?«

»Das tun wir auch. Es war genauso, wie ich es dir erzählt habe. Nathan und ich waren uns sehr nah, ich hing enorm an ihm. Aber da war überhaupt keine sexuelle Anziehung.«

Plötzlich überkommt mich ein Gefühl. Bin ich mir da wirklich so sicher? Ich erinnere mich an eine Situation, Nathan hat sich von hinten gegen mich gelehnt, ich spüre seinen warmen Atem an meinem Hals. Langsam streicht er mir über den Rücken, dann legt er seine Hände auf meine Hüften. So ein Quatsch, das ist nur eine alte, bescheuerte Fantasie. Aber vielleicht reicht das?

»Du kennst mich schon dein Leben lang, Thor. Es war doch immer mehr als offensichtlich, dass ich mich zu Frauen hingezogen fühle«, sage ich, um zu betonen, wie absurd das alles ist.

Verächtlich schnaubt er.

»Du hörst dich an wie jemand aus der Steinzeit. Als wärst du der erste bisexuelle Mann auf der Welt! Das ist doch keine große Sache mehr. Mir ist nur wichtig, dass du mich nicht angelogen hast.«

»Ich habe wirklich versucht, ehrlich zu dir zu sein. Ich habe es dir so erzählt, wie ich es in Erinnerung habe. Wenn man so sehr an jemandem hängt, können die Grenzen verschwimmen.«

Er scheint das zu akzeptieren.

»Wie haben die denn Wind davon bekommen?«, fragt er.

»Das wirst du deine Freundin fragen müssen«, sage ich trocken.

»Julia? Du glaubst, sie steckt dahinter?«

»Mir scheint es so. Soweit ich weiß, sagt ihr euch doch *alles*. Und das gilt leider auch für sehr persönliche Dinge, die jemand im Vertrauen erzählt hat. Du bist der Einzige, mit dem ich über meine Depressionen gesprochen habe. Zu Julias Verteidigung könnte man höchstens anbringen, dass sie wahrscheinlich von meiner scheinheiligen Sekretärin unter Druck gesetzt wurde.«

Eine Weile schweigt Thor. Er hat nämlich die sehr gesunde Angewohnheit, schockierende Neuigkeiten erst zu verarbeiten, bevor er darauf reagiert und spricht.

»Ja, also, das ist überhaupt nicht in Ordnung. Julia hat mir *versprochen*, dass sie niemandem davon erzählt. Aber jetzt, wo du es sagst … sie hat mich mal um Elisabeths Nummer gebeten. Sie wollte ihr Beileid aussprechen, was ich komisch fand, weil die beiden sich doch gar nicht kennen. Ich fasse es nicht, dass sie das hinter meinem Rücken getan hat! Und auch hinter deinem.«

Da steht plötzlich Elyssa in der Tür.

»Bleib mal kurz dran«, bitte ich Thor und winke Elyssa zu mir. Mit einem selbstgefälligen Lächeln nähert sie sich meinem Schreibtisch.

»Was hast du GETAN?«, knurre ich sie an.

Sie legt einen Finger auf die Lippen.

»Beruhig dich bitte, Franz.«

Thor, der uns hören kann, verspricht mit Julia zu reden, sobald er nach Hause kommt, und sich dann wieder bei mir zu melden. Ich starre Elyssa an, sie starrt zurück. Langsam beruhige ich mich. Gegen die Stahlmaske, die sie darstellt, ist Wut zwecklos.

»Du hast ja keine Ahnung, wie sehr mich das überrascht hat«, sage ich mit einer Stimme, die vor Sarkasmus nur so trieft. »Könntest du trotzdem so freundlich sein und es mir erklären?«

»Natürlich kann ich das. Es tut mir schrecklich leid, dass du deinen besten Freund verloren hast, Franz. Aber du lebst. Außerdem bist du für das, was ihm passiert ist, nicht verantwortlich. Aber die Leute müssen endlich die Wahrheit erfahren. Julia und ich haben uns unterhalten und dann beschlossen, die Hyänen zu instrumentalisieren, die dich in den Dreck gezogen haben. Wir geben ihnen einfach eine bessere Story. Du musst uns doch recht geben, dass es ein genialer Schachzug ist.«

»Ganz und gar nicht. Stimmt das, was Justine auf ihrem Sterbebett gesagt haben soll?«

»Ja, laut Elisabeth war das so. Und sie findet genauso widerlich, was die Medien für Lügen über dich verbreiten. Sie wollte dich schon anrufen und es dir erzählen, aber du bist nicht rangegangen.«

»Nathan und ich hatten kein Verhältnis.«

»Wenn du meinst«, sagt sie mit einem frechen Lächeln. »Wie dem auch sei. Aber jetzt wird der Wind aus einer anderen Richtung wehen, du wirst schon sehen. Gerade vorhin hat jemand angerufen und eine Woche gebucht. Sie wünschen sich, dass du deine persönliche Geschichte eventuell auch im Zusammenhang einer deiner abendlichen Vorträge erzählst?«

»Das werde ich aber sicher nicht tun. Zeig mir mal, was die Boulevardpresse und die anderen so schreiben.«

Die Geschichte hat bereits eine Eigendynamik entwickelt. Einige der Spekulationen sind einfach nur furchtbar. Zum Beispiel jubeln sie, dass man jetzt endlich in der Lage ist, Franz Oswald zu verstehen – den narzisstischen Psychopathen. Ist Wahnsinn nicht immer auf eine unerwiderte Liebe zurückzuführen? Andere schreiben, dass diese Geschichte mit hundertprozentiger Wahrscheinlichkeit verfilmt werden wird. Eine tragische Liebesgeschichte zwischen einem schwarzen und einem weißen Mann, in einem verwunschenen, geheimnisvollen Anwesen – das alles seien doch Zutaten für einen Riesenerfolg.

»Hattest du die Initiative ergriffen?«

»Allerdings«, sagt sie ohne den Hauch von Scham und Reue.

»Ich befürchte, dass ich dir jetzt kündigen muss, Elyssa.«

Theatralisch verdreht sie die Augen.

»Das würdest du niemals tun. Sieh es doch mal so: Auch wenn du heute ganz eindeutig heterosexuell bist, findet es doch kein Mensch merkwürdig, dass du vor dreißig Jahren ein Verhältnis mit einem Mann hattest.«

»Den Medien nach zu urteilen schon.«

»Aber die sind doch nur ein Werkzeug für uns, Franz. Dein Unternehmen geht zugrunde, weil du im Selbstmitleid ertrinkst.«

»Ihr hättet mich wenigstens fragen müssen.«

»Du hättest Nein gesagt und einen deiner Wutausbrüche bekommen, weil du sowieso alles verleugnest. Und die Fotos sprechen eine eindeutige Sprache. Ihr seid ineinander verliebt gewesen.«

Ich habe nicht vor, ihr zu widersprechen. Mich macht es so furchtbar müde, dass mich alle schikanieren wollen.

»Jetzt hau ab!«

Aber Elyssa nimmt offenbar keine Befehle mehr von mir entgegen.

»Du verstehst es nicht, oder? Wir haben das für dich getan, weil du uns wichtig bist. Wir alle merken, dass du dich wirklich bemühst, ein besserer Mensch zu werden.«

»Hör auf mit deiner Moralpredigt und verlass auf der Stelle mein Büro.«

»Und was soll ich den Journalisten sagen, wenn sie anrufen?«

Verdammt. Die werden jetzt eine Stellungnahme haben wollen. Mich wundert ohnehin, dass die Zeitschrift, die den Artikel veröffentlicht hat, nicht schon längst darum gebeten hat. Aber da sich Elyssa um diese Angelegenheiten kümmert, wird sie denen sicher schon längst etwas Schlaues gesagt haben. Was für ein Idiot ich gewesen bin, dass ich sie nicht durchschaut habe.

»Sag ihnen, dass ich unabkömmlich bin. Sag, dass ich mich in der Hütte verkrochen habe und dort erfrieren werde. Ich werde einen langsamen, qualvollen Selbstmord haben. Oder denk dir mit Julia zusammen eine andere, witzige Lüge aus. Das könnt ihr ja hervorragend.«

Elyssa grinst mich an. Aber nicht gehässig, eher liebevoll.

»Du musst die Gerüchte nicht dementieren«, sagt sie. »Sag doch einfach, dass du nicht vorhast, dich zu deinem Privatleben zu äußern. Das macht alles dann noch spannender. Die Leute werden begreifen, dass es ein hochsensibles Thema für dich ist. Und je mehr Sympathie dir entgegengebracht wird, umso besser.«

Gleichgültig zucke ich mit den Schultern.

Mein müder Kopf will nicht mehr.

Kapitel 60

Ich habe den Impuls, einfach umzukehren. Es war dämlich mitzukommen. Sinnlos. Thor spürt mein Zögern und fordert mich mit einer Handbewegung auf, das Gartentor zu öffnen. Er hatte insistiert, dass wir dorthin gehen. Stimmt nicht ganz, er hat es eingefordert. Zu meiner großen Überraschung hat sich Nathans Mutter, Agneta Ribbing, darauf eingelassen, uns zu treffen. Und jetzt sind wir hier. Thor freut sich zwar, aber ich bin nervös und angespannt. Mein Mund fühlt sich wie Schleifpapier an.

Agneta Ribbing wohnt nach wie vor in dem Haus, in dem auch Nathan aufgewachsen ist. Sein Vater Olof ist zwar mittlerweile in einem Seniorenheim untergebracht, aber er ist noch klar im Kopf. Er wird auch erfahren, was mit seinem Sohn passiert ist. Bei aller Tragik hat das etwas Tröstliches, finde ich.

Die Villa aus dem 19. Jahrhundert ist nicht weit vom Zentrum von Lund entfernt. Ein stattliches zweistöckiges Haus mit Sprossenfenstern und einer großen Holzveranda, auf der Nathan und ich die Nachmittage verbracht und laut über Leben und Tod diskutiert haben. Der Garten ist verwunschen, hier stehen uralte Obstbäume und hohe Fliederhecken. Die Bäume und Büsche sind jetzt nackt, aber ich erinnere mich an die Monate, in denen alles üppig grünte. Ich habe den verführerischen Duft des Flieders im Frühling und den vom Fallobst im Herbst in der Nase. Das

Haus hat sich kaum verändert, auch wenn der Zahn der Zeit an ihm genagt hat. Weite Teile des Daches sind mit Moos bedeckt, die Farbe an Türen und Fensterrahmen blättert ab. Aber die Villa hat kein bisschen von ihrem Charme verloren. Früher wurde sie die Arztvilla genannt, nur wusste niemand, welcher Arzt ihr zu dem Namen verholfen haben mag.

Nathan hatte unterm Dach gewohnt. Zum einen, weil er die Uni fußläufig erreichen konnte, zum anderen, weil Mama Agneta es so gewollt hatte. Sein Zimmer hatte mich vom ersten Augenblick an beeindruckt. Es war bis obenhin voll mit Zeug. An den Wänden hingen Plakate von exotischen Orten, die ich zum Teil gar nicht kannte. An der Decke war eine Sternenkarte angebracht, und auf dem Boden lag ein großer, runder Teppich, der die Weltkarte darstellte. Ein Regal stand voller Buddelschiffe, die Nathan als Kind gebastelt hatte. Das war bestimmt nicht einfach gewesen und ziemlich knifflig, zum Beispiel die Segel festzukleben und die Takelage hochzuziehen. Ein seltsames Hobby für einen kleinen Jungen. Aber es passte zu Nathans Temperament, zu seiner Fähigkeit, sich voll und ganz auf eine Sache zu konzentrieren. An einer Wand, an der kein Poster hing, hatte er an die hundert Streichholzschachteln aus allen möglichen Ländern geklebt, die ihm sein Großvater geschenkt hatte. Nathan hatte zwei Bücherregale, in denen die Bücher drunter und drüber lagen. Eine sonderbare Mischung aus Klassikern und Bahnhofsliteratur. Aber Nathan hatte sie alle gelesen und wusste genau, warum er ausgerechnet diese ausgewählt hatte. Am Anfang war ich von dem wilden Sammelsurium etwas überfordert gewesen und hatte mich ernsthaft gefragt, welcher Zwanzigjährige in so einem Zimmer leben kann? Aber schon bald begriff ich, dass jedes Detail eine Geschichte zu erzählen hatte und von Kreativität und großen Träumen zeugte. Hätte jemand gesagt, sein Zimmer sei doch viel zu kindlich, Nathan hätte ihm direkt ins Gesicht gelacht. Er war vollkommen immun gegen die dämlichen Ansichten von anderen. Eben kultiviert. Für etwas Großes vorgesehen. Es war eine himmelschreiende Ungerechtigkeit, dass ihm dann *das* widerfahren ist. Bei dem Gedanken steigen mir sofort die Tränen in die Augen. Kein guter Auftakt für diesen Besuch.

Thor öffnet ungeduldig das Gartentor, das so erbärmlich quietscht, dass ich erstarre. Wir klopfen an die Tür, die sofort geöffnet wird. Agneta Ribbing starrt mich wie hypnotisiert an. Sie muss mittlerweile über achtzig sein – und sie wirkt alt geworden und auch wieder gar nicht. Schlohweißes Haar, Altersflecken, sie ist dünn und sehnig, aber ihre nussbraunen Augen sind die einer jungen Frau. In ihr erkenne ich auch die Persönlichkeit wieder, an die ich mich so gut erinnern kann – gutherzig, intelligent und immer zu Späßen aufgelegt.

Sie sagt nichts, geht einen Schritt zur Seite und lässt uns eintreten. Dann aber geschieht das denkbar Schlimmste. Sie bricht in Tränen aus und wirft sich in meine Arme. Zaghaft lege ich meine Hände auf ihren schmalen Rücken, lege mein Kinn auf ihren Kopf, versuche, den Kloß in meinem Hals herunterzuschlucken. Aber es nützt nichts. Zuerst schniefe ich ein paarmal, dann aber folgen einige laute und herzzerreißende Schluchzer. Mir ist Thors Anwesenheit peinlich bewusst, aber ich habe keine Kontrolle mehr über meine Gefühle. Zu allem Überfluss gibt es in dem Augenblick einen Platzregen, der auf das Vordach trommelt, als hätte sich der Himmel unserer Trauer angeschlossen. Nach einer Weile löst sich Agneta vorsichtig aus meiner Umarmung.

»Oh, Franz. Du weißt, dass wir es die ganze Zeit gewusst haben?«, fragt sie. »Es war so offensichtlich, aber damals gingen die Menschen damit noch nicht so offen um wie heute.«

Im ersten Augenblick bin ich sprachlos. Ich sollte das vielleicht richtigstellen, denke ich, aber erstens ist das jetzt hier nicht der richtige Zeitpunkt, außerdem bin ich mir nicht sicher, ob sie das meint, was ich denke …

Agneta wendet sich Thor zu, als hätte sie ihn erst jetzt bemerkt.

»Da bist du ja. Du bist deinem Vater ja wie aus dem Gesicht geschnitten. Nur eine weniger … laute Version, darf ich das sagen?«

Ihre Stimme hat sich nicht verändert. Sie ist so vertraut wie bei den hundert Malen, die wir damals miteinander gesprochen haben.

»Wie geht es dir, Thor?«, fragt sie. »Ich habe gelesen, was dir passiert ist. Wie schrecklich. Richtig verabscheuungswürdig.«

»Mir geht es gut«, sagt Thor. »Ich gehe regelmäßig zu einer Psychotherapeutin.«

Das war genau die richtige Nachricht.

»Wie gut, sehr gut«, entgegnet sie. »Kommt, wir setzen uns ins Wohnzimmer. Ich habe Kaffee gekocht und ein paar selbstgebackene Kekse gibt es auch.«

Wir setzen uns. Hier steht ein Kamin, der noch original ist. Das Wohnzimmer, wie alle anderen Zimmer auch, ist lichtdurchflutet. Ein rot-weißer Cocker Spaniel kommt angelaufen und rollt sich neben Agnetas Füßen zusammen. Damals hatten sie auch einen Hund. Agneta schenkt uns

Kaffee ein, die Tassen sind handbemalt. Auf dem kleinen Tisch stehen mehrere Teller mit Keksen. Mir wird schon vom Gedanken an etwas zu essen übel, aber Thor greift höflich zu. Mich beschäftigen die zwei großen Aufgaben, die ich mir gestellt habe. Ich will Agneta erklären, wie es wirklich um mich und Nathan gestanden hat. Und ich muss sie um Verzeihung bitten. In diesem Punkt war Thor ganz deutlich. Er würde erst wieder gehen, wenn ich mich bei ihr aufrichtig entschuldigt habe. Ich sehe zu Agneta hinüber, die verträumt aus dem Fenster sieht. Wann endlich schreit sie mich an und macht mir Vorwürfe? Das hier war keine gute Idee. Es kann keine Vergebung für mich geben. Ich wusste dreißig Jahre lang, dass ihr verlorener Sohn in einem Kamin eingemauert war. Ihre Tränen vorhin … das war nur ihre Art, die Enttäuschung auszudrücken. Gleich würde der Hass zum Vorschein kommen, der seit Wochen in ihr schwelt … seit sie die Wahrheit kennt.

Sie dreht den Kopf, sieht mich an und kneift die Augen zusammen, als wollte sie meine Gedanken lesen.

»Mein Lieber«, sagt sie und verschränkt die Arme vor der Brust. »Sieh nicht so verstört aus. Als ich die Wahrheit erfahren habe, habe ich wirklich versucht, dich zu hassen. Aber ich konnte nicht, weil ich weiß, wie sehr Nathan dich geliebt hat. Und ich weiß, dass du ihm niemals vorsätzlich geschadet hättest. Ihr seid damals beide so jung gewesen. Natürlich war das aufregend, was da auf Glimmingeholm los war. In dem Alter ist man leichtfertiger, und erst wenn man sich ein paarmal die Finger verbrannt hat, lässt die Gutgläubigkeit dann langsam nach. Mein armer Nathan. Leider ist er nicht alt genug geworden, um das zu lernen.«

Erstaunlicherweise sage ich genau das, was ich in diesem Moment empfinde.

»Mir fällt es schrecklich schwer, hier zu sein. Ich schäme mich sehr.«

»Das ist gut, Franz. Das ist gut und wahrscheinlich sehr heilsam.« Ihr Blick wird ganz weich und zärtlich. »Ich möchte dir auch etwas sagen. Ich habe mir oft vorgeworfen, dass ich euch nicht ermutigt habe, zu eurer Beziehung zu stehen. Aber Olof und ich, wir sind der Ansicht gewesen, dass Nathan es uns erzählen sollte. Er strahlte wie die Sonne selbst, wenn ihr zusammen wart. Wir dachten, es wäre nur eine Frage der Zeit, aber dann war es zu spät und er bekam nicht mehr die Gelegenheit dazu. Der erste Moment, wenn man sich outet, ist bestimmt der schwerste. Man weiß ja nicht, wie die Leute darauf reagieren. Ich wünschte, wir hätten es euch leichter gemacht. Wären wir zugänglicher gewesen, hätte diese Hexe euch nicht mit ihren Klauen packen können. Ich weiß, dass man nicht schlecht über die Toten redet, aber in diesem Fall ist es berechtigt.«

»Wir haben auch Frauen gedatet«, sage ich in einem lahmen Versuch, ihr etwas entgegenzuhalten.

Ich spüre Thors Blicke und will ihn durch reine Gedankenkraft davon abzubringen. Aber seine telepathische Botschaft ist angekommen und unmissverständlich. Wenn ich Agneta verletze oder traurig mache, wird er mich hinterher fertigmachen. Agneta lächelt amüsiert.

»Ich weiß, ihr hattet auch Frauen. Zum Schein oder als lustiger Zeitvertreib? Wahre Liebe erkennt man sofort, wenn man sie sieht. Ihr konntet eure Finger nicht voneinander lassen, habt euch ständig berührt, sogar wenn wir vier zusammen waren. Kannst du dich nicht mehr daran erinnern?«

Das kann ich wirklich nicht. Aber wenn sie sagt, dass es

so war … Warum sollte sie lügen? Eine peinliche Stille entsteht. Ihre Illusion von unserer Liebesgeschichte zu zerstören, käme einem Messerstich ins Herz gleich.

»Gibt es etwas, was ich für euch tun kann?«, frage ich, auch um das Thema zu wechseln.

Sie schließt die Augen. Denkt nach.

»Eine Sache gäbe es. Ihr habt immer davon geträumt, die Welt zu verändern. Da Nathan seine Träume nicht mehr verwirklichen kann, kannst du das vielleicht übernehmen. Es gibt so viel Rassismus und Hass auf der Welt. Könntest du nicht eine Hilfsorganisation unterstützen, die sich gegen Rassismus einsetzt?«

»Das tu ich gerne. Versprochen.«

»Ich habe all die Jahre von Weitem verfolgt, was du so gemacht hast. Du hast immer wieder in Schwierigkeiten gesteckt, aber manchmal habe ich dich im Fernsehen gesehen. Und da wirkst du richtig gut. Und dann habe ich gedacht: Dieser Mann war die große Liebe meines Sohnes. Wenigstens durfte er das erleben.«

Ich stelle mir vor, wie ihr unschuldiges Bild von unserer Liebe von meiner Richtigstellung brutal zerschlagen werden würde. Das geht einfach nicht. Ich habe in meinem Leben schon so oft die Unwahrheit gesagt. Agneta in ihrem süßen Irrglauben zu lassen, ist im Vergleich dazu harmlos. Außerdem könnte man in der Tat diskutieren, ob eine Beziehung physisch vollzogen werden muss, um als Liebe zu gelten. Niemand wusste doch, was wir gemacht haben. Die Zeit mit Nathan war wie ein Traum. Ich kann mich nicht an alle Details erinnern, was für jemanden, der sich an alles erinnert, sonderbar sein mag. Immer. Aber man weiß nicht, was sich in den hintersten Ecken des Geistes verbirgt.

Wir unterhalten uns ungezwungen darüber, was in den Jahren passiert ist, seit wir uns das letzte Mal gesehen haben. Ich bitte sie, Olof von mir zu grüßen, und dann erkundige ich mich nach Nathans Schwester Beatrice. Sie ist sechs Jahre älter als er und war schon ausgezogen, als wir uns kennenlernten. Nathan war ein typischer Nachzügler. Beatrice hat geheiratet und drei Kinder bekommen, die jetzt alle Teenager sind. Es wird herrlich laut und wild im Haus, wenn sie zu Besuch sind, erzählt Agneta.

»Ich sollte mich eigentlich verkleinern und umziehen, aber ich bringe es nicht übers Herz. Ich habe Nathans Zimmer unverändert gelassen, nur geputzt wird manchmal. Kannst du das glauben? Vielleicht möchtest du es dir ansehen? Es war … es ist ein fantastischer Ort. Dort hat er sich seine eigene Welt erschaffen.«

Ich muss schlucken.

»Vielleicht ein anderes Mal.«

»Das verstehe ich. Es wäre bestimmt schwer für dich. Ich war nicht mehr oben, seit ich erfahren habe, was passiert ist. Ich habe alles noch einmal erlebt. Tagsüber bin ich traurig, abends melancholisch. Ist es nicht tragisch, dass wir die Trauer in jeden Winkel unseres Lebens dringen lassen? Sogar der Hund ist depressiv.«

Ich nicke. Agneta trifft den Punkt und findet die richtigen Worte.

»Und was ist mit dir, Franz? Denkst du oft an ihn? Ich habe gelesen, dass du nach seinem Tod mit einer schweren Depression zu kämpfen hattest.«

»Ja, das stimmt. Aber dann habe ich das alles viele Jahre lang verdrängt, bis ich vor Kurzem wieder an Nathan erinnert wurde. Seitdem denke ich an nichts anderes mehr.«

Sie streckt ihre Hand aus und legt sie auf meine.

»Glaubst du, dass er leiden musste?«

»Nein, das glaube ich nicht«, lüge ich.

»Das beruhigt mich. Wie schön, dass du vorbeigekommen bist. Das wird nicht leicht für dich gewesen sein.«

Erst jetzt habe ich genug Kraft für meine zweite Aufgabe gesammelt.

»Ich möchte dich um Vergebung bitten.«

Es ist nicht so, dass ich nicht meine, was ich sage. Aber aus irgendeinem Grund verursacht es mir Schmerzen, diese Worte auszusprechen. Im Augenwinkel sehe ich, wie ein Lächeln über Thors Gesicht huscht.

»Ich glaube, du musst dir selbst vergeben, Franz«, entgegnet Agneta. Freundlich zwar, aber mit Nachdruck. »Vielleicht ist jetzt der Zeitpunkt gekommen, eine neue Seite aufzuschlagen. Hör auf, ständig nach Bestätigung zu suchen, und widme dich den Träumen deiner Jugend. Man muss keine religiösen Massen anführen, um etwas in der Welt zu bewirken.«

»Darüber werde ich nachdenken. Versprochen.«

Als wir uns verabschieden, bemerke ich etwas Seltsames. Obwohl mein Herz schwer ist, fühle ich mich viel leichter als zuvor.

Kapitel 61

Es ist Weihnachten – das erste Weihnachtsfest, an dem die ganze Familie versammelt ist.

Thor hat das organisiert. Den Heiligabend verbringen wir in der Pension zusammen mit Elvira und Simon, die Weihnachtstage auf ViaTerra. Ich habe mir nie etwas aus Weihnachten gemacht, aber zurzeit kann ich meinem Sohn keinen Wunsch ausschlagen. Er hat darauf bestanden, dass *alle* dabei sein sollen. Es ist eine bunte Mischung von Menschen, die sich selten sehen, sich aber – wie ich jetzt feststellen konnte – in der Gesellschaft der anderen wohlfühlen. Simon, Elvira und deren Tochter Lovisa. Meine Mutter und ihr Lebensgefährte Kurt Burman. Julia, Sofia und Benjamin. Zusätzlich zu den Familienmitgliedern gehören selbstverständlich auch Elyssa und ihr Freund Anton sowie Maria zu den Gästen. Und schließlich einige meiner Mitarbeitenden, die über die Weihnachtsfeiertage nicht zu ihren Familien nach Hause gefahren sind.

Weihnachtsdekoration hat es auf ViaTerra nur ganz sparsam gegeben. Das höchste der Gefühle waren Lichterketten in den Bäumen im Hof und ein bisschen Dekoration im Speisesaal für unsere Gäste. Thor hat – mithilfe von Elyssa und den Mitarbeitenden – das Anwesen geschmückt. Es sieht aus wie in einem Disneyfilm. In jedem einzelnen Baum hängen Lichterketten, sogar in der alten

Esche, in der die Krähen hocken und pausenlos schwatzen. Der Weg, der von der Pforte zum Herrenhaus führt, ist mit Fackeln gesäumt. Und die Glasaula, die bis dahin leer gestanden hat, ist von innen beleuchtet und erinnert an den Louvre. In allen Beeten stehen Kerzen. Wir haben zwar keine weißen Weihnachten, aber die Insel ist in dichten Nebel gehüllt. Das ist auf jeden Fall besser als Regen, vor allem atmosphärisch, denn der Nebel vergrößert das Lichtermeer.

Wir feiern im großen Gemeinschaftsraum. Dort steht auch der Weihnachtsbaum, den Anton und Elyssa geschlagen und zusammen mit Thor und Julia geschmückt haben. Im Kamin knistert ein Feuer, und aus der Küche strömen schon den ganzen Tag die besten Gerüche durch die Räume. Es gibt gegrillten Weihnachtsschinken, Pfefferkuchen, Glühwein und frisch aufgebrühten Kaffee. Mir ist das schwere Essen, das traditionell zu Weihnachten angeboten wird, nie besonders gut bekommen. Mit einer alleinerziehenden Mutter, die sich fast zu Tode geschuftet hat, damit wir über die Runden kommen, vor allem im Winter, ist Weihnachten für mich als Kind oft hart gewesen. Ich habe mich bis heute nicht an die Gerüche, das viele Essen und den Überfluss gewöhnt. Aber wenn ich mir die anderen ansehe, die alle so glücklich sind, bin ich mir da gar nicht mehr ganz sicher. Weihnachten ist vielleicht doch etwas Besonderes. Wir haben die zwei Tage mit allem Möglichen verbracht. Wir haben lange Spaziergänge gemacht, Gesellschaftsspiele gespielt, gut und viel zu viel gegessen. Wir sind mit den Ruderbooten rausgefahren und hätten uns wahrscheinlich verfahren, wenn wir nicht Kurt dabeigehabt hätten, der das Meer wie seine Westentasche kennt.

Genau wie Elyssa es vorhergesagt hat, haben die

Buchungen wieder zugenommen. Die Gäste kehren nach und nach zurück, die erste Woche im Januar ist schon ausgebucht. Auch mit einer anderen Sache hat Elyssa recht behalten – die Gäste bitten mich eindringlich darum, von den Jahren mit Nathan zu erzählen. Ich folge Elyssas Rat und sage, dass es mir im Augenblick noch zu schwerfällt. Und die Reaktion der Gäste ist immer gleich. Sie bekommen etwas Träumerisches im Blick, und tatsächlich: Es verstärkt das Geheimnisvolle, das mich als Person umgibt.

Der Heiligabend neigt sich dem Ende zu. Wir haben uns in die Sessel gefläzt, satt, müde und zufrieden. Maria sitzt neben mir, den Kopf auf meiner Schulter. Ich fahre mit den Fingern durch ihr Haar, wandere über ihre Nase bis hinunter zu ihren weichen Lippen. Ich lausche ihren ruhigen, gleichmäßigen Atemzügen. Maria war immer für mich da, hat mich unterstützt, vor allem in schweren Zeiten. Maria ist wie die Sonne. Es war nie und wird auch nie eine sprudelnde Verliebtheit sein. Ich fühle mich von ihr angezogen, sie macht mich glücklich, und das reicht mir – dem, der ich heute bin – voll und ganz aus.

Ich lasse meinen Blick über die anderen wandern, die mit uns feiern. Sofia und Benjamin diskutieren etwas mit gedämpften Stimmen. Auch Elvira und meine Mutter sind in ein anregendes Gespräch vertieft. Ab und zu wirft mir Karin einen bösen Blick zu. Sie wird mir noch lange nicht verzeihen, dass ich Thor einer solchen Gefahr ausgesetzt habe – aber eines Tages wird auch das vorbeigehen. Es hat viele Jahre gedauert, bis ich begriffen habe, dass sie mich mag. Auf ihre Art und Weise. Kurt unterhält sich mit jemandem aus der Küche, vermutlich darüber, wie man den Fisch, der gerade Saison hat, am besten zubereitet. Die kleine Lovisa hüpft durch die Gegend, dreht wilde Kreise und hat bereits den Zenit ihres Zuckerschocks erreicht. Simon beobachtet sie amüsiert. Er war der Erste, der es gewagt hat, mich als Leiter von ViaTerra infrage zu stellen. Und schon damals ist er ruhig und beherrscht geblieben. Ich hege großen Respekt für Simon. Über dem Feuer im Kamin braten Elyssa und Anton Äpfel. Mit seiner freien Hand streichelt er ihren Nacken. Julia und Thor halten sich eng umschlungen, haben sich in einen Sessel gesetzt und gähnen nun gleichzeitig. Wenn ich Thor ansehe, bin ich voller Verwunderung und empfinde tiefes Glück.

Plötzlich stehen Sofia und Benjamin auf und kommen in meine Richtung. Sofia sieht aus, als mache sie sich gerade zu etwas Ungezogenem auf. Sie reicht mir einen Umschlag.

»Ich weiß, wir hatten uns geeinigt, dass wir uns nichts schenken, aber wir haben hier trotzdem was für dich.«

Ich öffne den Umschlag mit dem Finger und ziehe ein Blatt Papier heraus. Es ist das Foto eines Hundewelpen.

Sofia hat sich auf die Lehne meines Sessels gesetzt, also sehe ich fragend zu ihr hoch. Die anderen im Raum kommen dazu und bilden sofort einen Halbkreis um uns.

»Unser alter Hund Denzel ist vor einem Jahr gestorben«, sagt sie. »Wir hatten schon immer Hunde, deshalb haben wir uns einen Welpen vorbestellt, den wir im Januar abholen dürfen. Es gibt noch einen anderen, einen letzten Welpen aus diesem Wurf, der bisher nicht verkauft ist. Wir finden, der würde sehr gut zu dir passen.«

»Ein Welpe?«

»Als wir uns das letzte Mal gesehen haben, hattest du etwas gesagt … du wollest dir einen Hund anschaffen. Der Zeitpunkt war denkbar ungünstig, um darüber zu reden, aber ich glaube auch, dass es dir guttun würde. Es ist wissenschaftlich bewiesen, dass Hunde die Empathie und das psychische Wohlbefinden stärken können.«

Der Welpe auf dem Foto ist süß, wie alle Welpen, aber er sieht auch ein bisschen lustig aus. Er hat zwei verschiedene Ohren, das eine hängt, das andere steht aufrecht.

»Und warum einen Jack Russel?«, frage ich ein bisschen enttäuscht, denn für meinen Geschmack sind sie zu klein und vor allem so stur.

Sofia lächelt.

»Ich habe mir schon gedacht, dass du dir etwas Größeres vorgestellt hast. Aber ich glaube, Jack Russel ist genau die richtige Rasse für dich. Und das da ist übrigens eine Hündin.«

Wie großartig, noch ein weibliches Wesen, das mein Leben in Unordnung bringt.

»Einen Terrier zu besitzen, erfordert sowohl Willensstärke, Geduld als auch bedingungslose Liebe«, doziert Benjamin altklug. »Außerdem wäre dieser Hund vollkommen immun … gegen jedes tyrannische Verhalten.«

Bevor ich etwas Gemeines antworten kann, grätscht Thor dazwischen.

»Das ist eine tolle Idee, Papa. Wie oft habe ich dir schon gesagt, dass du dir einen Hund anschaffen sollst.«

»Ich passe auch auf ihn auf, wenn du verreist«, wirft Elyssa ein.

Schon klar. Wahrscheinlich bringt sie ihm dann gleich bei, dass er knurrt, sobald jemand meinen Namen sagt. Natürlich wäre es eine Sünde, auf einer so schönen, naturbelassenen Insel wie Dimö keinen Hund zu haben. Der kann mich auf meinen Spaziergängen und Joggingrunden begleiten, dann ist das weniger einsam. Terrier sind auch gute Erdhunde, die man für die Baujagd einsetzen kann.

Das könnte mir gefallen, frühmorgens mit Hund und Waffe durchs Moor zu streifen, bevor die Insel aufwacht.

»Okay. Danke schön«, sage ich und lächle verlegen. »Obwohl … das mit dem tyrannischen Verhalten war unfair. Ich habe ein ganz gutes Händchen mit Tieren.«

Und plötzlich, wie auf ein geheimes Signal hin, fangen alle an zu lachen. Ich verstehe zwar nicht, was daran so lustig gewesen sein soll, aber das Lachen klingt fröhlich, deshalb lache ich einfach mit.

Epilog

Ein paar Wochen nach Neujahr fahre ich nach Göteborg. Ich habe einen Termin bei meiner Psychologin Magdalena, weil mich nach wie vor die Erinnerungen an Nathan quälen. Sie sind Puzzleteile, die ich mühsam zu einem Ganzen zusammengefügt habe. Es ist das verschwommene Bild einer leidenschaftlichen Beziehung entstanden. Eine Seite in mir ist der Ansicht, dass es nur Fantasien sind, wie Träume, die immer realer werden, je öfter man sie träumt. Eine andere Seite spürt intuitiv, dass diese Erinnerungen echt sind, und möchte unbedingt, dass ich mit jemandem darüber spreche. Ich könnte mich Emil anvertrauen, aber das Thema ist mir zu intim. Und vielleicht erfordert es auch die Expertise einer Psychologin. Deshalb habe ich diesen Termin vereinbart. In Magdalenas schlichter, stilvoller Praxis verstummt der Lärm der Außenwelt. Im Lauf der Jahre hat sie mein Vertrauen gewonnen, und so begegnen wir uns mit gegenseitigem Respekt. Am Anfang war es bestimmt nicht einfach mit mir. Ich war so glatt wie ein Aal.

Wir plaudern ein wenig, bis aus mir herausbricht, dass ich fragmentarische Erinnerungen habe. An besonders intime Augenblicke mit Nathan. Es sind erotische Bilder, die plötzlich auftauchen und wieder vergehen. Ich weiß nicht, ob das tatsächlich passiert ist, aber es fühlt sich so an. Das Merkwürdige ist, dass sie in mir als heterosexuellem Mann keinen Ekel auslösen. Im Gegenteil, durch sie entsteht sogar eine Mischung aus Sehnsucht und Melancholie, begleitet allerdings von einer tiefen Traurigkeit. Ich frage Magdalena, ob es möglich ist, dass ich das verdrängt haben kann. Obwohl mein Gedächtnis sonst eigentlich perfekt funktioniert.

Sie versichert mir, dass es sogar sehr wahrscheinlich ist. Sie vermutet, dass der Schutzmechanismus meines Gehirns vor allem die zärtlichen Erinnerungen unterdrückt haben wird.

Man nennt es dissoziative Amnesie, ein Gedächtnisverlust durch Verdrängung. Das passiert häufig nach tragischen Verlusten, weil das Gehirn bereits mit der Trauer überlastet ist. Erinnerungen, die mit dem extremen Trauma verknüpft sind, werden zum Teil so tief vergraben, dass sie unzugänglich sind. Es kann aber sein, dass sie durch die jüngsten Ereignisse wieder hervorgeholt wurden. Sie ergänzt, zögernd und vorsichtig, dass noch ein anderer Faktor mitspielen kann. Mein Selbstbild eines Frauenhelden, das ich über die Jahre aufgebaut habe. Auch das könnte ein Grund für die Verdrängung meiner Erinnerungen sein.

Da ist sicher was dran. Wer wäre ich ohne meine Männlichkeit?

»Über den Wahrheitsgehalt Ihrer Erinnerungen kann ich nichts sagen. Das können nur Sie selbst entscheiden«, sagt sie.

Wie immer klingt sie dabei objektiv und sachlich, weil Magdalena eine ausgesprochen gute Psychologin ist. Aber ich habe dennoch das Gefühl, dass sie denkt: *Das bildet er sich nicht ein.* Ich gehe sofort in die Verteidigung.

»Ich habe keine Angst, die Wahrheit zu erfahren«, entgegne ich. »Halb Schweden ist davon überzeugt, dass wir ein Paar waren. Was mich quält, ist die Ungewissheit.«

»Aber vielleicht müssen Sie das aushalten, bis es von allein aufhört.«

»Ja. Aber wenn zwischen mir und Nathan mehr war als nur Freundschaft, wie erklären Sie sich dann, dass ich danach nur noch was mit Frauen hatte?«

Sie denkt lange nach. Aber das mag ich besonders gern an ihr. Sie gibt mir nie voreilige Antworten auf wichtige Fragen.

»Haben Sie jemals solche Gefühle wie bei Nathan für einen anderen Mann gehabt?«, fragt sie schließlich.

Das ist eine berechtigte Frage.

»Klares Nein«, antworte ich sofort. Aber dann denke ich kurz nach. »Obwohl … bei Weitem nicht so intensiv, aber mit dem Pfarrer von Dimö ging es mir ähnlich. Ich habe mich zu Emil hingezogen gefühlt, ich fühle mich schlicht gut, wenn wir Zeit zusammen verbringen.«

Magdalena sieht mir tief in die Augen.

»Tja, mein lieber Franz. Es kann auch ganz einfach so sein, dass Sie bisexuell sind. Sie sind ja in mehrerlei Hinsicht grenzüberschreitend. Nathans Verlust kann einen abstoßenden Effekt auf Ihr Interesse an Männern gehabt haben. Deshalb haben Sie sich danach an Frauen orientiert.«

Jetzt setzt mich das Gespräch psychisch unter Druck, mein Herz rast spürbar, meine Hände sind schweißnass.

»Glauben Sie denn, dass die Erinnerungen wiederhergestellt werden können?«, frage ich.

»Das wird die Zeit ergeben, aber da Sie in den vergangenen Jahren tiefgreifende Veränderungen durchgemacht haben, ist das keineswegs unwahrscheinlich.«

Einen letzten, mageren Trumpf habe ich noch auf der Hand.

»Allerdings … eine Sache irritiert mich daran. Zu dieser Zeit litt ich besonders unter meiner Berührungsphobie. Niemals hätte ich zugelassen, dass mich jemand so berührt.«

»Es kann sein, dass die Qualität Ihrer Beziehung dafür sorgte, dass Ihre Phobie Sie nicht beeinträchtigt hat.«

»Welche Art von Qualität meinen Sie?«

»Liebe. Großes Vertrauen.«

Stimmt. So wie bei Maria.

»Warum erschüttert mich das so?«, frage ich.

Darüber muss sie nicht lange nachdenken.

»Sie trauern, Franz«, sagt sie nüchtern. »Sie haben sich nie erlaubt, richtig um Nathan zu trauern. Nehmen Sie sich dieses Mal so viel Zeit, wie nötig ist.«

Ihre Antwort berührt mich tief. *Trauern.* Schwermütig und untröstlich. Vor allem nachts.

»Geht das vorbei?«, frage ich.

»Vielleicht nie ganz, aber es wird besser«, verspricht sie. »Im Augenblick spüren Sie nur den Schmerz. Verdrängen Sie ihn nicht, sonst rauben Sie sich die schönen Erinnerungen. Nehmen Sie den Schmerz an. Das ist der einzige Weg, Nathan in Erinnerung zu behalten. Lassen Sie die Trauer später von allein abebben.«

Ich habe irgendwann aufgehört, meine Worte bei Magdalena zu zensieren. Und heute sind auch die letzten Barrieren gefallen.

»Ich vermisse ihn so schrecklich«, bricht es aus mir heraus. »Als ich erfahren habe, dass sie seine Leiche gefunden haben, war es, als träfe mich ein Vorschlaghammer. Als hätte ich all die Jahre doch Hoffnung gehabt, dass er es überlebt haben könnte. Das ist doch krank, oder?«

»Gar nicht«, sagt Magdalena mit sanfter Stimme. »Das klingt eher so, als hätten Sie ihn sehr gerngehabt.«

»Darf ich in einem Monat noch mal wiederkommen, um darüber zu sprechen, wie es mir geht?«

»Selbstverständlich, Franz. Ich bin für Sie da. Sie wissen, wie Sie mich erreichen können. Dann machen wir einfach einen Termin.«

Meine Augen brennen, aber nicht aus Trauer, sondern in Folge der enormen Erleichterung. Ich bin dem nicht allein ausgeliefert.

»Vielen Dank«, sage ich und wische die Tränen weg.

Als ich mit der Nachmittagsfähre auf Dimö ankomme, gehe ich nicht auf direktem Weg nach ViaTerra, sondern mache einen Umweg über die Insel. Tagsüber hatte sich ein Nebel über das Land gelegt, wie fast an jedem Tag seit Weihnachten, aber jetzt hat es angefangen zu frieren, und die Raureifkristalle fliegen wie Diamanten durch die Luft. Ich atme sie ein und fühle mich sofort hellwach. Das Meer ist glatt und glänzt wie Metall.

Tagsüber geht es mir schon viel besser. Ich habe nicht mehr das Gefühl, ständig gegen den Strom schwimmen zu müssen. Aber die Nächte sind noch schwer. Ich schlafe schlecht, wache von lauten Gedanken auf. Dann denke ich an Nathan. Ich spüre seine Anwesenheit ebenso wie meine. Das Jahr, das wir zusammen verbracht haben, hat zurzeit als Einziges Bedeutung. Alles andere ist nicht mehr als ein Hintergrundrauschen. Sein Geist ruft mich zu sich. Ich spüre den Flügelschlag des Todes. Als gleite ein gigantischer Seeadler über mir vorbei und die Luftverwirbelungen stürzten mich in den Abgrund. Es ist ein dunkler, primitiver, gefährlicher und sogar berauschender Schwindel. Ich liege allein in meinem Zimmer mit Nathan und dieser seltsamen Todessehnsucht.

Ein kalter Tropfen landet auf meiner Wange, ich hebe das Gesicht zum Himmel. Von dort oben fallen Millionen winziger Schneeflocken auf die Erde. Endlich ist er gekommen, der erste Schnee. Es ist so wunderschön, wenn die Flocken immer schneller zu Boden fallen und im Licht des gerade erwachten Mondes schimmern. Sie legen sich auf das verwelkte Heidekraut, landen auf dem Wasser, das sie lautlos empfängt. Trotz der beißenden Kälte ist mir warm. Es ist so viel besser, auf Dimö zu leben, als in einem Schatten und sich vor Sehnsucht zu verzehren. Es wirkt beruhigend, an dem Ort zu sein, wo am Ende alles gut wird. Morbide Gedanken sind nicht meine Sache. Die Schuldgefühle torpedieren meinen Verstand. Wie unsinnig. Und mit einem Mal bin ich von tiefer Zuversicht erfüllt. Alles wird gut werden. Und auch die nächtliche Angst ist nur eine Phase der Trauerarbeit und wird mit der Zeit vergehen.

Und wenn es nicht besser wird, werde ich mich wohl mit dem Tod anfreunden müssen.

Ein Nachwort der Autorin

Glimmingeholm ist ein Produkt meiner Fantasie, und etwaige Ähnlichkeiten zu realen Anwesen sind unbeabsichtigt. Ich habe mir auch die Freiheit genommen, eine Skybar in Göteborg zu erfinden, die es in Wirklichkeit nicht gibt.

Ich verlasse Dimö jetzt, um mich anderen, ebenfalls spannenden Projekten zu widmen. Es ist Zeit für Franz und die anderen, allein zurechtzukommen. Trotzdem lasse ich die Tür einen Spaltbreit offen, man weiß ja nie, was die Zukunft bereithält. Natürlich macht es mich auch traurig, dass es jetzt zu Ende ist, besonders wenn ich an all die vielen Leserinnen und Leser denke, die mich von Anfang an begleitet haben. Vielen Dank, dass ihr dabei gewesen seid.

Es ist unmöglich, allen zu danken, die mir beim Schreiben der Dimö-Reihe geholfen und mich inspiriert haben. Meine Familie, meine Verlegerinnen und Verleger in Schweden und im Ausland, meine Agentinnen und Agenten, meine fachkundigen Expertinnen und Experten, meine Freunde, meine Leserinnen und Leser. Vielen Dank, dass ihr alle für mich da wart.

Für diesen Band möchte ich ganz besonders Thomas Madsen danken. Er ist Professor der Evolutionsökologie und hat über 20 000 Schlangen gefangen und mir viel über ihr Verhalten beigebracht. Auch der Anwältin Eva Andersson Sköld danke ich sehr. Sie hat mir bei allen juristischen

Fragen und Angelegenheiten zur Seite gestanden. Und ein besonderer Dank geht an die Autorin Gertrud Hellbrand, die mich beim Schreiben des Schlusses unerwartet stark inspiriert hat.

Ein Zwillingspaar im erbitterten Kampf gegen einen gefährlichen Kult …

544 Seiten. ISBN 978-3-7341-1167-9

Alex und Dani Brisell sind eineiige Zwillinge und unzertrennlich, seit ihre Eltern sie im Teenageralter im Stich gelassen haben. Als sie 22 sind, verschwindet Dani am Mittsommerabend spurlos. Monatelang gibt es kein Lebenszeichen von ihr. Die Menschen in ihrem Umfeld versuchen Alex davon zu überzeugen, endlich weiterzumachen und zu vergessen, was passiert ist. Doch sie hat nur ein Ziel: Sie muss ihre Schwester finden! Dann geschehen in ihrem Leben weitere mysteriöse Dinge, die Alex langsam an ihrem Verstand zweifeln lassen. Alles deutet darauf hin, dass ein unberechenbarer Kult Dani als Sklavin in seinen Fängen hält, und Alex fürchtet, dass sie selbst die Nächste ist, die verschwinden wird …

Lesen Sie mehr unter: **www.blanvalet.de**